Sarah Bo

D1388594

Liliane Bedard
73 22E Ave
Pincourt QC   J7V 4S2

CA

Emprise

*J'ai lu
très bon*

Parfum
d'encre

Éditions Parfum d'encre
101, Henry-Bessemer
Bois-des-Filion (Québec)
J6Z 4S9

Catalogage avant publication de Bibliothèque et Archives nationales du
Québec et Bibliothèque et Archives Canada

Bouchard, Sarah, 1976-

    Emprise

    Publ. antérieurement sous le titre : Si seulement—. [Verchères,
Québec] : Sarah Bouchard, 2008.

    ISBN 978-2-923708-29-4

    I. Titre. II. Titre : Emprise.

PS8603.O924S5 2010   C843'.6   C2010-940303-7
PS9603.O924S5 2010

Copyright : 2010 Parfum d'encre

Page couverture : Sylvie Hudon

Imprimé au Canada

Remerciements

Louise, ma chère collègue et amie, merci d'avoir été le pont entre mon plus grand rêve et sa réalisation. Je te dois beaucoup.

Christel, nos courriels matinaux font désormais partie de mes petits bonheurs journaliers. Merci pour tes conseils avisés et les multiples explications qu'il a fallu me donner. Merci également pour avoir souvent deviné ce que je n'osais dire.

Marie, éditrice de la maison d'édition *Parfum d'encre,* les mots me manquent pour vous exprimer toute ma reconnaissance. Merci de m'avoir offert le cadeau inestimable d'une première publication.

Merci à tous ceux qui ont travaillé de près ou de loin à la réalisation de ce projet, notamment Julie, attachée de presse. Tes efforts et ta créativité m'ont grandement touchée.

Et finalement, je tiens à remercier d'une façon toute particulière mes premiers lecteurs, qui ont su par leur enthousiasme et leurs encouragements me redonner confiance en moi. « Si seulement » vous saviez ce que cela représente.

Sarah Bouchard

Papa, Maman, ce roman est pour vous. Merci pour votre soutien et votre foi en tout ce que j'entreprends.

Julie, Jean-Denis et Jason, j'apprécie chaque jour davantage ce qui nous lie. Je vous aime.

Diana, Marc, Vesna et Julien, merci de m'avoir si bien accueillie dans votre famille.

Nancy, merci d'être ce que tu es pour moi.

Tatiana et Gabriel, je remercie Dieu à chaque jour d'avoir offert à ma vie deux petits anges comme vous.

Et finalement, Sacha, merci pour tout l'amour que tu m'inspires. Merci de supporter mes bons et mes très mauvais penchants. Tu es ma vie et mon inspiration. Je t'aime.

Lorsque l'on me demande ce qui m'a rendue heureuse,
je réponds ceci :
J'ai eu la chance d'aimer deux hommes au cours de ma vie ;
L'un, trop peu,
L'autre, trop tôt.
Mais je les ai aimés autant qu'eux m'ont aimée.
Et seulement pour cela, je sais que j'ai été privilégiée.

Marina De Grand Maison

Prologue

Paris – France

L'horloge sonnait 13 heures lorsque Nicolas accepta de quitter la galerie où se tenait sa première exposition. C'était le jour du vernissage et il avait été incapable d'avaler quoi que ce soit. Il n'avait tenu bon que grâce à l'adrénaline qui circulait abondamment dans ses veines.

Depuis toujours, il attendait ce moment avec l'impatience d'un enfant qui espère Noël. Il avait maintes fois imaginé la sensation vertigineuse que lui procurerait le fait d'exposer ses toiles dans une galerie où d'autres personnes, plus impartiales que ses proches, pourraient découvrir ses œuvres et lui faire part de leurs critiques. Dès l'ouverture des portes à neuf heures précises, il n'avait cessé d'échanger des poignées de mains, d'entendre des murmures admiratifs et des exclamations louangeuses. Les regards glissaient le long des murs où s'accrochaient des dizaines de natures mortes, de paysages. La force de son travail, l'évidence de son talent et toute l'intensité de sa passion les encerclaient, les saisissaient dans un entrelacs de textures et de couleurs. Souriant, rassuré et heureux, il attrapa sa veste et accepta de suivre Judith à l'extérieur de la galerie, lorsqu'elle le lui demanda pour la quatrième fois. Il traversa la grande salle, s'arrêta plus de onze fois pour répondre à l'empressement des visiteurs qui se ruaient sur lui. Il n'avait pas atteint la sortie que son regard, comme aimanté, fut attiré vers le mur où se trouvait son œuvre majeure.

C'est à ce moment-là qu'il la vit, que le temps, en une seconde, le rattrapa. Il fut saisi d'un long frisson. Debout devant la toile qui représentait le seul portrait qu'il eut jamais peint, une femme lui tournait le dos. Ses cheveux caressaient doucement ses épaules selon une coupe à la mode et un tailleur rouge cerise moulait ses formes pleines, faites pour le regard d'un homme. Si de l'endroit où il se trouvait, il ne pouvait apercevoir son visage, tout son être fut sensible au charme qui se dégageait de sa personne. Il la scruta, surpris, la détaillant des pieds à la tête, soudain profondément troublé. Quelque chose dans sa position, dans son immobilité, retint son attention. Elle semblait avoir cessé de respirer, complètement hypnotisée par l'œuvre qu'elle admirait. Curieux, mais aussi ému par un tel comportement, il fronça un peu plus les sourcils, Sans doute serait-il allé à sa rencontre si un murmure près de son oreille ne l'en avait empêché.

— Heureux ? souffla la voix de Judith alors qu'il s'attardait une seconde de plus sur la silhouette écarlate.

Il reporta son attention sur sa fiancée et lui plaqua un baiser sur le front.

— Oui, répondit-il aussitôt, un large sourire corroborant sa réponse.

Il saisit la main qu'elle lui tendait et ils sortirent ensemble de la galerie.

Il ne s'était pas écoulé une demi-heure qu'il reparaissait, seul cette fois, après avoir avalé rapidement un sandwich et bu une bouteille d'eau minérale. Il s'arrêta net à l'entrée de la galerie en constatant que l'étrange contemplatrice était toujours à son poste, victime de la même immobilité, le rouge de ses vêtements formant un halo crépusculaire autour d'elle. Il aurait pu la croire morte si elle n'avait pas subitement porté une main à son visage. Interloqué, il s'avança dans sa direction les mains derrière le dos et, une fois près d'elle, chuchota :

— Alors, qu'en pensez-vous ?

Ses paroles auraient pu se perdre dans le brouhaha qui les entourait, mais elles furent au contraire comme propulsées jusqu'à la jeune femme qui se raidit aussitôt. Sans quitter la toile du regard, elle pressa sa poitrine pour encourager son cœur à continuer de battre. Nicolas, lui, sentit le sien mourir en découvrant le profil de son admiratrice.

— Ce tableau est vraiment magnifique, murmura-t-elle enfin. Je ne me rappelais pas à quel point il l'était.

Elle quitta des yeux la toile et se retourna. Nicolas voulut parler, dire quelque chose, n'importe quoi, mais aucun son n'accepta de franchir ses lèvres. Il n'entendait plus le bourdonnement des conversations qui l'entouraient, ni le tintement des coupes de champagne qui s'entrechoquaient. Non, il n'écoutait plus que le bruit assourdissant de son sang qui avait repris sa course, circulant si violemment le long de ses veines qu'il en ressentait la pression jusque dans sa tête.

Pendant près d'une minute, ils se regardèrent en silence, lui trop surpris pour retrouver la voix, elle trop émue pour pouvoir échapper aux sanglots qui menaçaient de jaillir de sa gorge. Sa poitrine se souleva plus rapidement, preuve du tumulte qui l'assaillait, elle aussi. Les yeux fixés sur son visage, elle le vit plisser le front comme s'il s'adonnait à une profonde réflexion. Finalement, il parvint à libérer une phrase, comme un cri propulsé hors de sa poitrine, contre sa volonté.

— Qui êtes-vous ?

Ce qu'il lut alors dans les yeux de son interlocutrice ne pouvait pas le tromper. Cette femme, il la connaissait. Elle devait immanquablement faire partie de cette période de sa vie qu'il avait perdue un matin de septembre. Il se livrait maintenant à un effort surhumain pour se souvenir, alors que son regard rivé sur elle ne semblait pas perdre une miette de ses expressions et de ses sentiments. En effet, il avait nettement perçu le voile qui venait d'embuer son regard émeraude...

Sentant les larmes prendre d'assaut ses yeux dans lesquels il espérait une révélation, elle se détourna, cherchant un mur nu pour s'y appuyer. Elle n'en trouva pas.

— Je suis désolée, murmura-t-elle d'une voix faible. Je dois partir. Félicitations pour votre exposition, vous avez beaucoup de talent.

Avant qu'il ne puisse la retenir, elle s'était faufilée à travers la foule et avait regagné la sortie. Nicolas referma les doigts sur ce qui n'était plus que son absence, une douloureuse boule au fond de sa gorge empêchant l'air de parvenir jusqu'à ses poumons. Que lui arrivait-il? Que se passait-il? Et pourquoi maintenant?

Judith, qui revenait de la boulangerie avec deux tartes au citron dans un sachet bariolé, perdit de son sourire en le voyant complètement figé, le front moite de sueur. Elle connaissait cette expression, cette attitude, ce regard, et il ne lui fallut pas plus d'une seconde pour comprendre que quelque chose s'était produit.

— Nicolas, ça ne va pas?

Combien de nuits l'avait-elle vu s'éveiller au milieu d'images qu'il ne maîtrisait pas et qui peu à peu se frayaient un chemin jusque dans ses rêves?

Comme il ne répondait pas, elle lui prit le bras et tenta de l'emmener dans la petite pièce adjacente. Il résista, le regard toujours fixé sur la porte qui, quelques secondes plus tôt, s'était refermée derrière l'étrange inconnue.

— Nicolas, dis-moi ce qu'il y a, je m'inquiète. Je t'en prie!

Il jeta désespérément un regard autour de lui, doutant soudain du lieu où il se trouvait. Judith insista, renouvelant sa question.

Ses paroles eurent le don de le faire sortir de la transe dans laquelle il venait de sombrer. Il baissa la tête vers elle et, en la serrant dans ses bras, lui dit calmement:

— Ne t'inquiète pas, je vais bien. Oui, je vais bien, répéta-t-il pour se convaincre lui-même. Seulement un peu survolté. C'est l'émotion, je crois.

Elle lui sourit, rassurée. Elle sortit une des tartes, en coupa un morceau qu'elle lui fourra gentiment dans la bouche.

— Tiens, avale ça. Ça te redonnera des forces. C'est bourré de calories, mais c'est diablement bon.

Elle essayait de paraître enjouée, mais sentait poindre au fond d'elle-même une panique qu'elle parvenait de moins en moins à contrôler. Elle passa donc le reste de la journée à le surveiller discrètement, attentive au moindre mouvement qui démontrerait que quelque chose venait de changer. Elle chercha le signe qui prouverait qu'il se souvenait, et soupira de soulagement chaque fois qu'elle se heurtait au vide de son regard.

L'après-midi s'écoula sans incident notable, les félicitations se fusaient de toute part, les bulles de champagne explosaient dans tous les verres. Pourtant, Nicolas n'arrivait plus à se concentrer sur quoi que ce soit d'autre que le portrait suspendu au centre de la galerie. Une aura flottait tout autour de ce visage de femme qui semblait le regarder, l'aura d'un fantôme qui ne l'avait pas quitté depuis des années et à laquelle s'ajoutait à présent la douce musicalité d'un accent qui n'avait rien de français.

***

« Nicolas »

Qu'est-ce donc qu'oublier si ce n'est pas mourir ?

Alfred de Musset

Chapitre 1

9 juillet 2006

Debout devant la baie vitrée de son atelier, Nicolas regardait la pluie s'abattre contre les carreaux lisses de la fenêtre. Les éléments semblaient aussi déchaînés qu'étaient violents et démentiels les sentiments qui se fracassaient contre sa poitrine. S'il avait pu les arracher de son corps pour les jeter loin de lui, il l'aurait fait volontiers. Il ne supportait pas l'état dans lequel il se trouvait et qui empirait davantage à chaque pensée tournée vers elle.

Depuis qu'il l'avait vue, quelques heures plus tôt à la galerie, l'image de son visage était omniprésente. Nette et fraîche dans sa mémoire, elle ne parvenait pas pour autant à combler le néant qui l'entourait désormais, et semblait aussi fluide et insaisissable qu'une apparition. Malgré toute la volonté qu'il y mettait, il était incapable de relier la physionomie de cette femme à un lieu ou à une époque. Les morceaux du puzzle continuaient de s'entrechoquer en tournant autour d'elle, plus obsédants encore.

Nicolas soupira. Il n'avait jamais eu autant l'impression de s'être perdu, de ne plus savoir qui il était.

Aîné de deux enfants, il n'avait jamais connu de grandes difficultés. Il avait vécu une jeunesse heureuse, partagée entre les fréquents séjours passés en Bretagne chez sa grand-mère en compagnie de

France, sa sœur cadette, et les périodes scolaires où il faisait les quatre cents coups avec les autres garçons de son âge, lorsqu'il n'était pas occupé à peindre ou à dessiner.

Adolescent, il avait pris conscience de son étrange pouvoir de séduction et en avait largement abusé auprès du sexe opposé, ce qui lui avait valu une réputation de don Juan qui l'avait momentanément détourné de sa passion première.

Ce fut sa mère qui, après avoir eu vent de ses multiples aventures, décida qu'il était temps pour elle d'intervenir. Bien sûr, la tâche était ardue, car son fils avait hérité de l'entêtement et surtout de l'assurance de son père. Une assurance à toute épreuve qu'il était difficile d'ébranler. Mais Margaret Mariono avait des ressources et connaissait bien son fils. Aussi, lorsque le briseur de cœurs eut dix-huit ans, elle lui offrit comme cadeau un séjour de deux semaines à Florence. La magie du lieu opéra. La passion du jeune homme pour la peinture, telle une fleur encore en bouton, ne tarda pas à éclore et l'intensité des couleurs qui envahissaient déjà son esprit n'avait d'égal que son désir fulgurant de s'adonner pleinement à cette activité.

Nicolas revint de Florence métamorphosé, à la plus grande satisfaction de sa mère qui n'émit aucune objection à ce qu'il suive des cours de peinture en plus de sa formation d'architecte. Le jeune adulte poursuivit donc sa progression, et le nombre de ses conquêtes diminua tant qu'il put les compter sur les doigts d'une seule main. Lorsque sa mère l'interrogea à ce sujet, il se contenta de lui répondre que personne ne pouvait rivaliser avec sa maîtresse première, la peinture, et qu'aucune femme ne parvenait à retenir plus d'un mois son attention.

Il obtint son diplôme d'architecte et c'est à cette période qu'il fut confronté à la seule véritable épreuve qui devait marquer définitivement chez lui le début de sa vie d'adulte : la mort de son père. Celle-ci le frappa brutalement. Il prit douloureusement conscience que la vie n'était pas quelque chose de futile et qu'il lui appartenait d'en profiter pleinement. Son père lui laissa une somme d'argent qui lui permit d'acquérir un appartement en plein cœur de Paris, où il résidait depuis. Il trouva un poste d'architecte dans une entreprise réputée et y évolua rapidement. Tout allait bien. La vie lui souriait. Jusqu'à ce matin de septembre où il avait ouvert les yeux sur un lit d'hôpital, incapable de se rappeler son nom ni celui des trois femmes qui encerclaient son lit.

Dès lors, il dut vivre avec l'idée qu'une année entière de sa vie s'était effacée comme une mauvaise équation sur une ardoise. Il avait appris à vivre ainsi, à accepter. À accepter? Non. Il avait appris à se résigner. Se résigner à devoir renoncer à tout ce dont il ne se souvenait pas. Seulement, à certains moments, cette ignorance l'affligeait comme la pire des blessures. Il en ressentait le mal aussi profondément dans sa chair que s'il avait été causé par une brûlure encore à vif sur laquelle on s'acharnerait avec du papier de verre.

Cette image obsédante que lui avait renvoyée le tableau à chaque minute de chaque heure, cette toile qu'il avait retrouvée sous un drap en revenant de l'hôpital et qui trônait à présent au centre de la galerie, voyait aujourd'hui son heure de gloire. Car pire que tout, il ne se souvenait pas l'avoir peinte. Et chaque jour s'épaississait un peu plus le mystère de cette peinture qu'on voulait bien lui attribuer en raison de cette signature indiscutable au bas de la toile.

Pourtant, malgré la fuite perpétuelle des souvenirs qui ne cessaient de tournoyer autour de lui, insaisissables, irrécupérables, il n'était jamais parvenu à échapper à la hantise de cette image. Cette femme, cette ambiance, ce sentiment si puissant qui se dégageait de chaque teinte, de chaque ligne... Une femme en train d'écrire dans son atelier, cette femme... toujours cette femme...

Il avait repris sa vie, en faisant abstraction de cette brève éternité désormais hors d'atteinte. Il avait rebâti ces quelques mois de son passé sur la base de ce qu'on avait bien voulu lui raconter, sans que personne ne puisse cependant expliquer la présence de cette femme sur le tableau. Qui était-elle? D'où venait-elle? L'énigme demeurait. Et elle, elle avait continué d'exister dans un ailleurs, loin de lui, mais son aura emplissait encore chaque centimètre cube de son atelier. Elle incarnait le mystère le plus absolu, le plus troublant, le plus inéluctable. D'autant plus que s'il faisait abstraction de ces quelques mois qui s'étaient abîmés entre sa vingt-neuvième et sa trente et unième année, il n'avait jamais toléré la présence de qui que ce soit dans son atelier. Lorsqu'il y travaillait, il aimait se retrouver seul, se laisser séduire par la lumière ou l'humeur du temps.

Or, depuis son amnésie, chaque fois qu'il pénétrait dans la pièce, il avait l'impression de ne pas y être seul. Il avait la sensation permanente d'une présence près de lui, qui l'observait constamment. Lorsqu'il avait découvert la toile, il avait immédiatement reconnu le fauteuil placé devant son chevalet et qui pourtant n'avait pas sa place dans ses souvenirs. Il avait cherché une quelconque trace de présence féminine. En vain. Seuls subsistaient un arsenal de crayons et une petite table jouxtant le fauteuil qui semblaient continuellement le mettre au défi de découvrir la raison de leur présence en ce lieu sacré.

Il ne put retenir un soupir alors que son regard balayait les façades assombries des immeubles de Paris. La nuit descendait doucement et les lampadaires parvenaient difficilement à étendre leur lueur blafarde, affaiblie par les ombres qui s'enroulaient autour de leurs frêles silhouettes.

Il se passa une main dans les cheveux et jeta un nouveau regard autour de lui. Alors que la pluie redoublait d'intensité, son atelier prenait davantage l'apparence d'un lieu calme et reposant. La lumière tamisée des bougies posées ici et là, à même le sol ou sur la table basse en bois maculée de peinture, faisait danser d'étranges silhouettes sur les murs contre lesquels reposaient des toiles de toutes dimensions. Au milieu de la pièce, un chevalet lui aussi couvert de cicatrices colorées attendait bien sagement qu'on veuille s'intéresser à lui. Mais ce soir-là, pour la première fois depuis des années, Nicolas n'y prêta pas attention. Il se sentait bien incapable de toucher un pinceau et encore moins de tracer un trait. L'inspiration l'avait fui comme sa mémoire l'avait fait un jour, sans crier gare.

À nouveau, il contempla la lueur frémissante des rayons de lune qui cajolaient les carreaux de l'immense baie vitrée. C'est alors qu'il l'aperçut. En réalité, il la devina plus qu'il ne la discerna, car son visage disparaissait sous un parapluie. Il la reconnut à son tailleur rouge cerise et à la courbe parfaite de sa taille. Le souffle court, il posa les deux mains contre la vitre. Il suivit des yeux la jeune femme que cachait à demi la buée qui se formait maintenant sur la fenêtre. Avec stupéfaction, il la vit pénétrer dans le petit café qui faisait face à son appartement. Alors, sans réfléchir, il sortit en courant de son atelier et dévala quatre à quatre les marches de l'escalier qui menait à l'appartement. Il passa en trombe devant Judith qui le dévisagea, complètement éberluée, et prit à peine le temps de lui crier :

— Je reviens tout de suite !

Elle ne put rien faire pour l'empêcher de sortir, et ses paroles se heurtèrent au vide de l'appartement qui faisait écho au bruit de ses pas qui dévalaient à toute vitesse l'escalier de l'immeuble. Elle continua donc de remuer la sauce à spaghettis qu'elle préparait pour le repas, en proie à une nouvelle bouffée d'angoisse.

Dehors, Nicolas réalisa qu'il pleuvait et qu'il n'avait pris ni veste ni parapluie. Il fonça tête baissée jusqu'au petit café dont il ouvrit la porte à toute volée avant de s'y engouffrer. Une odeur de friture et d'épices chatouilla aussitôt ses narines alors que son regard explorait les lieux. En dépit de la proximité de l'endroit, il n'y était jamais venu, lui trouvant un air peu convivial. Aussi fut-il surpris de découvrir une salle parfaitement propre, bondée de monde en ce samedi soir de juillet.

De multiples recoins donnaient un air faussement intime au petit restaurant. Un long comptoir derrière lequel s'affairaient trois hommes habillés de tabliers blancs traversait la salle de part en part. Nicolas jeta un regard à gauche et à droite avant de l'apercevoir dans les bras de l'un des serveurs qui semblait lui roucouler des mots doux à l'oreille. Interdit, il assista à ce qu'il devinait être des retrouvailles entre personnes intimes puisque l'homme lui plaquait deux baisers sur les joues et un troisième légèrement plus long sur la bouche. Il l'installa ensuite à l'une des petites tables près du bar, sans doute pour être en mesure de discuter avec elle alors qu'il reprenait son service.

À demi trempé, Nicolas hésita. Il passa une main dans ses cheveux pour en faire tomber les gouttelettes d'eau qui s'y accrochaient et opta pour une place à l'autre extrémité du bar, ce qui lui permettrait d'observer la jeune femme sans se faire remarquer. S'il était suffisamment fou pour sortir sur un coup de tête sous une pluie diluvienne, il ne l'était pas assez pour l'affronter sans avoir au préalable réfléchi à ce qu'il voulait lui dire. Il commanda une bière et attendit.

Le brouhaha de la foule l'empêchait de saisir la moindre bribe de leur conversation, mais une fois ou deux, le rire cristallin de l'inconnue le percuta violemment. Ce rire... Pourquoi ce rire le prenait-il directement à la poitrine ? Et cette manière qu'elle avait de secouer la tête, cette courbe qui reliait sa gorge à son épaule... Il avala sa bière d'un trait et sans plus réfléchir, ne suivant que son instinct, il se leva et se dirigea vers elle.

Son parfum le happa lorsqu'il fut à quelques centimètres d'elle, l'étourdissant, l'enveloppant comme une couverture chaude. Il ne fut cependant pas aveuglé au point de ne pas voir l'éventail de sentiments qui obscurcit ses prunelles lorsqu'elle l'aperçut.

— Bonsoir, murmura-t-il d'une voix rauque.

— Bonsoir, répondit-elle dans un souffle.

— Je peux ? fit-il en montrant la place libre en face d'elle.

D'un hochement de tête elle acquiesça, le regard rivé sur lui, la bouche entrouverte comme si elle cherchait l'air qui lui faisait soudain défaut. Il remarqua qu'elle avait suspendu son geste et qu'elle ne remuait plus sa cuillère dans sa tasse de café, tout comme elle semblait avoir cessé de respirer, cessé d'exister. Pourtant, elle était bien là, statufiée devant lui. Il croisa les mains sur la table et se mit à la contempler. Il chercha quelque chose à dire, une explication plausible qui justifierait sa présence en ce lieu, à cet instant précis, mais n'en trouva pas. Il la regardait simplement, enregistrant le moindre détail : la petite cicatrice qui marquait la base de son cou, les boucles d'oreilles qui décoraient ses lobes, les nuances de ses iris qui passaient du vert au gris... Tout. Ce fut elle qui, sans doute gênée par cet examen, baissa les yeux la première, reprenant le mouvement de sa cuillère. Ce fut également elle qui prononça les premiers mots de leur deuxième conversation :

— L'exposition est magnifique. Félicitations !

— Merci, murmura-t-il essayant de découvrir un indice qui lui indiquerait la direction à prendre.

Nouveau silence, nouveaux regards. Puis, sans savoir ce qui lui prenait, sans prendre la peine de se demander si c'était la bonne ou la mauvaise solution, il dit de but en blanc :

— La femme sur le tableau, est-ce que c'est vous ?

La soudaine coloration de ses joues fut plus éloquente qu'un aveu. Il se redressa contre le dossier de sa chaise et croisa les bras. La façon dont il la scrutait était si intense qu'elle se mit à trembler. Aussi, de peur qu'elle ne s'enfuie, il reprit rapidement :

— Il y a deux ans, on m'a diagnostiqué un anévrisme au cerveau. J'ai dû être opéré d'urgence, mais l'anévrisme s'est rompu pendant l'intervention. J'ai été sauvé de justesse. Cet incident m'a valu cependant plusieurs jours de coma, expliqua-t-il. À ce qu'on m'a dit, les pronostics des médecins n'étaient guère encourageants. Pourtant, j'ai survécu. Seulement, à mon réveil, je souffrais d'amnésie. Je ne vous raconte pas l'horreur de la situation lorsque l'on ouvre les yeux et que l'on ne reconnaît pas le visage de celle qui se dit être votre mère.

Il la vit tressaillir, suspendre à nouveau le geste qu'elle imposait à la cuillère qui fouillait le fond de sa tasse, et plonger son regard au fond du sien. Elle avait pâli et ne cessait à présent de se mordre les lèvres.

— C'était le trou noir, le vide total. J'avais cette impression horrifiante de ne plus exister, de ne plus appartenir à cette vie. Plus de points de repère, plus de certitudes, plus aucune raison de vouloir vivre. Puis, peu à peu, les souvenirs sont revenus, les uns après les autres. J'y ai consacré la totalité de mon énergie pendant des mois. Cependant, pour une raison inconnue, une année est restée inaccessible, bloquée quelque part dans mon subconscient. C'est celle qui a précédé mon opération. Les médecins ont attribué cette amnésie à un traumatisme affectif qui aurait pu pousser mon cerveau à occulter certains événements. Dans mon cas, cela signifie plus de seize mois. Je ne sais pas quoi penser de cette théorie. Seulement, je n'ai encore trouvé aucun argument pour la réfuter. Aujourd'hui, je devine que vous devez faire partie de cette année, ce qui expliquerait que j'aie pu vous peindre et que je ne me souvienne pas de vous.

Elle frémit de nouveau, signe qu'il venait de la blesser. Ses yeux devinrent humides et elle baissa le regard, ses longs cils emprisonnant à grand-peine la preuve de son chagrin. Il se retint de poser sa main sur la sienne et se contenta de serrer les dents sans cesser une seule seconde d'observer son visage. Il l'entendit respirer à fond avant de demander :

— Co... comment avez-vous découvert que vous étiez malade ?

— On m'a raconté qu'il y avait déjà un certain temps que je souffrais de fortes migraines et de troubles de la vue. J'en étais même venu à ne plus me rappeler quel jour nous étions. Judith, ma fiancée, est médecin et elle a tout de suite compris que ce n'était pas anodin. Elle m'a obtenu un rendez-vous avec un spécialiste du cerveau et je l'en remercie, car si elle ne l'avait pas fait, Dieu seul sait ce qui aurait pu m'arriver.

— Elle vous a sauvé la vie...

— En quelque sorte, oui.

Nicolas la vit littéralement se décomposer sur sa chaise. Elle était devenue si pâle qu'il eut peur qu'elle ne s'évanouisse. Elle fixait un point sur le mur, derrière lui, comme si elle assistait à la fin d'un mauvais film. Une larme glissa sur sa joue livide et elle l'essuya aussitôt du revers de la main avant qu'un long tremblement ne la saisisse tout entière.

Il attendit que la boule qui s'était coincée dans sa gorge accepte de le laisser à nouveau respirer avant de demander d'une voix douce :

— Qui êtes-vous donc ?

— Je suis désolée, bégaya-t-elle en se levant brusquement. Je dois partir.

Elle saisit son sac et sans un mot courut hors du restaurant. Pétrifié par sa réaction, Nicolas ne fut pas assez rapide pour la retenir. Il se retrouva debout près de la table, la main tendue vers l'espace qui ne retenait d'elle que les effluves de son parfum. Il referma les doigts comme pour en saisir l'odeur avant de frapper la table de l'un de ses poings, soudain fou de rage.

«Pauvre abruti», hurlait son subconscient alors qu'il se laissait choir sur la chaise. Il eut peu de temps pour se reprendre, car le serveur qu'il avait vu quelques instants plus tôt embrasser la jeune femme se ruait déjà sur lui, l'air mauvais.

— Décidément rien ne change. T'as un sérieux problème, mec. Tu as vraiment un sérieux problème. Si tu ne sais pas faire autre chose que de la faire pleurer, tu devrais peut-être t'abstenir de l'approcher! Pauvre type, tu me sembles toujours aussi con!

Nicolas écouta le discours méprisant de l'homme qui lui faisait face, sans respirer, avant de l'interroger, le cœur battant :

— On se connaît ?

L'espace d'un instant, le serveur le dévisagea comme si une deuxième tête était en train de lui pousser.

— Tu as bu combien de bières ? lui demanda-t-il d'un ton sarcastique. Qu'est-ce que tu crois ? Que j'ai oublié la fois où tu as débarqué chez moi ? Et toutes ces fois où tu es venu la retrouver ici et qu'elle est partie folle de rage ? Ça ne va pas ? Il n'y aurait qu'un imbécile pour oublier un truc pareil! Si tu veux un bon conseil, mec, fiche-lui la paix! Ce n'est pas parce que tu m'as pris par surprise une fois que tu vas me mettre K.O. à chacune de nos rencontres. Pigé ?

Il retourna derrière son comptoir et, après avoir saisi son torchon, se remit à essuyer les verres sans pour autant cesser de le dévisager du coin de l'œil. Lentement, Nicolas se leva et sortit du restaurant tel un somnambule, un étrange poids lui oppressant la poitrine. Il s'arrêta un instant pour reprendre son souffle, le cerveau plein de toutes les informations qu'il venait d'apprendre en si peu de temps. Il connaissait cette femme. Il en avait eu la confirmation, plutôt deux fois qu'une. Et apparemment leur relation n'avait rien de simple. Pourquoi ? Et quelle était la nature de leurs rapports ? Avaient-ils été amants ? Il éprouva soudainement le besoin de se retrouver seul. Il maudit le sort qui avait voulu que cette soirée fut celle choisie par sa sœur pour célébrer son succès. Il ne voyait pas comment il allait pouvoir, des heures durant, supporter son bavardage incessant.

Judith venait de regarder l'horloge pour la quatrième fois lorsqu'il réapparut, complètement trempé, le visage fermé. Il jeta un rapide coup d'œil à France, arrivée entre-temps, et annonça qu'il allait mettre des vêtements secs, avant de disparaître dans sa chambre sans autre explication ni mot d'excuse. France, qui avait été mise au parfum de son comportement pour le moins étrange, le suivit aussitôt. C'est à peine si elle frappa avant de pénétrer dans la pièce, décorée sobrement de meubles d'acajou. Elle ne sembla nullement impressionnée par son large torse et ses épaules légèrement moins musclées qu'autrefois.

— Tu permets? siffla-t-il entre ses dents alors qu'il enfilait un t-shirt puis un pull.

D'un geste nerveux, il tenta ensuite de retirer sa montre, mais la fermeture du bracelet résista. La jeune femme, sans prendre ombrage de son ton qui exprimait davantage un profond énervement que de la colère, vint s'asseoir sur le lit, croisa ses longues jambes sous elle et attendit. Elle connaissait suffisamment bien son frère pour savoir qu'il viendrait à elle de lui-même. Ce qui ne tarda pas. Après avoir lutté pendant trois minutes avec la petite vis qui retenait le bracelet en cuir de sa montre, il leva les bras au ciel en signe d'exaspération, geste assorti d'un juron bien senti, avant de jeter sur la commode le bijou qui avait finalement cédé. Il se rendit ensuite devant la fenêtre et s'absorba dans la contemplation de la vue.

Debout, les jambes légèrement écartées et les mains dans les poches, il regardait les rues de Paris que la pluie avait rendues désertes, comme un matelot sur un bateau, à l'affût d'une tempête. Il fouillait la nuit comme si la seule force de son regard avait le pouvoir de matérialiser le fantôme de cette femme, là, juste devant ses yeux.

France l'observa du coin de l'œil, constatant encore une fois à quel point il pouvait être séduisant avec cet air de brute inébranlable qu'il affichait constamment. Pas étonnant que toutes les femmes se pâment devant lui, il ressemblait davantage à un homme sûr de lui, capable d'obtenir tout ce qu'il voulait, qu'à un peintre. Malgré la pénombre, elle pouvait deviner la tension qui l'habitait.

— Je l'ai vue, France, lâcha-t-il soudain.

Elle sursauta tant le ton qu'il venait d'employer était désespéré.

— Qui ? demanda-t-elle aussitôt.

— La femme du tableau. Celle que j'ai peinte. Celle que j'ai peinte dans mon atelier. Je l'ai vue, aujourd'hui.

La stupeur put se lire sur le visage de sa sœur. Une exclamation de surprise s'étouffa dans sa gorge avant qu'elle ne reprenne plus calmement :

— Raconte-moi.

Il souleva les épaules comme si ça n'avait soudainement plus d'importance.

— Cet après-midi, à la galerie. Je l'ai vue qui contemplait son portrait. Je sais que c'est elle, la ressemblance est trop frappante. Elle est... différente, mais c'est bien elle.

La jeune femme se redressa brusquement, comme si cette réalité la frappait de plein fouet. Elle porta une main à sa gorge avant de hasarder d'une voix calme :

— Si elle était différente, peut-être que ce n'était pas elle, peut-être que...

— C'était bien elle, la coupa-t-il brusquement. J'en suis certain, aussi certain que je sais que tu es ma sœur. Son visage, son expression... ce sont les mêmes, complètement identiques.

— En quoi était-elle différente, alors ?

Le jeune homme hésita, cherchant dans sa mémoire les moindres détails, les moindres indices qui auraient pu trahir cette persistance de son cerveau à se bloquer de cette manière.

— Les cheveux, je crois, les vêtements... je ne sais pas. France, pourquoi maintenant et pas avant ? Si seulement je pouvais savoir qui elle est ? Ce qu'elle représentait pour moi ? Elle ne peut pas être une simple connaissance. Chaque pore de mon corps me le dit. Et surtout, on ne peint pas une amie avec une telle intensité !

— C'était peut-être simplement un modèle, tu nous as dit toi-même que...

— Je sais très bien ce que j'ai dit. La vérité, c'est que je n'en pense pas un mot. France, tu me connais mieux que cela ! Tu sais parfaitement que les êtres humains ne m'intéressent pas ! Je n'ai jamais peint personne ! Je n'ai jamais voulu peindre d'hommes ni de femmes ! J'ai toujours prétendu que pour peindre un être humain il fallait être capable de le cerner, de s'incruster dans sa tête, même d'en violer les pensées, pour le découvrir et le connaître mieux que je ne me connais moi-même ! Je n'ai pas changé d'avis ! Et tu sais aussi bien que moi que je ne suis pas un fin psychologue. Alors pourquoi elle ? Et puis, il y a ce mec du café qui prétend m'avoir déjà vu plusieurs fois avec elle...

France sursauta à nouveau en entendant cette dernière déclaration, à peine murmurée.

— Qui t'a déjà vu avec elle ?

— Le mec du café. Le serveur du café d'en face.

— Tu lui as parlé ? Quand ?

— Il y a dix minutes, à peine. C'est de là que je viens.

Ses épaules s'affaissèrent alors qu'il secouait la tête, complètement découragé. Il vint s'asseoir sur le lit qui plia sous son poids, et se tint, les mains jointes entre les cuisses, aux côtés de sa sœur.

— France, je crois que je vais devenir dingue. Je me suis levé ce matin à l'aube de la plus belle journée de ma vie. C'était mon heure de gloire, la consécration de mon travail. Je m'étais préparé à tout, sauf à ça. Et ce soir, la seule certitude que je puisse avoir confirme tous mes doutes : je n'aurais pas pu peindre une femme comme je l'ai peinte, elle, si je n'étais pas profondément lié à elle. De quelle manière et jusqu'à quel point ? Je l'ignore !

France posa une main sur l'épaule de son frère. Le fait qu'il avoue tout haut ce qu'elle pensait tout bas l'interpella. Elle attendit, le cœur battant, devançant ses propres paroles :

— Que comptes-tu faire maintenant ? La revoir ?

Il releva brusquement la tête en entendant le ton qu'avait employé sa sœur.

— Tu serais contre ? lui demanda-t-il de but en blanc. Tu trouves que c'est une mauvaise idée ?

— Non, je suppose que c'est normal que tu cherches à savoir, mais dans ta cuisine, en ce moment, il y a quelqu'un que j'affectionne profondément et que je ne souhaite pas te voir blesser, même sans le vouloir.

Elle le vit ciller des yeux sous l'allusion. Il serra les poings avant de dire brusquement :

— Judith est la femme que j'ai cherchée toute ma vie. Nous envisageons de nous marier et je ne vois pas comment tu peux insinuer une seule seconde que je pourrais avoir envie de lui faire du mal !

— Je n'insinue rien, Nicolas. Je te dis simplement de faire attention à ne pas perdre quelque chose qui t'est précieux pour courir après une chimère.

— Une chimère ? Parce que pour toi essayer de retrouver une partie de sa vie revient à courir après une chimère ? Il faut bien que tu n'aies aucune idée du calvaire que j'ai vécu pendant ces longs mois pour oser dire une chose pareille.

Sa voix tremblait de colère et son visage avait pâli de rage alors qu'il la dévisageait comme s'il la voyait pour la première fois. France en frémit, bouleversée. Jamais elle ne l'avait vu dans un état pareil. Il fallait qu'elle soit bien sotte, en effet, pour ne pas comprendre, comme il venait de le lui faire remarquer. Il se leva et retourna près de la petite fenêtre de sa chambre. Profondément désolée, elle se leva aussi et s'approcha de lui. Elle voulut lui toucher le bras, mais il la repoussa.

— Je crois que ce n'est pas une bonne soirée pour célébrer. Je te demanderais de partir, s'il te plaît. J'ai besoin de réfléchir à tout cela.

Elle n'ajouta rien et, le cœur lourd, sortit de la pièce. Elle s'en voulait terriblement de l'avoir poussé à bout de cette manière, alors qu'il avait désespérément besoin de son soutien. Non, il ne ferait jamais de mal intentionnellement à Judith, il le croyait sincèrement. Mais serait-ce réellement le cas s'il retrouvait cette femme qui jouait un rôle beaucoup plus important qu'il ne pouvait le soupçonner ? Elle, elle savait. Du moins, elle en connaissait une petite partie. Et c'était justement parce qu'elle savait, qu'elle ne pouvait rien dire. Elle dut lutter encore une fois avec la morsure du remords qui s'empressait de brouiller son jugement.

Elle se rendit à la cuisine pour récupérer son manteau trempé qui dégoulinait sur le plancher près de la fenêtre. Elle n'osa pas regarder Judith dans les yeux et se contenta de dire :

— Elle est revenue. Marina. Elle est revenue.

Il y eut un bruit de verre cassé, puis la voix apeurée de Judith qui murmura :

— Non, ce n'est pas vrai ! Tu en es certaine ?

Elle trouva une confirmation dans les yeux de France. Son cœur se serra à lui faire mal alors qu'elle secouait la tête comme pour se réveiller d'un mauvais rêve. Puis, reprenant soudainement le contrôle d'elle-même, elle l'interrogea d'une voix calme :

— Est-ce qu'il se rappelle ?

— Non, pas encore. Mais il faut nous préparer à cette éventualité. Et tu sais ce qui se passera à ce moment-là. Je crois que si nous voulons limiter les dégâts, il faudrait tout lui dire.

France vit sa belle-sœur refuser nette sa proposition d'un vigoureux mouvement de tête. Elle appuya ses deux mains sur la table, la tête rentrée entre les épaules.

— Jamais. Il ne doit pas se souvenir, France. S'il découvre tout, je le perdrai.

— Non, Judith, peut-être pas. Les choses ont évolué... Il t'aime ! Il vient de me le redire. Tu ne le perdras pas. Tu sais ce que l'on dit, faute avouée est à moitié pardonnée.

— Si ! Je le perdrai ! Contre elle, le combat est perdu d'avance ! Promets-moi de ne rien lui dire, France. Promets-le-moi au nom de notre amitié.

La jeune femme hésita. Entre perdre l'amour de son frère ou l'amitié de Judith, elle ne savait que choisir. Ils constituaient tous deux sa force vitale. Son équilibre. Qu'elle soit privée d'un seul d'entre eux et tout s'effondrait autour d'elle.

— Promets-le-moi, France, insista à nouveau Judith.

— Je te le promets. Parce que je t'aime, parce que je vous aime tous les deux, je ne dirai rien.

Elle enfila lentement son manteau, lui trouvant soudainement un poids difficilement supportable. La pluie n'y était pour rien, ce qui n'était pas le cas du remords.

***

Chapitre 2

10 juillet 2006

Le lendemain, avant même de pénétrer dans la galerie, Nicolas savait qu'il la trouverait une fois de plus devant la toile. Pourquoi ? Il n'aurait su le dire, mais il en avait une telle certitude qu'il aurait pu donner sa main à couper.

C'est donc le cœur agité et l'esprit soucieux qu'il poussa la porte vitrée. Il ne fut pas surpris, après avoir balayé la salle du regard, de poser ses yeux sur la silhouette désormais familière. Elle avait troqué son tailleur contre un jeans et un pull blanc qui, loin de faire ombrage à ses formes, lui donnaient un air sexy auquel il s'en voulut de ne pas être insensible. Il serra les poings, enfonçant ses ongles dans la chair de ses paumes, et lentement se dirigea vers elle. Tout comme lui, elle ne parut pas étonnée de le voir. Au contraire, elle semblait l'attendre. Elle le regarda s'approcher avant de lui adresser un léger sourire.

C'était la première fois qu'il la voyait lui sourire et il en fut troublé.

— Je n'ai pas pu résister à l'envie de revenir l'admirer une dernière fois, commença-t-elle d'un ton léger.

Il fronça les sourcils, le corps soudainement en alerte. Elle le comprit et s'expliqua :

— Je repars en début de soirée chez moi. Je suis québécoise, expliqua-t-elle. Je ne crois pas revenir un jour à Paris et c'est pourquoi je me suis permis de passer à la galerie pour le revoir. Une dernière fois.

Il ne comprit pas pourquoi l'idée de ne plus jamais la voir soulevait en lui ce malaise, mais il se douta que ça n'augurait rien de bon. Et puis, comme si un masque tombait, elle ferma les yeux, l'air soudain anéanti et il l'entendit murmurer :

— Je ne peux plus faire semblant, c'est trop dur…

Elle posa ses jolis yeux sur lui et timidement, abandonnant le vouvoiement qui lui pesait tant, elle reprit :

— Je ne m'étais jamais expliqué que tu puisses te séparer de l'autre tableau. Maintenant, je comprends. Il y avait matière à compensation.

Nicolas ne put retenir une exclamation. Il obtenait réponse à l'un de ses doutes pendant que son cerveau enregistrait ce qu'elle venait de dire. L'une de ses mains agrippa le bras de la jeune femme et il lui demanda aussitôt d'une voix émue :

— L'autre tableau ? Il y a un autre tableau ?

Elle se mordit les lèvres, puis lui sourit de nouveau avant de tenter un geste de retrait. Mais il était hors de question qu'elle s'enfuie une fois de plus. Il resserra légèrement la pression sur son bras et la fit doucement pivoter vers lui. Il plongea son regard au fond du sien et le souffle lui manqua lorsque quelque chose de puissant s'enfonça au creux de sa poitrine. Un courant passa entre eux et les foudroya en une fraction de seconde. Il la relâcha aussitôt, tous ses muscles tétanisés, remarquant que les visiteurs qui se trouvaient autour d'eux semblaient davantage porter attention à leur conversation qu'à ses œuvres. Il respira profondément avant de murmurer :

— Je t'en prie, ne pars pas tout de suite. Accorde-moi cinq minutes. Seulement cinq minutes et ensuite je te promets de ne plus jamais t'importuner. Croix de bois, croix de fer, si je mens, je vais en enfer !

Cette dernière réplique la fit rire, ce qui détendit considérablement l'atmosphère. Il sourit à son tour et posant à nouveau une main sur son bras, l'entraîna vers la petite pièce interdite au public qui lui permettait de s'isoler lorsque le besoin se faisait sentir. Aussitôt la porte fermée derrière eux, il enchaîna :

— Tu as parlé d'un autre tableau. S'agit-il d'un portrait de toi ?

Elle acquiesça d'un signe de tête sans cesser de le dévisager. Elle devina la question suivante avant même qu'il ne la pose.

— J'aurais aimé te le montrer, mais il n'est pas en France.

Puis, comme si les souvenirs liés à cette toile la faisaient soudainement atrocement souffrir, elle se détourna de lui, absorbée par la contemplation d'une fissure dans le plâtre du mur dont elle suivit le relief du bout du doigt :

— Tu me l'as offerte, il y a quelques années.

Il se rapprocha d'elle avant de demander d'une voix embarrassée :

— Qu'est... que représente-t-elle ?

Le mouvement du doigt sur le plâtre s'interrompit et un instant Nicolas se mit à craindre encore une fois qu'elle ne s'enfuie. Il retint son souffle, une multitude de secondes s'envolant au travers de ce silence pesant.

— Rien de bien extraordinaire. C'est...

— Un nu ? hasarda-t-il le cœur battant.

Rougissante, elle répondit d'un signe de tête. Il crut étouffer alors qu'il posait à nouveau les yeux sur elle. « Bon Dieu ! songea-t-il. Je n'ai jamais peint de nu. Si je l'avais fait, je m'en souviendrais ! » Son subconscient hurlait sa frustration alors qu'il refusait d'accepter cette vérité. Voyant à quel point il semblait perturbé, elle se dit qu'il valait mieux battre en retraite. Mais avant de partir, elle ne résista pas à l'envie de le toucher encore une fois, une dernière fois. Elle leva une main hésitante qu'elle posa sur sa joue, laissant glisser ses doigts le long de son cou, jusqu'à son cœur.

Il se crispa sous le contact léger de ses doigts.

— J'ai été heureuse de te revoir, Salom. Vraiment. Sois heureux.

Et sans un mot de plus, alors qu'il aurait tant voulu la retenir, elle sortit de la pièce, sortit de sa vie. Foudroyé par son geste qui lui brûlait la peau, il demeura immobile un long moment, le sol se mouvant soudainement sous ses pieds. Comment l'avait-elle appelé ? Salom ?

Toujours incapable de faire le moindre mouvement, sans cesser de fixer la porte close, il se mit à fouiller au plus profond de sa mémoire pour se heurter une fois de plus au même mur qu'il aurait tant voulu pouvoir enfoncer, même à mains nues.

***

L'horloge sonnait 20 heures et il se tenait toujours là, debout devant la baie vitrée de son atelier. Il n'arrivait pas à quitter le ciel des yeux, ce ciel plombé, impénétrable. Plus tôt, il n'avait pas résisté à la tentation d'appeler à l'aéroport de Roissy-Charles-de-Gaulle pour connaître l'heure des avions en partance pour le Québec. Le dernier avion à quitter la France ce jour-là décollait à 20 h 08 précises. Il se passa une main dans les cheveux, l'esprit encore plus orageux que le temps.

Il remercia Dieu que Judith soit de garde à l'hôpital jusqu'au lendemain matin. Il savait le moment des explications imminent, car il ne pouvait pas lui cacher plus longtemps ce qui s'était produit et qui venait de chambouler sa vie.

Son regard se porta à nouveau sur le ventre gonflé de la voûte céleste. Sans se l'avouer, il éprouvait une forte irritation et parallèlement un immense soulagement de savoir cette jeune inconnue à nouveau loin de lui. Il ne doutait plus à présent qu'ils avaient dû être amants à un moment ou à un autre. Il l'avait ressenti dans chaque fibre de son corps à chacune de leurs rencontres. Surtout, il y avait cet autre tableau dont il ne se souvenait pas, mais il devinait qu'il devait être tout autant passionné, voire même beaucoup plus, que celui qui était exposé à la galerie.

Lui qui n'avait jamais peint de nu parce que les corps ne l'avaient jamais inspiré... lui qui n'avait jamais toléré la moindre personne dans son atelier, lui qui se sentait à nouveau envahi par l'envie et l'inspiration de coucher à nouveau un portrait d'elle sur une toile... quelle femme aurait pu transgresser à elle seule toutes ces lois?

Un élan de culpabilité lui tordit le ventre alors qu'il se répétait que Judith était la femme de sa vie. Judith était la femme qu'il admirait le plus au monde, une femme qu'il respectait pour le travail extraordinaire qu'elle accomplissait chaque jour auprès des patients qu'elle soignait. Il l'aimait profondément et Judith était la femme qu'il allait bientôt épouser. Cependant, il ne pouvait nier qu'il n'avait jamais ressenti le besoin impérieux de la peindre. Il n'avait jamais fait exception pour elle à cette règle d'or qu'il s'était fixée : ne jamais tolérer personne dans son atelier alors qu'il s'y trouvait en train de travailler...

Il laissa son front heurter la vitre froide et ses yeux se fermèrent. Il savait qu'il ne pourrait pas mettre une croix sur elle et qu'il devrait aussi, d'une manière ou d'une autre, parvenir à savoir ce qui s'était réellement passé. Si une relation s'était nouée entre eux deux, il y avait eu une rupture et, par conséquent, une histoire. Leur histoire... son histoire...

Minuit marquait la mesure lorsqu'il prit enfin la décision qui se cachait dans les recoins de son esprit. Il constata amèrement qu'il avait fallu à cette femme à peine quelques minutes pour semer le trouble dans son esprit, alors qu'il lui avait fallu plus de six heures de réflexion pour prendre la décision qui s'imposait. Il maudit l'heure tardive qui retardait le début de ses investigations, mais bénit le peu de temps qui le séparait du retour de Judith et de la dure matinée qui s'annonçait. Aussi, fort de sa foi en son jugement, il décida d'aller dormir et à sa grande surprise, se réveilla au petit matin sans avoir souffert d'insomnie.

Comme si la vie voulait lui donner un sursis supplémentaire, Judith téléphona pour l'avertir qu'elle devait enchaîner une nouvelle garde et qu'elle ne rentrerait que tard dans la soirée. Nicolas soupira, soulagé.

À peine eut-il avalé un café et un toast qu'il se mit à réfléchir à un stratagème. Comment faire pour retrouver la trace d'une étrangère ? Il s'habilla rapidement et se dit que dans l'immédiat, la seule personne à pouvoir lui apporter quelques éclaircissements était sans doute le serveur du café d'en face. Il attrapa son téléphone portable et sortit de son appartement au pas de course.

L'endroit était désert à cette heure matinale. La buée s'accrochait aux carreaux et un ruban de brume traînait paresseusement dans la rue. Il prit place à une table située près de la vitrine et attendit qu'on vienne le servir, insensible au courant d'air qui s'infiltrait par le joint défraîchi. Comme il s'en doutait, le serveur ne tarda pas à venir le narguer, son calepin à la main, habillé du même tablier blanc couvert de taches de café et de chocolat.

— Eh bien! Eh bien! Qui vois-je là de si bonne heure! Alors? Ce sera quoi ce matin? Un café bien noir ou une gifle en pleine gueule?

Nicolas leva un sourcil devant l'assaut mal déguisé du serveur. Manifestement, les politesses n'étaient pas de rigueur et cela renforça ses suppositions sur l'animosité qu'ils devaient ressentir l'un envers l'autre. Il ne releva cependant pas la remarque, demanda un espresso et attendit que l'homme revienne avec sa commande pour l'interroger. La tasse fut davantage jetée que posée devant lui, éclaboussant la manche de sa chemise. Nicolas serra les poings, contrôlant à grand-peine un impérieux besoin de se lever et de rendre la pareille au grand insolent qui ne cachait pas son sourire satisfait.

— Bon, commença-t-il d'une voix ferme, je ne doute pas un instant que tu ne me portes pas dans ton cœur et je suppose qu'il devrait en être de même pour moi. Seulement, tu as un avantage que je n'ai pas: tu te rappelles de moi alors que moi, je n'ai aucun souvenir de toi. Absolument aucun.

Il vit le serveur froncer les sourcils à son tour, soudain suspicieux, et reprit:

— Je souffre d'amnésie partielle. J'ai oublié certaines choses de mon passé et tu en fais partie. Pour ma plus grande chance, j'ai l'impression.

Le serveur se mit à rire, une dangereuse lueur faisant briller ses yeux bleus. Il se mit à sautiller d'un pied sur l'autre, à la manière des boxeurs durant un combat.

— Eh bien! Quelle aubaine! s'exclama-t-il d'un air méchant. Et je suppose que t'es venu aujourd'hui pour une raison précise, hein, mec? Aurais-tu besoin de moi?

Il prit un air faussement étonné avant d'afficher un nouveau sourire complaisant, un sourire que Nicolas aurait volontiers effacé d'un coup de poing.

— Es-tu disposé, oui ou non, à me donner certains renseignements ou dois-je m'adresser ailleurs ?

Nicolas parvenait tant bien que mal à garder son calme malgré la forte irritation qu'il sentait monter en lui. Le serveur se tapota le menton avec son stylo, faisant mine de réfléchir profondément :

— Mon temps est précieux et t'es pas le seul client de la boutique, alors fais vite.

— Merci. Ma question est simple : la femme avec laquelle je discutais il y a deux jours, qui est-ce ?

Cette fois, l'homme sembla complètement tomber des nues. Il se laissa choir lourdement sur la chaise qui faisait face à son interlocuteur. Il reprit d'une voix méprisante :

— Que tu ne te souviennes pas de moi, je peux comprendre, mais que tu l'aies oubliée, elle, alors là... ça me scie en deux. T'as vraiment un sacré problème, mec.

— Alors ? reprit Nicolas, exaspéré. Tu me réponds ? Qui est-elle ? Ou plutôt, où pourrais-je la trouver ?

Le serveur se mit à tapoter la table avec son stylo alors qu'un nouveau sourire étirait ses lèvres minces.

— Marina n'habite pas en France, elle est québécoise.

Marina, elle s'appelait Marina. Nicolas ferma un instant les yeux comme pour s'imprégner de la musicalité de son prénom. Il chercha une sensation, une image qui pourrait s'y substituer. Rien. Déjà le serveur reprenait :

— Entre nous, c'est une véritable bénédiction pour elle que tu ne t'en souviennes pas. Quant à savoir où elle habite exactement, désolé, mec, je n'en ai pas la moindre idée. Elle ne m'a jamais laissé son adresse ni son numéro de téléphone. C'est une femme secrète !

Nicolas ne releva pas la remarque et reprit :

— Quoi d'autre ?

Le serveur souleva les épaules et se leva.

— Y a pas grand-chose à dire… tout ce que je sais, c'est qu'il s'agit d'une sacrée bonne femme et qu'elle t'en a fait baver au moins autant que toi tu lui en as fait baver.

— Explique-toi?

— Elle a habité l'appartement d'en face pendant quelques mois, celui avec la grande baie vitrée.

Nicolas s'étouffa avec la gorgée de café qu'il était en train d'avaler. Sans se préoccuper de son état, l'autre terminait:

— Elle venait régulièrement ici. La plupart du temps en fin de journée, après son travail. Quelquefois, tu te joignais à elle. On a sympathisé tous les deux et…

Nicolas braqua aussitôt sur lui des prunelles de fauve.

— Et quoi?

— Ces choses-là ne te regardent pas, mec.

Nicolas plissa les yeux et serra les dents, l'air mauvais. Il respira à fond, refusant de se représenter la jeune femme dans les bras d'un homme tel que celui qui affichait à présent un regard presque vulgaire.

— Autre chose?

— Désolé, mec. Comme je te l'ai dit, c'est une femme secrète. Je l'ai vue régulièrement pendant quelques mois et un jour… Un jour, elle n'est pas venue, ni le lendemain ni le surlendemain. J'ai compris qu'elle avait dû quitter le pays. Je l'ai revue pour la première fois il y a deux jours. Pour la suite, ce serait plutôt à moi de t'interroger. Mais d'après ce que tu viens de me dire, t'auras pas grand-chose à raconter, hein?

Comprenant qu'il n'apprendrait rien de plus, Nicolas se leva. Il jeta un billet sur la table et sans un mot sortit du restaurant.

Dehors, l'air frais de cette journée pluvieuse lui fit du bien. Il ferma les yeux, essaya de rassembler les quelques renseignements qu'il avait obtenus et dut admettre qu'à partir de si peu il lui serait difficile de retrouver la trace de cette femme.

De retour chez lui, il monta directement à son atelier et debout devant la baie vitrée, il poursuivit sa réflexion. Un détail le hantait: elle avait habité ici, dans cet appartement, et pourtant il ne se rappelait pas d'elle. Elle avait probablement foulé le sol de chacune des pièces, elle s'était sûrement à un moment ou à un autre assoupie sur le canapé du salon et pourtant, il ne se rappelait pas d'elle. Plus il se le répétait, plus la chose lui semblait inconcevable.

Il se mit à faire les cent pas, se passant une main dans les cheveux toutes les deux minutes, signe qu'il était profondément désespéré. Comment retrouver la trace d'une Québécoise dont il ne connaissait que le prénom ? Il n'était pas espion, encore moins détective ! Rechercher des personnes disparues n'était pas du tout son rayon ! Comment réussir avec si peu de renseignements, surtout s'il devait se coltiner des imbéciles de l'ordre du serveur du café d'en face ! Il opta finalement pour la première idée qui lui vint à l'esprit et appela l'ambassade du Canada. Si cette femme avait séjourné à Paris, il devait forcément y avoir une trace d'elle à l'ambassade.

La réponse fut rapide et sans appel : impossible de répondre à pareille question. L'ambassade ne pouvait pas communiquer de tels renseignements. Tout était confidentiel. Furieux et déçu, Nicolas raccrocha après avoir pris la peine d'engueuler le standardiste.

Puis, faute d'avoir d'autres pistes à emprunter, il se mit à retourner chaque pièce de l'appartement. Si elle avait vécu ici, il devait y avoir une trace de son passage, quelque chose de banal et d'insignifiant auquel il n'avait jamais fait attention, qui pourrait lui indiquer l'endroit où elle se trouvait actuellement. Mais il eut beau fouiller, il ne trouva rien.

Exaspéré, il abattit l'un de ses poings sur la table basse du salon. Du coin de l'œil, il surprit alors la silhouette de France. Quelque chose qui ressemblait à de la pitié mêlée à de la rancœur voilait son regard. Conscient de l'image pitoyable qu'il devait donner, Nicolas se leva et, les mains dans les poches, lui dit en guise de salutations :

— Tu ne frappes plus avant d'entrer, maintenant ?

— J'ai frappé, mais tu ne m'as pas entendue. Tu semblais bien occupé. Tu as décidé de faire un grand ménage ? Ce n'est pourtant pas dans tes habitudes !

Il lui jeta un regard mauvais avant de passer devant elle et de se rendre à la cuisine pour se faire du thé. Il prit plaisir à faire claquer les portes des armoires et jura lorsqu'une goutte d'eau bouillante gicla sur sa main.

— Que faisais-tu, Nic ? l'interrogea sa sœur en prenant place à la petite table qui trônait au centre de la pièce.

— Rien qui ne te concerne, lui répondit-il sans la regarder.

Nullement impressionnée par le ton hargneux de son frère, la jeune femme croisa les mains avant de reprendre :

— Tu vas essayer de la retrouver, c'est cela ?

Silence.

— Nic, es-tu conscient de ce que tu risques si tu continues sur cette voie ?

Nouveau silence.

— As-tu réfléchi aux conséquences ? Je ne parle pas seulement pour toi, mais aussi pour cette femme et surtout pour Judith ?

Le visage de Nicolas demeura impénétrable alors qu'il versait le thé chaud dans deux tasses jaune soleil qu'il déposa avec fracas sur la table. Il contempla un instant sa sœur et enfonça ses poings dans les poches de son pantalon pour essayer de maîtriser la colère qu'il sentait sourdre au fond de lui.

— France, je sais que tu es pleine de bonnes intentions, comme toujours, mais ce que je ferai ne regarde que moi. Je n'ai pas non plus l'intention d'en discuter avec toi. Je n'ai plus dix ans, et il y a belle lurette que je prends seul mes décisions. Donc, si c'était là la raison de ta visite, désolé, mais tu t'es déplacée pour rien.

Il vit sa sœur ciller sous ses propos. Jamais encore il ne l'avait écartée de cette façon, sous aucun prétexte, et cela la conforta dans son idée que la situation était sérieuse.

— Nic, je n'ai pas l'intention de me mêler de ce qui ne me regarde pas, murmura-t-elle après avoir pris une gorgée de son thé. Je trouve tes raisons parfaitement légitimes, mais ce que j'ai du mal à saisir, c'est cette obsession qui semble t'envahir. Avant que cette femme...

— Marina, elle s'appelle Marina.

France lui décocha un regard en coin avant de reprendre comme si elle n'avait pas entendu :

— Avant que cette femme ne débarque dans ta vie de cette manière, tu vivais bien avec ton amnésie. Tu ne t'en souciais pas tant, alors qu'est-ce qui a changé?

Nicolas ne prononça pas un mot, mais France lut dans ses yeux la réponse. Alors qu'elle portait sa tasse à ses lèvres, elle suspendit son geste, la bouche ouverte. «Mon Dieu, pensa-t-elle, il a peur d'avoir quelque chose à regretter.»

— Nic...

D'un geste de la main, il l'empêcha de poursuivre.

— France, je sais que nous avons toujours été très proches. Mais là, je crois que nous n'arriverons pas à nous comprendre. Il vaut mieux que nous évitions le sujet.

La jeune femme vit son frère se refermer comme une huître et sentit une étrange angoisse ramper le long de sa colonne vertébrale. Que répondre?

— D'accord, comme tu voudras. Mais dis-moi au moins ce que tu comptes faire.

— Dans l'immédiat? Rien, sinon passer quelques coups de téléphone.

— Et si tu la retrouves?

— Si je la retrouve? Je n'y ai pas encore réfléchi, mentit-il.

Nicolas s'absorba dans la contemplation du liquide ambré que contenait sa tasse, ne doutant pas un instant que sa sœur n'était pas dupe, tout comme il ne doutait pas un instant qu'il la retrouverait. Il retournerait la terre entière s'il le fallait, mais il la retrouverait, se jura-t-il. Oui, il la retrouverait.

***

Chapitre 3

31 juillet 2006

Lorsque Nicolas revint à son appartement, deux semaines plus tard, il était éreinté, abattu, et la dernière chose dont il avait besoin, c'était d'une nouvelle altercation avec sa sœur, sur un sujet qu'il n'était pas certain de maîtriser. En réalité, il n'avait pas envie de lui annoncer qu'il avait décidé d'abandonner ses recherches, faute d'indices. Or, il était prévu qu'elle se joigne à eux pour le repas du soir. Au bout du compte, il ne souhaitait pas s'avouer que depuis le début, c'était elle qui avait eu raison. Fort de sa défaite, il était d'une humeur massacrante.

Les choses avaient pourtant failli bien tourner. En effet, en examinant ses anciennes factures téléphoniques, il était tombé sur deux numéros de l'étranger. Ce qui l'avait aussitôt convaincu que l'un des deux devait être lié à Marina. Malheureusement, lorsqu'il avait appelé pour en avoir le cœur net, il s'était heurté à des messages automatiques indiquant qu'aucun des numéros n'était en service. Et en fouillant sur Internet, il n'avait pas davantage obtenu d'adresse s'y rattachant.

Il pénétra dans son appartement, pestant contre le facteur qui avait une fois de plus pollué sa boîte aux lettres de prospectus inutiles, de factures et de journaux dont il n'avait plus le temps de faire la lecture. Il laissa tomber ses clefs sur la table, jeta un coup d'œil au courrier qu'il venait de récupérer. Le journal venait de glisser sur le sol et

Nicolas grimaça en constatant qu'il s'était ouvert à la page de l'astrologie. Il s'en empara rageusement, le chiffonna et le jeta violemment dans la poubelle. Il détestait l'astrologie, sans bien savoir pourquoi, et tout ce qui touchait de près ou de loin à la superstition lui était insupportable. En soupirant, il se dirigea vers la cuisine, se prépara rapidement un petit apéritif composé d'olives et d'anchois, déboucha une bouteille de bière et s'installa confortablement sur le canapé du salon. La tension accumulée dans chacun de ses muscles venait à peine de rendre les armes, lorsqu'il entendit les rires de sa sœur et de Judith dans la cage d'escalier. Toute envie de manger s'enfuit et la tension envahit de nouveau son corps.

Il ne fallut pas plus de trois minutes aux deux jeunes femmes pour prendre d'assaut l'appartement et faire disparaître le peu de calme qu'il avait retrouvé.

— Bonsoir chéri, murmura Judith avant de déposer sur ses lèvres un long baiser langoureux, nullement gênée par la présence de sa belle-sœur.

— Bonsoir, grogna-t-il de mauvaise foi.

Sans porter attention à son humeur renfrognée, les deux jeunes femmes reprirent leur conversation. Nicolas se retrouva donc entre elles, incapable d'échapper à leur bavardage. Il se mit à pianoter nerveusement sur son plateau, son regard s'agitant d'un bout à l'autre de la pièce. Au bout d'une dizaine de minutes, exaspéré, il se leva brusquement et sans un mot se rendit à l'atelier. Surprises par cette soudaine retraite, les deux jeunes femmes se turent, ne sachant quoi penser de son attitude.

— Tu as une idée de ce qui lui arrive? demanda Judith d'une voix préoccupée.

— Pas la moindre, mentit sa belle-sœur. «Il vient simplement de renoncer», se murmura-t-elle intérieurement. Je ferais peut-être mieux d'aller voir ce qui se passe, poursuivit-elle en se levant.

Judith l'en empêcha d'un signe de la main en la devançant.

— Laisse, je crois qu'il est temps que je perce la raison de ce curieux comportement qu'il affiche depuis des semaines. Après tout, nous sommes supposés tout partager, non ? Tu ne vas pas me faire croire que le seul fait d'avoir revu Marina le perturbe à ce point !

France ne dit rien, loin d'être aussi convaincue. Elle suivit des yeux Judith qui montait l'escalier, se demandant si elle devait rester à sa place ou disparaître. Après quelques brefs instants d'hésitation, elle opta pour la seconde solution.

Assis dans le fauteuil qui faisait face à son chevalet, Nicolas réfléchissait. Du moins, c'était l'impression qu'il donnait. Judith hésita sur le seuil de la porte, sachant par expérience qu'il n'appréciait pas que l'on fasse intrusion dans ce lieu sacré. Elle décida néanmoins qu'il était plus que temps qu'elle y impose sa présence. Elle frappa deux légers coups afin de s'annoncer et entra.

Irrité, Nicolas leva la tête. Son agacement dut se lire sur son visage, car Judith accusa un léger mouvement de recul.

— Je sais que tu n'aimes pas que l'on vienne te déranger ici, commença-t-elle très vite, mais étant donné que nous allons nous marier d'ici quelques mois, je crois que je mérite certains privilèges. Qu'en penses-tu ?

Il l'observa longuement. Puis, d'un signe de tête, il acquiesça. Rassurée, elle s'avança vers lui. Elle chercha un autre siège où s'asseoir, mais le seul fauteuil de la pièce était occupé par Nicolas et il ne fit pas le moindre geste pour lui céder la place. Elle resta donc debout. Manifestement, il n'avait pas l'intention de lui faciliter la tâche.

— Ne crois-tu pas qu'il serait temps que tu m'expliques ce qui se passe ?

Silence.

— Nic, reprit-elle, je ne suis pas aveugle, ni stupide d'ailleurs. Depuis des semaines, je te vois perdu dans tes réflexions, complètement hors d'atteinte. J'ai patiemment attendu que tu veuilles bien venir à moi de toi-même. En vain. Donc aujourd'hui, c'est moi qui viens vers toi. Je me doute que ce doit être quelque chose de grave pour que tu me tiennes ainsi à l'écart, mais j'estime être en droit de savoir. Alors voilà, peu importe ce que tu me diras, je suis prête, je t'écoute.

Nicolas ne put s'empêcher de ressentir une bouffée d'admiration pour cette femme si droite, si courageuse, qui n'hésitait pas à faire face aux situations les plus difficiles avec un aplomb qui le touchait profondément.

Pédiatre dans un grand centre hospitalier, Judith était confrontée nuit et jour à des cas délicats d'enfants malades. Elle était le médecin de la dernière chance, celle qui acceptait de s'occuper de ceux que les autres avaient condamnés. Fille unique, elle avait souffert toute son enfance de l'indifférence d'une mère alcoolique et d'un père absent. Très tôt, elle avait dû apprendre à compter uniquement sur elle-même, et Nicolas soupçonnait que de là provenait son penchant pour les causes désespérées. Sans pouvoir malheureusement faire de miracles, elle savait rendre la mort moins effrayante et trouvait toujours les mots justes pour réconforter ceux qui en avaient tant besoin.

Nicolas n'avait aucun souvenir de leur rencontre ou des premiers mois de leur fréquentation, car eux aussi avaient été engloutis dans ce trou noir qui coupait sa vie en deux. Elle lui avait bien sûr narré en détail les moments forts de leur relation, mais parfois elle lui paraissait être une totale inconnue. Alors, il se remettait à la contempler, et ses longs cheveux blonds ainsi que ses yeux bruns et chauds avaient raison de ses doutes. Tout comme en ce moment même où elle lui faisait bravement face. Devant une pareille attitude, il comprit qu'il lui devait d'être honnête.

— Très bien, commença t-il. Tu te souviens sûrement du vernissage de mon exposition ?

Avec un sourire de fierté elle acquiesça, parvenant ainsi à cacher la peur qui lui tordait le ventre. Non seulement elle se doutait de ce qui pouvait tant le troubler, mais son attitude des derniers jours l'avait confortée dans son opinion qu'il ne devait rien découvrir.

— Et je suppose que tu te souviens également du tableau...

— Celui représentant cette femme assise dans ton atelier ? termina-t-elle à sa place, d'une voix toujours aussi calme. Comment l'oublier ?

— Eh bien, cette femme, je l'ai vue ce jour-là.

— Oh...

Nicolas fut surpris par le peu de réaction que venait de susciter sa révélation. Il vit Judith inspirer profondément avant de l'interroger :

— Qui est-elle ?

Nicolas se redressa, reposant ses pieds sur le sol, les avant-bras appuyés sur les genoux et les mains jointes.

— Je ne sais pas qui elle est. Je sais qu'elle s'appelle Marina, qu'elle est québécoise et qu'elle occupe une place particulière dans cette période dont je ne me souviens pas.

— Oh ! dit-elle à nouveau en croisant ses longs doigts pour empêcher ses mains de trembler.

— Judith...

— Je vais bien, Nicolas. Ça va. Tu peux continuer.

Le jeune homme hésita, sachant pertinemment que sous ses airs de femme forte, inébranlable, imperturbable, elle devait souffrir autant que lui de cette situation. Il ne fit cependant pas un geste vers elle, sachant très bien qu'il ne pourrait pas être totalement franc s'il la tenait dans ses bras.

— Donc, tu la connais, reprit-elle au bout de quelques secondes.

— Oui. Il semble... oui.

— Tu la connais de quelle manière ? Je veux dire, quels étaient vos rapports ?

Il perçut un léger tremblement dans sa voix et il s'en voulut de ne pouvoir effacer les doutes qu'il sentait poindre dans son esprit. Elle s'était mise à se balancer doucement sur ses jambes, les bras croisés.

— Je ne peux pas te donner de réponse précise à cette question. Tout ce que je sais, c'est que nous nous sommes connus il y a trois ans et qu'elle a vécu pendant quelques mois en France avant de retourner au Québec.

Il hésita, se demandant s'il devait tout dire. Il décida que non.

— C'est tout ?

— Sur ce que je sais d'elle ? Oui. Mais j'aimerais aborder un autre point avec toi. Je ne t'en ai pas parlé avant pour ne pas t'inquiéter inutilement.

Il la vit se crisper comme dans l'attente d'un coup.

— Qu'est-ce que c'est?

— Si tu m'as vu irritable et de mauvaise humeur ces dernières semaines, c'est que j'ai entrepris des recherches pour essayer de la retrouver et que j'ai dû abandonner, faute du moindre renseignement valable.

Cette fois, Judith ne put retenir une réaction plus violente. Nicolas vit ses yeux se rétrécir, et sa mâchoire se contracter. Cependant, aucun éclat ne suivit cette déclaration, simplement un petit mot qui ouvrait la porte à tous les autres.

— Pourquoi? demanda-t-elle simplement. Qu'est-ce que ça t'aurait apporté de le découvrir?

Il se leva et, lui tournant le dos, se mit à contempler la vue qui se dessinait au travers des carreaux embués de la baie vitrée. Comme elle haïssait qu'il se détourne d'elle de la sorte. Comme elle détestait cette manie qu'il avait de toujours l'exclure des choses importantes de sa vie, de l'écarter dès qu'une épreuve se dressait devant lui. Cette façon qu'il avait de vouloir tout surmonter seul, de voir chaque difficulté comme son propre combat. Elle connaissait déjà la réponse à sa question. Elle la connaissait par cœur, sous toutes ses formes.

— Judith, il me manque une année de ma vie. Une année qui est là, fit-il en se tapant le front avec la paume de sa main, bloquée, verrouillée, et je ne sais pas pour quelle raison, ni ce qu'elle contient. J'ai beau essayer, je n'arrive pas à en faire abstraction.

La jeune femme s'approcha doucement de lui et posa ses mains sur ses épaules, caressant doucement ses bras aux muscles tendus.

— Pourquoi toujours cette obsession de courir après le passé? Es-tu à ce point malheureux dans le présent pour être continuellement à la recherche du passé?

Lentement, il se tourna vers elle. Il lui caressa doucement la joue, serrant son menton entre ses doigts avant de déposer un léger baiser sur chacun de ses yeux.

— Comment peux-tu supposer que je sois malheureux avec toi dans ma vie? chuchota-t-il contre ses lèvres.

Il sentit un sourire alors qu'elle murmurait à son tour:

— Je trouve que ça fait beaucoup de questions et très peu de réponses. Tu te défiles encore, Nicolas. Comme toujours. Et maintenant ? Tu vas continuer à la chercher ?

— Non.

Il fixa à nouveau son regard sur elle et ce qu'elle y lut la fit se figer, toute respiration suspendue.

— Et tu le regrettes, n'est-ce pas ? Tu le regrettes comme tu n'as encore jamais rien regretté avec autant d'intensité de toute ta vie. Pourquoi ?

Elle l'entendit soupirer alors qu'il se reculait. Il retourna à son poste d'observation près de la fenêtre avant d'expliquer :

— Est-ce que je dois vraiment me répéter ? Est-ce que je dois t'expliquer encore et toujours que j'ai besoin de savoir...

Judith se boucha les oreilles en secouant la tête. Toujours le même refrain, toujours la même litanie qui ne changeait d'air que par la variété des synonymes qu'il utilisait pour décrire ce vide immense qui marquait un point bien précis de sa chronologie.

— Je sais, je sais, je sais ! l'interrompit-elle, exaspérée.

Elle laissa ses bras retomber le long de son corps, comme si elle n'avait soudainement plus d'énergie.

— Cette femme, Nicolas, elle te connaissait vraiment bien ?

— Je n'ai pas de certitude à ce sujet, mentit-il.

— Alors à quoi cela t'aurait-il servi de la retrouver ? Qu'aurait-elle pu t'apprendre de plus que ta sœur, ta mère ou moi ne t'avons déjà appris ?

Il souleva les épaules avant de croiser les bras.

— Je ne sais pas... elle aurait pu... elle aurait pu... m'expliquer le tableau, par exemple.

Même s'il ne la regardait pas, il la sentit se raidir d'un seul coup. Il ne bougea pas et attendit qu'elle parle. Mais elle n'en fit rien. Plusieurs secondes s'écoulèrent ou peut-être plusieurs minutes avant qu'elle ne reprenne :

— Lorsque je t'ai interrogé sur cette toile, la première fois, tu m'as dit que tu étais à peu près certain que cette femme n'était rien d'autre qu'un modèle que tu avais payé pour poser. C'est encore ce que tu crois aujourd'hui, Nicolas ?

— Je suppose.

Il serra les poings, se méprisant pour ce qu'il était en train de faire à cette femme qu'il aimait. Pour la première fois depuis le début de leur relation et en l'espace de quelques minutes, il venait de lui mentir à plusieurs reprises.

Judith vint se planter directement devant lui, plongeant ses yeux dans le regard intense qui la toisait. La lune montante éclaboussait sa peau d'un bleu pâle, lui donnant une apparence inquiétante qui ne collait plus avec la femme qu'il connaissait.

— Excuse-moi, Nicolas, mais ça ne tient pas debout. Que faisait-elle à Paris ? Elle est revenue habiter ici ?

— Non. Je ne sais pas quelle est la raison de sa venue ici, elle ne me l'a pas dit.

— Elle ne te l'a pas dit ? Tu... tu veux dire que tu lui as parlé ?

Elle avait blêmi et luttait pour ne pas laisser la panique s'installer dans sa voix.

— Quelques minutes, seulement.

— Et quels sujets avez-vous abordés ?

Il tendit la main, saisit les longs doigts de Judith, qui les retira aussitôt.

— Rien de bien particulier. Elle a confirmé le fait qu'il s'agissait bien d'elle sur la toile et que nous nous étions connus autrefois.

— Connus comment ?

— Je ne sais pas. Elle n'a pas spécifié.

— Rien d'autre ?

Le ton qu'elle avait employé était sec et sonnait d'une façon dangereusement bizarre dans sa bouche. Elle continuait de le regarder, cherchant à lire au plus profond de ses pensées.

— Non.

— Enfin, ça n'a pas de sens ! Forcément quelqu'un ment dans l'histoire. Nicolas, soit c'est elle qui t'a menti, soit c'est toi qui me mens en ce moment.

Comme il hésitait, elle sourit doucement avant de reprendre d'une voix calme :

— Il est évident que nous avons un certain nombre de problèmes qu'il nous faudra régler, Nicolas. Et je ne suis pas certaine que cette fille soit le plus important de tous.

Sans un mot de plus, elle le laissa seul et sortit de l'atelier. Après avoir refermé la porte, elle s'y adossa et laissa exploser toute la colère qu'elle était parvenue à contenir. Elle prit le premier objet qui se présenta à elle, en l'occurrence un vase en terre cuite, et le jeta de toutes ses forces sur le carrelage. Elle resta un long moment à contempler les morceaux qui jonchaient le sol avant de prendre sa veste et de sortir de l'appartement.

De l'autre côté de la porte, Nicolas avait entendu quelque chose se fracasser. Au même moment, il avait senti sa détermination éclater en autant de morceaux. Il avait aussi entendu le cri de colère que Judith n'avait pourtant pas hurlé, mais ce cri silencieux résonnait davantage à ses oreilles que n'importe quel hurlement. Ce qui l'acheva, fut le claquement de porte qui marquait son départ.

Peut-être aurait-il dû courir après elle, essayer de la retenir, de l'excuser, de la convaincre que tout cela n'avait aucune importance, que rien d'autre n'avait d'intérêt pour lui que sa vie avec elle, mais il n'en fit rien. Il n'en fit rien, car s'il était parvenu à lui mentir à elle en la regardant droit dans les yeux, il ne pouvait en aucun cas se duper lui-même. Sa vie venait de le rattraper et avec elle, une histoire qui n'était peut-être pas terminée.

Cette seule pensée faillit le faire céder, mais il se reprit. Retrouver Marina relevait davantage du miracle que de tous les efforts qu'il pourrait fournir. Et si un miracle devait avoir lieu, il se serait sûrement déjà produit.

Il jeta un regard au fauteuil qui avait tout naturellement trouvé sa place dans son atelier, ce fauteuil qu'il ne se rappelait pas avoir placé là, mais que, pour quelque obscure raison, il n'était pas parvenu à retirer. Et tout en ignorant le serrement de son cœur, il saisit le meuble par les accoudoirs et le sortit de son sanctuaire.

***

Chapitre 4

1er août 2006

Judith n'était pas rentrée dormir de la nuit, ce qui fit craindre le pire à Nicolas. Soit elle était morte dans un accident de voiture, soit elle lui en voulait sérieusement. Un tel comportement était si inhabituel de sa part qu'il ne pouvait nier la blessure qui devait empoisonner son âme et nourrir sa rancœur à son égard.

Après s'être assuré auprès du personnel de l'hôpital où elle effectuait son service qu'elle allait bien, il se rendit à la cuisine, y avala un toast et un œuf en vitesse. Il retourna dans sa chambre afin d'enfiler un jeans et une chemise dont il roula les manches jusqu'aux coudes. Il devait se rendre à Toulouse afin de vérifier l'avancée des travaux d'un grand complexe immobilier dont il avait conçu les plans. Son train partait dans moins de deux heures : il avait à peine le temps de se rendre à la gare et de souffler un peu. Avec de la chance, il pourrait même boire un café bien noir, bien serré, qui lui remettrait un peu les idées en place. Il saisit sa montre que la veille il avait jetée au hasard, fidèle à son habitude, sur son bureau, et c'est alors que son regard tomba sur un livre qu'il n'avait jamais remarqué jusqu'alors.

En réalité, ce n'est pas le livre lui-même qui attira son regard mais plutôt le nom de l'auteur. Certain d'avoir mal lu, il alluma la lampe située sur la table de chevet et s'empara du bouquin qui devait bien avoir cinq cents pages. Il défit l'emballage plastifié qui le recouvrait encore et passa un doigt sur les lettres dorées en relief qui marquaient le haut de la couverture. *Destinée*, lut-il à voix haute, puis ce nom : Marina L. De Grand Maison. Il retourna le livre et son regard croisa la profondeur de celui de l'auteur. Il regarda autour de lui, ne sachant pas s'il cherchait juste un peu d'air pour arriver à respirer à peu près correctement ou une manière de fuir le visage que lui renvoyait la couverture cartonnée. Il fouilla parmi quelques papiers qui jonchaient le bureau et comprit que ce livre avait été envoyé par France Loisirs à Judith, qui n'avait pas eu le temps d'effectuer son achat trimestriel.

— Mon Dieu, murmura-t-il, secoué.

Il regarda la pendule : il allait manquer son train. Saisissant le livre, son téléphone portable et son attaché-case, il s'empressa de sortir de l'appartement.

Il eut tout juste le temps de faire valider son billet, ne trouva pas de café et grimpa dans son wagon à peine quelques secondes avant que le train ne quitte le quai. Il s'installa sur son siège et resta au moins dix bonnes minutes à regarder la couverture du livre, incapable de l'ouvrir ou de le retourner.

— Marina L. De Grand Maison, prononça-t-il lentement.

Il prit une profonde respiration, retourna le livre et se perdit dans le regard émeraude de son visage. Il ne put s'empêcher de contempler les traits délicats qui semblaient lui sourire, ce visage qu'il connaissait par cœur pour l'avoir regardé des milliers d'heures dans son atelier, sur la toile qui détenait le secret de toutes choses. Il hésita encore une seconde, mais piqué par la curiosité, le cœur plein d'appréhension, il l'ouvrit et se mit à lire la dédicace :

« Je te dédie ce roman, Luc, toi l'homme de mon passé, de mon présent et de mon avenir. Merci de ton soutien inébranlable et de cet amour qui m'a portée à bout de bras pendant les périodes les plus noires de mon existence.

Je te dédie également ce livre, Madeleine. Ton amitié fait partie des dons précieux dont m'a comblée cette vie.

Mike, même hors d'atteinte, je te sens sans cesse près de moi. Je te renouvelle mon amour éternel et te remercie d'avoir fait de moi la femme que je suis aujourd'hui.

Et finalement, Salom, ce livre est également pour toi. Que chaque mot te rappelle la façon dont tu m'as inspiré les premiers chapitres. »

Nicolas plissa les yeux. Luc, Mike, qui étaient ces hommes ? Et Salom ? N'était-ce pas ainsi qu'elle l'avait appelé dans la galerie ? Troublé, il tourna une page puis une autre, jusqu'à ce qu'il trouve le renseignement qu'il cherchait : Édition du Club France Loisirs, avec l'autorisation des Éditions Robert Laffont. Voilà enfin une vraie piste, pensa-t-il en sortant son portable et en composant le numéro des renseignements, ses bonnes résolutions disparaissant les unes après les autres au fur et à mesure qu'il enfonçait les touches sur le clavier de son téléphone.

★★★

Chapitre 5

1er août 2006 (suite)

Judith était sagement assise sur le canapé du salon, lorsqu'il revint ce soir-là. Depuis leur altercation de la veille, ils ne s'étaient pas reparlé et Nicolas n'était pas stupide au point de croire qu'elle l'embrasserait comme si de rien n'était. Cependant, il fut agréablement surpris de constater qu'elle avait préparé un bon repas, mis la table et allumé des bougies, ce qui démontrait qu'elle était dans de bonnes dispositions. Il déposa son attaché-case à même le sol et se dirigea vers elle.

— Bonsoir, souffla-t-elle lorsqu'il s'agenouilla devant elle.

— Bonsoir, répondit-il avant de déposer un léger baiser sur ses lèvres. Pardon, murmura-t-il ensuite en lui prenant les mains. Je suis désolé, Judith, sincèrement.

— Je sais. Moi aussi, je m'en veux. Je n'aurais pas dû réagir comme je l'ai fait. J'ai eu peur et lorsque j'ai peur, je ne me contrôle jamais très bien.

Il la regarda en souriant, faisant glisser l'un de ses doigts le long de sa joue. Elle prit sa main et la serra contre son visage en fermant les yeux.

— Je ne veux pas te perdre, Nicolas. Tu es ce qui m'est arrivé de meilleur dans cette vie et je ne supporterais pas de te voir me quitter.

— Il n'a jamais été question de cela, chérie. Jamais. Si je t'ai fait croire le contraire, je m'en excuse.

Elle ouvrit les yeux, et posa sur lui toute la tendresse de la terre.

— J'ai préparé à dîner, poursuivit-elle en se levant et en le tirant derrière elle.

Elle ouvrit une bouteille de vin qu'elle transvida dans une carafe à décanter avant de leur servir à chacun un verre bien plein.

— Canard? devina-t-il en humant l'odeur délicieuse qui flottait dans la cuisine.

Elle acquiesça d'un signe de tête et entreprit de lui garnir copieusement une assiette.

— Si je comprends bien, commença-t-il d'une voix rêveuse, tu as l'intention de me gaver comme une oie, de me saouler, et ensuite?

— Et ensuite te faire promettre de ne pas chercher à revoir Marina.

Elle avait prononcé cette phrase sur un ton tout à fait normal, comme s'il s'agissait du sujet le plus banal qui soit. «Et voilà, pensa Nicolas, voilà comment cette soirée va se terminer en guerre et cette cuisine en champs de bataille.» Il avala une bouchée et reposa sa fourchette, attendant qu'elle prenne place devant lui.

— Judith...

— Alors, tu promets? le coupa-t-elle en le regardant droit dans les yeux.

— Non, tu sais très bien que je ne peux pas te le promettre.

La jeune femme regarda son assiette à laquelle elle n'avait pas encore touché. Elle se leva brusquement et la rapporta près de l'évier avant de la vider consciencieusement dans la poubelle. Elle appuya ses deux paumes sur le comptoir et, le dos tourné, poursuivit:

— Tu as retrouvé sa trace?

— Oui. Aujourd'hui. Par hasard et grâce à toi.

Elle se retourna, sans comprendre.

Nicolas se leva et alla chercher le livre qu'il avait rangé dans son attaché-case. Il le tendit à la jeune femme qui refusa de le prendre.

— Je ne comprends pas, fit-elle en fronçant les sourcils. Quel rapport...

— C'est elle l'auteure de ce livre, lâcha-t-il d'une voix calme. Marina L. De Grand Maison. C'est elle.

Judith pâlit. Ses yeux allèrent du livre au visage du jeune homme sans parvenir à se fixer ni sur l'un ni sur l'autre. Elle s'empara du roman qu'elle jeta sur la table pour l'éloigner d'elle, et comme si ce contact les avait brûlées, elle se frotta les mains sur son jeans.

— Tu m'as menti, reprit-elle d'un ton toujours aussi calme. Tu m'as menti en m'assurant que tu n'allais plus la rechercher.

Il saisit ses doigts entre les siens avant de lui expliquer d'une voix douce :

— Tu sais que c'est faux. Tu sais que je ne t'ai pas menti. Ce livre, je suis tombé dessus au moment où je m'y attendais le moins. C'est le premier indice valable que je trouve depuis un mois et ça, sans le vouloir. C'est un signe, Judith. Ça ne peut être qu'un signe.

Elle retira brusquement ses mains des siennes.

— Où habite-t-elle ?

— À Montréal, au Québec. J'ai eu son agent et je suis parvenu à lui soutirer son adresse.

— Et maintenant ? Tu vas aller là-bas ?

Il ne répondit pas. Il n'en avait pas besoin.

— Ça alors, c'est trop fort ! s'emporta-t-elle. Si tu crois que je vais sagement rester ici à t'attendre pendant que tu pars la rejoindre, laisse-moi te dire que tu te trompes largement ! Si tu pars, je partirai aussi, de ton appartement et de ta vie !

Ne supportant pas de se faire menacer de la sorte, Nicolas perdit en une seconde toutes ses manières douces. Il saisit la jeune femme par les épaules et la secoua comme s'il voulait la faire revenir à elle.

— Bon sang, Judith, tu ne comprends pas ? Si je reste, c'est toi qui me perdras ! Oui, je t'ai menti, je t'ai menti lorsque je t'ai dit que je pouvais passer outre ! La vérité, c'est que je ne peux pas continuer comme cela ! Ces dernières années, je me suis efforcé de vous laisser croire que je n'en avais rien à faire de mon amnésie, que d'être dans l'impossibilité de se souvenir ne constituait pas un drame ! Mais la vérité, c'est que c'en est un ! Je vis avec la peur au ventre du jour où tout me reviendra, car je découvrirai peut-être à ce moment-là que je n'aurais pas dû poser certains gestes aux conséquences irréversibles !

— Tu fais référence à notre mariage ? demanda-t-elle amèrement, les yeux pleins de larmes.

— Entre autre. Je fais référence à tout ce qui peut porter à conséquence. Je fais référence à tous les détails de ma vie actuelle, à chacune de mes actions que j'aurais peut-être réalisée différemment si j'avais su.

— Mais si tu avais su quoi ? hurla-t-elle, à bout de nerfs.

— Si j'avais su tout ce que j'ignore, tout ce qui compose ce néant au fond de ma tête. Vous m'avez toutes dit que vous me compreniez, que vous pouviez imaginer ce que je pouvais ressentir. Mais la vérité, c'est qu'aucune de vous, ni toi, ni France, ni maman, n'a la moindre idée du calvaire que l'on peut éprouver lorsque l'on ouvre les yeux et qu'on ne se rappelle plus son nom ni celui des gens qui disent vous connaître. On te dit « je suis ton meilleur ami » et tu dis « d'accord » parce que tu ne te rappelles pas et que tu es obligé de faire confiance. On te dit « je suis ta sœur » et tu réponds « très bien, tu es ma sœur ». On te dit « on ne sait pas qui est cette femme » et tu réponds « c'est bon, je ne la connais pas ». Mais là, nous savons tous que ce n'est pas le cas. Je suis allé dans ce café il y a quelques semaines, ce café où je n'avais jamais mis les pieds. La vérité, c'est que j'y suis allé régulièrement pendant des mois, Judith. Pendant des mois ! Et je ne me rappelais ni la décoration, ni la disposition des tables, ni ce putain de serveur qui a une véritable aversion pour moi ! Sais-tu ce que l'on peut ressentir lorsque l'on voit un homme pour la première fois et qu'il nous jette à la figure sa haine et son mépris sans qu'on ait la moindre idée de ce qui a déclenché tout cela ?

Il la secouait de nouveau, une telle détresse au fond des yeux qu'elle se radoucit légèrement. Mais déjà il repartait sur sa lancée :

— Je rencontre sans cesse des gens dans la rue qui me saluent, que je fais semblant de reconnaître et que je salue à mon tour alors que j'en ignorais jusqu'à l'existence cinq minutes auparavant. Des personnes qui ont fait partie de ces quelques mois et qui auraient peut-être eu un rôle à jouer dans mon avenir. Mais comment puis-je leur offrir cette possibilité si je ne sais même pas qu'elles existent ? Oui, je t'ai menti,

Judith, je t'ai menti lorsque je t'ai dit que cette femme ne me connaissait pas si bien que cela. C'est faux. J'ai l'impression qu'elle me connaît mieux que personne et ça m'effraie.

— Pourquoi t'acharnes-tu, alors? Si tu ne l'avais pas revue, nous ne serions pas en train de nous disputer à cet instant!

Nicolas la lâcha, secouant la tête, navré. Il retourna s'asseoir en se frottant les tempes, comme s'il était soudainement pris d'un terrible mal de tête.

— Tu n'as rien compris.

— Si, au contraire, j'ai tout compris. Nicolas, je peux accepter que tu essaies de découvrir qui elle est, mais pas que tu partes la retrouver. Ne me demande pas l'impossible! Toi aussi, tu pourrais essayer de me comprendre.

— Alors nous sommes dans une impasse, Judith. Il faudra trouver une issue.

— Si tu m'aimes, tu sais quoi faire.

— L'amour n'est pas à sens unique, Judith.

— La souffrance non plus, Nicolas.

— C'est vrai. Seulement, aimer quelqu'un c'est aussi lui faire confiance. C'est lui dire: d'accord tu peux y aller, c'est lui dire: je te laisse partir parce que je t'aime et que j'ai confiance en toi.

Elle vint s'asseoir devant lui, baissa la tête. De longues minutes s'égrenèrent comme les perles d'un chapelet, tombant de tout leur poids sur eux, les séparant un peu plus.

— D'accord. Tu peux aller la rejoindre, finit-elle par dire de cette voix morne et sans vie que Nicolas détestait. Tu peux y aller et je t'attendrai, mais j'aimerais que tu répondes à une question en me regardant droit dans les yeux. Je veux une réponse franche et honnête.

— Tout ce que tu voudras.

Elle releva la tête, plongea ses grands yeux marron dans les siens et d'une voix qui tremblait demanda:

— Est-ce que tu m'aimes?

Sans cesser de la regarder, il se pencha vers elle et l'embrassa.

***

« Marina »

Il est des heures vides, creuses, qui portent en elles le destin.

Stefan Zweig

Chapitre 6

1er septembre 2003

Marina tremblait tellement qu'elle eut du mal à glisser la clef dans la serrure de la porte de son appartement. Des larmes ruisselaient sur ses joues, leur goût salé se mélangeant à celui du sang qui coulait de sa lèvre inférieure. Elle regarda derrière elle et se remit à pleurer en l'entendant grimper les escaliers au pas de course. Elle essaya de calmer ses mains qui s'acharnaient maladroitement sur la serrure. Elle finit néanmoins par ouvrir la porte qu'elle referma aussitôt derrière elle avant de tirer les trois verrous que, cédant à l'insistance de Mike, elle avait fait installer. Une bien mince protection contre son agresseur, à la vue de la fureur qui l'habitait. Elle sursauta en l'entendant rugir son nom dans la cage d'escalier avant que son poing ne s'abatte contre le bois de la porte.

— Marina, ouvre-moi, gronda-t-il d'une voix faussement calme.

Silence.

— Marina, je ne le répéterai pas. Ouvre cette porte! Tout de suite!

Elle plaqua le dos de sa main contre sa bouche pour étouffer le bruit de ses sanglots, recula contre le mur de l'entrée, manquant trébucher sur une chaise que la noirceur dissimulait. Même les ombres mouvantes des voitures de la rue, que les rayons de lune projetaient habituellement dans la pièce, semblaient fuir l'endroit.

— Marina, hurla-t-il de nouveau. Je compte jusqu'à trois! Si tu n'ouvres pas la porte, je te jure que je la défoncerai! Un... deux... trois!

Le fracas d'un corps projeté contre la porte blindée la fit sursauter. Elle aurait sûrement hurlé si elle ne s'était mordu la main afin de s'imposer le silence. La porte trembla, mais elle résista.

— Salope! Garce! Tu ne t'en tireras pas comme ça! Je te jure que tu me le paieras!

Elle se laissa glisser le long du mur, jusqu'à se retrouver assise par terre sur le carrelage froid. Les poings pressés contre les oreilles, la tête rentrée dans les épaules, elle ferma les yeux et sentit couler deux grosses larmes. Les battements de son cœur étaient si forts qu'elle avait du mal à les distinguer des craquements du bois qui gémissait sous l'assaut.

L'homme finit par rebrousser chemin, ne laissant dans la cage d'escalier que l'écho de ses injures qui résonnait sur chacune des marches. Elle porta une main à sa lèvre qui saignait, puis se remit à pleurer, le bruit de ses sanglots déchirant le silence pesant qui s'était abattu sur son appartement. Elle essaya de se lever, mais elle tremblait tellement qu'elle trébucha, se retrouvant à nouveau sur le sol.

Quelqu'un frappa à sa porte, ce qui lui arracha un cri de peur. De nouveau acculée contre le mur, elle ravala un hurlement lorsqu'elle entendit contre le battant, le chuchotement de sa voisine.

— Ma petite, est-ce que ça va?

Un sanglot s'étouffa dans sa gorge, alors qu'elle prenait une profonde respiration pour contrôler sa terreur.

— Je... je vais bien, Madeleine, bégaya-t-elle. Rentrez chez vous, je vais bien, je vous assure.

— Voulez-vous que j'appelle votre frère?

— Oui... oui, merci.

Marina entendit les lattes du plancher de bois craquer, signe que Madeleine retournait chez elle. Quinze minutes s'écoulèrent avant qu'elle ne parvienne à contrôler le tremblement de son corps et qu'elle ne réussisse à se mettre debout. Elle vérifia que la porte n'avait pas été endommagée, que les verrous tenaient le coup, que les rideaux de chacune des fenêtres de l'appartement étaient bien tirés, et seulement une fois assurée qu'elle ne risquait plus rien, elle se déshabilla. Elle passa les vingt minutes suivantes à prendre un bain, l'eau chaude ne parvenant pas à libérer la tension qui s'était accumulée au creux de ses épaules. Elle peigna soigneusement ses cheveux, appliqua une pommade sur sa joue et sa lèvre qui gonflaient déjà, et malgré la fatigue qui marquait chacun de ses traits, elle ne put se résoudre à s'allonger dans sa chambre tant elle était folle d'angoisse. Elle devait rester sur ses gardes. Aussi se contenta-t-elle de s'envelopper dans une couverture chaude, puis elle alluma la télévision, éteignit les lumières et s'assit dans son fauteuil après avoir pris soin de disposer autour d'elle, à même le sol, quatre pierres : un grenat pour le courage et la protection, une malachite pour accroître la confiance en soi, une ambre reconnue pour diminuer le stress et finalement un saphir afin de stimuler son énergie créatrice.

L'horloge récita les vingt-deux coups lorsqu'elle entendit une clef dans la serrure. Immédiatement sur le qui-vive, elle s'empara du chandelier en bronze qui reposait sur la petite table près de ses stylos et de son attirail d'écriture. Elle entendit le déclic des verrous qui s'ouvraient les uns après les autres, le grincement de la porte et finalement des pas qui venaient dans sa direction. Une ombre se profila le long des murs, grandissante jusqu'à la surplomber en totalité. Elle resserra la poigne de ses mains contre le pied du chandelier, leva son arme improvisée et allait l'abattre lorsqu'elle reconnut son frère. Le chandelier tomba lourdement sur le sol dans un fracas de métal et elle s'effondra contre lui, laissant ses larmes ruisseler sur sa veste en cuir. Il la tint serrée dans la chaleur de ses bras, caressant ses cheveux du bout des doigts, jusqu'à ce qu'elle se calme. Il parvint à la faire asseoir et lui intima l'ordre de ne pas bouger tandis qu'il allait lui préparer une boisson chaude.

Quelques minutes plus tard, il revenait muni d'une tasse de thé qu'il ne lui donna pas, car elle s'était assoupie, roulée en boule sur le canapé. Crispé, il resta un long moment à la regarder dormir.

L'air se mit à siffler entre ses dents alors qu'il luttait contre une folie meurtrière. La même qui l'habitait chaque fois qu'il retrouvait sa sœur dans cet état. Sa sœur qu'il avait élevée et protégée depuis si longtemps, leurs parents étant morts alors que lui venait d'avoir vingt et un ans et que Marina n'était encore qu'une adolescente de seize ans.

Il n'oublierait jamais ce terrible matin où sa tante et son oncle étaient venus leur annoncer le décès de leurs parents. Lui était resté étrangement stoïque alors que Marina n'avait pas tari ses larmes pendant plusieurs jours. C'était d'ailleurs ce qui lui avait permis de la consoler et de prendre conscience des responsabilités nouvelles qui pesaient désormais sur ses épaules. Car il était hors de question qu'il laisse qui que ce soit le séparer de sa sœur. Il s'estimait capable de prendre soin d'elle, et il avait raison. Après avoir terminé ses études il n'avait eu aucun mal à trouver un emploi de policier et à subvenir aux besoins de Marina.

Les années s'étaient écoulées, et le lien qui unissait le frère et la sœur n'avait fait que s'intensifier. Une véritable affection à laquelle s'ajoutait une complicité peu commune les unissaient.

Son regard se porta sur la lèvre et la joue meurtries de sa sœur et ses poings se serrèrent si fort qu'il en ressentit un engourdissement dans tout le bras. Un jour, si la justice ne s'en chargeait pas, il finirait par la venger lui-même. Mais pour l'instant, il lui fallait la mettre en sécurité. C'était tout ce qui comptait. Il retira sa veste, souleva délicatement la jeune femme dans ses bras. Elle gémit mais ne se réveilla pas. Il la porta jusque dans sa chambre et l'allongea sur l'édredon fleuri qui égayait son lit. Il la recouvrit d'une couverture en polaire et déposa un baiser sur sa tempe.

— Dors, ma douce, je veille sur toi.

Il approcha un fauteuil du lit et, la main sur son arme toujours à sa ceinture, il laissa sa tête reposer contre le dossier bien rembourré et finit par s'endormir lui aussi.

Le soleil n'était pas encore levé sur les rues de Montréal, qu'il s'éveilla en sursaut, alerté par un mouvement provenant du lit. Assise bien droite, les cheveux collés à son front couvert de sueur, une main autour du cou, complètement effrayée, elle le dévisageait, de ce regard de petite fille qui lui donnait envie de sortir son flingue de son étui et de régler cette affaire à sa manière, une fois pour toutes. Au lieu de cela, il se leva et vint la prendre dans ses bras. Elle avait le corps humide et tremblait comme une feuille propulsée dans les airs par le vent d'automne. Il écarta une mèche de son front brûlant avant d'y poser ses lèvres fraîches.

— Ça va aller, ma douce, je suis là. Il ne te touchera plus. Je te le promets.

Sa voix était calme mais ne parvint pas à la rassurer. Tout comme lui, elle savait. Elle savait qu'il n'y avait qu'une issue possible et que la réalité était tout autre. Elle laissa sa tête choir contre son épaule et ferma les yeux pour essayer de se calmer. La voix qu'il entendit alors n'était pas celle de sa sœur, cette jeune femme sûre d'elle et confiante qu'il avait toujours connue. C'était la voix d'une proie traquée par un prédateur. Sa sœur telle qu'il l'avait connue, était morte un certain après-midi d'été, plusieurs mois auparavant, détruite par la terreur et l'abdication.

— Mike, j'ai peur. J'ai tellement peur !

— Je sais, je sais.

— Je n'arrive plus à sortir de l'appartement sans me mettre à trembler. Je cours dans la rue lorsque je sors acheter mon pain, de peur qu'il ne m'attende caché dans un coin. J'ai changé de numéro de téléphone, déménagé à deux reprises, et à chaque fois il m'a retrouvée. Je n'en peux plus, gémit-elle dans un sanglot.

Il resserra son étreinte, son regard se perdant dans la lueur blafarde de l'aube que voyait poindre l'horizon. Son cerveau se mit à fonctionner à toute vitesse, cherchant une solution, une parole, un mot qui pourrait la réconforter. Puis des bribes de la dernière conversation qu'il avait eue avec Luc au sujet de Marina lui revinrent en mémoire.

— Rina, je ne le laisserai pas faire, je suis là.

— Mike, il va avoir ma peau. S'il ne me tue pas à force de coups, il m'aura quand même car je suis en train de devenir complètement folle. Je ne supporte plus cette vie, je ne supporte plus de me sentir aussi vulnérable ! Et ce n'est pas ton rôle de venir à mon secours toutes les dix minutes !

— Je suis ton frère, ça fait partie du contrat que j'ai signé avec la vie à ma naissance, la taquina-t-il doucement. Il déposa son menton sur le sommet de sa tête, subitement plongé dans une profonde réflexion. Sachant d'avance quelle serait sa réaction, il resserra un peu plus son étreinte avant de l'adjurer d'une voix ferme :

— Marina, il faut que tu portes plainte. Tout ça a assez duré. Tu viens de me le dire toi-même !

— Non, jamais ! Non ! Comment peux-tu imaginer, ne serait-ce qu'une seconde, que je pourrais faire une chose pareille !

Elle essayait de se libérer, mais il ne lâcha pas prise.

— Comment ? Mais parce que je te vois dépérir et que je ne le supporte plus ! répliqua-t-il d'un ton empli de colère.

Le silence retomba dans la pièce, à peine animée par le tic-tac de la pendule qui surmontait l'immense cheminée ancienne et semblait battre la mesure de leurs réflexions.

— Non, Mike ! Jamais ! Inutile de discuter, tu ne me feras pas changer d'idée. Il te tuera si je le fais, il me l'a encore dit tout à l'heure ! cria-t-elle en pleurs.

— C'est toi qu'il tuera si tu ne le fais pas ! Bon Dieu, Marina ! Tu viens de dire toi-même que tu n'en peux plus !

— Ça me passera, répliqua-t-elle aussitôt, effrayée à l'idée de ce qui pourrait se produire si elle cédait à la pression incessante que Mike et Luc exerçaient pour qu'elle mette fin à toute cette histoire. Je me reprendrai en main, je changerai !

— Mais c'est trop tard, ma douce ! Tu as déjà changé alors que tu n'aurais jamais dû avoir à le faire ! C'est ça que tu ne comprends pas ! Marina, il ne me fera pas de mal, tu dois porter plainte. Tout ce qu'il veut, c'est t'effrayer pour mieux te dominer ! Et ça marche !

Elle se débattit et il finit par la libérer. Elle essaya de se calmer et dit d'un ton ferme :

— Nous avons eu cette discussion des milliers de fois, Mike, je ne le ferai pas. C'est de ma vie dont il s'agit, c'est ma décision et elle est sans appel !

Navrée, elle secoua la tête et s'écarta légèrement. Elle passa une main tremblante le long de son visage avant de la laisser mollement retomber sur le couvre-lit. Elle sentait voler autour d'elle tous les fantômes de ses terreurs, de ces mises en scènes horribles que son subconscient s'amusait à projeter pendant son sommeil. Comme si, à chaque lever de soleil, la vie ne suffisait pas pour semer sur son chemin toutes les angoisses possibles.

— Rina, j'ai peut-être une autre solution. J'y réfléchis déjà depuis un certain temps. J'espérais ne jamais en venir là, mais je crois qu'à présent c'est inévitable. Même si je ne suis pas d'accord avec ta décision, je peux la comprendre. Du moins je peux comprendre ce qui la motive, même si je persiste à croire qu'il n'y a aucun risque qu'il mette à exécution sa menace. Je suis flic, il faut une sacrée dose de folie ou de courage pour s'en prendre à un flic. Et je ne le crois ni fou ni courageux. Un homme qui s'amuse à terroriser une femme, n'est rien d'autre qu'un lâche. Par contre, tu dois être d'accord avec moi : il faut que cette situation change. Alors, voici ce que je te propose. Si tu n'es pas parvenue à lui échapper en changeant d'appartement et de numéro de téléphone, je suppose que tu pourras y arriver en changeant de pays. Ne serait-ce que temporairement.

— Pardon ?

Elle avait bondi en entendant ses paroles et l'espace d'un instant son corps cessa de trembler. Elle tourna la tête vers lui, essayant de déchiffrer dans son regard vert, identique au sien, le moindre signe de supercherie. Rien. Il n'y avait que cet air sérieux et grave qu'elle ne lui avait vu qu'une seule fois, le jour où ils avaient enterré leurs parents.

— Mike, commença-t-elle avant qu'il ne l'interrompe.

— Je le sais, ce que je te propose est énorme, mais c'est peut-être la seule façon pour toi d'être en sécurité jusqu'à ce que je trouve un moyen de régler cette affaire.

— Tu m'as promis de ne pas t'en mêler !

Il se leva, vint se planter devant elle, lui caressa la joue et déposa ses mains sur ses épaules.

— Je ne m'en mêlerai pas. Mais quelqu'un d'autre peut le faire à ma place.

Marina comprit immédiatement qu'il pensait à Luc, le meilleur ami que lui avait offert cette vie.

— Je t'interdis de mêler Luc à cette histoire. Ça ne le regarde pas !

— Marina, que tu le veuilles ou non, il y est mêlé depuis déjà pas mal de temps.

Il s'empara d'une longue mèche des cheveux de sa sœur et, comme à chaque fois, s'émerveilla de leur couleur si particulière. Toutes les plus belles nuances de brun s'y retrouvaient. Alors que lui avait hérité du blond vénitien de leur mère, elle avait charmé tout le monde avec cette chevelure lumineuse que bon nombre de femmes avaient cherché à imiter sans résultat convaincant.

— Écoute-moi, ordonna-t-il soudainement d'une voix ferme. Chaque jour qui passe, je te vois un peu plus défaite, un peu plus détruite. Je ne le tolère plus. Je ne veux pas avoir à pleurer la seule personne qui me reste au monde. Je te connais mieux que quiconque, Marina, je sais ce dont tu es capable. Je sais quelles sont tes envies, tes désirs, et je sais aussi que tu n'es pas cette femme apeurée que je vois devant moi. Je ne te laisserai pas ruiner ta vie sous prétexte qu'un pauvre type s'est amouraché de toi.

Il avait à peine murmuré la dernière phrase, mais la pression de ses mains sur ses épaules lui avait donné une puissance tout autre.

— Que proposes-tu ? l'interrogea-t-elle peu convaincue, sans le regarder.

— Pars. Pars loin. Tu m'as toujours dit que tu avais envie de voyager, que tu rêvais des paradis tropicaux. Eh bien, vas-y ! Réalise ton rêve !

— Mais je ne peux pas faire cela ! protesta-t-elle, terrifiée à l'idée de ce que représentait une pareille éventualité.

— Si, tu le peux, reprit-il plus fermement. Rien ne t'en empêche, au contraire. Tu sors à peine de tes études, tu n'as pas encore de travail stable, pas d'homme dans ta vie, pas d'enfant, pas de famille...

— Je t'ai, toi ! cria-t-elle, déchirée à la seule idée de ne plus le voir.

— Tu m'auras toujours, Rina, même si je me trouve à des milliers de kilomètres de toi. Je suis ton frère, ce qui rend mon amour pour toi inconditionnel et intemporel. Et c'est cet amour qui me pousse à t'inciter à partir. Papa et maman nous ont laissé une petite somme qui te permettra de t'absenter pendant plusieurs mois sans que tu ne manques de rien, alors n'hésite pas, fonce ! Tu ne dois pas entrevoir ce voyage comme une fuite, mais comme une occasion unique. Fais-le, fais-le pour moi, fais-le pour toi !

Marina secoua brusquement la tête. Elle tenta de s'éloigner de lui, des larmes coulaient sur ses joues. Si elle partait, elle quitterait la seule source de réconfort qu'elle possédait encore sur cette terre. Si elle fuyait son appartement, cet homme qui lui avait construit un enfer aurait gagné. Elle ne souhaitait pas lui donner cette satisfaction. Elle se reprendrait, elle lutterait.

— Non, Mike, je refuse. Tu as raison, je me suis laissé aller, mais je vais me reprendre. Je serai prudente, je restreindrai mes sorties, je ferai poser d'autres verrous...

— Bon sang, Rina, tu le fais exprès, s'emporta-t-il à son tour.

Il se mit à marcher de long en large dans la petite chambre, frappant son poing dans la paume de son autre main, de façon répétée, comme s'il voulait ponctuer chaque mot qu'il allait dire.

— Tu ne comprends pas que tu ne devrais pas avoir à faire cela ! Ce n'est pas ça, la vie ! Ce n'est pas devoir se camoufler dans un appartement derrière une porte verrouillée ! As-tu donc tout oublié ? Pourtant ici, c'est la seule possibilité qui s'offre à toi ! Tu refuses l'aide de la justice, et moi, je ne serai pas toujours là !

Il avait presque crié sa dernière phrase. Il s'arrêta devant elle, la saisit par les épaules et insista :

— Je ne pourrai pas toujours intervenir à temps, Marina ! Que se passera-t-il alors ?

Il la lâcha si brutalement qu'elle faillit perdre l'équilibre. Complètement assommée par cette scène, elle demeurait là, figée, comme une statue de sel, le cœur meurtri, le corps ankylosé par les tensions accumulées. Combien de fois Mike et Luc avaient-ils tenté de la convaincre de porter plainte ? Mais les paroles de son bourreau résonnaient perpétuellement dans sa tête comme des coups de glas. « Si tu portes plainte, ce sera aussi pour le meurtre de ton frère ! » Elle ne comptait plus les coups, elle n'était même pas certaine de savoir compter jusque-là.

Lentement, elle retourna s'asseoir sur son lit, joignant les mains sur ses cuisses comme si elle s'apprêtait à prier.

— Tu me manqueras terriblement, tu sais ?

Mike s'agenouilla et déposa son front sur les mains jointes de sa sœur.

— Je ne serai jamais loin, Marina. Jamais. Nous ne nous disons pas adieu, juste au revoir.

Les doigts toujours entrelacés, elle ferma à nouveau les yeux et cette fois-ci fit une prière.

✳✳✳

Chapitre 7

7 septembre 2003

Marina boucla sa dernière valise, le cœur si lourd qu'il lui semblait traîner un boulet qui l'empêchait de faire le moindre pas. Elle vérifia une dernière fois que l'eau avait bien été coupée, que tous les rideaux étaient correctement tirés et que rien ne laissait deviner l'endroit vers lequel elle allait s'envoler dans moins de quatre heures.

Elle fit une dernière fois le tour de son appartement, caressa du bout des doigts le manteau de la cheminée, chacun des meubles qui composaient son décor. Son regard s'attarda sur la petite violette africaine qui n'avait pas fleuri depuis bien longtemps, posée sur le rebord de la fenêtre près de la table de la cuisine. Elle l'avait oubliée. Elle la prit délicatement et marcha jusqu'à la porte d'entrée. Elle observa longuement par le judas le couloir désert, fouillant les ombres à la recherche d'une présence. Rien. Elle ouvrit la porte et courut jusqu'à l'appartement qui faisait face au sien. Elle frappa deux petits coups avant que Madeleine n'ouvre la porte après avoir vérifié qu'il s'agissait bien d'elle.

— Entre, mon petit, fit-elle d'une voix maternelle. Je me demandais si je te reverrais avant ton départ. C'est pour aujourd'hui?

Marina hocha la tête, toute parole étranglée au fond de sa gorge. Elle n'avait parlé de son projet de voyage à personne, comment sa voisine pouvait-elle savoir? Prise d'une frayeur incontrôlable, elle faillit rebrousser chemin et tout annuler. Madeleine lui sourit, secouant la tête pour la rassurer.

— Ne t'inquiète pas. Personne ne sait. Je l'ai vu, c'est tout.

Elle tendit la main vers la petite plante.

— C'est pour moi ?

— Oui. Elle va mourir si je la laisse dans l'appartement. Et puis, vous avez toujours été si gentille avec moi, je ne vous ai jamais remerciée. Je sais qu'elle a bien triste mine, mais avec vos doigts de fée, vous devriez pouvoir en tirer quelque chose.

La vieille dame saisit la plante qu'elle déposa aussitôt sur une petite table ronde qui occupait le centre de sa cuisine. Comme à chaque fois, Marina ne put retenir un coup d'œil circulaire, souriant devant le décor plutôt original de l'appartement. En guise de papier peint, des dizaines de cartes de tarot se disputaient la place avec différentes photographies représentant la vie entière de Madeleine.

«Chacune a son emplacement propre et une raison d'y être, comme chaque ride a sa place sur mon visage. C'est une sorte de témoignage... », lui avait-elle expliqué un jour.

D'un geste de la tête, Madeleine encouragea Marina à prendre place devant elle. La jeune femme hésita avant d'accéder à sa demande et de lui montrer la paume de sa main droite.

Âgée de soixante-cinq ans, Madeleine prétendait avoir des dons de voyance et avait pratiqué toute sa vie la cartomancie, l'astrologie et autres sciences occultes. Elle lisait également dans les lignes de la main, mais ce qui en faisait avant tout une personne unique, c'était cette incroyable intuition qui lui faisait présager le pire et le meilleur dans la vie des autres comme dans la sienne. Mike l'appelait la sorcière, mais Marina préférait plutôt l'épithète d'ange. Madeleine avait eu une vie banale que tous lui enviaient cependant. Un mari, mort trois ans plus tôt, et quatre enfants grâce à qui elle pouvait désormais se faire appeler grand-mère. Elle avait goûté au bonheur du bout des doigts et s'en satisfaisait.

Loin des stéréotypes qui décrivent les diseuses de bonne aventure vêtues de robes bariolées et couvertes de bijoux en plastique, Madeleine était discrète et réservée. Pourtant, Marina avait rarement vu une femme dégager autant d'énergie et de sérénité. Sans savoir pourquoi, elle éprouvait toujours un sentiment d'apaisement et de calme lorsqu'elle se trouvait en sa compagnie. Combien de soirées animées avaient-elles passé ensemble à discuter de tout et de rien? À chacune de leurs rencontres, Madeleine lui avait proposé de lui révéler quelques bribes de son avenir, se heurtant chaque fois à un refus obstiné. En effet, superstitieuse au plus haut point, Marina craignait ce qu'elle pourrait lui apprendre. Pourtant, ce jour-là, elle avait besoin qu'on lui dise qu'elle ne commettait pas d'erreur, elle avait besoin qu'on la rassure et qu'on lui promette que tout se passerait bien.

La vieille femme serra dans ses mains ridées celle de Marina qui se remit instantanément à trembler.

— Pourquoi as-tu si peur, mon petit, tu es née sous une bonne étoile.

Du bout du doigt elle suivit le tracé d'une ligne, puis d'une autre.

— Tu as fait un bon choix, déclara-t-elle enfin. Partir était ta destinée. Pourtant, je dois te mettre en garde. Je vois beaucoup de confusion en ce qui concerne ta ligne de destin. Le tracé n'est pas net et se sépare en deux sur la fin.

— Qu'est-ce que ça veut dire? interrogea la jeune femme, inquiète.

— Que tu ne dois pas te perdre et qu'il te faut rester sur le chemin qui est le tien. Ton destin est tout tracé et il ne te reste qu'à suivre les pavés qui dessinent ta route. Mais prends garde à ne pas t'égarer! La solution facile risque de te trahir, de t'entraîner vers une destinée qui n'est pas la tienne. Cela modifierait le cours des choses et influencerait la vie des autres. Tu sais, la destinée de chaque individu est déterminée d'une façon bien précise. Chaque être vient au monde sur cette terre avec un plan de vie qu'il a lui-même choisi et mis en scène bien avant sa naissance. Ne pas respecter ce programme risque d'avoir de fâcheuses conséquences. N'oublie jamais cela.

Madeleine se leva en souriant, satisfaite. Marina la suivit jusqu'à la porte et avant même qu'elle ne pose la question qui lui tourmentait l'esprit, la vieille femme lui répondait:

— Ne sois pas inquiète. Nous nous reverrons. C'est écrit ici! fit-elle en pointant son index vers la paume droite de la jeune femme. Aie confiance en toi et garde toujours en tête ce que je viens de te dire. Tu es née pour un destin bien précis. Respecte-le et tout ira pour le mieux.

— Comment savoir que je ne me trompe pas de route?

— Fie-toi à tes choix et tout ira bien. Tu verras. Les décisions impulsives sont souvent signe d'égarement, alors que celles qui sont bien réfléchies ne peuvent que t'aider et faciliter ta vie.

Elles s'étreignirent doucement, Marina fermant les yeux au contact de cette présence douce et rassurante qui lui rappelait douloureusement celle de sa mère. Elle sortit de l'appartement et retourna chez elle. Assise dans la petite cuisine peinte en jaune où elle avait passé tant d'heures à écrire et à lire, elle attendit l'arrivée de son frère qui devait l'emmener à l'aéroport.

Une demi-heure s'écoula avant que l'on ne frappe à la porte de son appartement. Le cœur battant, elle se leva et demanda:

— Qui est-ce?

— C'est moi, Luc. Je suis désolé, Mike n'a pas pu se libérer et il m'envoie à sa place pour te conduire à l'aéroport.

Marina sentit l'angoisse l'envahir. Elle ouvrit la porte et tenta de faire un semblant de sourire à l'homme qui se tenait devant elle. Il s'approcha et l'embrassa sur les deux joues.

— Salut, beauté. Alors, c'est le grand jour?

Complètement abattue par l'absence de son frère, Marina ne lui répondit pas. Il comprit et n'insista pas. Elle n'était pas dupe au point de croire qu'une quelconque urgence puisse être responsable de l'absence de Mike. S'il n'était pas là, c'était parce qu'il n'en avait tout simplement pas eu le courage. Comme elle comprenait aussi qu'il ait délégué Luc pour le remplacer.

Loin d'être un étranger, Luc était le meilleur ami de Mike. Ils avaient grandi ensemble, fait leurs études ensemble, avaient dragué les filles ensemble, s'étaient fait arrêter ensemble alors qu'ils étaient sortis dans un bar sans avoir l'âge requis, et avaient choisi le même métier qu'ils exerçaient ensemble depuis bientôt huit ans. Lorsque Luc avait décidé de devenir policier, Mike avait suivi tout naturellement comme si c'était la suite logique d'une longue histoire.

Marina l'observa du coin de l'œil et le vit s'emparer de deux de ses valises et les porter dans le couloir avant de refaire le chemin inverse et recommencer sa manœuvre avec le dernier bagage. Elle remarqua son corps parfaitement musclé, sa carrure d'athlète, la beauté de ses traits et l'assurance qui se dégageait de chacun de ses gestes. Alors que Mike fuyait les salles de sport, Luc, lui, y passait une partie de son temps. Et Marina devait reconnaître que ses efforts payaient. Adolescente, elle en était tombée follement amoureuse, sans la moindre attention en retour. Puis elle avait vieilli et il avait pris peu à peu conscience de son existence à elle. Mais son amitié infaillible pour Mike l'avait contraint à ignorer l'attirance qu'il ressentait pour elle. Il avait catalogué Marina De Grand Maison dans la famille des interdits, parmi tout ce à quoi il s'était défendu de toucher. Des femmes, il y en avait d'autres ; une amitié comme celle qu'il partageait avec Mike était quelque chose d'unique, de rare et de précieux.

— Tu ne veux toujours pas nous dire où tu t'en vas ? demanda-t-il alors qu'il fermait la porte derrière eux avant de ranger la petite clef dans l'une de ses poches.

D'un geste de la tête, elle refusa, incapable de prononcer le moindre son. Elle jeta un coup d'œil hagard autour d'elle, comme si elle nageait en plein brouillard. Elle contempla le papier peint flétri du couloir étroit et la porte blindée du petit appartement avec ses trois verrous et sur laquelle le chiffre 20 était inscrit. Incapable de faire le moindre pas, ni vers l'avant ni vers l'arrière, elle resta là, un long moment, immobile, les bras ballants. Pensif, Luc la regarda, avant de dire :

— Attends-moi ici, je vais porter les valises dans la voiture et je reviens. Ok ?

Nouveau signe de tête. Une éternité sembla s'écouler avant qu'il ne réapparaisse et la retrouve assise à même le sol, le visage dans les mains, le corps secoué de sanglots. Doucement, il la releva et s'autorisa une chose dont il avait envie depuis des années. Il la prit contre lui et ses lèvres pressées contre ses cheveux murmurèrent :

— Tu as pris la bonne décision, Marina. Tout ira bien. Je suis confiant, Mike l'est aussi et tu dois l'être également. Et puis ce n'est que temporaire ! Quelques semaines, quelques mois tout au plus. Le temps de laisser la tempête s'éloigner. Il se fatiguera de te chercher. Tu verras.

Elle passa ses bras autour de son cou et enfouit son visage dans le creux de son épaule, ses larmes mouillant son uniforme bleu marine. Sentant que son corps allait le trahir et que toutes ses bonnes résolutions tomberaient en ruines s'il ne mettait pas fin à cette étreinte, il dénoua les bras de la jeune femme et l'écarta doucement de lui. Du bout du doigt, il essuya les larmes qui marquaient ses joues, avant de lui prendre gentiment le coude et de la guider devant lui.

Le trajet jusqu'à l'aéroport se fit dans le silence, lui, la scrutant du coin de l'œil, elle, trop absorbée dans ses pensées pour faire attention au paysage qui défilait le long de la route ou pour remarquer l'attention particulière dont elle était l'objet. Il en profita donc pour l'observer tout à loisir, conscient qu'il s'écoulerait sûrement plusieurs mois avant qu'il ne la revoie.

Une fois qu'il eut stationné la voiture, Luc partit à la recherche d'un chariot sur lequel il pourrait déposer les valises. Marina s'absorba dans la contemplation du ciel bleu, ce ciel qui semblait si haut et si inaccessible... Elle plissa les yeux sous la force du soleil encore au zénith, plutôt chaud pour ce mois de septembre et s'efforça de respirer à fond, emplissant ses poumons de ce parfum si particulier à l'air du Québec, celui des érables et de l'automne qui faisait rougir les feuilles, lesquelles pourrissaient ensuite sur le sol. Elle regarda les gens qui circulaient autour d'elle, leurs traits typiquement québécois, leur sourire, la sécurité que l'on devinait dans chaque regard. À cette seconde précise, sur le seuil de l'aéroport, elle faillit retourner en arrière, abandonner cette idée absurde de voyage. Elle n'avait jamais quitté ce pays, son pays. Elle ne connaissait que lui, ne voulait vivre qu'ici. Et la voilà qui était prête à tout abandonner, ses coutumes, ses chanteurs, ses mets typiques, ses lieux uniques, tout abandonner pour trouver quoi? Sans doute aurait-elle fait demi-tour si Luc n'avait pas fermement appuyé sa main dans son dos pour la faire avancer. Elle décida alors de ne plus regarder en arrière. Elle releva le menton et pénétra dans l'aéroport, s'emplissant les oreilles de cet accent qu'elle n'entendrait plus avant plusieurs mois. Ils enregistrèrent ses bagages, il l'accompagna jusqu'aux douanes et là...

— Appelle Mike dès que tu seras arrivée, d'accord? Il se fait un sang d'encre, tu sais comment il est!

— Oui.

Elle s'appliqua à scruter soigneusement ses souliers avant de reprendre, hésitante:

— J'aimerais que toi aussi tu me fasses une promesse, Luc.

— Tout ce que tu voudras.

— Jure-moi de veiller sur lui.

Le regard du jeune homme se posa sur elle et elle crut un instant qu'il allait l'embrasser. Au lieu de cela, elle vit ses iris s'obscurcir et il hocha la tête en signe d'assentiment.

— Tu devrais prendre un pull pour l'avion, réussit-il enfin à articuler, la gorge nouée. Il ne fait jamais très chaud dans ces engins.

Elle sourit, le regarda, lui son grand amour d'adolescente, lui son premier chagrin, lui son fantasme le plus puissant, lui l'ami si cher au cœur de son frère. Elle essaya d'imprimer chacun de ses traits sur l'écran de sa mémoire, son allure fière et ce respect qu'il imposait ainsi vêtu de son uniforme. Sa chevelure blonde, légèrement bouclée, son regard perçant, ses lèvres charnues...

— Tu vas me manquer, dit-elle avec un petit rire.

— Toi aussi, tu vas me manquer, beauté. N'oublie pas d'écrire. Mike a juré de faire installer Internet.

— Lui? Quelle sottise! Il ne sait même pas comment allumer un ordinateur!

Elle baissa les yeux, embarrassée. Elle releva la tête et par-dessus l'épaule de Luc, jeta un coup d'œil à la file qui avançait lentement vers la zone des douanes.

— Bon, fit-elle enfin. Je crois que je dois y aller.

Les yeux de Luc se rétrécirent, sa mâchoire se contracta comme s'il luttait contre un quelconque démon intérieur. Puis, sourd à ce que sa raison lui dictait, il lui saisit le menton, et ses lèvres se retrouvèrent sur les siennes. Une seconde à peine, une seconde de douceur et de réconfort. Marina ouvrit la bouche, déjà prête à cueillir davantage, mais il s'était déjà redressé.

— Sois prudente, souffla-t-il en se reculant légèrement. Ses mains quittèrent sa taille pour échouer dans ses poches.

— Toi aussi. Et veille bien sur Mike.

— Promis.

D'un hochement de tête, elle lui fit comprendre qu'elle lui faisait confiance. Elle saisit son bagage à main et sans un regard de plus prit sa place dans la file et attendit. Elle regarda les gens se soumettre les uns après les autres aux contrôles des douaniers et attendit. Elle avança au rythme de la file et sentit le regard de Luc rivé sur elle. Lorsque ce fut enfin son tour, elle passa sous le détecteur de métaux, retira ses chaussures, les déposa avec son sac sur le tapis roulant et attendit qu'on l'autorise à avancer. Attendre, ça au moins elle savait faire. Il lui sembla que c'était la seule chose qu'elle avait faite toute sa vie. Attendre... attendre.

Une fois cette étape franchie, elle se retrouva seule, debout au milieu d'une foule qui se pressait dans toutes les directions. Une énorme boule se forma au fond de sa gorge, alors qu'un nœud lui tordait l'estomac et lui donnait envie de vomir. Elle sentit ses jambes faiblir et, affolée, jeta un regard autour d'elle afin de trouver un endroit où s'asseoir. Là, au centre de l'allée, un banc en bois attira son attention. Elle respira profondément, concentra son attention sur ce banc et avança, pas à pas, jusqu'à ce qu'elle puisse s'y laisser tomber.

Son répit fut de courte durée, car elle entendit presque aussitôt l'annonce de l'embarquement du vol en partance pour la Grèce. Elle prit une nouvelle inspiration, se leva et avança péniblement jusqu'à la porte concernée où les passagers s'étaient déjà alignés. Elle prit place dans la file. Elle allait tendre son billet et son passeport lorsque son regard se posa sur une tête brune légèrement plus haute que la sienne qui s'engageait dans l'étroit couloir menant à l'avion. Sa respiration se bloqua et elle sentit la sueur mouiller son front.

Figée, sourde aux paroles encourageantes de l'hôtesse qui tendait la main vers ses documents en souriant, elle n'arrivait plus à détacher son regard de l'endroit où venait de disparaître cette tête trop semblable à celle de son pire cauchemar.

— Mademoiselle ? S'il vous plaît...

Les paroles rassurantes de l'hôtesse furent avalées par le brouillard qui venait de s'emparer d'elle, qui l'étranglait, l'enchaînait, l'empêchant de faire le moindre geste. Non, il ne pouvait pas être là ! Personne ne savait où elle allait, comment, lui, aurait-il pu le savoir ?

L'hôtesse commença à s'énerver et renouvela sa demande :

— Vos papiers, Mademoiselle, s'il vous plaît...

Le cerveau de Marina voulut ordonner à son bras de tendre son passeport comme on le lui demandait, mais au lieu de cela il obligea ses jambes à prendre la fuite. Elle se retrouva assise sur le même banc en bois, tremblant de tous ses membres, les yeux pleins de larmes, une terreur folle lui broyant le ventre. « Raisonne-toi, Marina, ça ne peut pas être lui, c'est impossible. Ce n'est pas lui ! Lève-toi et va prendre ce maudit avion ! »

Aussi forte fut sa motivation, aussi faible fut sa réaction. Pas même le bout de son doigt ne bougea, jusqu'à ce qu'elle entende, beaucoup plus tard, un appel d'urgence au micro. « Mademoiselle Marina De Grand Maison est priée de se rendre immédiatement à la porte d'embarquement 11 A ». Une fois... deux fois... trois fois... Elle resta immobile. Le temps poursuivit sa course jusqu'à ce que, sur l'écran noir, la ligne indiquant son vol se mette à clignoter : l'avion venait de décoller.

Elle posa son sac sur ses genoux et ferma les yeux. Que venait-elle de faire ? Ou plutôt, de ne pas faire ? Constatant la paranoïa qui s'était emparée d'elle, elle prit conscience, comme jamais elle ne l'avait fait auparavant, de l'ampleur du pouvoir que cet homme exerçait sur elle.

Et maintenant ? Réfléchir, il fallait qu'elle réfléchisse. Réfléchir à ce qu'elle était devenue, à ce qu'il avait fait d'elle et peut-être à ce qu'elle pouvait encore devenir...

***

Chapitre 8

24 août 2006

L'avion décolla à l'heure prévue. Assis près d'un hublot, Nicolas n'arrivait pas à se détendre. Alors qu'il survolait l'océan Atlantique, il fut assailli par une multitude de doutes. Montréal, il se dirigeait vers Montréal. Qu'allait-il trouver une fois là-bas ? Et surtout, quelles seraient les conséquences de ce voyage sur sa vie ?

Au cours des trois semaines qu'il s'était accordé pour préparer son voyage, il avait refoulé cette question. Sans doute par peur que la réponse ne l'empêche de partir. Pourtant, à ce moment précis, elle lui semblait inévitable.

Il sortit le livre qu'il avait gardé précieusement dans son attaché-case et entreprit d'en commencer la lecture. Il relut attentivement la dédicace, ressentit un étrange pincement au cœur en prononçant le nom de Salom.

S'il était vrai qu'il lui avait inspiré les premiers chapitres de son roman, sans doute y découvrirait-il certaines informations. Il tourna la première page, prit une grande inspiration et se mit à lire le premier mot, puis la première phrase, la première page et ainsi de suite. Les heures filèrent, l'emmenant loin de Paris, loin de la France, loin de Judith, quelque part entre son passé et le présent.

***

Chapitre 9

7 septembre 2003

Marina était toujours assise, seule sur le banc de bois qui faisait face à l'un des nombreux kiosques à journaux de l'aéroport. Elle fixait un point mal défini.

Un mouvement près d'elle la fit crier. Instinctivement, elle se couvrit la tête de ses bras, prête à se protéger des coups éventuels qui s'abattraient sur elle.

— Eh! Vous allez bien?

Elle leva les yeux, honteuse de sa réaction. Inutile de jeter un coup d'œil autour d'elle pour savoir que son cri n'était pas passé inaperçu. Confuse, elle reporta son attention sur l'homme qui s'était agenouillé devant elle et qui n'avait pas un instant quitté des yeux son visage pâle.

— Oui... je suis désolée... je croyais que... j'ai été surprise...

Ne sachant comment expliquer sa réaction, elle se tut et se contenta de hocher la tête affirmativement. Elle vit l'homme fouiller dans son bagage à main, en ressortir une bouteille d'eau minérale qu'il lui tendit. Elle murmura un remerciement avant de boire quelques gorgées. Le liquide frais lui fit le plus grand bien et redonna quelques couleurs à son visage. Elle voulut lui redonner la bouteille, mais d'un geste de la main il refusa.

— Gardez-la, j'en ai d'autres.

Il referma son sac et se releva. Marina fut surprise de le voir si grand. Il devait mesurer au moins 1,80 m. Il avait les cheveux châtain clair, coupés courts, et était d'une beauté masculine qui ne la laissa pas insensible. Ses traits, un peu semblables à ceux de Luc mais en plus doux, inspiraient la sécurité et la confiance. Il prit place près d'elle et se présenta en lui tendant la main.

— Je m'appelle Nicolas.

— Enchantée, répondit-elle en lui tendant la sienne. Elle fronça les sourcils en constatant qu'il la gardait légèrement plus longtemps qu'il n'était de mise.

— Je cherche à prendre votre pouls, expliqua-t-il avec un sourire contrit. Vous êtes encore très pâle... seriez-vous enceinte ?

— Aucun risque, répondit-elle avec un petit rire embarrassé. Et vous, seriez-vous médecin ? Un médecin français ?

À son accent, elle avait conclu sans l'ombre d'un doute qu'il venait de France.

— Pas du tout, je fais tout autre chose.

Comme elle le regardait sans comprendre, il ajouta tout en libérant sa main :

— De profession, je suis architecte. De passion, je suis peintre.

— Oh ! fit-elle, impressionnée.

— Et vous ?

Elle souleva les épaules avant de s'absorber dans la contemplation des jonctions du carrelage qui recouvrait le sol. « Attention danger », pensa-t-il en la voyant manifestement embarrassée.

— Vous êtes étudiante ? hasarda-t-il en songeant qu'elle paraissait plutôt jeune.

Elle avait ramené sa longue chevelure brune en une queue de cheval d'où s'échappaient quelques mèches qui caressaient langoureusement la base de son cou. Ses grands yeux verts étaient frangés de longs cils clairs, et sa bouche en forme de cœur donnait envie d'y poser les lèvres. Un petit grain de beauté près du menton lui donnait un charme fou, et au fond de son regard, il aperçut un tourment à peine voilé qui l'intrigua.

En réalité, il l'observait déjà depuis un bon moment, depuis l'instant où il l'avait vue s'affaler sur ce banc, aussi pâle qu'un fantôme. Contre quels démons se battait-elle ? Elle semblait à bout de nerfs, tendue à l'extrême, constamment sur ses gardes.

— Vous partez en vacances ? suggéra-t-il à nouveau comme elle n'avait pas répondu à sa première supposition.

Elle hésita avant de répondre et Nicolas se demanda si c'était par crainte d'en dire trop ou tout simplement parce qu'elle ne le savait pas. Elle lui répondit néanmoins d'une voix calme :

— Si on veut, oui, on pourrait dire cela comme ça.

— Et où allez-vous ?

À l'ombre qui passa sur son visage, il comprit que la conversation prenait une tournure d'interrogatoire qui lui déplaisait.

— En France, répondit-elle presque aussitôt.

Il souleva les sourcils, fort étonné, ne doutant pas un instant qu'elle lui mentait. Curieux de voir jusqu'où elle irait dans la supercherie, il reprit tout naturellement :

— Moi aussi. Enfin, je n'y vais pas en vacances, vous aviez vu juste, je vis là-bas. En réalité, mes vacances se terminent aujourd'hui. À quel endroit allez-vous exactement ? Dans le sud ? Plus vers le nord ?

Marina se mordit la lèvre. Elle avait nommé le premier pays qui lui était venu à l'esprit et continua sur sa lancée :

— Paris.

Nicolas se laissa aller contre le dossier du banc, les bras croisés.

— Parfait, j'y habite. Comme cela, vous pourrez venir me voir, à l'occasion, en cas de besoin ! Tenez, voici mes coordonnées. J'habite Paris depuis près de sept ans.

Et Marina le vit se pencher à nouveau vers son sac, en sortir un crayon et un carnet à dessin qu'il feuilleta rapidement afin de trouver une page blanche, ce qui lui permit d'apercevoir quelques croquis. « Il semble doué », pensa-t-elle alors qu'il lui tendait le morceau de papier.

— Surtout n'hésitez pas. Je serai heureux de pouvoir vous aider en cas de besoin.

De plus en plus mal à l'aise, Marina se mordit la lèvre. «Bien joué, pauvre idiote!» Un long silence s'installa entre eux au cours duquel elle fit mine de s'intéresser à une revue qui se trouvait déjà sur le banc. En réalité, elle ne savait comment mettre fin à l'examen dont elle était l'objet.

— Vous ne m'avez toujours pas dit votre nom, reprit-il au bout d'un moment.

Elle tourna la tête vers lui et se perdit dans le bleu de ses yeux. Troublée par l'intensité de son regard, elle se mit à rougir. Nicolas retint un sourire, trouvant le contraste particulièrement intéressant. Cette femme semblait pouvoir passer d'une pâleur extrême au rouge pivoine en une fraction de seconde. Il insista:

— Alors, quel est votre nom?

Si ses lèvres ne souriaient plus, ses yeux ne parvenaient pas à dissimuler son amusement. Marina n'en prit pas ombrage, au contraire.

— Marina, je m'appelle Marina.

Cette fois, un large sourire s'étira sur ses lèvres bien dessinées. S'il avait dû miser sur un prénom, il aurait opté pour Marie ou Marianne. Marina, ça s'en rapprochait beaucoup. Il se demanda si son caractère était aussi doux que l'était son prénom. Il n'aurait cependant pas parié là-dessus. En tant que peintre, il avait un certain don pour discerner les choses les plus imperceptibles. Il arrivait à émettre des jugements à peu près corrects seulement en observant les gens, comme si son esprit percevait leurs vibrations, leur essence. Et cette jeune femme lui inspirait fragilité et douceur, avec une pointe de rébellion cependant. Il en était à ce point de ses réflexions lorsque la voix d'une hôtesse se fit entendre dans les haut-parleurs du terminal. Elle annonçait l'embarquement pour le vol Air France qui partait pour Paris. Nicolas se leva et lui adressa l'un de ses plus beaux sourires.

— Je crois que c'est notre vol. Enchanté de vous avoir rencontrée, jolie Marina.

Et sans rien attendre en retour, il la quitta.

Elle retint un soupir, ne sachant si c'était de déception ou de soulagement. Elle le regarda s'éloigner avec un pincement au cœur, songeant qu'il était de loin la personne la plus normale et rassurante qu'elle ait rencontrée depuis longtemps. Et maintenant ? Où irait-elle ?

Elle se dirigea vers le tableau d'affichage des vols. Le prochain avion pour la Grèce ne décollait pas avant plusieurs heures et la seule idée d'attendre tout ce temps au milieu de cette foule la fit paniquer. Alors, prise d'une subite impulsion, elle se leva, ramassa ses affaires et sans plus réfléchir ni se poser de question, rassemblant tout son courage, elle se mit à courir vers la sortie des douanes. Après avoir expliqué aux douaniers qu'elle venait de manquer son vol, elle courut jusqu'au comptoir d'Air France et demanda un billet pour Paris. Elle le régla et reprit sa course en direction des douanes, puis des portes d'embarquement. Elle présenta son passeport, son billet et on la fit monter dans l'avion.

Ce n'est qu'une fois assise à sa place qu'elle prit conscience de ce qu'elle venait de faire. Elle voulut se raviser et demander à descendre, mais l'appareil se mit à reculer. Déçue, elle s'appuya contre le siège et ferma les yeux. Lorsqu'elle les rouvrit, elle balaya l'appareil du regard et fut soulagée d'apercevoir Nicolas, assis cinq rangées en avant d'elle. L'avion décolla et la réalité de sa situation la frappa de plein fouet. Elle qui aurait dû être en chemin pour la Grèce, s'envolait à présent pour Paris. Tout ce qui lui restait tenait dans son bagage à main et se résumait à quelques broutilles. Elle appuya son front contre le hublot, le cœur douloureux. « Assume tes actes », lui avait dit Mike. Eh bien ! C'est ce qu'elle ferait. Elle assumerait ses décisions et leurs conséquences.

Nicolas, qui s'était levé pour sans doute se rendre aux toilettes, l'aperçut. Marina put lire sur son visage un réel étonnement.

— Ah, vous êtes là ! s'exclama-t-il simplement.

— En quoi cela est-il surprenant ? demanda-t-elle d'un air innocent. Je vous avais bien dit que je partais pour Paris, non ?

Du bout du doigt il montra l'étiquette d'enregistrement qui était toujours collée sur son bagage à main et sur laquelle apparaissait clairement le mot « Grèce ». Marina rougit violemment, confuse et honteuse. Elle baissa les yeux vers ses mains qui s'étaient remises à trembler. Il allait ajouter quelque chose lorsqu'un bruyant raclement de gorge le fit se retourner. Il remarqua alors qu'il bloquait le passage et que quatre personnes commençaient sérieusement à s'impatienter. Il reporta son attention sur la jeune femme et dit :

— Je reviens tout de suite.

Et il poursuivit son chemin jusqu'à l'arrière de l'appareil.

Quelques minutes s'écoulèrent avant que Nicolas ne reparaisse :

— Je peux ? lui demanda-t-il en montrant le siège vide près d'elle.

Elle acquiesça d'un signe de tête, soudainement mal à l'aise. De but en blanc, il lui demanda :

— Alors, que faites-vous là ? Je serais tenté de croire que c'est mon charme fou qui vous a fait prendre cet avion, mais j'en doute...

Elle ouvrit plusieurs fois la bouche pour parler et finalement, ne sachant que répondre à sa question, elle garda le silence. Nicolas ne comptait cependant pas en rester là et reprit :

— Pourquoi avez-vous menti ?

— Je n'ai pas menti, répondit-elle doucement.

Elle reporta son attention sur ses mains avant de poursuivre sans le regarder :

— Enfin si, peut-être un peu. Si je ne voulais pas vous indiquer ma destination, c'était simplement pour me protéger. Je suis forcée de quitter le Canada pour quelques mois et on ne doit pas savoir où je vais.

— Vous n'avez pas commis de meurtre au moins ?

Cette petite plaisanterie la fit sourire alors qu'elle répondait par la négative.

— Et je ne suis pas non plus recherchée par la police, ne vous inquiétez pas. J'avais juste besoin de changer d'air. Seulement, sans savoir pourquoi, à la dernière minute il m'a été impossible de partir pour la Grèce. Et je me suis alors dit : « Pourquoi pas Paris ? »

Elle releva les yeux, rencontra le regard bleu qui la scrutait et espéra qu'elle paraissait crédible avant de reprendre :

— Seulement, me voilà dans cet avion, sans bagage, sans personne qui m'attende à l'aéroport, sans la moindre idée de ce que je vais bien pouvoir faire en arrivant là-bas. C'est complètement fou, vous ne trouvez pas ?

Il hocha la tête avant d'ajouter :

— Complètement. Et ce qui m'embête un peu, c'est que maintenant je vais devoir veiller sur vous, car je me sens un peu responsable de ce qui vous arrive.

Elle redressa vivement le menton pour répliquer et rencontra son regard amusé. Elle se détendit, sourit à son tour et laissa sa tête aller contre le dossier, soudainement épuisée. À son grand regret, elle vit le jeune homme se lever et retourner à sa place. Déçue, elle ferma les yeux en soupirant, mais les rouvrit presque aussitôt. Nicolas avait récupéré son bagage à main et revenait la trouver. Il s'installa près d'elle, manifestement décidé à ne plus la quitter pour la durée du vol. D'un même geste, ils entreprirent de fouiller dans leur sac respectif pour en ressortir un carnet et un crayon. Il la regarda stupéfait avant de demander :

— Vous dessinez ?

Il la vit pencher la tête en arrière avant d'éclater de rire. Le regard espiègle, elle expliqua :

— Bien sûr que je dessine ! Quand j'étais à la maternelle, je faisais des tas de dessins. Ma mère y voyait une maison lorsque c'était une girafe. Ça vous en dit long sur mon talent.

Il sourit, laissant apparaître deux rangées de dents parfaitement blanches.

— Pourquoi, alors ? Vous faites des listes d'articles à acheter ? tenta-t-il de deviner en pointant de son crayon le carnet qu'elle tenait sur ses genoux.

Marina en feuilleta rapidement les pages devant lui afin de lui montrer ce qu'elles contenaient. Il siffla, admiratif, avant de s'exclamer :

— Une écrivaine ! Qui aurait cru ! Eh bien, au moins, vous ne me dérangerez pas pendant le vol !

Elle rit à nouveau, et d'un même geste ils se plongèrent chacun dans leur travail. Une heure s'était écoulée lorsque Marina, découragée, referma son carnet.

— Ça ne va pas ?

— Non. Je ne suis jamais parvenue à écrire quelque chose de valable sans ma musique. Et à mon grand regret, mon baladeur est resté dans mes valises qui volent à l'heure actuelle vers la Grèce.

— Pourquoi alliez-vous en Grèce ?

— Pour les Grecs évidemment, répondit-elle aussitôt, le plus sérieusement du monde.

Elle le vit arquer les sourcils et ne put retenir plus longtemps un nouvel éclat de rire. Elle expliqua :

— J'essaie... je voudrais écrire un roman historique. La Grèce paraissait un lieu tout indiqué pour démarrer une histoire qui se tienne, et aller sur place me semblait une bonne idée pour réaliser des recherches sérieuses, etc.

— Oh... Et maintenant que vous allez à Paris ?

Elle souleva les épaules en signe d'ignorance. Elle fit rouler le bout de son stylo sur sa lèvre inférieure, soudainement absorbée dans ses pensées. Au bout de quelques secondes où il n'avait cessé d'observer ce petit et pour le moins très étonnant bout de femme, elle dit :

— Je n'en ai pas la moindre idée. Il me faudra trouver un autre thème.

— Pourquoi pas la Révolution française ? suggéra Nicolas du tac au tac.

— Trop français, refusa Marina.

— La Seconde Guerre mondiale ?

— Trop commun.

— La révolution étudiante de mai 68 ?

— Pas suffisamment romantique.

Nicolas eut un geste de désarroi alors qu'il concluait :

— Je crains que vous ne soyez obligée de prendre le premier avion pour la Grèce dès notre arrivée à Paris.

— Oui, sans doute, s'exclama-t-elle entre deux éclats de rire avant de devenir très songeuse.

— À quoi pensez-vous ? demanda-t-il au bout d'un moment en s'avouant que pour la première fois de sa vie il aurait aimé pouvoir peindre un visage. Le sien.

Elle croisa son regard et d'une voix amère répondit :

— Je me disais simplement que c'était la première fois depuis des mois que je n'avais pas ri ainsi. Ça fait du bien. Et c'est à vous que je le dois. Merci.

En philosophe qu'il était, Nicolas s'abstint de l'interroger davantage sur le sujet. Il avait remarqué cette douleur presque palpable qui semblait ancrée dans la chair de la jeune femme et il ne souhaitait pas retrouver au fond de ses yeux ce regard terrifié qu'il avait croisé un peu plus tôt. Aussi décida-t-il qu'il valait mieux changer de sujet. Il reprit donc :

— Pourquoi n'écrivez-vous plus ?

— C'est inutile d'essayer. Vous savez, lorsque l'on écrit, on ne force pas les choses. Ça vient ou ça ne vient pas. L'inspiration est une chose bien capricieuse qui n'en fait qu'à sa tête. Mais lorsqu'on la tient, alors là... Seulement, c'est si rare et ce qui est encore plus malheureux, c'est qu'elle ne choisit pas toujours le bon moment pour se manifester. Lorsque j'étais étudiante, durant mes cours, j'étais régulièrement prise de cette envie d'écrire qui vous fait oublier tout le reste. À croire que l'impossibilité d'assouvir cette envie constitue un excellent stimulant pour faire revenir l'inspiration.

Marina se tut en rencontrant le regard perçant et empreint de stupéfaction que son compagnon fixait sur elle.

— Quoi, qu'est-ce qu'il y a ?

— Rien, rien du tout. C'est simplement la première fois que je discute avec une personne qui exprime si parfaitement les réflexions que je me fais plus de cent fois par jour. C'est troublant.

Ils se turent quelques secondes, puis Nicolas demanda :

— Que connaissez-vous de Paris ?

— À part le fait qu'on y trouve cette chose que l'on appelle la tour Eiffel et qu'il y a beaucoup, beaucoup de rats, je connais peu cette ville.

Nicolas posa sur elle un regard étonné.

— Qu'est-ce que c'est, cette histoire de rats ?

Les joues de Marina s'empourprèrent légèrement avant qu'elle n'expose :

— Quelque part, j'ai lu qu'à un certain moment, les historiens n'auraient pas conservé une pièce de cuivre découverte dans l'un des ponts de Paris. C'était du temps de Grégoire de Tours. Sur cette pièce se trouvaient gravés une flamme, un serpent et la figure d'un rat. D'après cette légende, ce serait à cause de ce malencontreux oubli que Paris est aujourd'hui infesté de rats et de serpents et que les incendies y sont très nombreux.

Bouche bée, Nicolas ne sut quoi répliquer. Pour la première fois de sa vie, il se trouvait complètement bluffé par une femme qui l'avait étonné davantage en deux heures qu'aucune n'était parvenue à le faire en dix ans.

— Eh bien, charmante perspective ! reprit-il finalement avec un petit rire. Je ne savais pas cela. Il s'agit d'une thèse pleinement démontrée ?

— À vous de me le dire, répliqua-t-elle en lui adressant un clin d'œil amusé.

Ils se turent. Nicolas s'absorba de nouveau dans ses croquis et Marina finit par s'endormir. Lorsqu'elle s'éveilla quelques heures plus tard, les lumières de Paris étaient perceptibles. Elle s'approcha du hublot et se mit à trembler. Elle s'agrippa à son siège et pour la seconde fois fit une prière. «Notre Père, qui êtes aux cieux... protégez-moi et protégez ceux que j'aime... »

✳✳✳

Chapitre 10

8 septembre 2003

L'avion attérit à l'aéroport de Roissy-Charles-de-Gaulle à 7 h 21 du matin. Nicolas se dirigea vers le tapis roulant sur lequel défilaient les bagages des passagers et tout en les surveillant, ne perdait pas de vue Marina qui avait voyagé à ses côtés. Elle s'était assise non loin de lui et semblait plus désemparée que jamais. Nul doute qu'elle devait assumer pleinement les conséquences de ce qu'elle venait de faire. La fatigue du voyage creusait les traits de son visage très pâle.

Il la quitta du regard une seconde, le temps d'attraper sa valise, avant d'aller la rejoindre. Il se sentait responsable de sa situation précaire et ne savait trop quoi faire pour la sortir de là. Alors, spontanément, il lui proposa :

— Vous êtes prête ?

Elle leva vers lui ses yeux verts, désespérés.

— Prête pour quoi ?

— J'ai une chambre d'amis qui est libre, vous pourriez l'occuper, le temps de votre séjour.

L'espace d'une seconde, il faillit se mordre la langue. L'image de Lucie s'imposa à son esprit, celle de sa sœur et celle de sa mère également. Comment leur expliquer la présence de cette Québécoise chez lui ? Et puis il la connaissait si peu ! Lui qui appréciait tant sa solitude venait en une seconde de la compromettre! Comme si elle lisait chacune de ses pensées au moment même où elles naissaient, elle refusa:

— Non, je ne peux pas accepter. Votre offre me touche sincèrement, mais je suis assez grande, vous savez, je me débrouillerai parfaitement toute seule.

«Voilà, pensa-t-il, elle t'offre l'opportunité de t'en sauver, mon vieux.» Mais au lieu de répondre «comme vous voudrez», il insista:

— Ne croyez pas que je vous fasse cette offre par pitié, Marina. J'ai une idée derrière la tête, ça n'est pas du tout désintéressé. Allez, venez, du moins pour cette semaine, le temps que vous sachiez ce que vous souhaitez faire.

Comme ses yeux s'assombrissaient sous l'assaut de la peur, il jugea nécessaire de spécifier:

— Je vous jure que je ne vous veux aucun mal. Je vous donnerai toutes les références nécessaires et, si vous le souhaitez, mon extrait de casier judiciaire.

Elle le regarda étrangement, comme si elle soupesait le pour et le contre d'une telle décision. Sans doute consciente qu'elle n'avait pas d'autre choix, elle finit par se lever et le suivit.

À l'extérieur, le jour était encore timide. Marina inspira une profonde bouffée d'air et lui trouva une odeur particulière.

— La pollution, expliqua Nicolas. Il a fait particulièrement chaud ces dernières semaines et les pics de pollution doivent être au plus haut.

— Oh! se contenta-t-elle de répondre, regrettant déjà l'air du Québec.

Elle jeta un regard autour d'elle, rien ne pouvait vraiment lui donner de premières impressions sur ce pays d'accueil. Nicolas héla un taxi et ils s'y engouffrèrent. Une heure plus tard, la voiture grise les déposait devant un immeuble en pierres de taille qui faisait l'angle de la rue. En face de cet imposant bâtiment, on voyait un petit café dont la devanture était bariolée des menus en promotion, un peu plus à gauche, un fleuriste, une boulangerie et, complètement sur la droite, un petit parc devant lequel se trouvaient un arrêt d'autobus et une bouche de métro.

Nicolas composa le code qui ouvrait la porte de l'immeuble et s'écarta pour faire entrer la jeune femme. Ils grimpèrent jusqu'au deuxième étage où il déverrouilla la porte de son appartement.

— Bienvenue chez vous, mademoiselle, la taquina-t-il en la laissant passer devant lui.

Marina pénétra dans l'appartement, surprise par la luminosité qui éclairait chacune des pièces par les multiples puits de lumière qui jouxtaient le plafond de la partie basse. Un décor sobre, tout de blanc et de bois, rien de tape-à-l'œil ou de disgracieux. Juste ce qu'il fallait de masculinité au travers des fauteuils en cuir brun et par l'absence de fleurs ou de bibelots. Le premier étage comportait une cuisine de neuf mètres carrés, un grand séjour, une salle de bain et deux chambres. Un escalier menait à l'étage du dessus, qui s'avérait en réalité une sorte de mezzanine. Suivant son regard, il expliqua :

— Il mène à mon atelier. C'est là que je travaille. De l'immense baie vitrée, la vue est magnifique. Je vous montrerai.

Puis il lui fit signe de le suivre jusqu'à une porte qu'il ouvrit et qui donnait sur une chambre de quinze mètres carrés, impeccablement rangée et luisant de propreté. Manifestement, elle ne devait pas servir beaucoup.

— Vos appartements, mademoiselle.

— Merci.

Il parut embarrassé, hésitant, avant de lâcher doucement :

— Étant donné que nous sommes officiellement colocataires, je propose que nous cessions de nous vouvoyer. C'est lourd à la fin.

Elle sourit et signifia son accord d'un geste de la tête.

— Parfait ! Je te laisse te débarbouiller un peu. Pendant ce temps, je nous prépare de quoi manger.

Elle le remercia une fois de plus alors qu'il sortait en refermant la porte derrière lui. Marina se laissa tomber sur le lit, à bout de forces. Elle résista à l'envie de pleurer qui ne l'avait pas quittée depuis son départ de Montréal et se dirigea vers le petit lavabo installé dans l'un des angles de la chambre. Elle se rinça la bouche ainsi que le visage. Elle mourrait d'envie de prendre une douche bouillante, mais intimidée par la situation, elle se contenta d'enfiler un t-shirt propre. Elle dénoua ses cheveux et se rendit à la cuisine d'où lui provenait des bruits de vaisselle.

— Besoin d'aide? Je suis assez douée en cuisine, affirma-t-elle en regardant le jeune homme qui s'affairait devant un long comptoir.

— Non merci, je maîtrise la situation. Ma... une amie avait prévu mon retour et a regarni un peu les armoires.

D'un geste de la main, il l'invita à prendre place à table et posa devant elle une assiette de salade et de mozzarella. Il y versa une vinaigrette à base d'huile d'olive qu'il venait de terminer et saupoudra le tout de miettes de bacon. Une fois assis en face d'elle, il s'enquit:

— Alors, impressionnée?

Marina hocha la tête avant de planter sa fourchette dans une tomate cerise.

— Délicieux! s'exclama-t-elle le plus sincèrement du monde.

Ils mangèrent sans échanger la moindre parole, jusqu'à ce que Marina mette fin au silence pesant qui avait envahi la pièce.

— Pour un artiste, je ne te trouve pas très démonstratif!

— C'est-à-dire?

— Je m'imaginais des murs entiers couverts de toiles de toutes sortes. Or, je n'en vois aucune.

Nicolas la regarda par-dessus le verre qu'il portait à ses lèvres, un éclat curieux au fond des yeux.

— Tu as raison. Je ne suis pas exhibitionniste. Du moins en ce qui concerne mes œuvres.

— Voilà qui est très étrange!

— Pourquoi donc?

Tout en contemplant la tomate cerise luisante d'huile piquée au bout de sa fourchette, elle répondit:

— À quoi ça sert de peindre si personne ne peut en profiter? Un tableau, c'est fait pour être regardé, non?

— Moi, j'en profite, c'est l'essentiel.

Marina ne semblait pas convaincue.

— Toi? Tu n'écris pas avant tout pour ton propre plaisir?

— Si, bien sûr! Mais je garde toujours cet espoir d'être publiée.

— Alors, peut-être que c'est simplement parce que je crains la critique!

— Possible. C'est le cas?

Le jeune homme sembla réfléchir quelques secondes avant de changer radicalement de sujet.

— Alors Marina, quels sont tes projets maintenant que tu es en France?

— Me trouver du travail et m'acheter une nouvelle garde-robe, décida-t-elle.

— Dans cet ordre?

Elle se mit à rire.

— Non, évidemment! Les seuls vêtements qui me restent sont ceux que je porte en ce moment. Je doute de pouvoir trouver un emploi sérieux, attifée d'un t-shirt et d'un jeans.

Nicolas se retint de lui dire que pour sa part, il trouvait son jeans et son t-shirt plutôt seyants et prit plutôt une gorgée d'eau.

— Dans quel domaine aimerais-tu travailler?

— Je pensais à un emploi de secrétaire ou quelque chose du genre. Je pense que j'arriverais à assumer. Je possède un diplôme en littérature, mais je doute qu'il me soit d'une grande utilité pour le moment.

Nicolas parut réfléchir un moment:

— Je sais que l'entreprise pour laquelle je travaille est présentement à la recherche d'une secrétaire. Je leur en toucherai deux mots, si tu veux. Bien sûr, ils exigeront que tes papiers soient en règle, mais il ne devrait pas y avoir de problème de ce côté.

Il fut interrompu par la sonnerie du téléphone. Voyant qu'il ne faisait pas le moindre geste pour se lever, Marina l'interrogea:

— Tu ne réponds pas?

— Je sais qui c'est. Elle rappellera.

— Elle?

Comprenant qu'il avait éveillé sa curiosité, il expliqua:

— Si je réponds maintenant, Lucie va se pointer ici ce soir et je ne pourrais pas me reposer.

— Oh...

Nicolas l'observa un moment. Elle semblait perdue dans ses pensées, sûrement à des milliers de kilomètres de lui.

— Et toi, Marina ? Qui as-tu laissé derrière toi ?

Elle le regarda sans comprendre. Il n'avait pas quitté son visage des yeux et fut témoin de la gamme d'émotions qui l'obscurcirent comme des nuages vaporeux qui s'étirent dans le ciel.

— J'ai laissé derrière moi trois hommes, dit-elle de but en blanc.

— Trois ! s'exclama-t-il surpris. Tu as un véritable harem ! Moi qui croyais que c'était réservé exclusivement aux pays arabes !

Marina lui jeta un regard outré.

— Décidément, les hommes français ont une sale mentalité !

Il sursauta en entendant ses paroles. Apparemment, elle n'avait pas pris la plaisanterie. Elle paraissait même sérieusement vexée. Ne se l'expliquant pas, il ne trouva rien d'autre à faire qu'à s'excuser.

— Désolé, je plaisantais. Je ne voulais pas me moquer.

Voyant qu'elle ne se déridait pas, il changea de tactique, persuadé désormais qu'elle devait se battre avec plus d'un démon.

— Allez, viens, ordonna-t-il en se levant et en quittant la pièce.

— Où est-ce qu'on va ? fit-elle alors qu'il la précédait dans l'escalier qui menait à l'étage supérieur.

— Je t'emmène dans mon sanctuaire.

Lorsqu'ils arrivèrent en haut de l'escalier, il poussa une porte et s'effaça pour la laisser entrer. Stupéfaite par ce qui lui était révélé, Marina demeura silencieuse.

La pièce devait faire dans les quatre-vingts mètres carrés et un pan entier de mur était remplacé par une immense baie vitrée qui offrait une vue magnifique sur Paris. Marina devina qu'il s'agissait de l'atelier du jeune homme. Des dizaines de toiles jonchaient le sol, des toiles de toutes les dimensions sur lesquelles elle put apercevoir des représentations de Paris, des natures mortes... Au centre de la pièce se tenait un immense chevalet dont le bois était maculé de taches multicolores. À ses côtés trônait une table en bois brut sur laquelle attendait tout un éventail de tubes de peinture, de pinceaux, de chiffons. Tel était le mobilier de cette pièce.

— Alors ?

— J'ai toujours rêvé d'avoir un endroit semblable à celui-ci pour écrire. C'est fabuleux !

Elle lui jeta un coup d'œil, quêtant son autorisation, et d'un signe de tête il lui fit comprendre qu'elle pouvait pénétrer dans la pièce. Il la regarda s'avancer près du chevalet, caresser respectueusement les huiles, les pinceaux, les toiles... Elle concentra son attention sur un tableau, puis un autre, un troisième et soudain jeta un coup d'œil circulaire à la totalité de l'atelier. Elle se retourna vers lui, complètement troublée.

— Qu'est-ce qu'il y a ?

À nouveau, elle regarda ses œuvres et avoua :

— D'après ce que j'ai vu à l'aéroport et dans l'avion, je m'attendais à ce que tu aies du talent, pas que tu sois un véritable génie !

Nicolas fut sensible au compliment, ce qui l'étonna et qu'il ne comprit pas. Marina n'était pas amateur d'art et s'y connaissait peu en peinture, il le devinait. Pourtant son opinion était loin de le laisser indifférent. Étant artiste elle-même, elle était peut-être plus sincère que les autres ? Tout compte fait, cette colocation s'annonçait une bonne chose. Il se surprit même à ne regarder l'heure qu'une seule fois depuis leur arrivée et à réaliser que le temps avait passé à une vitesse folle.

C'est à ce moment-là que la sonnette retentit. Il grommela un « en fin de compte, j'aurais peut-être dû répondre... » et sortit aussitôt de l'atelier. Marina le suivit, refermant doucement la porte derrière elle. Elle resta légèrement à l'écart alors qu'il allait répondre et qu'une grande rousse se jetait à son cou avant de l'embrasser passionnément sur la bouche, son corps se collant au sien en une danse lascive qui en disait long sur la nature de leurs rapports.

— Oh ! Nic, te voilà enfin ! Je me suis doutée que tu rentrais aujourd'hui et je n'ai pas pu résister à l'envie de me retrouver dans tes bras ! Deux semaines, c'est long, tu sais ?

— Oui, je sais, fit-il en passant un bras autour de sa taille.

Gênée, Marina fit demi-tour afin de retourner dans la cuisine.

— Nic, chéri, qu'est-ce que c'est que ça? fit-elle en pointant un index à l'ongle bien verni vers la jeune femme qui battait en retraite.

Marina se figea en entendant la voix dans son dos. Elle se retourna et rencontra le regard bleu de son colocataire.

— Ça, ça s'appelle Marina, répondit-elle aussitôt d'une voix qui ne cachait pas son énervement.

Nicolas la devança pour la suite des explications.

— Lucie, voici Marina. Marina est québécoise, une cousine éloignée. Je vais l'héberger pendant quelques mois.

— Une cousine éloignée? Au Canada? reprit Lucie en détaillant la jeune femme de la tête aux pieds, peu convaincue.

— Oui, une cousine éloignée. Elle est à Paris pour effectuer des recherches et ma mère souhaitait que je l'héberge le temps qu'elle prenne ses marques.

Marina lut clairement sur le visage de Lucie que ce qu'elle voyait était loin de lui plaire.

— Éloignée comment?

— Une cousine éloignée, répéta Nicolas dont le ton de voix indiquait qu'il ne supporterait pas d'interrogatoire à ce sujet.

Prise de court, Marina comprit que la vérité n'était pas bonne à dire dans le cas présent. Elle se contenta de tendre la main à Lucie en disant:

— À vrai dire, ce sont nos mères qui sont petites cousines. Je doute qu'il existe encore quelque lien de parenté que ce soit entre Nicolas et moi. Nous ne nous étions jamais rencontrés avant sa venue au Québec.

Un regard du jeune homme l'avertit de ne pas trop en faire.

— Bonjour, je suis enchantée de vous rencontrer, ajouta-t-elle aussitôt.

Lucie regarda la main tendue comme si elle n'en avait jamais vue. Puis, en l'ignorant, elle s'approcha et fit quatre bises sur les joues de la jeune femme.

— On est en France ici, chérie, on ne se sert pas la main, on s'embrasse.

« Merci pour la leçon, pensa Marina. 1-0 pour la grande rousse. » Un nouveau coup d'œil à Nicolas lui prouva qu'il n'appréciait pas du tout l'attitude de cette Lucie.

— Tu vas me laisser dans le vestibule ou tu comptes m'emmener dans ta chambre ? proposa-t-elle presque aussitôt.

Sans attendre de réponse, elle passa devant Marina et prit la direction de ce qui était vraisemblablement la chambre de Nicolas. Le jeune homme sourit à sa nouvelle colocataire avant de suivre Lucie.

De plus en plus mal à l'aise, Marina comprit qu'ils n'allaient pas se contenter de discuter de son voyage, et être témoin de leurs ébats amoureux était la dernière chose dont elle avait envie. Elle retourna dans sa chambre et se mit à réfléchir. Que pouvait-on faire à Paris, un lundi midi ? Le mot s'imposa de lui-même à son esprit : shopping ! Mais faire du shopping impliquait qu'il lui fallait sortir de cet appartement et risquer de se faire agresser. Elle se mordit aussitôt les lèvres et tenta de se raisonner. Elle savait qu'il lui faudrait réapprendre à vivre, réapprendre à sortir seule d'un appartement sans avoir la peur au ventre ! Réapprendre à marcher dans la rue sans courir, réapprendre à vivre sans l'ombre de Carl Dupré sur ses talons.

Elle saisit donc son sac et ouvrit la porte de l'appartement. Après quelques secondes d'hésitation, elle s'engouffra dans la cage d'escalier sur la pointe des pieds, descendit les quelques marches qui menaient au rez-de-chaussée. Mais malgré toute sa bonne volonté, elle ne réussit pas à franchir le seuil de l'immeuble. Demain, demain elle essaierait de nouveau. Pour l'instant, elle se contenterait de rester là. Puis son regard caressa la façade du petit café d'en face. Elle évalua la distance qu'elle aurait à parcourir : quelques mètres seulement. « Ce serait un bon début », pensa-t-elle. Elle prit une grande respiration et y courut.

Lorsqu'elle poussa la porte du petit café, son cœur était prêt à exploser et la course n'y était pour rien. Cependant, elle souriait. Elle venait de marquer un point. Un point contre lui.

***

« Paris »

Chapitre 11

29 septembre 2003

Trois semaines s'étaient écoulées depuis l'arrivée de Marina en France. Trois semaines au cours desquelles elle avait régularisé sa situation et trouvé un boulot de secrétaire dans l'entreprise qui embauchait Nicolas. Le profil de sa nouvelle vie commençait enfin à se dessiner et elle ne l'envisageait plus avec autant de craintes.

Sa cohabitation avec le jeune homme était l'heureuse surprise de ses journées bien remplies. En effet, loin d'être embarrassante ou lourde, ils y avaient trouvé, l'un comme l'autre, une collaboration bénéfique. Alors que Marina, qui rentrait plus tôt, s'occupait de préparer le repas et de ranger l'appartement, Nicolas, lui, se chargeait des courses et payait les factures. Ils s'étaient mis d'accord sur le loyer que la jeune femme paierait dès la réception de son premier salaire, montant plus que modique. Il n'avait accepté de percevoir mensuellement cette modeste somme que pour éviter de froisser sa dignité. Elle lui était plus que reconnaissante.

Nicolas, qui avait éprouvé une certaine appréhension au tout début, prenait maintenant un réel plaisir à habiter avec cette jeune femme hors du commun, aux humeurs et réparties imprévisibles et aussi changeantes que le temps. Il avait remplacé son ancienne solitude par leurs longues conversations qui tournaient généralement autour de leurs passions respectives, et ses éternels sandwichs de fin de soirée s'étaient transformés en repas consistants. Il appréciait d'autant plus Marina qu'elle savait se montrer discrète lorsque Lucie et lui avaient besoin d'intimité.

Malgré cela, il était parfaitement conscient de l'animosité qui régnait entre les deux jeunes femmes. À plusieurs reprises, il avait remarqué que Lucie cherchait à provoquer délibérément Marina, laquelle restait parfaitement calme et stoïque. Ce manque de répartie laissait parfois Nicolas pantois de frustration. Alors qu'il avait eu maintes fois envie d'exploser et de remettre Lucie à sa place, Marina se contentait de lever les épaules et de se taire, et ce mutisme donnait envie au jeune homme de la secouer et de lui hurler : « Mais défends-toi, tu vois bien qu'on t'agresse ! » Combien de fois avait-il sermonné Lucie sur son comportement pour s'entendre répondre : « Tu ne crois pas qu'elle est assez grande pour se défendre toute seule, ta petite cousine ? » Il se taisait donc à son tour et surveillait de loin l'évolution de la situation. Pour l'instant, aucun esclandre n'avait encore eu lieu, mais il suffisait de croiser le regard que Lucie posait sans cesse sur Marina pour que résonne au fond de sa tête le vieil adage : « Méfie-toi de l'eau qui dort ! »

Quant à ses propres relations avec sa nouvelle colocataire, il n'y avait rien de négatif à en dire, ni à en penser. Elle se révélait chaque jour un peu plus surprenante, un peu plus mystérieuse. Ce qui l'amusait par-dessus tout, c'était son côté superstitieux qui dépassait de loin tout ce qu'il avait connu en la matière. Il avait soupçonné son penchant pour l'ésotérisme et toutes les sciences occultes dès le lendemain de son arrivée, alors qu'en feuilletant le journal elle s'était longuement attardée sur l'analyse de son horoscope.

— Tu ne vas pas me dire que tu crois à ces absurdités, s'était-il exclamé, abasourdi.

Elle avait simplement soulevé les épaules avant de rétorquer :

— Galilée non plus n'y croyait pas avant de réaliser une étude très approfondie sur le sujet. À la suite de quoi, sa perception des choses a littéralement changé.

Nicolas l'avait longuement regardée, certain qu'elle plaisantait. Dieu merci, il avait eu le bon sens de ne rien ajouter, car il avait compris par la suite qu'elle était on ne peut plus sérieuse.

Mais ce qui l'interpellait le plus, c'était cette impression de proie traquée, de petite fille meurtrie, qui émanait d'elle et qui transparaissait régulièrement dans chacun de ses gestes. Il n'avait pas mis longtemps à remarquer qu'elle était littéralement terrorisée dès qu'elle devait s'aventurer seule hors de l'appartement et qu'elle sursautait au moindre bruit. Son instinct lui soufflait de ne pas lui faire part de ses remarques, de ne pas la questionner à ce sujet, du moins pas encore. Il sentait qu'il devait attendre...

Un autre événement troublant était survenu, deux semaines après le début de leur cohabitation. Alors qu'il était en train de peindre, elle avait timidement frappé à la porte de son atelier avant de l'entrouvrir. Elle avait immédiatement compris qu'elle venait de commettre un impair. Il avait posé sur elle un regard énervé, s'interrogeant sans doute sur la façon de lui en refuser l'accès sans la vexer. Elle le comprit, sans lui en vouloir. Elle sourit avant de battre en retraite et referma doucement la porte derrière elle. Mais il ne s'était pas écoulé deux secondes que la porte s'ouvrait de nouveau et que Nicolas s'écartait pour la laisser passer :

— Entre.

Ce fut à son tour d'hésiter. Elle ne voulait pas envahir son espace vital ni imposer sa présence. Mieux que quiconque, elle comprenait son besoin d'isolement pour travailler et la frustration que l'on pouvait ressentir quand les autres n'en tenaient pas compte.

— Allez, entre, répéta-t-il. Mais je te préviens, un seul mot et je te vire.

Il était sérieux et rien dans son expression ne permettait de douter de ses paroles. Elle hocha la tête, reconnaissante, et pénétra dans la pièce, un coussin dans une main, un cartable plein de feuilles blanches, un stylo et un baladeur dans l'autre. Elle choisit un coin de la pièce près de la baie vitrée, jeta le coussin à même le sol avant de s'y asseoir en indien. Elle releva la tête tout en faisant rouler son crayon le long de sa lèvre, signe qu'elle était plongée dans une profonde réflexion.

Nicolas ne put retenir un léger sourire en la voyant ainsi, assise par terre, sa queue de cheval et le large pull qui dénudait l'une de ses épaules, lui donnant l'apparence d'une adolescente. Il reprit sa place derrière son chevalet et sans plus faire attention à elle, affreusement déçu d'avoir rompu la sainte exclusivité qu'il avait imposée à cette pièce depuis des années, se remit au travail. Il savait par expérience qu'il ne parviendrait plus à se concentrer et que la soirée qu'il voulait consacrer à la peinture venait de prendre fin à l'instant où Marina était entrée. Cependant, ne voulant pas qu'elle se sente coupable, il reprit ses pinceaux et sa palette et entreprit de retoucher les différentes teintes qui nuançaient un bouquet de jacinthes. Quelle ne fut pas sa surprise de s'apercevoir que loin de l'avoir abandonné, l'inspiration semblait rôder autour de lui dans l'attente qu'il s'y remette sérieusement.

Il jeta un nouveau coup d'œil à son invitée. Elle paraissait l'avoir complètement oublié. Ses écouteurs sur les oreilles, elle semblait avoir déserté l'atelier, emportée par la musique qu'elle écoutait et qui donnait l'impression d'avoir sur ses idées un somptueux pouvoir. En effet, elle noircissait une ligne après l'autre, à une vitesse qui le stupé-fia. Il voyait ses lèvres prononcer silencieusement les mots qu'elle ins-crivait sur sa page blanche, à moitié remplie... puis déjà pleine. Elle changea de feuille et se remit à écrire. Il fronça les sourcils, soudaine-ment troublé de la voir ainsi devant lui, alors que la peinture dégouli-nait sur sa chemise. Il jura, secouant sa main pour en faire tomber la goutte jaune or qui la maculait.

Marina, inconsciente du malaise qui l'agitait, continuait d'écrire les mots qui jaillissaient de sa tête, des mots éclatants et pour une fois conformes aux propos qu'elle souhaitait tenir. Elle s'arrêta un instant, les doigts engourdis par l'exercice intense qu'elle leur imposait. Loin d'être désagréable, cette sensation révélait qu'elle profitait de l'un de ces moments bénis où l'inspiration semblait lui tendre les bras. Et il était hors de question qu'elle n'en abuse pas. Elle en connaissait trop la rareté.

Elle releva la tête pour jeter un coup d'œil à Nicolas juste au moment où ce dernier retirait sa chemise, un pinceau dans la bouche. Elle baissa aussitôt les yeux, sentant ses joues devenir brûlantes. « Idiote ! Stupide ! Gamine ! », s'injuria-t-elle en faisant mine de s'absorber à nouveau dans son travail. Mais la course accélérée de son cœur et les pulsations de son sang qui se fracassait contre chacune de ses veines la déconcentraient beaucoup trop pour qu'elle puisse reprendre le fil de ses pensées comme si de rien n'était, pensées qui empruntaient déjà un autre chemin, beaucoup plus incertain. Elle attendit de retrouver une respiration à peu près normale pour oser à nouveau lever discrètement les yeux sur lui. « Mon Dieu ! » souffla-t-elle pour elle-même alors que le rose de ses joues s'échauffait à nouveau.

Nicolas s'était remis à son travail, ses yeux rétrécis par une immense concentration. Marina ne put empêcher son regard de glisser le long des muscles de ses épaules nues qu'elle voyait rouler sous sa peau à chacun de ses gestes, puis le long de son thorax, jusqu'à ses hanches soulignées à merveille par la ceinture de son jeans. Il était moins musclé que Luc, son gabarit se rapprochait davantage de celui de Mike. Sa peau n'avait pas non plus la même couleur, elle était plus mate.

Par crainte qu'il ne s'aperçoive de la convoitise qui devait sûrement faire briller ses yeux, elle reprit son stylo et se remit à écrire. Mais les phrases qui se superposaient ne suivaient plus du tout le même fil conducteur. Elles prenaient plutôt l'allure d'une confession intime et irrévocable que Marina ne pouvait s'avouer à elle-même.

Nicolas ajouta une dernière touche de blanc au vase qui venait pour la énième fois de changer de couleur. Il jeta un regard au-dessus de la toile et son sang s'échauffa en voyant que Marina avait changé de position. Elle était maintenant à plat ventre, ses jambes pliées se balançant d'avant en arrière, alors qu'appuyée sur ses coudes elle relisait les dernières pages qu'elle venait d'écrire. Elle avait toujours ce crayon à la bouche qui roulait d'un côté à l'autre de sa lèvre inférieure, manie qui l'hypnotisait mieux que ne l'aurait fait un pendule. Son regard suivit la courbe abrupte de son dos jusqu'à celle plus douce de ses reins.

Une ultime pensée faisait son chemin à cet instant précis. Lui qui avait toujours clamé qu'il n'aimait pas peindre les gens, se trouvait en proie à un désir obsédant : il voulait la peindre, elle. Il ne voulait pas en connaître la raison. Tout ce qu'il savait, c'était qu'il avait une envie furieuse de l'immortaliser sur une toile et cela depuis la première minute où il l'avait aperçue à l'aéroport.

Comme si elle avait été alertée par le chemin que suivaient ses pensées, elle retira les écouteurs de son baladeur, s'étira longuement comme l'aurait fait un chat avant de se redresser et de tourner la tête dans sa direction. Les mots qu'elle allait prononcer moururent sur ses lèvres lorsqu'elle rencontra le regard de Nicolas braqué sur elle, et qu'il capta le sien. Que lisait-elle au fond de ses yeux ? Quelle était cette expression brumeuse et si intense qu'elle ne lui connaissait pas ?

— Je ne t'ai pas trop dérangé ? l'interrogea-t-elle sans parvenir à cligner des yeux.

Comme si ces mots avaient eu le pouvoir de le ramener à la réalité, il reporta son attention sur la longue table où se trouvait tout son matériel, et il s'appliqua à reboucher soigneusement les tubes. Il déposa ses pinceaux dans un verre d'huile de lin et s'essuya les mains avec un chiffon déjà bariolé.

Marina sourit en constatant que le chiffon avait davantage tendance à rajouter de la peinture sur ses longs doigts plutôt qu'à en retirer.

— Non, ça va. D'ailleurs, je suis agréablement surpris. Les quelques rares fois où j'ai laissé entrer une femme ici, je l'ai amèrement regretté. Il faut croire que Dieu n'a pas créé les femmes pour qu'elles restent silencieuses.

Il lui jeta un nouveau regard, mais cette fois-ci la lueur amusée qui soulevait son sourcil n'échappa pas à sa compagne qui se contenta de ramasser les feuilles éparses autour d'elle.

— Je pourrai revenir ?

Elle interrompit son geste et se mordit la lèvre. Elle avait parlé sans réfléchir et ne doutant pas qu'il refuserait, essaya de se rattraper :

— Je voulais dire...

— Tu peux. Si tu es toujours aussi silencieuse, tu peux.

— Merci, murmura-t-elle sans le regarder. Je ne cherche pas à t'embêter, tu sais, ajouta-t-elle, mais il y a un je ne sais quoi dans cette pièce qui m'apporte une inspiration peu commune après laquelle je cours désespérément, sans parvenir à mettre la main dessus.

À partir de ce jour, ils se retrouvèrent régulièrement tous les deux dans l'atelier. Aucune parole n'était échangée, seuls les bruits de leur respiration, celui du pinceau glissant sur la peau rêche d'une toile ou du crayon crissant contre les pages, troublaient le silence.

***

Chapitre 12

8 octobre 2003

Ce matin-là, Marina vit Nicolas pénétrer dans la cuisine, occupé à se masser les tempes. Il fonça droit sur la fenêtre qui laissait entrer les prémices d'un soleil radieux et tira les rideaux pour en diminuer la luminosité. Intriguée, elle le regarda se servir un grand verre de jus d'orange qu'il but pour avaler deux cachets d'aspirine.

— Ça va? lui demanda-t-elle en guise de bonjour.

— Migraine, grommela-t-il en se versant une tasse de café. Depuis un an, ça m'arrive de plus en plus souvent.

— Oh... Je peux faire quelque chose?

Il répondit par la négative d'un geste de la tête et grimaça aussitôt en sentant des élancements douloureux lui perforer les yeux.

— Bon sang, il fallait que ça tombe aujourd'hui alors que j'ai une présentation à faire pour un gros client.

Il se dirigea vers la table et y déposa sa tasse de café, après avoir repoussé, avec une moue de dégoût, une assiette garnie de croissants et de confiture. Il saisit le sac de Marina, qui traînait sur une chaise et s'exclama d'un ton grincheux :

— Qu'est-ce que tu trimbales là-dedans pour que ce soit aussi lourd!

— Rien de bien particulier, répondit-elle sans interrompre sa lecture.

— Tu te fous de moi ! Ce n'est pas un tube de rouge à lèvres qui pèse ce poids !

Alors, sans lui demander la permission, poussé par la curiosité, il ouvrit le sac et en ressortit toute une panoplie de pierres semi-précieuses qu'il exhiba comme s'il s'agissait de choses inconnues.

— Tu trimbales des cailloux dans ton sac ? C'est pour te muscler ou quelque chose dans ce genre ?

Marina ne prit même pas la peine de lever les yeux de son horoscope et se contenta de dire :

— Chacune de ces pierres m'apporte beaucoup. Je te prierais de les remettre à l'endroit où tu les as trouvées. Merci.

— Alors là, je ne comprends pas. Qu'est-ce que ça peut donc t'apporter de si...

— La chance, l'espoir, la confiance en soi, ce genre de trucs.

Elle devina qu'il devait avoir froncé les sourcils, comme toujours dépassé par ses arguments inattendus. Il poursuivit son inventaire et sortit du sac un énorme bouquin d'au moins six cents pages.

— Qu'est-ce que c'est que ça ? s'exclama-t-il, abasourdi.

— Ça s'appelle un livre, répondit Marina qui daigna enfin lever les yeux. Il arrive qu'on en trouve dans les bibliothèques, ajouta-t-elle, d'un ton sarcastique.

— Merci du renseignement. Et qu'est-ce qu'une brique comme ça fait dans ton sac ?

Exaspérée, la jeune femme reposa le journal qu'elle était en train de parcourir et vint reprendre son sac. Elle y remit les pierres qui jonchaient à présent la table, et s'empara du livre que le jeune homme tenait entre ses mains et soupesait comme il aurait pu soupeser un kilo de pommes de terre.

— Tu permets, s'exclama-t-elle à son tour alors qu'il refusait de le lui rendre. Qui t'a donné la permission de fouiller dans mes affaires !

Elle essayait de paraître furieuse, mais ne réussit qu'à le faire rigoler.

— Anna, Marie, Mariana, énuméra-t-il comme s'il chantait. Dis-moi ce que tu fais avec un livre de cette taille dans ton sac. Les pierres, c'est déjà bizarre, mais là...

— Tu n'as jamais vu personne avec un livre dans son sac? J'en fais la même chose que des milliers d'autres personnes: je le garde avec moi pour lire dans le métro, dans le bus, dans les salles d'attente.

Perplexe, Nicolas regarda le volume abîmé dont la reliure ne tenait plus que par quelques fils.

— Ce livre, on dirait qu'il a fait la guerre, tu ne vas pas me faire croire que c'est ton coup de cœur du moment! Tu ne connais pas la collection «Livres de poche»?

Marina soupira, excédée. Elle parvint à le lui arracher des mains et il la vit, respectueuse, caresser la couverture avant de le remettre à sa place.

— Allez, dis-moi, insista-t-il en s'asseyant devant elle à la table de la cuisine, tout en reprenant le mouvement de ses doigts sur ses tempes douloureuses.

Elle hésita et avoua enfin:

— Ce livre m'a été offert par un ami lorsque j'avais seize ans. Seize ans, pour une fille, c'est un âge important où on se remet en question et où on tombe amoureuse de n'importe qui. Eh bien, moi, je suis tombée amoureuse du héros de ce livre, à en perdre la tête parce qu'il ressemblait étrangement à l'ami qui m'en avait fait cadeau.

Nicolas posa sur elle un regard intéressé.

— Amoureuse, dis-tu?

— Follement amoureuse. Il m'obsédait! J'en rêvais la nuit, j'y pensais le jour, il me suivait partout.

— L'ami ou le personnage du livre?

Nicolas la contemplait bizarrement, comme s'il essayait de se représenter l'homme en question. Comme elle ne répondait pas, il reprit:

— Et ça a duré longtemps?

— Quelque temps, répondit-elle évasivement.

— Combien? insista-t-il.

Refusant de poursuivre, elle se leva brusquement, saisit son sac, et en sortant de la cuisine lui dit par-dessus son épaule:

— Je vais encore être en retard au travail! Et je doute qu'on comprenne si je dis que c'est à cause de toi!

***

Chapitre 13

Novembre 2003

Les journées passaient. Une routine rassurante, dans laquelle Marina se complaisait, s'installait. Un soir, alors qu'avec Nicolas ils avaient convenu de souper devant de vieux films de Charlie Chaplin, elle lui demanda :

— Nic, comment t'es venue l'envie de peindre ?

— Je ne sais pas trop, avoua-t-il en buvant une gorgée de vin.

Assis à même le sol, ses longues jambes étendues devant lui, un bras posé nonchalamment sur le canapé, il était l'image même de l'homme sûr de lui et détendu.

— D'aussi loin que je me souvienne, j'ai toujours eu un pinceau dans les mains. Un été, alors que je passais des vacances chez une tante à la campagne, l'un de ses voisins m'a proposé deux cents francs si j'acceptais de repeindre sa grange. Pour l'époque et l'âge que j'avais, c'était une fortune ! Comme je n'avais rien de mieux à faire, j'ai accepté. Seulement là, une fois devant cet énorme bâtiment, je me suis demandé pourquoi je me contenterais de blanc alors que je savais pouvoir faire quelque chose de beaucoup plus original. Et j'ai reproduit le paysage qui se trouvait derrière la grange.

— C'était réussi ?

— Disons que c'était surprenant! Lorsque le paysan a vu mon œuvre, il a réfléchi un moment et m'a dit texto: «C'est un drôle de boulot que tu viens de faire là, petit.» Puis, sans un mot de plus, il m'a tendu les deux cents francs et il s'en est retourné tranquillement chez lui. Je crois qu'au fond, ça devait bien lui plaire, car j'y suis retourné l'année dernière, plus de quinze ans après et la fresque y est encore. Défraîchie, mais elle y est! Mais je crois que le véritable déclic s'est produit lors d'un voyage à Florence que m'ont offert mes parents.

— Ça doit être une sensation agréable de savoir que même après tout ce temps, quelqu'un se souvient de toi, à cause de ton art?

Il ne savait pas si elle parlait pour lui ou pour elle-même. Aussi l'interrogea-t-il à son tour:

— Et toi, Marina, comment t'es venue l'envie d'écrire?

— Oh! C'est beaucoup moins original que toi. À l'âge de sept ans, j'ai compris du jour au lendemain que si je savais lire, c'est que je savais aussi écrire. À l'époque, nous habitions loin de la bibliothèque municipale et pendant les vacances d'été, comme je n'avais pas accès à la bibliothèque de l'école, je souffrais vraiment beaucoup de ne pas avoir de quoi lire. J'ai toujours été folle des livres. Je ne sais pas combien j'en ai lu depuis mon enfance. Quoi qu'il en soit, je me suis dit qu'à défaut de lire, je pouvais essayer d'écrire. Et c'est ce que j'ai fait. Quelques pages d'abord, et un recueil entier de nouvelles ensuite. Puis je suis passée aux romans. Adolescente, j'ai tout mis de côté pour les lettres d'amour passionnées et les lettres inversées.

— Les lettres inversées?

— Oui, avec des copines nous écrivions des pages entières en lettres inversées. C'était une sorte de code. Aucun de nos professeurs n'est jamais parvenu à le déchiffrer, donc on pouvait écrire ce qu'on voulait, ça ne blessait ni ne choquait personne.

— Je ne comprends pas, de quel code s'agit-il?

Elle se mit à rire à ce souvenir.

— Facile. Tu prends les lettres d'un mot et tu les inverses comme si tu lisais le mot à l'envers. Par exemple, le code pour Nicolas aurait pu être *Salocin*. Avec le temps, nous nous étions perfectionnées et nous avions créé nos propres raccourcis. Si un garçon nous faisait de l'effet, on prenait les lettres de son prénom et on les réorganisait jusqu'à lui trouver un surnom sympa.

— Je vois. Pratique.

— Plus que tu ne le crois. En plus, ça revêtait un sens romantique de leur trouver un autre nom.

— Si ça avait été moi, quel nom m'aurais-tu trouvé ?

Elle le regarda un long moment en réfléchissant, les lettres de son prénom dansant devant ses yeux. Puis elle dit d'un air assuré :

— *Salom.* Oui, je t'aurais appelé *Salom.*

— *Salom* ?

— Oui, c'est un joli diminutif et le M aurait biaisé quiconque aurait deviné notre petit procédé. Et puis Salomon est une figure biblique qui te sied à ravir, je trouve. Toi, dans ton atelier, Salomon et son temple.

Ce fut lui qui se mit à rire à son tour.

— Et toi, quelqu'un t'a déjà donné un surnom ?

— Oh, moi ? Eh bien ! Mike, mon frère, m'appelle « ma douce » et Luc « ma belle ». Rien de très original.

— Luc ?

— Un ami.

Il l'observa qui lui souriait. Il adorait ces moments passés avec elle, simplement à discuter de choses et d'autres, moments qui se faisaient malheureusement de plus en plus rares. Lucie y veillait personnellement. Comme si elle lisait dans ses pensées, Marina demanda avant de mordre dans son sandwich :

— Comment se fait-il que Lucie et toi n'habitiez pas ensemble ?

— Oh ! elle aurait bien voulu, c'est moi qui ai toujours refusé.

— Pourquoi ?

— Je ne sais pas, pour garder mon indépendance peut-être. Lucie est adorable, mais c'est une femme envahissante. Elle aurait vite fait d'empiéter sur mon espace vital.

— Je vois. Qu'arrivera-t-il lorsque vous vous marierez ? Il faudra bien que vous habitiez sous le même toit !

Nicolas s'étouffa avec la gorgée de vin qu'il venait d'avaler.

— Allons, Salom, ce n'est pas la peine de prendre cet air étonné, reprit Marina en riant à gorge déployée alors qu'elle prenait place derrière lui pour lui donner de vigoureuses tapes dans le dos.

— Qu'est-ce qui te fait croire que je désire me marier ?

— Tu ne le souhaites pas ? C'est pourtant la suite logique des choses ! Tout le monde sait ça !

Elle le vit froncer les sourcils. À quel petit jeu jouait-elle ?

— Écoute Marina, si tu as quelque chose à me demander, pourquoi ne pas le faire directement ?

Elle prit un air étonné avant de reprendre sa place près de lui.

— Qu'est-ce que tu vas t'imaginer ? Je ne souhaitais pas me mêler de ce qui ne me regarde pas. C'est simplement qu'avec tous ces ragots, on ne sait plus à quoi s'en tenir.

— Je ne croyais pas que tu étais le genre de femme à porter foi aux ragots.

— Je ne le suis pas.

Il sut qu'elle était tendue, car elle s'était mise à jouer avec ses doigts et à se mordre la lèvre. Il saisit l'occasion qui lui était offerte pour essayer à son tour de la mettre en garde.

— Marina, puisqu'on parle de ragots, il y a une chose que j'aimerais moi aussi te dire.

Surprise, elle posa sur lui son regard, dans l'attente de la suite.

— Maxime, je crois qu'il va tenter de te mettre dans son lit. Il s'en est ouvertement vanté devant moi.

Il attendait une réaction qui ne vint pas. Marina connaissait parfaitement bien les intentions du comptable de l'entreprise. Maxime était peut-être doué pour les chiffres, mais il en avait long à apprendre sur la diplomatie à employer avec les femmes.

— Marina, tu écoutes ce que je dis ?

— Oui, et alors ?

— Alors je voulais te mettre en garde contre lui.

— Pourquoi ?

— Pourquoi ? Mais parce qu'il n'est pas du tout le genre d'homme qu'il te faut ! Bon sang, mais tu ne comprends pas ce que j'essaie de te dire ? Il veut tirer un coup, et c'est tout !

— Et alors ?

Nicolas la regarda comme si ses yeux allaient sortir de leur orbite. Il se leva brusquement, saisit son assiette qu'il rapporta à la cuisine, Marina sur les talons.

— Bon Dieu, ce que tu peux être exaspérante ! jura-t-il en se retournant vers elle.

Les deux poings sur les hanches, elle reprit :

— Est-ce que tu crois sincèrement que je suis assez naïve pour ne pas m'en être aperçue ? Je suis une adulte et tu n'es ni mon frère, ni mon amant, ni mon mari, ce qui signifie que ça ne te regarde pas !

Elle venait d'avancer un argument qu'il n'était malheureusement pas en mesure d'écarter. Il leva une main pour clore la discussion alors qu'il s'emparait de deux cachets d'aspirine qu'il avala avec un verre d'eau. Marina continuait de l'observer. Il semblait véritablement énervé... ou peut-être inquiet. Oui, c'était cela qu'elle lisait au fond de ses yeux, de l'inquiétude. Elle fronça les sourcils, dépitée, une immense frustration s'emparant d'elle. Pourquoi tous les hommes qui lui plaisaient ne voyaient-ils en elle que la petite fille qu'il fallait protéger, pourquoi restaient-ils insensibles à la femme qu'elle était ?

— Nic, je suis consciente que tu te fais du souci pour moi et c'est... c'est très gentil de ta part. Mais je n'ai pas besoin de ta protection. J'ai déjà ce qu'il me faut en la matière. Plus que je ne le souhaiterais même.

— Gentil ? fit-il étonné. Tu trouves ça gentil que je te mette en garde contre un beau salaud ?

Marina retint un sourire alors qu'elle s'accoudait au comptoir pour le regarder faire la vaisselle.

— Le beau salaud en question, ce n'est pas un ami à toi ?

— C'est avoir une bien piètre opinion de moi, de croire que je pourrais attacher de l'importance à des relations avec un type pareil.

Marina baissa les yeux. Puis saisissant à deux bras la perche qu'il lui tendait involontairement, aiguillonnée par la curiosité, elle demanda :

— Salom? Quelle est la personne qui peut prétendre avoir ta confiance?

— Ma sœur, répondit-il machinalement.

Il entreprit de se masser les tempes, l'eau savonneuse dégoulinant le long de ses avant-bras. Marina devina qu'il devait de nouveau souffrir de maux de tête et si elle avait eu pitié de lui, elle aurait mit fin à la discussion. Pourtant elle poursuivit:

— Pas Lucie?

— Non, pas Lucie.

De plus en plus intriguée, elle se rapprocha de lui et insista:

— Tu ne trouves pas étrange de ne pas faire confiance à la femme que tu aimes?

Il souleva les épaules comme si au contraire il s'agissait d'une chose parfaitement normale, avant d'expliquer tout en rinçant la vaisselle qu'il venait de laver:

— C'est justement parce qu'il y a des sentiments en jeu que je ne lui fais pas confiance.

Sa curiosité étant loin de s'estomper, Marina grimpa sur le plan de travail et, ainsi assise près de l'évier, poursuivit:

— Explique-toi, car je ne comprends pas ta théorie.

Il lui tendit un torchon sec afin qu'elle essuie la vaisselle qu'il déposait dans l'égouttoir.

— Tu connais le dicton « L'amour rend aveugle »? Ce devrait plutôt être « L'amour fausse le jugement ». Un amour trop démesuré entraîne des actions démesurées. Et qui dit actions démesurées dit actions irréfléchies.

— Ce n'est pas dans *Roméo et Juliette* cette idée?

Sans faire attention à sa remarque, il poursuivit:

— Et qui dit actions irréfléchies, dit conséquences souvent dramatiques. Je connais bien Lucie, elle tenterait de régler mes problèmes à sa façon et sa façon ne serait certainement pas la mienne. Donc, sur ce point, j'avoue que je préfère ne pas lui faire confiance, ne rien lui dévoiler. Je ne lui livre pas mes problèmes ou mes cas de conscience et ainsi je préserve notre relation. Je n'aime pas qu'on chamboule mes habitudes et qu'on fouine dans mes affaires, Marina.

Stupéfaite, la jeune femme l'écoutait, les yeux arrondis par son raisonnement. Elle était si choquée par ce qu'elle venait d'entendre qu'elle crut un instant qu'il se moquait d'elle. Pourtant, il était sérieux.

— Si c'est comme cela que tu vois les choses, laisse-moi te dire la seule vérité qui saute aux yeux : tu ne l'aimes pas !

Elle espérait le faire réagir, mais n'obtint qu'un haussement d'épaules indifférent.

— Peut-être, en effet, que je ne l'aime pas.

— Pourquoi être avec elle, alors ?

Il parut réfléchir un moment et lâcha abruptement :

— C'est une belle femme, drôle, sexy, séduisante.

— Intéressante ? rassurante ? captivante ? inspirante ? termina-t-elle sur un ton moralisateur qui lui fit hérisser les cheveux sur la tête.

« Touché », pensa-t-il. Elle ne lui laissa pas le temps de répondre et reprit :

— Je suis sidérée par ce que j'entends. Alors là ! Je sais maintenant qu'il n'y a aucune chance pour qu'il se passe quelque chose entre nous, Salom. Tu es un cas complètement désespéré. Tu as une vision des relations avec les femmes qui dépasse tout entendement.

Elle vit les sourcils du jeune homme se lever.

— C'est toi, Marina, qui a une vision enfantine des relations entre les hommes et les femmes.

Insultée, elle lui jeta le chiffon au visage, sauta par terre et les poings sur les hanches, cria :

— Eh bien, je préfère avoir une vision de petite fille et oser croire que l'homme que j'aimerai pourra compter sur mon soutien et y fera appel, que de me contenter d'une vulgaire histoire de fesses ! Même si cela doit impliquer que l'on fouine un peu dans mes affaires et que ça dérange quelque peu mes habitudes !

Nicolas laissa retomber dans l'eau mousseuse l'assiette qu'il était en train de laver et posa sur elle un regard paternaliste qui lui donna envie de vomir.

— Tu deviens vulgaire, Marina.

— Eh bien, j'aime mieux être une femme vulgaire qu'un gigolo qui défend une philosophie à la noix !

Stupéfait par son éclat, le jeune homme la vit tourner les talons et s'enfermer dans sa chambre. Il resta un instant immobile, ne sachant pas trop ce qu'il avait dit ou fait pour la mettre dans une fureur pareille. Elle qui ne bronchait jamais, qui n'asservissait jamais personne, il avait du mal à lui octroyer de pareilles réactions. « Oh ! Mystérieuse Marina, que faut-il donc faire pour t'apprivoiser ? »

Il était déjà tard le lendemain, lorsque Marina osa regagner la cuisine. La veille, quelques instants après son éclat, elle avait entendu Lucie faire irruption dans l'appartement, et elle les avait entendus s'esclaffer à plusieurs reprises le matin même alors qu'ils prenaient leur petit déjeuner. Puis ils étaient partis, la laissant seule, seule avec ses illusions.

Le soleil pénétrait à flots dans la pièce en ce samedi de novembre, chose rarissime à Paris. Elle décida donc d'aller faire quelques courses, histoire de changer d'air et de se dérider un peu. Elle enfila son manteau et sortit. Dehors, l'air était vif et eut vite fait de lui rafraîchir les idées. La vie lui souriait et elle eut soudain envie d'y croquer à pleines dents, de la savourer comme si ses jours étaient comptés.

Pourtant, l'ombre d'un homme se mettait sans cesse entre elle et ses bonnes résolutions. Dans quelques mois, peut-être pourrait-elle parvenir à l'effacer. Elle passa devant le fleuriste qui venait juste de recevoir un arrivage de roses jaunes. Elle en acheta un bouquet qu'elle s'empressa, une fois de retour à l'appartement, de mettre dans un vase et elle le déposa sur la table de la cuisine. Elle savait que Nicolas aimait particulièrement ces fleurs et qu'il apprécierait ce geste. Était-ce sa manière de faire amende honorable pour son comportement de la veille ?

Refusant de réfléchir plus longuement sur le sujet, elle retira son manteau et décida d'appeler son frère. Depuis plus d'une semaine, elle n'avait pas eu de ses nouvelles et plus que jamais elle aspirait à entendre sa voix.

— Oui, allô ?

La voix ensommeillée de Mike la fit sourire avant qu'elle ne prenne conscience qu'avec le décalage horaire, elle avait dû le réveiller aux petites heures du matin.

— Mike? C'est moi. Excuse-moi, je n'ai pas regardé l'heure. Je te réveille?

— Moui, mais ce n'est pas grave. Comment vas-tu, ma douce?

— Ça va, fit-elle dans un soupir. Et toi? Et Luc?

— Bien. Nous allons bien.

Elle se mordit la lèvre et posa enfin la question qui lui brûlait la langue.

— Il n'y a rien à signaler?

Elle l'entendit soupirer, comprenant à quoi elle faisait allusion.

— Non, Marina. Ne t'inquiète pas. Tout va bien de ce côté-là aussi. Alors, quel temps fait-il chez toi?

Il évitait de prononcer le lieu de sa destination, peut-être par peur du mauvais sort. Lorsqu'elle l'avait appelé, le lendemain de son arrivée, et lui avait dévoilé son nouveau lieu de vie, il n'avait pas caché sa surprise. C'était si peu elle! Il aurait plutôt misé sur l'Irlande ou la Grèce, l'une de ces contrées lointaines dont elle lui remplissait les oreilles depuis qu'elle était toute petite.

— Ensoleillé, répondit-elle aussitôt.

— Pourquoi as-tu l'air aussi morose, alors?

« Parce que j'habite avec un abruti qui refuse de voir ce qui est vrai et précieux pour courir après des chimères, que je suis une femme qui a des désirs et des besoins et pas seulement une petite fille qu'il faut protéger... », pensa-t-elle si fort qu'elle crut avoir parlé tout haut.

— C'est que vous me manquez, toi et Luc. Quelquefois, c'est dur à supporter.

Il y eut un bref silence.

— Justement, tu nous manques toi aussi. Et nous nous demandions si ce ne serait pas une bonne idée que nous venions te rendre une petite visite. Nous avons besoin de vacances et ton nouveau pays en vaut bien un autre! Qu'en penses-tu?

Qu'en pensait-elle? Les larmes qui montaient déjà à ses yeux et le sourire qui se peignit instantanément sur son visage lui auraient répondu de suite.

— Oh! Mike, venez le plus tôt possible. J'ai tellement besoin de vous!

— Ton colocataire te fait des misères, n'est-ce pas? soupçonna-t-il, inquiet.

Elle eut un petit rire qui le rassura.

— J'aurais tendance à penser le contraire.

— Toi, en faire baver à un homme? Il faut décidément que je voie cela. On s'organise pour les billets d'avion et je te rappelle pour te confirmer la date de notre arrivée.

— Mike?

— Oui?

— Je t'aime, tu sais.

— Je t'aime aussi. Prends soin de toi, ma douce.

Une fois qu'elle eut raccroché, détendue, elle décida de s'octroyer une sieste. Elle s'allongea sur son lit et enveloppée des rayons du soleil, le corps irradié par leur chaleur, elle ne tarda pas à s'endormir. L'après-midi touchait à sa fin lorsqu'elle ouvrit finalement les yeux. Elle se redressa en proie à une soudaine panique. Le front couvert de sueur, elle se précipita dans la cuisine. Attablé devant le bouquet de roses, un carnet de croquis posé devant lui, Nicolas s'affairait à dessiner le vase et les fleurs qu'il contenait. Il leva la tête et le sourire qu'il avait sur les lèvres disparut en la trouvant là, complètement affolée. Instinctive-ment, il se leva et vint la prendre dans ses bras. Elle tremblait de tous ses membres, semblait aussi tendue que la corde d'un arc.

C'était la première fois qu'il la touchait et il fut aussi sensible qu'elle à ce contact. Elle se laissa aller contre lui, respirant le parfum de sa lotion après-rasage, le visage enfoui dans son cou. Il caressa son dos, ses cheveux, jusqu'à ce qu'il la sente mollir entre ses bras. Alors, il mur-mura doucement:

— Pourquoi refuses-tu de me faire confiance, Marina? Qu'est-ce qui te tourmente à ce point?

Il prononça ces paroles avant d'avoir eu le temps d'en choisir d'autres.

— C'est toi qui me parles de confiance, Salom?

— En toi, j'ai confiance, Marina.

— Pourquoi? Parce que je ne suis rien pour toi?

Il ne sut quoi répondre. Elle soupira, profondément désolée, et s'éloigna de nouveau.

***

Chapitre 14

Novembre 2003 (suite)

Quatre jours plus tard, Nicolas était tranquillement assis à table en train d'avaler un café et les deux croissants qui composaient son petit déjeuner, lorsqu'un cri le fit recracher la bouchée qu'il était en train de mastiquer. Il se leva et courut jusqu'à la porte de la salle de bain contre laquelle il frappa, tendu.

— Marina, tu vas bien?

Un gémissement qui lui glaça le sang lui répondit.

— Marina, répéta-t-il plus fort, cherchant à ouvrir la porte qui, comme il s'y attendait, était verrouillée de l'intérieur.

— Bon Dieu, Marina, dis-moi ce qui se passe! hurla-t-il.

Quelques secondes s'écoulèrent avant qu'elle ne réponde d'une voix cassée:

— Salom, je crois que je viens de me bloquer le dos!

Il sentit une telle panique dans sa voix qu'il dut serrer les dents pour garder son calme.

— Il faut que j'ouvre cette putain de porte, Marina.

— Elle est verrouillée, gémit-elle dans un sanglot. Je ne peux pas me relever...

Nicolas réfléchit un instant, s'imaginant la jeune femme dans des positions atroces. Puis il demanda:

— La fenêtre est-elle ouverte ?

— Oui, de quelques centimètres.

— Très bien, ne panique pas, je vais te sortir de là.

Il dut s'écouler trois ou quatre minutes avant qu'il ne parvienne à escalader le balcon qui lui permit d'accéder à la fenêtre de la salle de bain. Il essaya d'en forcer l'ouverture, mais en vain. Il se maudit de ne pas l'avoir fait réparer plus tôt.

— Couvre ta tête, Marina, je vais devoir casser la vitre.

— Non, hurla-t-elle ! Il y a un miroir derrière et si tu le casses, c'est sept ans de malheur ! gémit-elle à nouveau.

Il respira à fond pour ne pas s'énerver. Même souffrante, elle persistait à croire à toutes ces inepties.

— Marina, c'est sept ans de malheur ou tout le reste de la semaine seule dans d'horribles douleurs sur le plancher de la salle de bain, qu'est-ce que tu choisis ?

Sans attendre sa réponse, il retira sa chemise, dont il entoura son poing droit avant de casser la vitre qui éclata en dizaines de morceaux. La jeune femme sursauta en entendant le bruit, geste qui lui arracha un nouveau gémissement. Elle vit du coin de l'œil Nicolas enjamber la fenêtre et sauter avec peine dans la baignoire. Il retint un juron alors qu'un bout de verre lui entaillais le bras. Il le retira, prit une serviette dont il se fit un bandage pour limiter l'épanchement de sang.

Portant alors son attention sur Marina, il lutta pour que son inquiétude ne transparaisse pas sur ses traits. Recroquevillée sur le sol, dissimulant au mieux son corps encore humide, elle n'osait pas le regarder tant elle était morte de honte. Nicolas s'accroupit près d'elle et repoussa une mèche de cheveux qui lui barrait le front.

— Je vais te ramener dans ton lit, puis j'appellerai le médecin. Est-ce que tu peux bouger ?

— La tête et les bras, c'est tout, répondit-elle de plus en plus paniquée.

— Bon, ça va aller.

Il déverrouilla la porte, l'ouvrit toute grande et s'assura que celle de la chambre de Marina l'était aussi. Une fois à nouveau près d'elle, il glissa l'un de ses bras sous ses genoux et l'autre sous ses épaules. Il constata qu'elle tremblait.

— Maintenant, nous allons voir si j'ai eu tort d'arrêter le sport, fit-il pour détendre l'atmosphère.

Elle eut un petit sourire qui se mua en cri de douleur lorsqu'il la souleva. Elle enserra son cou, deux larmes au coin des yeux.

— Serre les dents, ma jolie, on y est presque.

Ce qu'elle fit avec autant de volonté qu'elle en mettait à retenir la serviette humide contre son corps. Il traversa le couloir à grandes enjambées, pénétra dans sa chambre et la déposa délicatement sur son lit.

— Je reviens tout de suite, lui dit-il en ressortant de la pièce. Elle devina qu'il allait appeler un médecin et en profita pour essayer d'attraper son peignoir. Mais le seul fait d'étendre le bras lui provoqua une douleur si aiguë qu'un cri lui échappa.

Nicolas revint aussitôt près d'elle.

— Tu ne peux pas rester tranquille une seule seconde ? Qu'est-ce que tu essayais de faire ?

— Mon peignoir, grommela-t-elle, furieuse contre lui.

La dernière chose dont elle avait besoin était de se faire sermonner comme une enfant. Il s'empara du vêtement et doucement l'aida à l'enfiler. Vu les efforts qu'elle fournissait pour lui dissimuler le moindre bout de peau, ce ne fut pas une mince affaire. Chaque mouvement lui arrachait des gémissements de douleur qui le mettait au supplice.

— Je suis vraiment la plus malchanceuse des femmes de cette maudite planète ! se lamenta-t-elle en serrant les poings.

Il sourit avant d'acquiescer :

— Absolument !

Elle lui décocha un regard en coin et sans que rien ne puisse le prévenir, il la vit se mettre à sangloter, de grosses larmes roulant sur son oreiller.

— Hé ! Tu souffres à ce point ?

— Comment est-ce que je vais faire maintenant ? Je n'ai personne pour s'occuper de moi !

— Je te remercie pour la considération que tu as à mon égard !

Elle le regarda, hésitante.

— Je ne peux pas rester comme cela, gémit-elle. Il doit y avoir quelque chose à faire !

Nicolas s'agenouilla près du lit afin de pouvoir plonger son regard dans le sien.

— Pour l'instant, nous allons attendre sagement le médecin et voir ce qu'il va dire. Ensuite, on avisera. Mais sache que tu n'es pas seule, je suis là.

Une heure plus tard, le praticien entrait dans la chambre. Il retira sa veste, sortit ses instruments et jetant un regard circulaire à ce qui l'entourait, remarqua la blessure de Nicolas.

— Qu'est-ce qui s'est passé, ici ? Vous vous êtes battus ?

— Oui, et c'est moi qui ai gagné ! rigola Nicolas avec un clin d'œil en direction de sa colocataire.

Marina grimaça. Le diagnostic fut très vite établi.

— Pincement discal. Je crois, jeune fille, que vous venez de gagner une cure d'injections d'anti-inflammatoire. Ça vous soulagera. Grâce à cela, dès demain vous irez mieux. Vous devrez trouver une infirmière qui puisse vous les faire. Une par jour pendant sept jours. Dès que vous réussirez à vous tenir debout, il faudra aussi passer une radiographie pour confirmer le diagnostic.

— Je m'occuperai de tout cela, confirma Nicolas alors que le médecin s'employait à désinfecter et à panser sa blessure.

— J'ai le regret de vous annoncer, mademoiselle, que vous serez immobilisée pendant quelques jours. Après, je ne saurais trop vous conseiller de vous inscrire à la piscine municipale et de devenir une adepte du dos crawlé. Ça vous remusclera.

Elle hocha la tête, docile, une boule au fond de la gorge. Nicolas lut l'inquiétude au fond de ses prunelles vertes et n'eut aucun mal à en identifier la cause. Aussi, dès le départ du médecin, il s'empressa d'informer leur employeur de la situation et demanda l'autorisation de prendre quelques jours de congé pour s'occuper d'elle.

— Tu vas sacrifier une semaine de tes vacances pour jouer à l'infirmière? s'étonna-t-elle.

Elle le regarda poser près de son lit un plateau rempli de victuailles alors qu'il répondait:

— J'en ai encore en réserve et de cette manière, tu seras mon éternelle débitrice! Ce n'est pas formidable?

En réalité, il avait une idée beaucoup moins honorable derrière la tête. Alors qu'elle se trouvait complètement à sa merci, incapable de le jeter physiquement dehors ou de se sauver, il comptait bien percer quelques-uns de ses petits secrets.

— Et je suis certain que tu en aurais fait tout autant, sinon plus, pour moi. J'ai tort?

Marina n'était pas certaine de trouver la plaisanterie amusante. À son grand étonnement, elle le vit ressortir de sa chambre pour réapparaître quelques instants plus tard chargé de deux verres en cristal et d'une bouteille de vin.

— Qu'est-ce que tu fais? Ce n'est pas un peu tôt pour boire de l'alcool? interrogea-t-elle alors qu'il réapparaissait portant cette fois le petit téléviseur qu'il gardait dans sa chambre et qu'il installa sur la commode près de la fenêtre.

— Ce n'est pas parce que tu es cloîtrée au lit qu'il nous est interdit de passer une journée agréable, n'est-ce pas? Et l'alcool est un excellent analgésique.

Un sourire reconnaissant éclaira les yeux de la malade alors qu'il s'installait sur un coussin et entreprenait de verser un peu de vin dans chacun des verres.

— C'est inutile, Salom, je vais en renverser partout! protesta-t-elle aussitôt.

Sans se départir de son sourire, sûr de lui et imperturbable, il sortit de sa poche une paille qu'il jeta négligemment dans le liquide bordeaux, avant de la porter à ses lèvres.

— Boire du vin à la paille, aurais-tu l'intention de me saouler?

Il éclata de rire avant de répondre:

— Il y a longtemps que j'ai compris que tu tiens mieux l'alcool que moi !

L'instant d'après, il portait à sa bouche une tranche de pain sur lequel il venait d'étendre un morceau de brie bien coulant.

— Ça alors, si je m'attendais à pique-niquer dans mon lit aujourd'hui !

— À circonstances extrêmes, mesures extrêmes, dit-il simplement.

Il reposa son verre et son regard rencontra celui de la jeune femme, brûlant, intense.

— Merci, dit-elle simplement.

Il eut du mal à sourire alors que ses yeux glissaient sur la courbe de sa gorge qui s'épanouissait en une poitrine qui l'émut. Il se leva et entreprit de ramener le plateau à la cuisine, de faire la vaisselle et surtout de reprendre une certaine contenance.

Il revint dans la chambre, dix minutes plus tard, elle s'était endormie. Il resta un long moment à la contempler et allait faire demi-tour, lorsque le téléphone de la jeune femme sonna. Puisqu'ils avaient convenu d'avoir chacun leur propre ligne afin de préserver leur intimité, la chambre de Marina avait donc été munie d'un appareil neuf. Il sauta littéralement dessus pour éviter que le bruit ne la réveille et dit à voix basse :

— Oui ?

Une ou deux secondes s'écoulèrent avant qu'une voix masculine au fort accent québécois ne se fasse entendre.

— Excusez-moi, je crois que j'ai dû faire un faux numéro.

— À qui voulez-vous parler ? chuchota Nicolas légèrement irrité.

— Marina, Marina De Grand Maison.

— C'est le bon numéro, confirma le jeune homme, curieux. Puis-je demander qui l'appelle ? poursuivit-il, un étrange pressentiment empreint d'antipathie s'emparant de lui.

— Luc. Et vous êtes ?

— Nicolas, son colocataire.

— Oh ! Oui, le colocataire. Puis-je lui parler s'il vous plaît ?

Nicolas ressentit un violent élan de déception en constatant que son interlocuteur semblait en savoir beaucoup à son sujet alors que lui nageait complètement dans le brouillard.

— Je suis désolé, elle dort.

— À une heure de l'après-midi ? s'exclama Luc dont l'inquiétude était soudainement perceptible. Elle est malade ?

— Elle s'est fait mal au dos, ce matin. Elle est, disons, immobilisée pour quelque temps.

— Elle va bien ?

— Oui, ça va. Je m'occupe d'elle.

Nicolas sourit en songeant à quel point il éprouvait du plaisir à prononcer ces quelques mots.

— Pouvez-vous lui demander de me rappeler dès son réveil, s'il vous plaît ?

— Je n'y manquerai pas.

Et sans autre formule de politesse, il raccrocha. Nicolas sortit de la chambre, songeur. Luc ? Qui était ce Luc ? Il s'étonna de se sentir vexé qu'elle ne lui ait pas parlé de lui, alors qu'elle semblait avoir été beaucoup plus bavarde à son sujet. Il essaya de se raisonner en se disant qu'après tout, lui non plus ne lui disait pas tout. Soit, il lui cachait très peu de choses, mais il n'était pas non plus entièrement transparent. Leur discussion sur la confiance lui revint alors à l'esprit, lui laissant un goût amer dans la bouche.

Une heure passa, puis une autre. Lorsqu'elle se réveilla, elle l'appela aussitôt.

— Luc a appelé pendant que tu dormais.

Dépité, il vit son regard s'illuminer.

— Vraiment ?

Il confirma d'un signe de tête, attendant de voir ce qu'elle jugerait bon d'ajouter. Manifestement, pas grand-chose. Elle se contenta de poser un regard étrange sur lui.

Sans réfléchir, il décida que le moment de la première question était venu. Il ferma la porte de la chambre, s'y adossant, les bras croisés, son regard bleu la scrutant.

— Qu'y a-t-il? interrogea-t-elle, étonnée par son attitude qu'elle devinait déterminée.

— Si tu m'en disais un peu plus sur ces trois hommes que tu as laissés au Québec? Luc en fait-il partie?

Peu désireuse d'entamer une conversation sur ce sujet elle lui répondit:

— Te voilà bien curieux, tout à coup. Si tu crois que le fait d'être coincée au lit me fera dire n'importe quoi, tu te trompes.

Il sourit, amusé de se voir ainsi démasqué.

— Ah, c'est donc cela! Tu comptes sur mon état pour obtenir toutes les informations que tu souhaites avoir. Eh bien, c'est me sous-estimer, Salom. Je suis plus maligne que cela!

Cette fois, il rit franchement.

— Pour être honnête, je comptais surtout t'avoir à l'usure. Après tout, tu ne peux pas me jeter dehors!

— Tu crois cela!

— Marina, tu n'arrives même pas à bouger le petit doigt sans gémir de douleur. Que peux-tu donc me faire?

Elle ne pouvait décidément pas repousser son argument, ce qui ne la rendait pas davantage disposée à lui répondre.

— Une seule question, Nicolas, je répondrai à une seule de tes questions, alors choisis-la bien.

Il prit le temps de réfléchir longuement. Comment faire pour choisir parmi toutes celles qui se bousculaient dans sa tête? Finalement, elle fut tout autant surprise que lui par celle qu'il lui posa:

— Marina, t'arrive-t-il d'avoir peur de moi?

Sa respiration se bloqua alors qu'elle croisait son regard dont la profondeur lui donnait l'impression qu'elle aurait pu s'y noyer. «Il sait, songea-t-elle terrifiée. Il sait ou se doute de quelque chose.» Il vit sa poitrine se soulever plus rapidement, signe qu'elle s'apprêtait à lui mentir.

— Quelle question stupide, pourquoi aurais-je peur de toi?

Il ne souleva pas les épaules avec désinvolture, comme elle s'y attendait. Au contraire, il resta immobile à la scruter, le visage impassible, le regard braqué sur elle, intense, sévère. Il finit cependant par s'approcher d'elle, s'accroupit près du lit de manière à être à sa hauteur et lentement, d'une voix douce, il murmura sans cesser de l'observer :

— Et toi, Marina, qui donc peut se vanter d'avoir ta confiance ?

Bouche bée, elle le regarda se lever et sortir de sa chambre. Elle n'était pas parvenue à le berner, il venait clairement de le lui faire comprendre. Qui était-elle pour lui avoir tenu un discours moralisateur sur la confiance et tout ce qui allait avec, alors qu'elle lui refusait la sienne ?

Une heure s'écoula avant qu'il ne reparaisse. Il déposa un plat de pop-corn à même le sol et ils commencèrent à regarder un film, avant qu'il ne la quitte pour préparer le repas du soir. Marina fut soulagée de constater qu'il ne semblait pas lui tenir rigueur de sa bévue de l'après-midi. Pour se racheter, elle avait fini par lui expliquer de façon très vague que Luc était l'un de ses très grands amis en laissant planer le doute sur leur véritable relation. Elle allait saisir le combiné pour le rappeler lorsque Nicolas fit irruption dans l'embrasure de la porte.

— Luc, ce ne serait pas lui le fameux donateur de ce livre que tu trimbales partout dans ton sac ?

Comme elle hésitait à répondre, il ajouta :

— Inutile de répondre, Marina, tes yeux ne savent pas mentir.

***

Chapitre 15

Novembre 2003 (suite)

Deux jours plus tard, Marina parvenait à se tenir debout et put aller passer la radiographie prescrite qui confirma le diagnostic établi. Rassurée, mais les consignes demeurant inchangées, elle retrouva son lit le sourire aux lèvres. Assis par terre près d'elle cet après-midi-là, Nicolas aborda un sujet qui l'intriguait depuis longtemps :

— Qu'est-ce qui te plaît dans l'écriture ?

Marina le regarda sans répondre. Il réitéra sa question à laquelle elle réfléchit longuement avant d'expliquer :

— Je pense que l'écriture est le moyen que j'ai trouvé pour me libérer de toutes mes frustrations et assouvir tous mes fantasmes. Je peux vivre par l'intermédiaire de mes personnages tout ce que je ne peux pas réaliser dans la vie réelle. C'est exaltant et en même temps ça me cause d'affreux cas de conscience.

Il fronça les sourcils. Comprenant qu'il ne saisissait pas le sens de ses propos, elle poursuivit :

— T'est-il déjà venu à l'esprit, Salom, que si tu n'as jamais peint de femmes, c'était peut-être par peur du remords ?

Le cœur battant, il ne répondit pas, attendant la suite.

— Dis-moi si je me trompe, mais un homme qui peint une femme doit la décrypter, la contempler, caresser du regard chaque recoin de son corps. Je ne peux pas croire que même un peintre aguerri peut se livrer à un pareil exercice sans ressentir le moindre sentiment d'excitation. C'est un peu comme cela, pour moi, lorsque j'écris. Je me suis souvent demandé si les événements que je mets en scène aujourd'hui, seront aussi intenses lorsque j'aurai quelqu'un dans ma vie. Car il faut que je visualise le moindre moment, le moindre geste, le moindre souffle. Honnêtement, je t'avouerai qu'il m'est arrivé quelquefois de me faire prendre à mon propre jeu, tant ce que je venais d'écrire m'avait enflammée. Dans la mesure où je suis encore seule, cette situation ne me pose aucun problème, mais une fois que ce ne sera plus le cas... j'ai peur d'être obligée de brider mes pensées par honnêteté envers la personne avec laquelle je vivrai.

Bouleversé de la voir, une fois de plus, décrire si clairement ses propres réflexions, Nicolas continua à l'écouter, très attentif à la moindre parole.

— Je ne crois pas que j'aurai le courage de reproduire l'exercice quand je serai en couple.

— En quoi serait-ce différent?

Elle lui répondit par une autre question.

— T'est-il déjà arrivé de te demander ce que le verbe «tromper» englobait? Plus exactement, où se situe la frontière entre la fidélité et l'infidélité?

Il nia d'un signe de tête.

— Moi, oui. Et j'en suis venue à certaines conclusions. Pour moi, regarder quelqu'un avec envie alors que l'on partage sa vie avec une autre personne, revient à être infidèle. Faire l'amour en pensant à une autre personne, c'est aussi la tromper. Lorsque j'écris qu'une femme fait l'amour à un homme, c'est comme si c'était moi qui le vivais. Et ça me donne exactement le même sentiment de traîtrise, parce que tout ce que j'écris représente en quelque sorte tout ce que je voudrais.

Elle se tut, soudainement honteuse.

— J'imagine que tu ne dois rien comprendre de ce que j'essaie d'expliquer si maladroitement, n'est-ce pas?

— Au contraire, Marina, je comprends plus que tu ne le crois.

Elle fut surprise de lire au fond de ses yeux un assentiment total. Elle aurait voulu l'interroger à son tour, mais jugea que le sujet était trop délicat et lui dit simplement :

— J'aimerais bien prendre un bain.

Il hocha la tête et l'aida à se mettre debout. Elle enfila un peignoir sur son déshabillé et le suivit à l'extérieur de la chambre. Ils passaient devant la porte d'entrée lorsque la sonnette retentit. Nicolas soupira, certain qu'il s'agissait de Lucie, se demandant toutefois pourquoi elle ne se servait pas de sa clef pour entrer. Il alla ouvrir, alors que Marina se dirigeait à pas lents vers la salle de bain. Elle s'arrêta brusquement, en entendant la voix de son frère.

— Mike, souffla-t-elle en se retournant, alors que Nicolas posait sur elle un regard interrogateur. Il ouvrit grand la porte et se retrouva face à deux hommes qui se précipitèrent sur elle.

Interdit, il contempla la scène, renfrogné, terriblement conscient de ce qui se passait devant lui. Il vit Marina lancer un cri de joie avant de se pendre littéralement au cou du grand brun qu'il devina être Mike.

— Oh ! ma douce, souffla-t-il en la serrant contre lui.

— Mike, Mike ! Je n'y crois pas ! Que faites-vous là tous les deux ?

Pour toute réponse, il la lâcha afin de permettre au grand blond de prendre sa place. Ce que Luc fit avec tellement d'ardeur qu'il lui arracha un gémissement de douleur. Nicolas sentit une forte irritation grimper le long de sa colonne vertébrale, mais se contraint à un calme absolu et à une immobilité totale.

— Salut, ma belle ! On a décidé de te faire une petite surprise.

— Luc ! Comme c'est bon de vous revoir tous les deux !

Nicolas constata avec une pointe de jalousie qu'elle ne cherchait pas à se dégager de l'étreinte du colosse à la toison dorée qui la serrait toujours contre lui.

— Marina, qu'est-ce qui t'arrive ? interrogea Mike en la voyant se déplacer lentement, économe de chacun de ses gestes.

— Pincement discal, énonça calmement Nicolas qui décida de rappeler sa présence.

La jeune femme se tourna vers lui, les yeux pétillants, un sourire comme il ne lui en avait encore jamais vu sur les lèvres.

— Nic, je te présente Mike, mon frère, et Luc, notre grand ami.

Se sentant obligé de faire honneur à l'éducation que lui avait prodiguée sa mère, il s'avança et serra la main des deux hommes qui ne quittaient pas Marina du regard.

— Où allez-vous dormir ? s'inquiéta-t-elle.

— On trouvera un hôtel, ma douce, ne t'inquiète pas, répondit Mike.

— C'est hors de question, répliqua-t-elle aussitôt. Vous dormirez ici. Dans ma chambre. Elle est suffisamment grande et de toute manière, je suis contrainte d'y passer le plus clair de mon temps. Ça ne te dérange pas, Nic ?

« "Ne pas déranger" n'était pas exactement la formule qui convenait », songea-t-il. Trois secondes suffirent pour qu'il comprenne que l'arrivée des deux hommes sonnait le glas des longues heures passées à discuter en tête-à-tête avec elle.

— Non, bien sûr que non.

Marina lui adressa un sourire reconnaissant alors qu'elle laissait Mike l'entraîner vers le canapé du salon. Luc et lui prirent place à ses côtés, l'encadrant comme des gardes du corps. Il décida de battre en retraite dans la cuisine, se sentant manifestement de trop.

— Qu'est-il arrivé à ton dos, ma belle ? interrogea Luc en posant sur elle un regard soupçonneux.

— Une mauvaise posture en sortant de la douche, répondit-elle en souriant. Rien de grave, rassure-toi. Je vais déjà mieux. Il y a deux jours, j'arrivais à peine à tourner la tête.

De la cuisine où il s'était réfugié, Nicolas grinça des dents. Ma douce, ma belle, elle avait bien un nom, qu'il sache ! Pourquoi ne l'utilisaient-ils pas ? Il revint quelques instants plus tard, portant un plateau d'apéritifs et de boissons. La discussion allait bon train et il se sentait de plus en plus étranger dans son propre appartement. Mais ce qui l'embarrassait par-dessus tout, c'était cette impression de perdre l'exclusivité des rapports qu'il entretenait avec sa jolie colocataire.

Mike et Luc restèrent deux semaines. Deux semaines au cours desquelles Nicolas put enfin comprendre plusieurs choses qui l'avaient, jusque-là, intrigué et inversement, leur présence souleva une multitude de nouvelles interrogations. Il comprit notamment que Luc et Mike étaient policiers et qu'en plus de contribuer au maintien de la paix dans la société, ils s'avéraient de véritables gardes du corps pour Marina. Ne l'approchait pas qui voulait et le moindre mot de travers donnait droit à un regard où l'avertissement était on ne peut plus clair.

C'est après lui en avoir fait la remarque que Marina lui expliqua qu'ayant perdu leurs parents très tôt, Mike s'était senti obligé d'élever et de protéger l'adolescente. L'adolescente était devenue femme, mais ce fait n'avait en rien modifié la surprotection dont il faisait preuve à son égard. Elle ne semblait pas s'en plaindre. Depuis leur arrivée, elle rayonnait littéralement de bonheur et son état contrastait étrangement avec l'humeur maussade de son colocataire.

Il découvrit en outre que Mike et Luc étaient liés par un véritable lien affectif. Et malgré le fait qu'il répugnait à devoir l'admettre, il enviait leur complicité. Et bien sûr, il avait été forcé de s'avouer que le culte de Luc était encore bien vivant dans les yeux de Marina et pire encore, que le culte de Marina était tout aussi manifeste dans les yeux de Luc, même si ce dernier s'évertuait à ne rien laisser paraître. Nicolas aurait pu passer outre, mais dans cette situation précise, le fait d'être lui-même un homme l'incitait à être très attentif aux signes qui ne trompaient pas. Agacé par les attentions dont Luc comblait sans cesse la jeune femme, devançant ses demandes, démontrant ainsi qu'il la connaissait par cœur, Nicolas s'attendait d'un jour à l'autre à la retrouver dans ses bras. Une sorte de compétition s'était instaurée entre eux deux, et cela l'énervait sans qu'il parvienne à en identifier la cause exacte.

Mais par-dessus tout, ce qui l'irritait au plus haut point, c'était toutes ces discussions à voix basse qu'il interrompait sans cesse, en faisant irruption alors qu'on ne l'attendait pas. Il y décelait la présence des secrets qui hantaient sa colocataire, des secrets qu'ils exhibaient sans cesse sous ses yeux sans pour autant lui en donner la clef d'accès.

Quelques jours avant le départ de ses invités, alors qu'il rentrait un soir du travail, il fut témoin d'une discussion animée. Assise sur une chaise dans la cuisine, Marina écoutait le discours moralisateur des deux hommes, debout devant elle. Il l'entendit soudain s'écrier :

— C'est pour cela que tu es venu, Mike, pour essayer de me convaincre encore une fois ?

Elle paraissait furieuse, hors d'elle.

— Essaie de comprendre, ma belle, répliqua Luc.

— Non, c'est vous deux qui n'avez jamais fait l'effort de me comprendre, reprit-elle avec verve. Je suis bien ici, je suis enfin heureuse et vous me demandez de replonger dans cette histoire alors que je n'en vois pas l'utilité.

— Tu vas le laisser s'en tirer comme cela ? Je t'ai connue plus battante, riposta Luc pour la faire réagir. Que se passera-t-il le jour où tu reviendras ? Car ça arrivera forcément tôt au tard.

Elle se dressa droit devant eux.

— Et s'il met sa menace à exécution, Luc ?

— Il ne le fera pas, coupa Mike d'un ton sec.

— Qu'en sais-tu ?

— Je le sais.

Fort intéressé, Nicolas voyait enfin l'occasion de découvrir le secret tant convoité lorsque Lucie ouvrit précipitamment la porte d'entrée. Les voix se turent et il maudit le sort. Il fit signe à la jeune femme d'aller l'attendre dans sa chambre avant de se rendre à la cuisine. Il tomba nez à nez avec le visage déconfit de Marina.

— Eh ! ça va ? lui demanda-t-il en posant sur elle un regard inquiet.

— Elle va bien, rétorqua aussitôt Luc, irrité par cette interruption inopinée.

Faisant fi de son intervention, Nicolas fit glisser un doigt sur la joue du visage levé vers lui.

— Si tu as besoin de moi, je suis là.

Elle le remercia d'un sourire et jeta un regard furieux en direction des deux hommes qui ne bronchèrent pas. Une fois Nicolas hors de vue, elle se tourna vers Luc :

— J'ai encore une langue, que je sache. Vous êtes ici chez lui et vous semblez l'oublier tous les deux ! Que vous arrive-t-il ? Vous le suspectez de vouloir reproduire l'histoire que nous connaissons tous ?

— Tu ne peux pas nous reprocher de douter de tes choix en matière de fréquentations, Marina.

Estomaquée par les paroles de son frère, elle ne sut quoi répondre, aucun mot suffisamment fort ne pouvant traduire son ressentiment.

— Ainsi, parce que j'ai fait une erreur une fois, ça fait de moi une incompétente en la matière, une imbécile pour la vie ?

— Ce n'est pas ce que je voulais dire, ma douce, excuse-moi.

Ses excuses étaient sincères, mais sa fureur trop grande pour qu'elle le laisse s'en tirer aussi facilement. Sans le regarder, elle passa devant lui et quitta la cuisine. Luc fit signe à Mike de le laisser faire. Il la suivit jusque dans le salon où elle s'appliquait à retrouver son calme. Elle sentit sa présence derrière elle et explosa :

— Je ne peux pas croire que vous pensiez cela de moi ! C'est donc pour cette raison que vous êtes venus ! Vous aviez une telle peur que je me sois encore une fois laissé approcher par un malade que vous n'avez pas hésité à faire six mille kilomètres pour venir le juger par vous-même. Nicolas n'est pas comme cela, Luc ! C'est même tout le contraire !

Il s'approcha d'elle et la prit dans ses bras.

— Je le sais, Marina, et Mike le sait aussi. Il pense que tu l'aimes bien, il se trompe ?

Elle ne répondit pas. Il leva doucement son visage vers le sien et ses yeux s'assombrirent. Elle sentit son cœur s'emballer. Allait-il l'embrasser, là, maintenant, alors que son cœur semblait lui accorder un répit pour se concentrer sur quelqu'un d'autre ? Une quinte de toux les fit sursauter. Lucie, un mauvais sourire aux lèvres, entra dans la pièce, saisit une bouteille de bordeaux dans l'armoire à vin et sans rien ajouter, retourna là d'où elle venait. Marina se libéra doucement de l'étreinte du jeune homme qui n'en prit pas ombrage.

— Nous nous inquiétons pour toi, Marina. Et ça nous fait quelquefois agir comme de véritables brutes. Tu sais que la seule motivation de notre visite était notre désir à tous les deux de te revoir. Mais il est vrai que nous avions aussi besoin de vérifier que tu allais bien. Ne tiens pas rigueur à ton frère pour ce qu'il a dit, il a vieilli de dix ans ces derniers mois à force de se faire du souci pour toi.

Elle acquiesça. Ils retournèrent dans la cuisine où Mike, les mains croisées sur la table, semblait réfléchir. Elle s'approcha de lui et déposa un baiser sur sa tête.

— Je t'aime, dit-elle simplement.

Luc et Mike repartirent pour le Québec quatre jours après cet épisode orageux. Les adieux furent douloureux pour certains ; pour un autre, ce fut un soulagement. De retour de l'aéroport, Marina se laissa choir sur le canapé, complètement anéantie. Elle avait les yeux rougis par les larmes et le cœur déchiré. Elle restait là, silencieuse, le regard vague. Un long moment s'écoula avant qu'elle ne croise le regard de Nicolas qui, adossé au mur fidèle à son habitude, les bras croisés, l'observait. Elle pouvait lire sur son visage le désir de savoir, de savoir quoi ? Elle n'en avait pas la moindre idée, ni ne voulait s'obstiner à le découvrir. Elle était épuisée et n'aspirait plus qu'à une chose, se retrouver seule et pleurer tout son saoul, sans témoin. Elle se levait pour aller dans sa chambre lorsque le jeune homme lui attrapa la main. Surprise, elle s'immobilisa, comme dans l'attente d'un aveu.

— Ça va aller ? lui demanda-t-il en la fixant si intensément qu'elle crut qu'il lisait en elle.

— Oui, ça va aller. Merci.

Croyant que c'était là tout ce qu'il souhaitait lui dire, elle fit un pas pour sortir de la pièce, mais il maintint fermement sa main dans la sienne. Elle lui jeta un regard interrogateur, par-dessus son épaule, avant qu'il ne lâche :

— Il est complètement dingue de toi, Marina. Il faut être aveugle pour ne pas s'en rendre compte.

Elle le fixa sans comprendre.

— Luc, ajouta-t-il pour l'éclairer. Et toi ?

« Seigneur, pensa-t-elle, si Luc est aveugle, qu'en est-il de toi ? »

— Je suis fatiguée, Salom. Je vais dormir. Excuse-moi.

Il hésita, puis finit par la libérer. Longtemps, cette nuit-là, il l'entendit pleurer. Longtemps, cette nuit là, il lutta pour ne pas aller la retrouver.

***

Chapitre 16

16 décembre 2003

Les deux premières semaines de décembre avaient filé à une vitesse quasi irréelle. Deux semaines qui avaient vu se dresser un immense sapin au milieu du salon et un plus petit dans l'atelier de Nicolas. Marina avait également connu son premier véritable coup de blues quand elle avait compris que les Noëls parisiens n'avaient absolument rien à voir avec les Noëls blancs de son enfance. Cette année, il n'y aurait pas de tourtière ni de sucre à la crème sur la table du réveillon, pas de neige non plus virevoltant devant les fenêtres. Les stations de radio continuaient à diffuser leur programmation habituelle et le froid n'avait pas cette odeur de glace qu'elle aimait tant.

Un matin, la voyant particulièrement maussade, Nicolas l'avait traînée de force dans les magasins afin de choisir avec elle quelques babioles qui serviraient à décorer le premier sapin de Noël de son appartement. Sidérée d'apprendre qu'il n'avait jamais cédé à la moindre tradition reliée au temps des fêtes, elle avait pris les choses en mains.

Mais le souvenir que Nicolas conservait de cette journée, c'était sa réaction immédiate lorsqu'il lui avait montré l'arc-en-ciel qui rosissait entre deux nuages. Elle l'avait alors traîné jusqu'à une fontaine, avait déposé quelques gouttes d'eau au creux de sa main avant de faire tourner l'eau du bout de l'index pour ensuite couper en son centre le cercle ainsi créé.

— Que fais-tu encore? s'était-il exclamé, mi-amusé, mi-impressionné. Tu vas me jeter un sort?

— L'arc-en-ciel est souvent signe de mauvais présage, notamment en Grèce où il a été de nombreuses fois annonciateur d'une bataille imminente, expliqua-t-elle en essuyant consciencieusement la main ouverte.

— Et quel est le but de ce petit rituel?

— D'en inverser le sort.

— Et ça marche?

Elle haussa les épaules sans rien ajouter.

Une fois installés et décorés, les sapins avaient plutôt fière allure.

— C'est du beau travail, Salom!

Le soir tombé, ils avaient inauguré leur chef-d'œuvre avec une bonne bouteille de vin qu'ils avaient dégustée assis, à même le sol, près de l'arbre qui clignotait au rythme de la musique que diffusait le jeu de lumières dernier cri que Marina avait absolument voulu acheter.

Puis Lucie était arrivée et l'ambiance s'était une fois de plus chargée d'électricité. Lucie avait repris ses attaques, saisissant le moindre prétexte pour mettre à l'épreuve la patience et le calme de celle qu'elle considérait de plus en plus comme sa rivale.

Marina ne réagissant pas, Nicolas s'était énervé, sommant Lucie de se taire.

— Décidément, je vais finir par croire qu'il y a une femme de trop dans cet appartement, avait-elle décrété avant d'entraîner le jeune homme dans sa chambre pour «se faire pardonner».

Marina s'était donc retranchée dans la sienne, le cœur douloureux à l'idée de ce qui allait une fois de plus se passer à quelques mètres d'elle. Elle s'en voulait de réagir ainsi, d'être autant troublée par ce qui ne la regardait pas. En réalité, elle se rendait parfaitement compte de l'évolution des sentiments qu'elle éprouvait pour son colocataire. Et plus le temps passait, plus il lui était difficile de supporter ses escapades sexuelles avec Lucie, qu'elle détestait de plus en plus.

Malgré tout, le lendemain, l'humeur de Marina s'était considérablement améliorée. Après avoir réfléchi toute la nuit, elle en était venue à la conclusion qu'elle était tombée amoureuse de Nicolas. Si elle ne supportait plus de le savoir en train d'embrasser une autre femme, ou pire encore de lui faire l'amour, elle supportait tout aussi mal son absence et savourait chaque moment qu'ils passaient en tête-à-tête, même si cela arrivait de plus en plus rarement. Et ce qui lui réchauffait le cœur, c'était, même s'il n'en disait rien, de sentir son attirance pour elle. Pour s'en convaincre, il lui suffisait qu'au bureau ou lors d'un repas elle croise l'un des multiples regards dont il la couvait, à son insu croyait-il. Il ne semblait pourtant pas décidé à changer quoi que ce soit dans leurs rapports, ce qui avait le pouvoir de semer le doute dans son esprit.

Maintenant qu'elle s'était avoué ses propres sentiments, elle était plus à même de mettre des mots sur ses désirs. Et ce qu'elle désirait, c'était Nicolas. Ce qu'elle voulait, c'était qu'il l'embrasse et la touche. Et elle comptait bien tout faire pour que cela se réalise. Pour y arriver, elle avait quelques cartes en main, notamment la soirée de Bresson & Co qui devait avoir lieu le soir même. En effet, chaque année, à la même époque, l'entreprise donnait une somptueuse réception pour remercier ses partenaires de l'année.

Pour une fois, elle avait bien l'intention de faire pencher la balance en sa faveur et d'abuser de ses charmes s'il le fallait. Et puis, le contexte aussi lui donnerait un avantage de taille. Elle ne serait pas en terrain inconnu et serait donc entourée d'alliés. Tout comme à eux, d'ailleurs, elle espérait lui en mettre plein la vue.

Nicolas venait de terminer de nouer sa cravate lorsque Lucie apparut dans le cadre de la porte de sa chambre. Il lui sourit, le regard brillant, se rappelant soudainement pourquoi il l'appréciait tellement. Elle était magnifique, sublime même. Vêtue d'un long fourreau rouge sang, les ongles vernis, les cheveux remontés derrière la tête en une savante coiffure, elle avait tout de la femme sophistiquée, sûre d'elle, éblouissante. Il s'approcha, passa un bras autour de sa taille et fit mine de l'embrasser. Mais un doigt vint se poser aussitôt sur ses lèvres pour l'en empêcher alors qu'elle murmurait d'une voix ravie :

— Heureuse de voir que je te fais encore de l'effet, chéri.

— Si nous n'étions pas si pressés, je te montrerais à quel point tu me fais encore de l'effet, répondit-il avant de faire une nouvelle tentative pour l'embrasser, mais elle s'esquiva en riant.

— Mon rouge à lèvres ne tient pas bien, Nic. Il serait dommage que je t'en mette partout.

Il grogna de dépit, comprenant surtout que c'était davantage elle qu'elle cherchait à ménager plutôt que lui. Il retourna près de son bureau, chercha sa montre qu'il attacha à son poignet. Il attrapa son veston puis, précédé de Lucie, se rendit au salon.

— Marina, cria-t-il, on va être en retard si on ne part pas immédiatement !

Il l'entendit lui répondre de sa chambre :

— Pars devant, ne m'attends pas, j'en ai encore pour quelques instants.

Exaspéré, il se rapprocha de la porte fermée avant de reprendre :

— Il est hors de question que je te laisse t'y rendre seule. Dieu sait ce qui pourrait arriver, ce n'est pas prudent.

— Ne t'inquiète pas, lui répondit à nouveau la voix étouffée. Béatrice passera me prendre. Elle est déjà en route, d'ailleurs.

Lucie retint un sourire de satisfaction. Pour une fois, cette fille avait eu le bon réflexe. Nicolas contempla un instant la porte toujours close, haussa les épaules et enfila sa veste.

— Très bien, comme tu veux. On se rejoint là-bas.

— Oui, à tout à l'heure.

Il saisit la main de Lucie et ils sortirent de l'appartement. Une fois certaine qu'elle était seule, Marina quitta le refuge de sa chambre.

— Parfait ! susurra-t-elle à son reflet dans le miroir. Maintenant, à moi de jouer.

Nicolas était en train de discuter avec Maxime au bar de l'hôtel où avait lieu la soirée. Un étage entier avait été loué pour l'occasion. Les invités disposaient ainsi d'une salle de banquet, d'une piste de danse agrémentée d'un bar, ainsi que d'un petit salon pour les discussions plus intimes. Il surveillait discrètement le hall d'entrée, inquiet de l'absence prolongée de Marina. Il se reprochait de l'avoir écoutée et de ne pas l'avoir attendue. Elle qui peinait à mettre le moindre pied dehors toute seule... S'il lui arrivait quelque chose, il ne se le pardonnerait jamais. C'est à ce moment-là qu'elle fit irruption, en compagnie de Béatrice, la standardiste de la société avec qui elle s'était liée d'amitié, et pendue au bras d'un grand brun aux cheveux plus longs que la moyenne et au teint basané. Il la vit se diriger vers le vestiaire et en ressortir quelques secondes plus tard.

Sa main qui allait porter un verre à ses lèvres se figea tant il fut ébloui par la vision qu'elle offrait. Avec sa longue robe noire, sa superbe chevelure savamment bouclée retombant librement sur ses épaules et caressant son dos exposé par un audacieux décolleté, elle était magnifique. Une touche de maquillage faisait à la fois ressortir le vert de ses yeux et cette bouche en cœur sur laquelle il rêvait de poser les lèvres depuis leur rencontre à l'aéroport.

Maxime, surpris par son soudain saisissement, jeta à son tour un coup d'œil en direction de la jeune femme.

— Bon Dieu, voyez-vous ça ! s'exclama-t-il.

Et avant que Nicolas ne puisse réagir, le comptable se retrouvait déjà aux côtés de Marina. Soudainement de mauvaise humeur, Nicolas le regarda faire le pitre autour d'elle, lui baiser la main et saisir l'une de ses boucles dont il huma le parfum. Il attendit, espérant qu'elle le chercherait du regard, mais en vain. Elle souriait, discutait et ne se souciait manifestement pas de savoir où il était.

Parfaitement synchronisée, l'arrivée de Lucie concorda avec le moment précis où Nicolas se plongeait dans des pensées plutôt incongrues. Il détourna les yeux de la silhouette ténébreuse pour se concentrer sur celle de Lucie, qui se pressait contre son bras. « Le Rouge et le Noir, laquelle des deux représente le diable ? » pensa-t-il, morose.

— Je prendrais bien une coupe de champagne, quémanda aussitôt sa compagne d'un ton léger.

D'un geste de la main, il héla le serveur qui circulait parmi les convives avec son plateau rempli de coupes pleines. Complètement mortifié, il avala d'un trait le contenu de la coupe qu'il tenait à la main et peu de temps après, à son grand soulagement, le dîner fut annoncé.

Marina chercha des yeux la place qui lui était assignée et eut du mal à cacher sa déception en s'apercevant qu'elle était complètement à l'autre bout de la salle de banquet, près du directeur et loin de Nicolas. Heureusement, Béatrice lui faisait face.

Le repas débuta et les conversations s'animèrent. Elle jeta un coup d'œil autour d'elle, à la recherche de son colocataire. Elle le trouva et fut renversée par le bref sourire qu'il lui adressa. Pour la première fois de la soirée, elle croisait son regard. Ce regard qu'elle avait si soigneusement évité depuis son arrivée emprisonna le sien et refusa de lui rendre sa liberté. Il ne souriait pas comme à son habitude, il la contemplait d'un regard perçant, impudique, presque inconvenant, s'insinuant jusqu'à son âme, semblant décrypter la moindre de ses pensées.

Mal à l'aise, elle réussit à baisser la tête et se mit à jouer avec les crevettes qui baignaient dans une sauce orange au milieu de son assiette.

Depuis le départ de Mike et de Luc, la relation qu'elle entretenait avec Nicolas avait beaucoup changé. Leurs tête-à-tête n'avaient plus la même connotation innocente que par le passé, et Marina n'arrivait pas très bien à définir si cela venait exclusivement d'elle. Leurs conversations semblaient moins spontanées, plus retenues, comme s'il leur fallait analyser le moindre mot et éventuellement le censurer. Ils étaient parvenus au point ultime où leurs rapports ne pourraient évoluer que dans un sens, et si tel n'était pas le cas, ils piétineraient éternellement jusqu'à s'affadir et mourir tranquillement. Marina avait mis peu de temps à comprendre qu'aucune amitié durable n'était possible entre deux êtres aussi complémentaires. Et motivée par ce constat, elle avait décidé de faire bouger les choses.

Le repas se déroula dans une ambiance courtoise, et dans la bonne humeur. Lorsque la musique se fit enfin entendre, Marina retrouva le sourire, tous les sens en éveil. Les premières notes d'une salsa résonnèrent dans la salle et plusieurs couples quittèrent leur place à table pour rejoindre la piste de danse. Il était temps pour elle de passer à la deuxième phase de son plan. Maxime allait se précipiter pour l'inviter, mais Manuel, le grand brun au teint basané, au bras duquel elle était arrivée, le devança.

Toujours l'air aussi maussade, Nicolas regarda la jeune femme s'avancer sur la piste avant de se retrouver dans les bras de son partenaire pour qui, manifestement, les danses sud-américaines n'avaient pas le moindre secret. Il essayait de prêter attention à ce que Lucie lui racontait, mais il perdit complètement le fil lorsque, à son grand étonnement, il vit Marina se déhancher et se mettre à danser la salsa comme si elle avait fait cela toute sa vie. Maxime, qui était revenu bredouille, se laissa tomber près de lui et murmura :

— Cette fille, il me la faut.

Lucie laissa échapper un sifflement moqueur avant d'ajouter :

— N'importe quelle petite dinde peut se tortiller de la sorte. Il n'y a rien de bien extraordinaire là-dedans.

Cette fois, c'en fut trop pour Nicolas. Il la saisit par le coude et la força à le suivre.

— Où allons-nous ?

— On rentre.

— Quoi, déjà ? C'est une plaisanterie ?

— Tu crois ? Tout ce que tu as su faire depuis que nous sommes arrivés, a été de critiquer, critiquer et encore critiquer. Pourquoi, une fois dans ta vie, ne pourrais-tu pas être honnête et suffisamment modeste pour admettre qu'il y a quelqu'un ici, ce soir, qui t'a surpassée en tout ?

Il ne poursuivit pas, déjà elle avait levé la main et le giflait avec une telle force qu'il en ressentit un tremblement dans tout le corps. Alors qu'elle allait recommencer, il lui attrapa brutalement le poignet, et d'une voix menaçante gronda entre ses dents :

— Ne recommence jamais ça, Lucie. Jamais ! Tu m'entends ? Je n'ai jamais frappé une femme, mais il y a des moments comme celui-ci où je m'en sens parfaitement capable.

Elle le regarda, tout le mépris du monde au fond de ses yeux.

— Pauvre type, cracha-t-elle avant de faire demi-tour et de quitter la pièce.

Il ne la revit pas de la soirée.

Furieux, Nicolas décida qu'il valait mieux pour lui qu'il s'isole. Il se rendit au vestiaire, prit son manteau et sortit sur la terrasse de l'hôtel, chercha un endroit tranquille, n'en trouva pas. Il revint donc s'asseoir sur les marches du perron et regarda briller les étoiles que les lumières de la ville rendaient pâles et fades. Il fallait qu'il réfléchisse, qu'il se ressaisisse. Cela ne lui ressemblait pas de s'emporter ainsi contre une femme. Ou peut-être au contraire était-ce dans sa nature ? Marina aurait donc été le déclencheur de cette révélation ?

Un toussotement le fit sursauter et il tourna la tête pour rencontrer le regard sombre d'une jeune femme blonde qu'il ne connaissait pas et qui lui souriait, l'air gêné.

— Je peux me joindre à vous ?

D'un geste de la main, il lui indiqua la marche près de lui, frustré d'être à nouveau privé de la solitude dont il avait bien besoin.

— La nuit est fraîche, n'est-ce pas ? commença-t-elle en le contemplant du coin de l'œil.

Elle semblait désireuse d'entamer une conversation, mais incertaine de la façon de l'aborder.

— Ça vous ennuie si je reste ici un moment avec vous ? La foule m'étouffe et il fait une telle chaleur à l'intérieur...

Il secoua la tête, toujours aussi renfrogné.

— Vous travaillez pour Bresson & Co ?

D'un hochement de tête, il répondit par l'affirmative avant de lui retourner poliment la question.

— Oh, non ! Moi, je fais office de potiche, si vous voyez ce que je veux dire. Je sers d'accompagnatrice.

Il ne put retenir un sourire et lui jeta un regard intrigué. En d'autres circonstances, il aurait pu la trouver jolie, attirante même, avec ses longs cheveux blonds et ses yeux bruns qui semblaient vouloir vous engloutir. Mais ce soir-là, Marina l'obsédait. Comme elle le faisait chaque seconde de chaque heure depuis qu'elle avait surgi dans sa vie. Les mois avaient passé, et il la voyait chaque jour s'épanouir davantage, ce qui amplifiait les sentiments qu'il voulait ignorer. Il ne recherchait pas les complications, et une relation avec Marina représentait l'opposé de la simplicité.

Il porta à nouveau son attention sur la femme blonde qui venait de s'asseoir à ses côtés. Ils entamèrent une discussion légère qui fit passer les minutes, puis les heures. Nicolas se surprit même à rire quelquefois de ses plaisanteries, sans pour autant cesser de surveiller du coin de l'œil la sortie de l'hôtel.

Il était plus de deux heures du matin lorsque Marina quitta enfin la piste de danse, épuisée, couverte de sueur. Elle chercha Nicolas du regard et ne le trouva pas. Déçue, elle comprit qu'il avait dû quitter la soirée. Elle remit ses souliers, enlevés depuis plus d'une heure, et décida qu'il était temps de rentrer. Maxime fut immédiatement à ses côtés, lui tendant son manteau.

— Je te ramène, Marina. Il ne serait pas prudent que tu rentres seule.

Elle chercha une raison de refuser, soudain terrifiée à l'idée de ce qui pourrait lui arriver si elle acceptait. Elle ne se rappelait que trop bien la conversation qu'elle avait eue avec Nicolas, quelques semaines plus tôt à son sujet, et malgré l'assurance dont elle avait fait preuve alors, elle était loin d'être certaine de pouvoir contrer une attaque venant de sa part.

— Laisse, je m'en occupe.

Elle sentit une douce chaleur se répandre le long de son corps en entendant la voix de Nicolas derrière son dos. Le visage de Maxime se décomposa, alors qu'une fois encore, il se voyait obligé de battre en retraite. Nicolas l'aida à enfiler son manteau, lui prit la main, et l'entraîna derrière lui jusqu'à l'extérieur de l'hôtel où attendait une file de taxis. Il en appela un et l'aida à s'installer à l'intérieur. Après avoir donné l'adresse de leur appartement, il reporta son attention sur la jeune femme qui avait fermé les yeux, somnolant déjà. Il la contempla un long moment, luttant contre l'envie furieuse qu'il avait de lui caresser la joue, d'écarter les pans de son manteau et de poser les lèvres à la base de son cou avant de faire glisser ses doigts le long de ce décolleté qui avait dévoilé la peau nue de son dos toute la soirée.

— Je te croyais déjà parti, murmura-t-elle au bout d'un moment sans ouvrir les yeux.

Il ne répondit pas. Pas tout de suite. Et lorsqu'il reprit la parole, ce ne fut pas pour lui apporter l'éclaircissement qu'elle espérait.

— Où as-tu appris à danser la salsa, Marina ?

Il devina son sourire à la lueur des lampadaires qui fendait à intervalles réguliers l'obscurité de la voiture.

— À l'université, répondit-elle simplement. On m'a dit, à l'époque, que j'étais très douée.

— Je confirme.

Elle savoura le compliment. Finalement, peut-être n'avait-elle pas complètement échoué.

— Marina ?

— Oui, Salom ?

— Est-ce que tu crois qu'un baiser échangé dans un taxi au retour d'une soirée un peu trop arrosée aurait des répercussions néfastes sur notre relation ?

Elle avait cessé de respirer à l'instant même où il avait prononcé son nom, devinant au ton qu'il avait employé que sa question ne serait pas banale.

— Non, mentit-elle, tout le corps en alerte.

Cette fois, ce fut à son tour de le voir sourire.

— Menteuse, se contenta-t-il de dire avant de s'écarter un peu plus d'elle pour parvenir à garder le contrôle sur son corps.

Il ne vit pas son air désespéré ni les larmes de frustration qu'elle tentait de ravaler alors qu'elle fermait à nouveau les yeux, les poings serrés.

***

Chapitre 17

18 décembre 2003

Marina se leva d'humeur massacrante. Depuis la soirée de Bresson & Co, elle n'avait eu de cesse de fuir son colocataire. D'ailleurs, le nombre de fois où ils s'étaient croisés pouvait se compter sur les doigts d'une main. Ce matin-là, elle prit plaisir à faire claquer ses tiroirs et la porte de son armoire. À son réveil, elle avait entendu Nicolas s'affairer dans la cuisine et avait patiemment attendu son départ avant de se lever de son lit. Elle était alors sortie de sa chambre sur la pointe des pieds, comme si le bruit de ses pas risquait de le faire revenir. Dans le vestibule, la solitude et l'absence de Nicolas la frappa de plein fouet. Elle hésita un instant, puis se dirigea vers la cuisine où elle se fit chauffer un thé qu'elle but rapidement. Elle regarda l'horloge qui lui indiqua qu'elle allait être en retard une fois de plus. Ce serait la troisième fois en deux semaines et elle craignit que cette fois-ci son retard ne porte à conséquence.

Elle revint dans sa chambre, enfila un tailleur gris en parfaite concordance avec son humeur et prit un soin particulier à se maquiller. La veille, elle n'avait pu trouver le sommeil qu'après s'être juré de se venger du jeune homme. Il n'avait pas voulu être son paradis, eh bien, elle deviendrait son enfer! Quant à la manière d'y arriver, elle avait sa petite idée sur le sujet.

Elle arriva au travail avec dix minutes de retard, qui heureusement ne furent remarquées de personne. Enfin, c'est ce qu'elle croyait. Elle était dans le local des photocopieurs en train de préparer des documents pour le conseil d'administration qui devait se tenir le soir même, lorsqu'un homme qu'elle n'avait encore jamais vu s'avança vers elle.

— Vous arrivez souvent en retard?

Elle lui jeta un coup d'œil par-dessus son épaule, sans cesser de surveiller son tirage. Elle enregistra immédiatement sa démarche assurée, son visage anguleux et les petites lunettes qui lui donnaient un air intelligent sans lui faire perdre de sa superbe.

— Je suis désolé, reprit-il très vite. C'était ma manière d'entamer une conversation.

— J'ai déjà vu mieux, commenta-t-elle simplement.

— Désolé, s'excusa-t-il de nouveau. Vous avez besoin d'un coup de main?

D'un geste de la tête, elle refusa. Comme il allait faire demi-tour, elle ajouta:

— Vous êtes nouveau? Je ne crois pas vous avoir déjà vu.

Il sourit, avant d'acquiescer.

— En fait, nous nous sommes déjà croisés plusieurs fois cette semaine. Je viens d'être muté.

— Oh! Et quelle est votre fonction?

— Directeur des ressources humaines.

— Oh! fit-elle à nouveau, cette fois d'un ton embarrassé.

Elle se mordit la lèvre, comprenant que son horoscope du matin ne l'avait pas trompée. Elle aurait des ennuis.

— Donc, si je comprends bien, vous êtes mon supérieur hiérarchique. Par conséquent, je crois que je devrais m'excuser pour mon retard de ce matin.

— Et celui de lundi et de mercredi, énuméra-t-il avec un petit rire tout en remontant ses lunettes sur son nez à l'aide de son index.

Marina se retourna alors vers lui, adossée à un photocopieur, la tête légèrement penchée sur le côté, avant d'ajouter:

— Vous me surveillez, monsieur ?

— James. Appelez-moi James. Non, je ne vous surveille pas. Du moins pas pour les raisons que vous croyez.

Il semblait mal à l'aise, hésitant. Ce fut cet instant que choisit Nicolas pour faire irruption dans le local. Il enregistra immédiatement la scène et se figea sur place, l'espace d'une seconde. Marina, nullement impressionnée par son regard réprobateur, releva les sourcils et reporta son attention sur James.

— Quelles sont ces raisons, alors ?

James qui n'avait pas conscience de la tension qui rampait soudainement autour de lui, poursuivit à voix basse :

— Acceptez de dîner avec moi un de ces soirs et je vous les énumérerai une à une.

Marina ne put se retenir de jeter un coup d'œil vers Nicolas et fut déçue de constater que ce dernier semblait complètement absorbé par l'armoire à fournitures d'où il sortait tout un attirail de stylos, trombones et autres accessoires pour son bureau.

— Alors ?

Elle sursauta et, sans réfléchir, accepta l'invitation de James. Satisfait, ce dernier la salua d'un signe de tête et la laissa à sa tâche. Marina saisit la pile de feuilles qui s'étaient accumulées dans le chargeur et allait sortir de la pièce lorsque Nicolas la saisit par le coude et la fit brusquement virevolter vers lui. D'un geste rageur, il ferma la porte du local qui claqua violemment, les enfermant tous les deux au milieu des machines dont le bruit meublait le silence.

— À quoi joues-tu, gronda-t-il en plantant dans son regard la dureté du sien. Je ne savais pas que tu pratiquais les promotions canapés !

Elle retira vivement son bras et la pile de feuilles qu'elle tenait, s'écroula sur le sol.

— Bravo ! fulmina-t-elle à son tour. Félicitations ! Je peux savoir quel est ton problème ?

Elle se baissa et commença à ramasser les feuilles qui jonchaient le sol autour d'eux. Au lieu de l'aider, Nicolas resta debout à la contempler, les bras croisés, les yeux rétrécis par la colère.

— J'ai assez de deux policiers surprotecteurs, d'un comptable en manque de sexe, d'une femme jalouse, sans avoir en plus à me coltiner le directeur des ressources humaines!

Avant qu'elle ne puisse tenter de comprendre ce qu'il voulait dire, il reprenait :

— Mon problème, c'est que je ne supporte pas de me sentir étranger dans ma propre maison. Je ne supporte pas de te voir t'enfermer dans ta chambre dès que j'arrive ou encore me fuir comme si j'avais la peste!

Marina le dévisagea.

— Ce qui se passe est entièrement ta faute, Nic.

— Alors explique-moi! Qu'est-ce qui a changé? C'est à cause de ce que je t'ai dit dans le taxi? Non, ça ne peut pas être pour cette raison! Tu es plus intelligente que cela!

Elle suspendit son geste, profondément blessée par ses paroles. Elle releva la tête vers lui, une série d'injures prêtes à jaillir de sa bouche. Comme s'il avait deviné ses intentions, le jeune homme la mit en garde en agitant son index au-dessus d'elle.

— Prends garde à ne pas dire des choses qui dépasseraient ta pensée, Marina.

Cette fois, la blessure se mua en colère froide. Elle rejeta les feuilles qu'elle venait de ramasser et se redressa devant lui, les poings sur les hanches. Elle respira plusieurs bouffées d'air, cherchant à se calmer, mais sans résultat.

— C'est toi qui me dis cela! Toi qui ne réfléchis pas pour deux sous avant de parler! Comment oses-tu me faire la morale alors que tu n'as pas la moindre conscience des conséquences qu'entraîneront les mots que tu prononces!

Elle avait ponctué sa dernière phrase d'une violente tape sur son épaule, comme si elle cherchait à l'ébranler. Son index vint s'abattre rageusement contre son torse alors qu'elle reprenait :

— Tu veux que je te dise? Oui, je te fuis, oui, je me cache de toi, parce que je ne supporte plus ta vue, parce que je ne supporte plus de me demander ce qui se serait passé si tu avais agi plutôt que de parler!

— Mais à quoi fais-tu référence ? Tu fais référence à ce qui s'est passé dans le taxi ?

Elle leva les bras au ciel dans un geste désespéré en revenant à l'assaut et, le regard toujours aussi furieux, gronda d'une voix qu'il ne lui connaissait pas :

— Mais il ne s'est rien passé dans le taxi, Nic ! Rien !

— Alors pourquoi sembles-tu m'en vouloir ?

Il paraissait sincèrement perdu. Marina laissa retomber ses bras et soudain, comme si sa vue lui était insupportable, elle se détourna et vint s'appuyer sur une petite table qui servait à poser des documents. La tête rentrée entre les épaules, les yeux fermés, elle luttait contre les larmes.

— Marina, je ne sais pas ce qui s'est ou non passé dans ce foutu taxi, commença-t-il d'une voix lente. Ce que je sais, c'est que je ne voulais pas gâcher cette complicité qu'il y avait entre nous.

Un petit rire l'interrompit alors qu'elle secouait la tête, navrée. Déjà il reprenait :

— Si j'avais su que cette question porterait à conséquence, je n'aurais rien dit.

Sa dernière phrase ranima la rage de la jeune femme qui lui fit à nouveau face.

— Tu es vraiment stupide, ma parole ! Ne comprends-tu pas que ce n'est pas d'avoir posé la question qui nous a menés là ?

La poignée de la porte gigota lorsqu'une personne à l'extérieur de la pièce essaya d'entrer.

— Revenez plus tard, cria Nicolas, sans quitter Marina du regard.

— Mais..., tenta une voix étouffée derrière la porte.

— C'est un ordre ! beugla-t-il, toujours immobile.

Puis, se calmant, il demanda :

— Marina, les choses auraient-elles été différentes si je l'avais fait ?

Elle souleva les épaules avant de baisser les yeux.

— Je ne sais pas, finit-elle par murmurer. Je sais en tout cas qu'elles n'auraient sûrement pas été pires.

Nicolas s'était rapproché d'elle, les yeux braqués sur son dos.

— À quoi est-ce que tout cela rime ?

La jeune femme frissonna de le sentir si proche. L'odeur de son eau de toilette était perceptible et elle sentait contre sa nuque le souffle qui propulsait chacun de ses mots.

— La seule raison pour laquelle je me suis retenu de t'embrasser ce soir-là, Marina, c'est que je voulais protéger ce que nous avons construit ensemble. Notre relation est de loin la plus stable que j'ai eue de toute ma vie. Une relation sincère et fusionnelle avec une personne qui me comprend et que j'apprécie infiniment. Je ne voulais pas changer nos rapports. C'est cependant le résultat que j'ai obtenu, sauf qu'à tout cela s'ajoute une frustration encore plus grande puisque je n'ai rien eu en échange de ce baiser qui me tentait tant. J'ai récupéré la punition sans savourer l'infraction.

— Quelquefois, il faut savoir prendre des risques et accepter de perdre ! sermonna-t-elle d'un ton mordant.

Elle s'éloigna de quelques pas et se remit à ramasser les feuilles qui jonchaient encore le sol. Au bout d'une minute au cours de laquelle Nicolas n'avait toujours pas bougé d'un centimètre, elle se releva et dit d'une voix plus calme :

— Salom, pour être franche, la faute ne t'incombe pas entièrement. Je crois que nous sommes parvenus à un point où l'amitié à laquelle tu attaches tant de prix ne me suffit plus. Je ne voulais pas cela, je t'assure, mais je me suis fait prendre à mon propre piège. Peut-être que c'était la magie du moment qui m'a fait désirer que tu m'embrasses alors que je m'attendais si peu à ce que tu me repousses...

Elle ne termina jamais sa phrase.

Foudroyé par l'élan de désir qui ne le quittait plus, Nicolas se jeta littéralement sur elle. Il glissa une main dans sa chevelure, l'autre autour de sa taille et attira violemment sa bouche vers la sienne, lui enlevant toute possibilité de fuite ou de résistance. Il la fouilla, la dégusta, s'enivra d'elle lentement, longuement, passionnément. Il la sentit trembler contre lui, répondre à son baiser alors que ses mains saisissaient le devant de sa chemise pour s'y accrocher et le retenir un peu plus longtemps à elle. Elle sentait sa main presser ses hanches, la serrer plus fort comme s'il voulait l'incruster à l'intérieur de sa propre peau alors que les doigts de son autre main s'emmêlaient dans ses cheveux. Sans cesser de l'embrasser, il la plaqua contre la porte du local, et son baiser redoubla d'intensité. Il la pressait si fort contre lui qu'elle pouvait sentir dans sa propre poitrine les battements du cœur du jeune homme. Elle glissa une main autour de son cou, alors que de l'autre, elle cherchait le contact de sa peau. Ils n'avaient plus conscience de ce qui les entourait, hypnotisés par la puissance de ce qu'ils partageaient, par la surprise de ce qui venait de leur arriver.

Une nouvelle tentative pour pénétrer dans le local les interrompit brusquement. Marina ouvrit les yeux, se dégagea, le regard brouillé, alors que Nicolas se passait une main dans les cheveux pour reprendre une certaine contenance. La porte s'ouvrit, deux stagiaires vinrent faire quatre photocopies et ils ressortirent sans un mot. Marina et Nicolas ne s'étaient pas quittés du regard.

— Je... je dois y aller, bredouilla-t-elle en passant devant lui.

Il lui saisit le bras pour la retenir.

— C'est exactement cela que je voulais éviter, Marina, murmura-t-il comme pour lui-même, sans la regarder.

— Quoi donc ? fit-elle à bout de souffle.

Il tourna la tête vers elle, son regard glissa le long de la courbe de sa joue jusqu'à ses lèvres gonflées par l'ardeur de son assaut.

— Que le goût du fruit défendu ne soit si envoûtant qu'il me pousse sans cesse à vouloir à nouveau le déguster.

Interdite, troublée, émue, Marina se dégagea lentement de l'étreinte du jeune homme et avant de sortir de la pièce, chuchota :

— C'est la porte de mon temple que tu viens d'ouvrir, Salom. À toi de savoir ce que tu souhaites y faire.

Il la regarda partir et seulement une fois qu'elle fut hors de sa vue, il put recommencer à respirer.

***

La journée avait été ardue et Marina n'aspirait plus qu'à se laver, se mettre au lit et dormir jusqu'au lendemain. Elle attrapa de justesse le métro qui la ramena à une centaine de mètres de l'appartement de Nic, et soupira de soulagement en refermant derrière elle la porte de l'immeuble. Elle la verrouilla, laissa choir son sac sur le sol, jeta ses clefs sur la petite table près de l'entrée et fila directement à sa chambre pour se déshabiller.

Nicolas n'était pas encore rentré et ne le serait sûrement pas avant plusieurs heures. Au souvenir de la petite expérience à laquelle ils s'étaient livrés le matin même, elle songea que ce n'était pas un mal. Elle ne se sentait pas capable de l'affronter. Marina savait qu'il avait prévu rencontrer des amis dans un restaurant et que leur soirée risquait de se terminer tard, étant donné que le lendemain marquait le début du congé alloué par Bresson & CO pour leurs employés à l'occasion des fêtes de fin d'année. «Parfait», pensa-t-elle, légèrement déçue.

Elle fit halte au salon, afin d'insérer un CD dans la chaîne stéréo qui se mit à diffuser une sélection de ses musiques préférées, celles qui l'inspiraient le plus. Elle alluma quelques bougies près de la baignoire et se fit couler un bain chaud dans lequel elle paressa pendant trente bonnes minutes, l'esprit embrumé par les effluves parfumés de son huile de bain. La tête appuyée sur une serviette moelleuse qui lui servait de coussin, elle ferma les yeux et laissa son esprit vagabonder vers des contrées exotiques qui aiguisèrent immédiatement son désir d'écrire.

Elle venait à peine de réussir à se détendre qu'elle fut happée par une série de situations, d'images, d'idées. Comprenant la richesse et surtout la rareté de ce qui lui arrivait, elle s'empressa de sortir du bain, enfila un peignoir blanc en éponge, et sans prendre la peine de se sécher ou même de démêler ses cheveux, elle grimpa à l'atelier après avoir pris soin de récupérer son CD dans le salon. Elle poussa la porte et dans le rai de lumière qui filtra dans l'atelier, ce qu'elle vit lui bloqua la respiration. Là, au centre de la pièce, face au chevalet, se trouvait un fauteuil qui semblait lui tendre les bras. Elle s'approcha, caressa doucement les accoudoirs avant que son regard ne tombe sur une feuille de papier posée sur le siège. Elle la prit, la dirigea vers le faisceau de lumière et parvint à lire : « Ce sera plus confortable qu'un coussin... quoique... sois sage ! »

Un éblouissant sourire éclaira son visage alors qu'elle serrait le message contre son cœur. Elle alluma les bougies et revint près du fauteuil. Une petite table le jouxtait, sur laquelle étaient posés son baladeur, une pile de feuilles ainsi qu'un pot rempli de crayons. Sans réfléchir, elle s'installa, mit le casque d'écoute sur sa tête et portée par les mots qui semblaient tournoyer autour d'elle, commença à écrire.

Tout à sa création, elle n'entendit pas Nicolas pénétrer dans l'appartement, une heure plus tard, comme elle ne l'entendit pas l'appeler ou encore grimper les escaliers jusqu'à son atelier. Il eut le temps de l'observer pendant dix bonnes minutes avant qu'elle ne l'aperçoive du coin de l'œil, alors qu'elle changeait de feuille. Il était adossé au mur et ses yeux bleus braqués sur elle affichaient un regard qu'elle ne lui connaissait pas. Elle lui sourit, mais son sourire s'effaça rapidement. Ce regard indéchiffrable, troublant, c'était le même qu'il avait posé sur elle lors du repas, à la soirée de Bresson & Co. Ce regard qui rendait encore plus incompréhensible ses réactions à son égard. Ce regard qui aurait pu lui faire parier sa vie sur l'envie qu'il avait d'elle. Sans comprendre, elle le vit s'avancer vers la table où reposait tout son attirail, retirer sa chemise et préparer une série de couleurs sur sa palette. Il installa une toile vierge de grande dimension sur son chevalet et s'absorba dans une profonde réflexion.

Marina se remit à écrire, mais cessa tout mouvement en le voyant venir à elle. Elle leva les yeux vers lui, son regard glissant le long des muscles de son torse avant de s'accrocher à la lueur de ses yeux bleus. Il s'arrêta devant elle, sembla hésiter, puis finalement lui retira les écouteurs qu'il débrancha aussitôt, permettant à la musique d'envahir toute la pièce et d'en chasser le silence. Interdite, la jeune femme le dévisagea, alors que ses doigts se posaient sur sa jambe, dénudaient l'un de ses genoux et l'une de ses cuisses. Il fit ensuite glisser le peignoir jusqu'à découvrir l'une de ses épaules ainsi que la rondeur d'un sein.

Marina n'osait plus bouger, comprenant qu'il avait décidé de la prendre pour modèle. Elle cessa de respirer, les doigts du jeune homme semblant s'attarder une seconde sur le renflement de ce sein dont seule la pointe se dérobait sous le tissu qui s'y accrochait. Toujours en silence, il passa son autre main dans sa chevelure, afin d'en ramener quelques mèches sur l'épaule nue. Elle le vit contracter la mâchoire et tout son corps fut foudroyé par un élan d'excitation qui la fit entrouvrir les lèvres pour chercher son air. Il finit par retourner derrière son chevalet et se mit à peindre, alors que Marina reprenait son stylo et se remettait à écrire en essayant de garder la pose.

Elle ne sut jamais quel fut l'élément déclencheur, mais elle écrivit près d'une centaine de pages durant cette nuit ponctuée par les coups d'œil que lui jetait Nicolas. Pas une fois ils n'échangèrent un mot. Pas une seule parole ne brisa cette ambiance unique. Seuls leurs regards qui se fuyaient semblaient avoir quelque chose à dire. Marina n'était pas dupe, elle sentait sur son corps l'insistance lourde de désir de ses yeux qui la caressaient comme l'aurait fait un amant. Elle ressentait cette attirance irrépressible, présente entre eux, les enchaînant de son envoûtement. Elle savait qu'il n'y avait qu'un pas à franchir pour qu'il finisse de la déshabiller entièrement et qu'il lui fasse l'amour, comme elle se doutait que ce pas, il ne le franchirait pas.

L'aurore pointait derrière les nuages lorsqu'il posa finalement ses pinceaux, les yeux rougis de fatigue, les doigts endoloris. Depuis combien d'années n'avait-il pas passé une nuit entière à peindre? C'était il y a bien longtemps. Il essuya ses mains maculées de taches de peinture et s'approcha de la fenêtre où les réverbères continuaient de veiller les rues désertes à cette heure encore matinale. Il tourna la tête en direction de Marina et son souffle se suspendit devant le tableau qu'elle offrait. Elle s'était endormie et la dernière feuille sur laquelle elle travaillait était tombée sur le sol. Son peignoir s'était un peu plus entrouvert, laissant apparaître la pointe du sein qu'il n'avait pas osé dénuder. «Dieu qu'elle est belle», pensa-t-il pour la millième fois, avant de détourner les yeux, honteux de cette envie furieuse qui lui irradiait les reins.

Il retourna derrière son chevalet et contempla son travail de la nuit. Même inachevé, le résultat était plus qu'impressionnant. Il se surprenait lui-même. S'il n'avait pas été aussi fatigué et s'il n'avait pas craint, de ce fait, d'abîmer ce qu'il avait déjà réalisé, il se serait immédiatement remis au travail. Il ne voulait pas se l'avouer, car il en avait honte, mais en la peignant, c'était comme s'il s'était autorisé à lui faire l'amour. Chaque trait que son pinceau avait tracé, chaque courbe qu'il avait une, deux, dix fois reprise, correspondait à une caresse dont il aurait pu honorer son corps. Il comprenait à présent parfaitement ce qu'elle avait tenté de lui expliquer un jour, dans sa chambre. Et il devait avouer qu'elle avait entièrement raison.

Depuis maintenant quatre mois qu'elle habitait avec lui, il se demandait combien de nuits s'étaient écoulées sans qu'il ne s'endorme en pensant à elle. Pas beaucoup. Et il était peu fier de s'avouer qu'en faisant l'amour à Lucie, ce n'est pas son nom qu'il avait maintes fois retenu sur ses lèvres. Il s'approcha de la belle endormie, s'autorisant un coup d'œil. « Il est hors de question que tu bouleverses ma vie, pour t'en retourner ensuite dans ton pays, sans m'avoir révélé tous tes secrets, Marina. Ça, je le refuse. Aussi belle et obsédante sois-tu. Tu es trop dangereuse pour que je risque quelque chose avec toi. Il faudrait que je sois complètement fou pour oser tenter une aventure comme celle-là. »

Fort de cette résolution, il ne résista pas à l'envie de caresser sa joue du bout des doigts. Elle ouvrit aussitôt les yeux, se protégeant la tête de ses bras. Stupéfait de sa réaction, et encore plus par la lueur de terreur pure qu'il vit briller au fond de ses yeux, il attrapa doucement ses poignets et ramena ses bras lentement le long de son corps, alors qu'il s'agenouillait près d'elle. Prenant conscience qu'il s'agissait de lui, elle lui sourit, gênée.

— Excuse-moi, je rêvais et...

— Qui t'a battue, Marina ? demanda-t-il rapidement, une sourde colère menaçant d'abattre le peu de calme dont il se sentait encore investi. Qui a osé lever la main sur toi ?

Il voulait qu'elle lui réponde. Il voulait savoir. Pourquoi? Pour prendre le premier avion et aller casser la figure au sale type qui l'avait ainsi meurtrie? Pour se donner une raison supplémentaire de ne pas la laisser l'approcher ou au contraire pour la protéger?

— Réponds-moi, Marina, qui t'a frappée?

— Personne. Je te l'ai dit, je rêvais. Je faisais un cauchemar.

Sa voix n'avait plus rien de doux et, en voyant la pitié assombrir ses prunelles bleues, elle s'éveilla complètement. Elle essaya de libérer ses bras qu'il maintint fermement contre sa poitrine.

— Lâche-moi, Nicolas, tout de suite.

Elle l'avait appelé par son prénom, c'était mauvais signe. Pourtant, il ne l'écouta pas.

— Pourquoi refuses-tu de me faire confiance? Où sont donc passés tes grands principes?

— Pourquoi ne te mêlerais-tu pas de tes affaires?

— Tu fais partie de mes affaires! déclara-t-il aussitôt.

— Ah oui? C'est nouveau ça. Depuis quand et à quel titre, je te prie?

Ne sachant quelle réponse lui donner, il lâcha ses bras et se releva. Elle en fit autant et rougit en remarquant ce que son peignoir dévoilait. Elle le rajusta, n'osant plus regarder l'homme qui lui faisait face. Elle jeta un coup d'œil à la fenêtre où apparaissaient les premières lueurs orangées d'un matin à peine né.

— Je suis fatiguée. Je vais dormir.

Elle passa devant lui, les manches trop longues de son vêtement dissimulant ses mains qui tremblaient. Mais Nicolas n'était pas dupe. Il en avait trop dit pour faire marche arrière à présent. Il lui attrapa à nouveau le bras, la faisant pivoter vers lui. Et les mots qu'il avait sur les lèvres se muèrent en un geste irréfléchi. Il la ramena violemment contre lui et sa bouche s'abattit sur la sienne. Elle entrouvrit les lèvres pour accueillir ce que sa déraison acceptait de lui donner. Elle l'entendit gémir, où peut-être était-ce elle, alors que ses mains s'agrippaient à ses épaules qu'elle avait tant de fois regardées, avant de glisser vers son cou pour remonter le long de sa nuque.

« Il faut que je m'arrête, pensa-t-il au travers de la brume qui s'emparait de sa résistance et endormait sa volonté. Maintenant ! » Pourtant, sa détermination fondait comme neige au soleil alors qu'il la goûtait, s'enivrait d'elle, se saoulait de son parfum... Sa main découvrit la douceur de ce sein qui l'avait attiré tout au long de la soirée, ce sein interdit, comme l'était tout le reste de son corps.

Leur expérience de la veille était encore trop fraîche pour qu'ils puissent résister aux sensations qu'ils se savaient capables d'éprouver, ainsi soumis l'un à l'autre. Ils s'embrassaient furieusement, violemment, passionnément, comme si tous les interdits les propulsaient encore plus fortement l'un contre l'autre. Elle sentait qu'il aspirait son air, qu'il la pénétrait de son ardeur, alors que chaque parcelle de son corps se fondait contre le sien. Elle sentait déferler au plus profond de son être les vagues du désir qui hérissaient sa peau et faisaient trembler son corps. Et plus elle tremblait, plus il la serrait fort, et plus il la serrait contre lui, plus elle sentait ses jambes se dérober. Toute la fureur de leur retenue explosa dans ce baiser, les soudant désormais l'un à l'autre.

À bout de souffle, leurs lèvres se séparèrent, une seconde à peine, pour leur permettre de reprendre une bouffée d'air avant qu'ils ne repartent à l'assaut de la bouche de l'autre, s'y abreuvant comme des animaux assoiffés en plein désert. Ses mains quittèrent sa taille pour dénouer la ceinture de son peignoir qu'il entrouvrit, avant de le laisser glisser sur le sol, offrant aux caresses des rayons du jour naissant la ligne parfaite de son corps, la brillance unique de sa peau dorée. Intimidée de savoir sa nudité ainsi exposée, elle se colla davantage contre lui. Les battements de son propre cœur cognaient contre le torse du jeune homme, fracassant le moindre soubresaut de sa résistance. Puis, à son immense surprise, alors que ses mains se reposaient sur ses hanches, la voix de Lucie leur parvint du premier étage.

— Nic ! criait-elle en refermant la porte de sa chambre qu'elle avait manifestement trouvée vide.

Le jeune homme se raidit instantanément, alors que Marina fermait les yeux et reculait, essayant de dissimuler sa nudité derrière son peignoir. Nicolas se détourna, n'osant plus poser les yeux sur elle. Son goût dans la bouche, l'odeur de ses cheveux sur chaque doigt, il se passa une main devant les yeux, puis sur le visage comme s'il cherchait à effacer toute trace de la passion qui enflammait son regard et gonflait ses lèvres. Sans un mot, il se détourna d'elle et sortit de l'atelier, fermant soigneusement la porte derrière lui.

Bouleversée, humiliée, Marina le regarda partir, totalement ébranlée. Elle s'approcha en tremblant de la porte et tendit l'oreille.

— Je me doutais bien que tu étais là-haut. Tu as encore passé la nuit à peindre? Je suis exténuée. David a insisté pour faire des photographies toute la nuit. À croire qu'ils ne dorment jamais, ces artistes. Regarde, j'ai apporté le petit déjeuner!

— Ce n'est pas grave, Lucie, j'avais autre chose à faire.

— Autre chose de plus important que moi?

— ...

— Et maintenant que tu as fait ce que tu avais à faire, tu penses pouvoir me consacrer quelques minutes?

— ...

Marina sentit son cœur se soulever en entendant le ton mielleux de séductrice acharnée et expérimentée qui résonnait dans le hall. Lucie le voulait dans son lit et, d'après les silences de Nicolas, il était clair qu'elle l'aurait. C'est cela, il m'embrasse comme si sa vie en dépendait, il m'enlève toute possibilité de réfléchir, m'enflamme les sens à m'en faire perdre la raison, puis sans un mot il s'en va faire l'amour à une autre!

Elle aurait voulu frapper le mur pour se libérer de sa colère, mais de peur que Lucie ne l'entende, elle dut se contenter de verser des larmes brûlantes d'amertume et de se mordre la lèvre jusqu'au sang. «Idiote! Imbécile! Abrutie!» s'insulta-t-elle avant de se laisser glisser sur le sol, complètement épuisée, alors que le goût du sang se répandait dans sa bouche. C'était cela sa vie, c'était cela le refrain de sa chanson: je t'aimerai et toi tu me cracheras dessus. J'insisterai et tu te détourneras de moi.

Qu'est-ce qui l'empêchait de descendre et de faire comprendre à Lucie que « le travail » en question, c'était elle ? Elle à qui il aurait fait l'amour si elle n'était pas intervenue ! Oui, qu'est-ce qui l'en empêchait ? Son amour-propre et les sentiments qu'elle avait pour lui. S'il devait un jour quitter Lucie pour elle, elle voulait que ce soit par choix, parce qu'il l'aurait choisie, elle. Et pas parce qu'elle l'y aurait contraint.

Une bonne demi-heure s'était écoulée, lorsqu'elle osa enfin sortir de l'atelier pour se diriger à pas de loup vers sa chambre. Aucun son ne provenait de la chambre de Nicolas. Elle referma la porte et se jeta sur son lit où son oreiller étouffa sa rancœur.

∗∗∗

À son réveil, le soleil était déjà haut dans le ciel. Elle s'était endormie avec l'impression d'avoir une mandarine au fond de la gorge, et c'est une orange qui l'étouffait lorsqu'elle s'habilla d'une jupe et d'un pull moulant avant de se rendre à la cuisine pour se faire un thé. Elle avait besoin de réfléchir et le thé était une boisson qui incitait à la méditation. C'était sans compter sur la présence de Nic, assis à la table et qui semblait l'attendre. En le voyant, son premier réflexe fut de faire demi-tour, mais il l'arrêta.

— Reste, il faut que je te parle, lui dit-il d'une voix qui n'admettait aucun refus.

Sans le regarder, elle se dirigea vers le comptoir. Elle saisit la bouilloire, la remplit à ras bord et la mit à chauffer. Elle sortit une tasse de l'armoire, puis passa deux bonnes minutes à la recherche d'un sachet de thé convenable qu'elle ébouillanta finalement dans l'eau chaude, avant de la verser si maladroitement dans sa tasse qu'elle éclaboussa une partie du plancher. Elle chercha ensuite une serpillière propre, accrocha au passage la salière qui tomba, renversant son contenu sur le plan de travail, ce qui la contraignit à jeter du sel par-dessus son épaule gauche pour conjurer le sort, geste qu'elle fit machinalement avant de se mettre à genoux pour essuyer la flaque dorée, déjà refroidie.

Nicolas la regardait s'affairer autour de lui, toujours à la recherche d'une nouvelle chose à faire qui pourrait la soustraire à une conversation dont elle n'avait manifestement pas envie. Au bout de dix minutes, voyant qu'elle ne se calmait pas, il se leva et décida de quitter la cuisine. Mais avant de sortir, il se retourna et dit simplement d'une voix repentante :

— Je suis désolé. Vraiment.

Ce fut cette phrase parmi toutes les autres qu'il n'aurait pas fallu prononcer. Il le comprit trop tard. Marina qui s'évertuait à passer sa rage sur le carrelage, désormais luisant de propreté, se redressa et d'une voix étrangement calme, derrière laquelle on sentait sourdre toute sa fureur, lui dit :

— Oh ! Tu peux l'être ! Mais tu ne le seras jamais autant que moi. Jamais autant que moi qui ai été assez stupide pour te laisser m'approcher ! Jamais autant que moi qui ai pu te faire confiance et encore pire te laisser me toucher ! Jamais autant que moi qui t'ai laissé m'enflammer pour ensuite me jeter comme une moins que rien avant de courir vers les jambes ouvertes d'une autre femme !

Nicolas sursauta alors qu'il recevait en plein visage le torchon humide qu'elle venait de lui jeter dans un ultime geste de rage.

— Ne sois pas vulgaire, Marina, se contenta-t-il de dire, cherchant désespérément des paroles plus sensées qui ne lui vinrent pas.

— Vulgaire ? Oh ! non, je ne suis pas vulgaire ! C'est ta situation qui l'est. Toi qui passes des bras d'une femme à ceux d'une autre. Mais laisse-moi te dire une chose : je ne suis pas interchangeable. J'ai peut-être été idiote et naïve, mais je ne l'aurai été qu'une fois ! Car je peux te jurer que tu ne poseras plus jamais les mains sur moi. Jamais !

Et avant qu'il n'ait le temps de réagir, avant qu'il ne prenne pleinement conscience de l'ampleur du désastre qu'il avait causé, elle passa devant lui en lui assénant au passage un magnifique droit dans les côtes. Il attendit d'avoir retrouvé son souffle pour crier son nom, mais déjà elle était sortie de l'appartement.

***

Chapitre 18

19 décembre 2003

Jamais de toute sa vie, Marina n'avait ressenti une telle rage, un tel ressentiment, une aussi fabuleuse envie de mordre. Jamais personne n'avait allumé de tels brasiers en elle pour en fin du compte lui faire comprendre qu'elle n'était pas intéressante. Avec Luc, les choses étaient tellement plus simples. Elle l'avait désiré très fort, mais au moins il avait eu le mérite d'être suffisamment honnête pour ne pas laisser planer d'ambiguïté. Il n'avait pas joué avec elle comme on venait de le faire. Il l'avait respectée suffisamment pour ne pas la blesser.

Elle essaya de se raisonner, sans y parvenir. Elle était plongée dans cet état qui abolit toute logique, tout scrupule, qui endort tout principe et permet d'accomplir des actions insensées, notamment celle de sortir dans la rue sans avoir la crainte de se faire agresser. Elle songea que c'était sûrement là le seul point positif qui ressortait de toute cette histoire. Nicolas ne voulait pas d'elle? Eh bien, tant pis! Elle irait vers quelqu'un d'autre. Elle lui montrerait que si lui ne voulait pas d'elle, d'autres ne se feraient pas prier. Elle trouverait un homme qui serait son objet, comme elle avait été le sien, comme elle avait été celui de trop de ses pairs. Un sourire volontaire s'étirant sur ses lèvres, elle se dirigea d'un pas décidé vers le petit restaurant qui faisait face à l'appartement. Régulièrement, elle s'y rendait pour boire un capuccino et

avait compris au fil des jours que le serveur ne demandait qu'à la satis-
faire. Eh bien, soit! Sans détour, elle s'assit au comptoir et attendit que
Benjamin l'aperçoive et vienne vers elle pour prendre sa commande.

— Salut beauté! Qu'est-ce que je peux faire pour toi aujourd'hui?

— Salut Ben! Rien, mais j'ai envie de m'envoyer en l'air. Tu aurais
quelqu'un à me proposer?

Il la regarda, amusé, les mots faisant lentement leur chemin jusqu'à
son cerveau. Il se mit alors à la dévisager, cherchant le signe qui démen-
tirait le sérieux de sa proposition.

— Que t'arrive-t-il chérie, tu t'ennuies?

Frustrée de son attitude, elle se leva et en le foudroyant du regard,
murmura:

— Tu viens de manquer ta chance, Ben, elle ne se renouvellera pas
deux fois.

Écœurée, elle passa devant lui et se dirigea vers la sortie. Il sauta
par-dessus le comptoir et la rattrapa, lui enserrant la taille. Il la regarda
une nouvelle fois avant de proposer:

— Dans dix minutes, je prendrai ma pause.

— Où? interrogea-t-elle, le cœur battant soudainement à mille à
l'heure.

— Chez moi. L'appartement juste au-dessus.

D'un hochement de tête, elle acquiesça. Avec un petit sourire vic-
torieux, il lui rendit sa liberté, lui soufflant à l'oreille le code qui permettait d'ouvrir la porte d'entrée de l'immeuble et la regarda sortir
du petit café. Il jeta un coup d'œil à la pendule, soudainement impa-
tient de l'entendre sonner la demie. Alors que la jeune femme se rendait chez lui, il se mit à siffloter, les prunelles déjà brillantes de
convoitise. Finalement, le Père Noël passerait plus tôt cette année...

Marina cligna des yeux sous les rayons du soleil qui l'aveuglèrent
en sortant de la petite bâtisse. Elle porta une main à son cœur, comme
si par ce geste elle pouvait en diminuer le rythme. C'était peine perdue.
«Surtout ne réfléchis pas, s'ordonna-t-elle. Surtout ne flanche pas. Tu
as pris une décision, maintenant va jusqu'au bout.» Alors, comme s'il
s'agissait de paroles magiques, elle composa le code, pénétra dans

l'immeuble et se mit à gravir les quelques marches qui menaient à l'appartement du haut.

De son atelier, debout devant la baie vitrée, Nicolas la vit sortir du café, les joues rouges, l'air perdu dans ses pensées. Manifestement, elle était encore furieuse contre lui, et Dieu seul savait quelle bêtise elle pourrait faire dans cet état. Lorsqu'il la vit entrer dans l'immeuble, il eut la certitude qu'elle allait faire la pire des conneries uniquement pour le défier et pour se venger de lui. Sans réfléchir, il dévala l'escalier, traversa la rue comme un fou et se heurta à la porte verrouillée qu'avait empruntée Marina, mais dont il ne connaissait pas le code. Alors, poussé par son intuition, il se dirigea vers le petit commerce. Il ne tarda pas à apercevoir Benjamin, le serveur qu'il avait vu maintes et maintes fois tourner autour de sa colocataire. Son air étonnamment guilleret l'inquiéta encore davantage, car il semblait corroborer le pire de ses soupçons. Aussi fonça-t-il tout droit vers lui, se retenant à grand-peine de l'empoigner par son t-shirt et de l'accoler contre le mur pour lui faire cracher le morceau.

— Qu'est-ce que je te sers aujourd'hui, mec?

— Je ne sais pas trop. Tu me sembles bien joyeux, dis donc, que se passe-t-il?

Comme Nicolas s'y attendait, l'homme ne se fit pas prier pour se vanter:

— Je vais avoir droit au quart d'heure de gloire, mon vieux. Quelque chose qui n'arrive qu'une fois dans une vie. Et tu ne devineras jamais avec qui!

— Qui donc?

— Ta copine, la Québécoise! Eh oui! Je viens de la voir débarquer à l'instant pour me proposer une baise. Et vu la façon dont elle est foutue, je crois que je ne serai pas déçu!

Nicolas sentit sa mâchoire se crisper au point de lui faire mal. Il se força à respirer normalement, mais l'air semblait refuser d'entrer dans ses poumons. Ses dents grincèrent lorsqu'il empoigna le serveur par le haut de son tablier alors qu'il grondait:

— Touche-la et tu es un homme mort, pigé?

Cette fois, Benjamin le regarda comme s'il était fou. Il se mit à ricaner en secouant la tête.

— Si tu crois me doubler sur ce coup-là, mec, tu te trompes. La nana est majeure et consentante. C'est ton problème si elle ne s'est pas adressée à toi! Enlève tes sales pattes de mon tablier ou j'appelle les flics, menaça-t-il ensuite, en le regardant bien en face.

Nicolas se maudit intérieurement de réagir aussi mal. Que devait-il faire, casser la gueule du serveur ou tout simplement battre en retraite? Il était évident qu'il n'était qu'un pauvre abruti qui croyait au miracle. Marina se servait de lui pour se venger, rien de plus, rien de moins. Il opta donc pour la voie de la sagesse et lui laissa la vie sauve. Il sortit du café, levant la tête vers les fenêtres de l'appartement, juste au-dessus du restaurant, espérant y entrevoir le visage de Marina. Si elle le voyait ne serait-ce qu'une seule seconde, elle lirait dans ses yeux tout ce qu'il avait refusé de lui laisser découvrir. Mais non, elle n'y était pas. Il jeta un coup d'œil à la devanture du restaurant, optant pour une nouvelle approche. C'est alors qu'il s'aperçut que Benjamin n'était plus là.

Comme mû par un pressentiment, il entra au pas de charge dans le café et demanda au patron qui servait au comptoir:

— Où est-il?

— Qui? s'enquit l'homme sans même lui jeter un regard.

— Le serveur, où est-il?

— Pourquoi? Qu'est-ce qu'il a fait?

Nicolas respira à fond, essayant de garder le peu de maîtrise de lui-même qui lui restait:

— Écoutez, je vais être direct, je me sens d'humeur massacrante et j'ai envie de cogner quelqu'un, donc ou vous me dites où est parti votre employé ou vous risquez d'avoir de sérieux ennuis. Alors, où est-il?

L'homme blêmit et se retrancha derrière son comptoir avant de murmurer:

— Il est monté prendre sa pause à son appartement qui est situé...

— Juste en haut, termina Nicolas qui sentit le sang quitter son visage et son estomac se retourner.

L'homme lui montra du doigt l'escalier intérieur qui menait à l'étage supérieur, tout en maintenant une certaine distance entre lui et le fou. Ce dernier s'y rua, grimpant les marches trois par trois. Depuis combien de temps était-il monté la rejoindre? Trente secondes? Une minute? Cinq minutes? Combien fallait-il de temps à un homme pour déshabiller une femme? Libérer ses cheveux, lui retirer ses sous-vêtements? Ou tout simplement pour relever sa jupe et la retourner contre le mur?

Il secoua la tête pour chasser ces images insoutenables. Non, ça ne pouvait pas se passer ainsi. Ça ne devait pas se passer ainsi. Il arriva devant la porte qu'il tenta d'ouvrir, mais, futé, le serveur avait pensé à fermer à clef. Alors, oubliant ses bonnes manières et son souci du qu'en-dira-t-on, il se mit à marteler la porte comme un possédé.

***

Marina était assise dans la cage d'escalier lorsqu'elle l'entendit monter les marches. Benjamin la regarda longuement, un sourire jubilatoire sur les lèvres qu'il ne tenta pas de dissimuler. Sans un mot, il déverrouilla la porte et s'écarta pour la laisser entrer dans un appartement sombre mais propre. Il voulut ouvrir les volets, mais elle l'en empêcha. Alors il s'approcha d'elle et la prit dans ses bras.

— Tu trembles, chérie, tu ne te sens pas bien?

«Je suis simplement morte de trouille», hurla muettement son subconscient.

Elle tenta de sourire en secouant la tête.

— Juste un peu froid, marmonna-t-elle en claquant des dents.

— Je vais te réchauffer. Fais-moi confiance.

Et sans attendre, il la tira derrière lui jusque sur le canapé où il la fit asseoir, avant de se jeter sur elle pour l'embrasser à pleine bouche. Elle ferma les yeux, essayant de retrouver les sensations qui l'avaient traversée lorsque Nicolas avait posé ses lèvres sur les siennes, mais à son grand dépit, rien de similaire ne se produisit. La flamme qui avait embrasé son corps au petit matin et la consumait depuis, s'éteignit

brusquement sous l'assaut des baisers humides et des mains empres-
sées qui fourrageaient sous ses vêtements. Rapidement, trop rapidement, il entreprit de remonter son pull au-dessus de son soutien-gorge
afin de pouvoir embrasser les globes ronds qu'il avait tant de fois ima-
ginés. Elle sentait sur elle son souffle qui s'accélérait, et les petits gémissements d'excitation qu'il laissait déjà s'échapper, emplissant son
esprit, abolissant toute pensée cohérente, accentuaient son malaise.

— Laisse-toi aller chérie, tu verras, je suis un bon amant. Après, tu en
redemanderas.

Il la saisit par les poignets et d'un coup sec la fit passer par-dessus
lui. C'est à ce moment-là que l'on se mit à marteler la porte d'entrée.
Marina sursauta alors que Benjamin, trop occupé à lécher ses seins, ne
semblait pas le moins du monde gêné par cette intrusion brutale.

— Tu devrais peut-être ouvrir, suggéra-t-elle en tentant de le repousser.

— Pour que tu me files entre les doigts ? Jamais ! Ma pause ne dure
qu'une demi-heure, chérie, il faut nous dépêcher. Détends-toi.

Comme si le fou furieux avait entendu ses paroles, les coups
redoublèrent, cette fois accompagnés de hurlements que l'on aurait
pu prendre pour ceux d'une bête féroce. Agacé par ce tapage, Benjamin
finit par se lever et se dirigea vers la porte qu'il déverrouilla avant de
l'entrouvrir. Il n'eut pas le temps de dire le moindre mot qu'un coup
de poing l'envoyait valser à travers la pièce, alors que Nicolas entrait,
en proie à une rage folle. Il n'eut besoin que d'une seconde pour enregistrer la tenue débraillée de Marina, assise sur le canapé qui le regardait, manifestement stupéfaite de le trouver là.

— Je n'arrive pas à croire que tu aies pu faire une chose pareille,
braila-t-il en fonçant droit sur elle. Tu es folle ? Tu as perdu la tête ?

Tout en essayant de réajuster son pull-over, elle se leva et le fusilla
du regard avant de se mettre à hurler à son tour :

— Non, mais tu te crois où ? De quel droit entres-tu comme cela, en
frappant et en bramant comme un cerf en rut ?

— Je vais apparemment mieux que toi, s'écria-t-il en la saisissant par le bras et en la traînant sans ménagement derrière lui. Allez, viens, je te ramène à la maison.

Mais elle ne l'entendait pas ainsi. Elle se libéra, avant de se camper sur ses deux jambes et de lui faire face à nouveau :

— Pour qui te prends-tu ? répéta-t-elle, hargneuse. Tu n'as aucun droit sur moi, aucun ordre à me donner ! Je suis là où j'ai envie d'être et tant pis pour toi si ça ne te convient pas ! Je suis adulte au cas où tu l'aurais oublié. Je prends mes propres décisions et j'assume mes choix ! Et si j'ai envie de m'envoyer en l'air avec le serveur du coin, ça ne te regarde pas !

Elle avait hurlé cette dernière phrase, lui donnant une puissance qui le fit frémir.

— Te vautrer dans le lit du premier imbécile venu, c'est ça que tu appelles une décision sensée ? Où sont donc passées tes belles déclarations sur les relations entre les hommes et les femmes ?

— Elles se sont envolées avec toi, ce matin ! cracha-t-elle comme une vipère.

Il recula sous l'impact de ses paroles.

Benjamin avait fini de se tordre de douleur sur le sol et prenait appui contre le canapé pour se redresser.

— Eh ! Oh ! Qu'est-ce qui se passe, putain ? Pour qui tu te prends ? demanda-t-il, le regard noir de colère.

— Je suis... je suis...

Nicolas rageait de ne pas parvenir à trouver le terme qui convenait aux rapports qu'il entretenait avec sa colocataire.

— Ce n'est strictement personne, dit Marina en reculant de quelques pas.

— Alors si ce monsieur n'a rien à faire ici, j'aimerais bien qu'il sorte de mon appartement et qu'il nous foute la paix ! ordonna Benjamin en massant sa mâchoire endolorie.

À court d'arguments, soudainement calme, Nicolas tendit la main vers Marina. Il la regarda, suppliant, alors qu'il chuchotait :

— Je sais que tu n'en as pas envie, ne fais pas cela, viens avec moi. Il faut que nous discutions, il faut que tu me laisses t'expliquer.

— Fous le camp, Nic !

L'ordre avait claqué, brusque, sec, terrible contraste à ses supplications. Nicolas suspendit sa respiration, se surprenant à penser que si Luc avait été là, elle l'aurait écouté, lui. Il aurait su la faire revenir à elle. Sans doute même ne l'aurait-il jamais poussée à bout, comme lui avait si bien su le faire. Sa raison lui éclata au visage, et avec elle toutes les conséquences désastreuses de ses actions.

Elle baissa les yeux et fit face à la fenêtre, lui tournant ainsi le dos. Il comprit qu'il avait perdu et, sans un mot de plus, quitta l'appartement. Mais au moment de franchir le seuil, il ne résista pas à la tentation de donner un violent coup de poing dans la porte qui vola contre le mur, faisant sursauter une fois de plus la jeune femme qui retenait à grand-peine ses larmes. La porte refermée, elle se retrouva à nouveau dans les bras de Benjamin qui semblait avoir oublié sa mâchoire qui bleuissait déjà.

— Ça va ? lui demanda-t-il alors qu'il commençait à lui embrasser la nuque.

— Ça va, murmura-t-elle si faiblement qu'il ne dut pas entendre sa réponse. Chose dont il n'avait cure, car déjà il avait relevé son pull-over blanc et s'employait à dégrafer son soutien-gorge.

**

Chapitre 19

19 décembre 2003 (suite)

Il était tard lorsque Marina trouva le courage de rentrer chez elle. N'apercevant pas la moindre lumière, elle se dit qu'au moins Nicolas avait eu le bon sens de disparaître et de la laisser un peu tranquille. Elle était encore sous le choc de ce qui s'était produit l'après-midi même, et la dernière chose qu'elle souhaitait à présent, était de se retrouver face à face avec lui. Comme d'habitude, elle jeta ses clefs dans le vase près de l'entrée, après avoir soigneusement verrouillé la porte. Elle posa un moment son front contre le bois frais, fermant les yeux, épuisée. Que ferait-elle maintenant? Où irait-elle? Il était clair qu'elle ne pouvait plus demeurer dans cet appartement, et bien évidemment elle ne devait pas non plus le revoir. Elle le haïssait pour avoir ainsi semé le trouble dans sa vie qui peu à peu redevenait paisible. Elle lui en voulait tellement, et en même temps le désirait si fort...

Elle frappa la porte du revers de la main, furieuse contre elle-même de se trouver si faible. Alors elle se redressa et se dit qu'elle y verrait plus clair après une bonne nuit de sommeil. Elle gagna donc sa chambre, enfila son déshabillé et se mit au lit. Dehors, les bruits de Paris meublaient le silence mais n'arrivaient pas à enterrer les battements de son cœur qui semblaient mesurer sa colère. Souffrir en silence. Se terrer et souffrir en silence. Elle savait si bien faire... Deux heures s'écoulèrent ainsi, sans qu'elle puisse trouver le sommeil. Elle décida de se lever, la chaleur de l'appartement surchauffé l'étouffait, et elle releva ses cheveux avec une pince. Elle laissa son peignoir choir sur son lit alors qu'elle se dirigeait vers le salon pour ouvrir la fenêtre afin de laisser entrer un peu d'air glacé de décembre.

Il ne faisait jamais tout à fait noir à Paris. Paris, Ville Lumière! Elle avait rapidement compris le pourquoi de ce surnom. Pourtant, ce soir-là, elle aurait voulu que toutes les lumières s'éteignent, que la lune elle-même se cache, afin de voiler tous les sentiments qui la frappaient de plein fouet, toutes les illusions dont elle s'était bercée, toutes les erreurs qu'elle avait commises.

Elle tressaillit lorsqu'elle entendit la clef dans la serrure, puis le grincement de la porte qui s'ouvrait. Elle ne tourna pas la tête, ne bougea pas, sachant pertinemment qu'il ne pouvait s'agir que de lui. Elle espérait qu'il ne la verrait pas, qu'il irait droit se coucher. C'était mal le connaître. Dans l'encadrement de la fenêtre que le clair de lune éclairait, il aperçut tout de suite la silhouette qui le mettait au supplice. Il s'arrêta net en la voyant, se demandant si, dans l'état où il se trouvait, il ne valait pas mieux battre en retraite que l'affronter. L'alcool qu'il avait ingurgité aidant, il choisit la bravoure à la prudence. Aussi se dirigea-t-il d'un pas lourd jusqu'au séjour dont il ne franchit pas le seuil. Il s'adossa au mur, davantage pour retrouver son équilibre que par effet de style, et il resta là, silencieux, à la contempler durant plusieurs secondes. Puis, d'une voix enrouée, il commença:

— Je ne croyais pas que tu rentrerais ce soir. Tu as passé un bon après-midi? Tu n'es pas trop fatiguée?

Comme elle ne réagissait pas, il ajouta d'une voix méprisante:

— Qui es-tu allée voir après lui? Son patron? Un client du resto? Deux, peut-être?

Elle frémit sous l'insulte mais demeura immobile, essayant de comprendre la véritable raison qui le poussait à vouloir la blesser de cette façon. Le vent glacé faisait frémir la soie de son déshabillé et elle frissonna.

— Alors, cette petite expérience, amusante ? poursuivit-il d'une voix dangereusement basse. Je suis certain que demain ses petits amis feront la file devant la porte pour pouvoir t'apporter un peu de leur expérience !

Cette fois, il y était allé trop fort. Elle fonça droit sur lui, telle une furie, toutes griffes dehors.

— Pauvre abruti ! Espèce de salaud ! l'injuria-t-elle en levant la main pour le frapper.

Malgré son cerveau embrumé par l'alcool, ses réflexes demeuraient intacts. Il attrapa son poignet qu'il maintint fermement derrière son dos avant de souffler :

— Tu connais le dicton, ma jolie, il n'y a que la vérité qui blesse.

Marina fronça les sourcils, une forte odeur de whisky parvenait jusqu'à elle. Jamais encore elle ne l'avait vu abuser de l'alcool. Il s'autorisait bien un verre de vin à chaque repas, mais jamais plus.

— Tu as bu ? murmura-t-elle étonnée. Pourquoi ?

— Pourquoi ? Pourquoi pas ? Toi, tu t'envoies en l'air, moi, je bois. On fait une belle équipe, tu ne trouves pas ?

Elle en avait assez entendu. Elle leva son autre main et l'abattit de toutes ses forces contre la joue râpeuse du jeune homme. Une rage folle au fond des yeux, Nicolas lui attrapa l'autre bras, le ramenant derrière son dos, et la plaqua contre le mur de tout son poids.

— Je te déteste, siffla-t-elle entre ses dents, alors qu'elle sentait tout son corps s'éveiller au contact du sien.

— Moi aussi, ma jolie, moi aussi, murmura-t-il tout en rapprochant son visage du sien. Jamais je n'avais détesté une femme à ce point. Jamais je n'avais souffert à cause d'une femme avant aujourd'hui. Je crois que c'est une victoire qui se paye, n'est-ce pas ?

Avant qu'elle n'ait pu saisir le sens de ses paroles, il avait attrapé ses deux poignets d'une seule main, alors que de ses doigts libres, il entreprenait de remonter son déshabillé, le long de ses cuisses. Un instant, elle eut peur. Peur que ne se reproduise cette terrible soirée où un homme avait fait irruption dans son appartement.

— Comment a-t-il fait, Marina? Il t'a plaquée contre le mur, comme cela? supposa-t-il méchamment, sifflant entre ses dents.

— Qu'est-ce que tu cherches à faire, Salom? Tu veux me violer? Pourquoi? À quoi rime tout cela? À un moment je m'offre à toi et tu me repousses, l'instant d'après c'est moi qui ne veux pas et tu insistes? Qu'est-ce que tu veux exactement? Avoir raison de croire que je peux avoir peur de toi?

Elle le vit serrer les dents, durcir la mâchoire.

— Ne me provoque pas, Marina. Je ne suis pas Benjamin, un coup de poing ne me met pas K.O, murmura-t-il d'une voix dure, tout contre son visage.

Il glissa sa main sous le fin tissu de soie, s'emparant d'un sein. Elle avait conscience de sa colère et de sa fureur, pourtant ses gestes très doux, sensuels, menaçaient de lui faire perdre la tête.

— Pourquoi n'aurais-je pas le droit de profiter de toi, moi aussi? Après tout, c'est à moi que tu l'as proposé en premier.

— Tu sais très bien que je ne t'ai rien proposé du tout. N'essaie pas de te disculper de cette manière. C'est toi qui as commencé et c'est toi qui as changé d'avis. Lâche-moi, Salom, chuchota-t-elle d'une voix où elle ne put retenir un soupir de plaisir.

Elle vit un petit sourire de satisfaction sur cette bouche qui l'avait tant fait chavirer. Puis, sans qu'elle ne comprenne pourquoi, il la libéra subitement. C'était cela sa punition, il avait réussi à se prouver qu'elle le désirait encore, et la laissait là, son orgueil de mâle satisfait. Mais elle refusait de se faire rejeter à nouveau. Elle plongea donc dans ses souvenirs de l'après-midi afin de retrouver toute la colère qui l'avait animée.

— Eh bien! que se passe-t-il? se moqua-t-elle hargneusement, serais-je soudainement devenue moins désirable depuis que tu sais que je peux avoir d'autres hommes? Depuis que je n'ai plus besoin de toi? Ou ta petite escapade avec Lucie t'aurait-elle enfin assouvi?

Il libéra ses bras, ses mains appuyées sur le mur de chaque côté de sa tête.

— Tu sais très bien que ce n'est pas ce qui s'est passé, Marina.

— Ce que je sais, c'est que tu es le plus grand salaud que je connaisse ! Tu me répugnes !

Il secoua lentement la tête, son regard bleu bien accroché au sien.

— Oh non, je ne te répugne pas. Je te l'ai déjà dit, tu es une bien mauvaise menteuse.

— Tu me donnes envie de vomir et si tu regardes bien au fond de mes yeux, tu verras que ça, c'est la vérité !

Son regard s'intensifia alors qu'il chuchotait d'une voix rauque :

— Si le dégoût ressemble à cela, je veux bien te dégoûter toute ma vie, jolie Marina.

Sa main vola sans qu'elle puisse la retenir et s'abattit contre la peau rougie de sa joue.

En un instant, elle comprit qu'elle était allée trop loin. Elle voulut s'excuser, mais déjà il se ruait contre elle, la plaquant encore plus fort contre le mur, sa bouche emprisonnant la sienne, sa langue écartant ses lèvres avec brusquerie. Il ne lui fallut pas plus d'une seconde pour céder au désir qui la figeait sur place et la rendait étrangement consciente du moindre recoin de son corps. Sans cesser de l'embrasser, il releva son déshabillé avant de le lui retirer et de le garder enroulé autour de son poing. Sa bouche descendit le long de sa gorge, sur ses seins, alors qu'elle s'accrochait à ses épaules pour ne pas tomber, ses jambes se liquéfiant sous elle. Il finit de la dévêtir, ses lèvres ne quittant pas une seule seconde la douceur de sa peau, y traçant un sillon qui effaçait le peu de volonté qui lui restait. Lorsqu'il cessa de l'embrasser, ce fut pour plonger un regard dur au fond du sien avant d'ordonner lentement :

— Si tu ne veux pas, dis-le, maintenant. Après, il sera trop tard.

Pour toute réponse, elle se colla contre lui, ses doigts s'emmêlant à ses cheveux, sa gorge l'appelant. Sa bouche prit d'assaut la voûte qu'elle lui offrait, au creux de laquelle il s'enivra des effluves de son parfum. Ses lèvres retrouvèrent le chemin des siennes et alors que leurs langues rivalisaient de sensualité, il retira sa chemise et son jeans. Il la prit par la taille et sans qu'il n'ait besoin de lui dire, elle enroula ses jambes autour de ses hanches. Puis l'image de Marina dans les bras de

Benjamin lui revint à l'esprit et toute la colère qu'il avait éprouvée contre elle l'assaillit de nouveau.

— Pourquoi, Marina, gémit-il en la pénétrant d'un coup brusque, le déshabillé de la jeune femme toujours enroulé autour de son poing.

— Je ne l'ai pas fait, Salom, l'entendit-il murmurer alors qu'elle enfonçait ses ongles dans la chair de son dos.

Il cessa tout mouvement, plongea son regard au fond du sien, tous ses muscles tendus à l'extrême.

— Salom, c'était toi que je voulais. Pas lui.

Stupéfait, il aperçut des larmes noyer les yeux verts fixés sur lui. Il voulut se retirer, mais elle l'en empêcha de toutes ses forces.

— Non, gémit-elle, je t'en prie, n'arrête pas! le supplia-t-elle, ses larmes coulant librement sur ses joues. Ne me repousse pas! Pas maintenant, pas encore une fois! J'ai besoin de toi! J'ai envie de toi!

Le temps laissa s'échapper trois ou quatre secondes avant qu'il ne retrouve l'usage de la parole.

— Oh! Marina, pourquoi m'as-tu laissé croire que...

Cette fois, ce fut elle qui plaqua sa bouche contre la sienne, lui intimant le silence. Elle qui commença à se mouvoir, lentement, refusant qu'il ne la quitte. Ce fut elle qui lutta pour obtenir ce qu'elle avait souhaité depuis si longtemps. Parce qu'elle savait qu'il avait autant besoin d'elle qu'elle pouvait avoir besoin de lui. Alors, ce qui avait commencé comme une étreinte furieuse prit une tout autre couleur. Lentement, il la reposa sur le sol, se retirant d'elle malgré ses protestations. Mais avant qu'elle n'ait pu faire le moindre mouvement, il la souleva dans ses bras et prit le chemin de sa chambre.

— Non, pas dans le même lit qu'elle, dit-elle simplement en cachant son visage contre son cou.

Il comprit et changea de direction. Doucement, il la déposa sur le sol près de son propre lit et entreprit de retirer la pince qui maintenait ses cheveux.

— Pardon, souffla-t-il avant de s'emparer de ses lèvres. Tu n'as pas idée à quel point j'ai lutté pour ne pas céder à ce que je ressens pour toi, Marina.

— Si, je le sais.

Il enfouit ses mains dans ses cheveux, maintenant son visage près du sien, ses lèvres prisonnières. Il l'embrassa à lui faire perdre la tête, jusqu'à ce qu'elle n'arrive plus à savoir à qui appartenait l'air qu'elle respirait. Doucement, il l'allongea sur le lit, la retourna sur le ventre afin de pouvoir embrasser sa nuque, ses épaules, suivre le chemin que traçait sa colonne vertébrale jusqu'à ses reins. Elle lui fit face à nouveau. Ses mains rejoignirent sa bouche alors qu'il savourait la douceur de sa peau. Ses seins brillaient dans le clair de lune, les pointes dressées le défiant d'en goûter la douceur. Sa bouche longea son ventre, encercla ses mamelons, puis redescendit jusqu'à ses cuisses. Alors, lentement, il glissa une nouvelle fois en elle, doucement. Il attendit quelques secondes avant de commencer à se mouvoir, jusqu'à ce qu'il la sente s'abandonner totalement, jusqu'à ce qu'il la sente complètement dépendante de ce qu'il voudrait bien lui donner. À bout de souffle, il s'échoua sur elle, alors que ses lèvres rencontraient le goût salé de ses larmes.

— Ne pleure pas, supplia-t-il contre sa tempe. Je t'en prie, ne pleure pas.

— Je ne pleure pas, mentit-elle. Je suis si bien, pourquoi pleurer?

Alors il se contenta de la serrer dans ses bras, la nichant contre lui, comme si elle avait été créée pour s'incruster dans chacune de ses courbes. Et malgré toutes les choses qu'il y avait à dire, toutes les choses qu'il y avait à faire, ils s'endormirent, épuisés.

Le réveil n'indiquait pas encore six heures lorsqu'il ouvrit les yeux, la lumière bleutée de l'aurore donnant à la chambre de Marina un air mystérieux. C'était cette lumière qui l'inspirait tant pour ses peintures. Et si ce n'avait été de ce goût amer au fond de sa bouche, et cette migraine qu'il sentait cisailler ses tempes, il aurait volontiers prolongé la contemplation de cette lumière pendant une bonne heure. Mais en ce moment, il n'aspirait qu'à se rincer la bouche et avaler deux cachets d'aspirine. Il voulut se lever mais remarqua que sa jambe droite était prisonnière d'une autre paire de jambes, beaucoup plus douces et sveltes que les siennes. Tout lui revint en mémoire, et son cœur se mit à battre à une telle vitesse qu'il eut du mal à respirer. Il retira sa jambe captive, n'obtenant de son bourreau qu'un vague grognement. Doucement, il se leva et se rendit à la cuisine où il avala le médicament convoité. Ensuite, il passa à la salle de bain pour se brosser les dents. Son regard se porta sur le reflet que lui renvoyait le miroir, et il remarqua les longues estafilades rouges qui marbraient ses épaules.

— Elle doit avoir de ma chair sous les ongles, pensa-t-il en souriant à son image, contemplant ses nouvelles blessures de guerre avec une fierté d'adolescent.

Il retourna au salon où il s'empara de son appareil photo numérique avant de revenir dans la chambre de la belle endormie.

Elle dormait encore, allongée sur le côté, et le drap entre ses jambes nues couvrait à peine sa nudité et ses seins, dont l'un pointait à l'air libre. Ses longs cheveux bruns, répandus sur l'oreiller blanc, semblaient plus pâles dans cette lumière presque surnaturelle qui lui donnait un air de statue d'albâtre. « Dieu qu'elle est belle », pensa-t-il de nouveau. Il se plaça dans un angle de la chambre, ajusta son zoom et se mit à prendre une série de clichés. Plus il prenait de photographies, plus il sentait l'inspiration gonfler chacun des cillons de son cerveau. Il sentait ses doigts s'engourdir comme pour se préparer à l'exercice qu'il leur imposerait quelques minutes plus tard. Les couleurs se mélangeaient déjà dans son esprit avant même qu'il ne les pose sur sa palette de peinture. C'était elle, l'œuvre qu'il attendait depuis des années. Il prit encore deux autres clichés, puis quitta la pièce en refermant doucement la porte derrière lui.

***

Chapitre 20

24 août 2006

Nicolas referma le livre et le déposa brusquement sur la tablette devant lui, comme s'il allait se consumer entre ses doigts. Il avait soudainement l'impression de manquer d'air, que la cabine rapetissait à vue d'œil. Il sentit perler à son front les premières gouttes de sueur, signe d'un éventuel malaise. Il se laissa retomber contre le dossier de son siège, de plus en plus perdu, comme si la tôle de l'avion ne devait pas simplement le protéger du vide mais aussi du reste de sa vie. Il jeta un nouveau regard au livre, toujours posé devant lui, cherchant à savoir ce qui l'effrayait à ce point. En réalité, la réponse se trouvait juste là, sous ses yeux. La simple lecture des premiers chapitres de ce roman lui avait fait prendre conscience des rapports intenses et passionnés qu'il avait jadis entretenus avec Marina. Si tout ce qu'il venait de lire était exact, il commençait à entrevoir les risques de ce voyage. Il était hélas un peu tard pour regretter. Il se retrouvait comme un idiot, complètement mort de trouille, au-dessus de l'Atlantique, dans un avion qui l'emmenait vers elle.

Il augmenta la quantité d'air qui lui soufflait sur la tête et ferma les yeux. Puis il décida de ranger le livre. Il en avait assez lu pour savoir qu'entre Marina et lui la rencontre ne serait pas simple. La dédicace laissait clairement entendre que ce livre ne portait pas que sur leur seule histoire. Dans moins d'une heure, son avion atterrirait à l'aéroport de Montréal-Trudeau. Il sortit de son portefeuille le petit bout de papier sur lequel il avait griffonné l'adresse soutirée à sa maison d'édition. «Mon Dieu, faites que je ne sois pas en train de commettre la plus grosse erreur de ma vie!» Il songea qu'il aurait donné n'importe quoi pour pouvoir s'entretenir avec Judith, à cet instant précis, afin de lui rappeler à quel point il l'aimait.

**

Marina terminait de ranger la cuisine, lorsque l'on frappa à la porte d'entrée. Luc était sorti depuis plus d'une heure, invité par ses collègues de travail à faire une partie de billard. Il avait insisté pour qu'elle l'accompagne, mais elle avait refusé, préférant faire un peu de ménage et se détendre par la suite avec un thé brûlant devant les dernières pages de son roman.

Le soleil entrait à flots dans la petite cuisine et le jaune de ses rayons giclait sur les murs, lui donnant un air douillet et chaleureux. Le martèlement régulier de l'horloge indiquait qu'il était un peu plus de trois heures et le ciel qui se couvrait légèrement à l'horizon laissait présager qu'un orage mettrait fin à ce superbe après-midi.

Elle s'essuya les mains sur un torchon suspendu à la porte du four et tout en redonnant un peu de volume à ses cheveux avec les doigts, elle se rendit dans l'entrée. Elle tira les verrous et ouvrit grand la porte pour s'arrêter net, les bras retombant mollement contre son corps, alors que le battant blindé allait terminer sa trajectoire contre le mur intérieur. Elle se mit à trembler si violemment qu'elle se demanda comment ses jambes pouvaient encore la porter. La bouche grande ouverte, les yeux dévorant l'intrus, elle devait paraître des plus stupides. Ce fut lui qui parla en premier:

— Bonjour, Marina. Je suppose que je suis la dernière personne que tu t'attendais à voir ici aujourd'hui, n'est-ce pas?

Elle ne répondit pas, songeant bêtement que ce n'était pas tout à fait vrai. Il fallait pourtant trouver quelque chose d'intelligent à dire. Peine perdue.

— Je dirais plus que tu es la deuxième personne que je m'attendais le moins à voir ici, la première étant mon frère Mike, puisqu'il est mort il y a un peu plus de deux ans, expliqua-t-elle.

Nicolas fronça les sourcils, surpris par cette nouvelle. Marina le vit reculer d'un pas comme si l'annonce du décès de Mike lui portait un coup à la poitrine.

— Je suis désolé, Marina. Sincèrement. Je ne savais pas.

« Si, tu savais », pensa-t-elle amèrement. Elle ne dit cependant rien, se contentant de l'observer comme elle l'aurait fait d'un étranger. Que faisait-il ici, à Montréal, dans son appartement ? Le fait qu'il ne se souvienne pas de la mort de Mike démontrait clairement qu'il n'avait pas retrouvé la mémoire. Alors pourquoi se trouvait-il là, devant elle ?

— Tu es en vacances ? lui demanda-t-elle finalement, sans bouger d'un centimètre.

— Si on veut, oui, on peut dire ça comme cela. Est-ce que je te dérange ? Je peux entrer un instant ?

— Oh ! oui, bien sûr.

Elle s'écarta pour le laisser passer et referma aussitôt la porte derrière lui. Elle le précéda ensuite jusque dans la cuisine où elle lui proposa une tasse de thé qu'il accepta de bonne grâce, tout en jetant un coup d'œil à la pièce qui l'entourait. Cet endroit ne lui semblait pas familier, pourtant il s'y sentait bien.

— Qu'est-ce qui t'amène par ici ? interrogea de nouveau Marina alors qu'elle prenait place devant lui.

Il prit une gorgée du thé brûlant, savourant le mélange légèrement sucré, exactement comme il l'aimait. « Combien de fois lui en avait-elle déjà préparé ? » ne put-il s'empêcher de se demander. Il la contempla par-dessus le rebord de sa tasse, essayant de déterminer ce qu'il devait dire ou taire. Il ne voulait surtout pas l'effrayer, ni lui donner de faux espoirs, et encore moins la choquer. Et par-dessus tout, il voulait éviter les maladresses dont il avait fait preuve lors de leurs précédentes rencontres à Paris, quelques semaines plus tôt.

— Alors? insista-t-elle doucement en buvant à son tour.

Il reposa sa tasse et reporta son attention sur elle, cherchant une explication plausible.

— La toile, je suis venu voir la toile.

— La toile?

— Oui, la toile que j'ai peinte. Depuis que tu m'en as parlé, je n'ai pas cessé de me demander à quoi elle pouvait bien ressembler. Je n'ai pas résisté.

Marina fixa sur lui un regard à moitié convaincu, une légère rougeur colorant soudainement ses joues.

— Tu as fait tout ce chemin pour voir un tableau?

— Un tableau que j'ai peint, rectifia-t-il. Tu me le montres?

Il la vit s'empourprer de plus belle. Elle se leva néanmoins et le précéda jusqu'à la pièce du fond qu'il devina être sa chambre. Elle hésita un instant avant d'ouvrir la porte, lui jetant un regard de plus en plus embarrassé. Il percevait son trouble, ressentait son appréhension et cela le rendit nerveux. «Bon sang, enfin, ce n'était qu'un tableau!» Avec son accord, il pénétra à l'intérieur de la pièce.

Ici aussi, le soleil déclinant entrait à flots, tachant les murs d'une lueur ocre orangé. Mais contrairement à son habitude, il n'y fit pas attention tant il fut subjugué par la peinture de grande dimension accrochée au-dessus du lit bordé de dentelle à la blancheur immaculée. Il hésita un instant, fit quelques pas de plus et s'arrêta devant son œuvre.

Marina le vit prendre cette position qui lui était propre, les jambes légèrement écartées, les mains dans les poches. Elle se tenait en retrait, dangereusement consciente de sa proximité. Elle lui jeta un coup d'œil, remarqua qu'il avait le front plissé, signe qu'il s'adonnait à une profonde réflexion. Elle percevait nettement sur son visage la fierté d'être le créateur d'une telle œuvre. Elle resta derrière lui, essayant de faire abstraction du regard de Nic en train de caresser, elle le savait, la courbe d'une hanche, le bout d'un sein. Dix bonnes minutes s'écoulèrent avant qu'il se recule de quelques pas et se retourne vers elle. Il essayait de paraître détaché, calme, posé, alors qu'il aurait tant voulu prendre la fuite. Il devait retenir sa volonté à deux mains pour ne pas la dévorer des yeux afin de vérifier si la reproduction était conforme à l'original. Il avait beau se dire que tout cela n'était que purement artistique, il ressentait un trouble d'une violence inouïe à contempler la nudité de cette femme, dévoilée d'une manière aussi sensuelle, tout en sachant à la suite de quelles circonstances elle avait été peinte.

— Alors? s'enquit-elle au bout d'un moment, ne pouvant plus supporter son silence.

— Tu es vraiment très belle, répondit-il spontanément.

Interdite devant cette réponse qu'elle n'attendait pas plus que sa venue ici, elle garda le silence, incapable de détourner les yeux de son regard qui semblait vouloir la transpercer. Il reprit très vite:

— C'est une situation très particulière de regarder l'une de ses œuvres et de pouvoir s'autocritiquer de manière quasi objective. Je ne me souviens pas avoir peint cette toile et si ce n'était pas ma signature qui se trouvait au bas du tableau, je douterais sérieusement en être le créateur.

Marina accusa le choc sans broncher. Elle sortit de la chambre et attendit qu'il en fasse autant. Il la suivit, mais eut le temps d'enregistrer une foule de petits détails. Une montre d'homme sur la commode, une chemise masculine posée sur une chaise, une bouteille d'eau de Cologne près de la bouteille de son parfum à elle... Il la rejoignit dans la cuisine, ne sachant comment poursuivre:

— Comment est-elle arrivée ici? Je veux dire, je me doute que je te l'ai offerte, mais...

D'un geste de la main, Marina l'empêcha de poursuivre.

— Nic, pourquoi es-tu ici? Qu'es-tu venu faire, après tout ce temps?

Il lui retourna la question:

— Et toi, que faisais-tu à Paris?

Elle le regarda du coin de l'œil, gardant une fois de plus le silence.

— Comment m'as-tu retrouvée?

Il saisit le livre qu'il avait apporté dans son attaché-case et le déposa sur la table. Il devina son embarras à son visage pâlissant alors qu'elle cherchait à se retenir au dossier de sa chaise, son regard braqué sur le livre.

— Oh...! dit-elle simplement. Je ne croyais pas qu'un jour tu serais au courant.

— Je m'en doute bien. Cependant, ces derniers temps, le destin semble prendre plaisir à arranger les choses d'une façon plutôt surprenante.

— Tu... tu l'as lu? osa-t-elle demander, soudainement nerveuse.

— Quelques chapitres seulement. Ce que j'ai lu est-il vrai ou...

— Le début seulement, murmura-t-elle simplement en baissant les yeux sur ses doigts qui tripotaient une serviette en papier. Ensuite, j'ai inventé pas mal de choses.

— À partir de quel chapitre est-ce que la fiction succède à la réalité?

— Celui où il est question de l'accident de mon frère.

Nicolas comprit qu'il ne s'était pas suffisamment avancé dans sa lecture pour savoir de quoi il s'agissait.

— Nic, je suis désolée, je ne voulais pas... mais c'est la seule chose que je sois parvenue à écrire après... après notre séparation. Je ne savais plus quoi faire, c'était une sorte de thérapie. Je sais que j'aurais dû te demander la permission, mais vu les circonstances...

— Quelles circonstances?

Nouveau silence. De plus en plus mal à l'aise, elle ne retint pas un soupir de soulagement lorsqu'elle entendit la porte d'entrée s'ouvrir.

— Marina?

— Je suis dans la cuisine, répondit-elle aussitôt en s'éloignant légèrement de Nicolas qui ne la quittait pas des yeux. Il devinait que l'homme qui ne tarderait pas à faire irruption dans la cuisine devait être celui qui partageait sa vie. Il attendit donc, les muscles crispés, de faire face à cet homme pour qui il éprouvait déjà de l'aversion. Son appréhension grandit légèrement lorsque ce dernier pénétra dans la pièce et se figea devant lui.

— Nicolas?

Le nouvel arrivant se tourna aussitôt vers Marina et lui demanda :

— Qu'est-ce que ça signifie ?

Nicolas plissa les yeux, comprenant qu'il devrait affronter l'un des spectres de son passé et donc se retrouver dans cette position qui lui était familière et toujours aussi inconfortable. Aussi demanda-t-il aussitôt :

— Nous nous connaissons ?

La question s'adressait davantage à Marina, qui s'empressa d'expliquer :

— Oui, Luc et toi, vous vous êtes déjà rencontrés, une fois...

— À Paris, termina Nicolas d'une voix neutre.

Marina ouvrit de grands yeux, surprise, alors qu'il montrait du doigt le roman. Elle hocha la tête.

« Luc, songea-t-il, ainsi c'était vers lui qu'elle était revenue. »

Ce dernier se posta aux côtés de Marina, calmement, et passa un bras possessif autour de sa taille, la ramenant contre son torse. Il tendit néanmoins une main au jeune homme qui la serra avec réticence. Il détestait la position dans laquelle il se trouvait, incapable de reconnaître ses ennemis, de prévoir s'il y aurait attaque, et de quel côté elle surgirait. Luc était-il un ami ou un ennemi ? D'après le regard qu'il posait sur lui à cet instant, il aurait plutôt opté pour le second choix.

— Que viens-tu faire ici ? l'agressa-t-il aussitôt.

— Je suis venu essayer de retrouver une partie de mon passé.

Nicolas vit la mâchoire de Luc se contracter. Lui-même spécialiste de cette réaction, il savait que ça n'augurait rien de bon. Sa voix était pourtant calme lorsque Luc demanda :

— Est-ce que tu comptes remettre la main sur Marina ? Si c'est le cas, tu perds ton temps. Elle n'est plus libre.

La question posée aussi crûment fit chanceler la jeune femme. Elle ferma un instant les yeux, essayant de retrouver un semblant de maîtrise de soi.

— Je ne suis pas venu pour cela, nia finalement Nicolas. Comme tu sembles l'ignorer, j'ai été amnésique pendant un certain temps, mais j'ai retrouvé bribes par bribes des épisodes de ma vie que j'avais oubliés. Une année cependant persiste à me fuir.

— Celle qui concerne le séjour de Marina en France, devina Luc d'une voix toujours aussi neutre.

— Exact. C'est pour cela que je suis ici, pour qu'elle m'aide ou du moins qu'elle m'en dise le plus possible sur cette période.

Marina, qui découvrait en même temps que Luc la véritable raison de la venue de Nicolas, sentit son cœur battre plus vite alors qu'elle comprenait qu'elle devrait le revoir et, plus encore, qu'elle devrait replonger dans de douloureux souvenirs contre lesquels elle luttait depuis toutes ces années. «Mon Dieu, aidez-moi», pria-t-elle silencieusement.

Luc quitta son poste pour se servir un verre d'eau bien fraîche en demandant :

— Pourquoi maintenant? Si tu ne te souviens pas d'elle, comment l'as-tu retrouvée?

Avant qu'il n'intercepte le regard suppliant de Marina, Nicolas répondait :

— Grâce à notre rencontre d'il y a quelques semaines, à Paris.

Marina se décomposa, alors que Luc suspendait son geste tout en jetant un rapide coup d'œil à la jeune femme par-dessus son épaule, laquelle fuyait soigneusement son regard. Il revint près d'elle, son verre à demi plein à la main avant de reprendre :

— Cela signifie donc, j'imagine, que je risque de rentrer du travail et de te retrouver ici.

C'était davantage une constatation qu'une question.

— Ça risque d'arriver, en effet, confirma Nicolas sans broncher. Bien entendu si Marina est d'accord et si toi tu n'y vois pas d'objection. Je ne la forcerai pas si ça pose un problème pour votre couple ou...

— Ça n'en posera pas.

Cette fois, Marina avait répondu sans hésitation. Comme pour convaincre Luc qu'elle disait vrai, elle se pressa un peu plus contre lui, jusqu'à ce qu'il la regarde en lui souriant. Il déposa un baiser sur le dessus de sa tête avant de dire :

— Non, ça n'en posera pas. Bon, vous comptez commencer aujourd'hui ou je peux aller prendre ma douche et passer une soirée tranquille ? Mais peut-être que tu y vois un inconvénient ?

Marina fronça les sourcils. Luc le pacifiste, Luc l'imperturbable que rien n'arrivait à troubler ou à mettre en colère, semblait vouloir le provoquer délibérément. Nicolas ne releva pas la remarque.

— Non, ça ira pour aujourd'hui. Merci.

Nicolas quitta du regard le couple toujours enlacé et, les dents serrées, se dirigea vers la porte. Marina se libéra de l'étreinte possessive de Luc et s'élança à sa poursuite.

— Quand souhaites-tu me revoir ?

— Demain ? proposa-t-il sans la regarder.

— D'accord, demain. Il y a un petit resto sympa à quelques mètres d'ici. Tu le reconnaîtras facilement, il porte ton nom. Si tu veux, on s'y retrouve ? Vers midi ?

Un hochement de tête fut sa réponse et sans un mot de plus, sans un regard, il sortit de l'appartement. Marina referma la porte, remit en place les verrous et se rendit à la salle de bain d'où lui provenait le bruit familier de l'eau qui coule de la douche. Elle attendit quelques minutes, adossée au mur qui suait à grosses gouttes, mouillant son t-shirt, les bras croisés, songeuse. Jamais encore elle n'avait vu Luc perdre son sang-froid, jamais, sauf le jour où Mike était mort. Et pourtant aujourd'hui, elle avait eu la preuve que malgré son air détaché et blasé, le retour de Nicolas l'avait perturbé. Oh ! Il aurait pu la bluffer si ce n'avait été cette petite phrase qui l'avait alertée. L'eau cessa de couler et le rideau de douche fut tiré d'un geste sec. Au milieu d'un nuage de vapeur, Luc lui apparut, aussi beau et solide qu'il l'avait toujours été. Elle prit plaisir à le contempler un long moment, de pied en cap, avant de lui tendre une serviette.

— Alors, ma belle, on joue les voyeuses ?

— Ça te déplaît ?

— Au contraire.

Il frotta vigoureusement la serviette sur son torse, contre ses cheveux mouillés et la noua sur ses hanches avant de s'approcher de l'étagère murale où il s'empara de son déodorant.

— Quand comptais-tu me parler de ce qui s'est passé à Paris? commença-t-il d'un ton toujours aussi calme qui l'inquiéta davantage qu'un esclandre.

— Jamais, avoua-t-elle franchement, après réflexion.

— Pourquoi?

— Parce qu'à mes yeux, ça ne représente rien. Nous nous sommes rencontrés à son exposition, par hasard. Une toile de moi en faisait partie et je tenais à la voir. Mais je t'assure que ça ne signifie rien pour moi et c'est pour cela que je n'ai pas jugé utile de t'en parler.

— Bonne réponse, dit-il simplement en lui souriant.

Il la prit doucement entre ses bras et posa son menton sur le haut de sa tête.

— Le retour de Nicolas, est-ce que ça représente un problème pour nous?

La question était tombée comme une menace, sèche, brusque, d'un ton qui n'admettait aucun mensonge.

— Non, répondit-elle en déposant un baiser sur son torse.

Il la saisit sous les épaules et d'un geste vif, l'assit sur le meuble où elle rangeait les serviettes afin qu'elle soit à sa hauteur. Il plongea ses yeux dans les siens et d'un air grave reprit:

— Marina, je n'ai jamais été démonstratif avec toi parce que tu m'étais interdite. Mais maintenant que je me suis dévoilé et surtout maintenant que je me rends compte quel bonheur tu m'apportes, tu dois savoir que je me battrai pour te garder. Peu importe contre qui ou contre quoi. Je ne suis pas de ceux qui abandonnent et encore moins de ceux qui perdent.

— Je sais, Luc, mais tu n'auras pas à le faire. Je t'aime.

Comme si ces mots avaient le pouvoir de le convaincre et d'effacer tous ses doutes, il sourit et vint recouvrir sa bouche de la sienne. Elle ferma les yeux, attentive à la caresse de ses mains qui cherchaient à se glisser sous son t-shirt.

Un peu plus tard, alors qu'elle sortait à son tour de la douche, elle trouva le jeune homme debout devant la peinture. Il la contemplait, l'air songeur. Elle vint poser sa tête contre son dos, lui enserrant la taille de ses bras. Il lui jeta un coup d'œil par-dessus son épaule avant de demander :

— Seul un homme complètement dingue d'une femme peut arriver à ce résultat. Je ne suis pas connaisseur en peinture, mais sur cette toile, ça frôle l'évidence. C'était comment avec lui, Marina ?

— Quoi donc ?

— L'amour. Tu as manifestement couché avec lui pour qu'il te peigne de cette façon. Alors ? C'était comment ? Nous n'en avons jamais parlé.

Il la sentit se raidir, se braquer contre lui.

— Je refuse de répondre à ta question, Luc. Je ne comprends même pas que tu oses me la poser. Est-ce que je t'interroge, moi, sur les liaisons que tu as eues ?

Il soupira en se retournant et enroula l'une des mèches humides de la jeune femme autour de son doigt.

— Tu as raison, excuse-moi. Je ne sais pas ce qui m'arrive. Simplement, je suis troublé lorsque je me retrouve face à cette reproduction de toi, complètement nue, tellement abandonnée... si confiante...

— Tu... tu veux que je l'enlève ?

Elle attendit sa réponse, le cœur battant, attristée à l'idée d'être obligée de se séparer de ce qu'elle avait de plus précieux.

— J'aimerais bien pouvoir te dire oui, mais je ne le ferai pas. Depuis tout ce temps, je m'y suis habitué et je prends beaucoup de plaisir à la regarder. Il ne se passe pas une journée sans que je ne le fasse. Je déteste simplement l'idée que ce soit un autre que moi qui en soit l'auteur.

Marina ne put retenir un petit rire. Elle lui donna un coup de coude dans les côtes avant d'ajouter :

— De toute manière, tu es aussi maladroit avec un pinceau que moi avec un marteau.

Il souleva les épaules en signe d'impuissance.

— On ne peut pas être parfait en tout. Par contre...

Il s'empara de la jeune femme qu'il souleva dans ses bras avant de la laisser tomber sur le lit.

— Je me rattrape fort bien dans d'autres domaines.

Elle se mit à rire de plus belle alors qu'il s'allongeait sur elle et s'appliquait à lui démontrer ses talents.

***

Chapitre 21

25 août 2006

Marina se rendit au petit restaurant le lendemain, le cœur rempli d'appréhension. Elle s'efforça de ralentir le rythme beaucoup trop rapide que ses jambes lui imposaient : sans résultat. Comme d'elles-mêmes, elles accélérèrent à nouveau la cadence. Vers quoi courait-elle ainsi ? «Seigneur, je ne veux plus souffrir», gémit-elle avant de s'arrêter devant la vitrine du restaurant, bondé de monde à cette heure de la journée. Elle porta la main droite à son cœur, comme pour lui intimer l'ordre de se calmer, ferma les yeux, inspira profondément et, avant de pousser la porte, repensa à ce qu'était devenue sa vie :

— Aujourd'hui, j'ai une vie à peu près parfaite. Je n'ai pas le droit de tout gâcher et lui non plus n'en a pas le droit. La situation n'a pas changé.

Elle pénétra dans le petit bâtiment et fut aussitôt accueillie par une odeur de crêpes sucrées qui la fit saliver. Elle jeta un rapide coup d'œil autour d'elle et l'aperçut. Il lui fit un petit geste de la main. Quand elle le rejoignit, il se leva aussitôt afin de l'embrasser sur les deux joues. Il la sentit se crisper alors qu'il s'excusait bêtement :

— Désolé, j'oubliais que je ne suis pas en France. Tu vas bien ?

Pour toute réponse, elle lui sourit alors qu'ils prenaient place sur une banquette en forme de lune. Comptant une vingtaine de tables, la salle était décorée dans le style des restaurants bretons. Le brouhaha des clients qui les entouraient avait quelque chose de réconfortant.

Pendant un instant, Marina se sentit hors réalité tant cette situation la dépassait. La présence du jeune homme semblait improbable dans cette ville qui constituait sa réalité quotidienne.

Elle se croisa sagement les mains sur les genoux et reporta son attention sur Nicolas qui fouillait dans son attaché-case à la recherche de son livre. Il le sortit et le déposa devant lui. Il le considérait un peu comme un totem et n'arrivait plus à s'en séparer.

— C'est grâce à lui que j'ai retrouvé ta piste, commença-t-il. Sans lui, je serais resté bredouille et j'aurais dû abandonner l'idée d'avoir enfin quelques éclaircissements sur...

— Sur quoi ?

— Sur nous, lâcha-t-il simplement. En le lisant, j'ai appris plus en quelques heures qu'au cours des deux dernières années.

Marina baissa les yeux. Une jeune femme leur tendit les menus et, toute souriante, attendit patiemment qu'ils fassent leur choix. Une fois qu'elle se fut éloignée, Marina reprit :

— Que souhaites-tu savoir ?

— Tout. Tout ce qu'il y a à dire sur le sujet. Je sais déjà ce que j'ai lu dans ton livre. Je veux connaître le reste.

— À quel chapitre t'es-tu arrêté ?

— À celui où... où nous avons fait l'amour, souffla-t-il d'une voix embarrassée, comme si chaque mot lui pesait.

Elle hésita, gigotant sur la banquette qui lui parut soudainement inconfortable.

— Qu'attends-tu de moi, Nicolas ? Une brève narration ? Un résumé condensé ?

— Que tu me racontes tout.

— Tout comment ?

Il attendit de capter le vert de ses yeux et, sans cligner des paupières, murmura :

— Tout. Chaque détail, chaque sensation, chaque sentiment. Et interdiction de fuir mon regard, Marina, comme cela je saurai si tu me mens ou si tu omets des informations importantes.

Elle eut un petit rire nerveux alors qu'on leur apportait leur repas et qu'elle entamait son récit.

***

Chapitre 22

20 décembre 2003

Lorsque Marina ouvrit les yeux, sa première impression fut de trouver son corps extrêmement léger, comme s'il s'était désincarné pendant la nuit. Puis tout lui revint en mémoire et elle sourit. Elle était à Paris et avait passé la nuit à faire l'amour avec Nicolas. Elle tourna la tête et sa joie s'éteint en une fraction de seconde en constatant que le lit était vide. Vide. Elle était seule. Elle se souleva au milieu des draps froissés, ses cheveux venant recouvrir ses seins. Quelles raisons invoquerait-il pour justifier leurs actes de la veille? Une erreur? Trop d'alcool?

Morose, elle se leva et enfila son peignoir qui traînait sur un fauteuil, près de la fenêtre. C'est alors qu'elle rencontra le bleu de ses yeux. Son corps se détachait dans la lumière du soleil. Adossé nonchalamment dans l'embrasure de la porte, il avait manifestement assisté à son réveil. Elle le regarda, interdite, essayant de trouver dans ses yeux clairs le moindre indice sur ce qu'il ressentait à cet instant précis.

Nicolas, quant à lui, ne cessait de s'étonner de sa beauté. Dieu qu'elle était belle! Plus encore à chaque fois qu'il s'arrêtait pour la contempler. Pas cette beauté artificielle, modelée, à laquelle Lucie l'avait habitué, qui vous coupe le souffle et que l'on oublie très vite. Non, elle avait hérité d'une beauté mystérieuse qui faisait se retourner les hommes sur son passage et qui envoûtait pour un long, un très long moment. Cette beauté mystérieuse qui donnait envie d'aller plus loin et qui vous hantait pendant des mois, voire toute une vie.

— Ne refais plus jamais cela, lui dit-il d'une voix douce en guise de prélude, sans faire le moindre geste dans sa direction.

— Quoi ? demanda-t-elle sur ses gardes, serrant plus fort le col de son peignoir.

— Ce que tu as fait hier. Ne le refais plus jamais. Jure-le-moi.

— Quoi ? répéta-t-elle. Faire l'amour ou te mentir ? suggéra-t-elle de plus en plus mal à l'aise.

Il s'approcha lentement d'elle, s'arrêta à quelques centimètres, et reprit :

— Faire l'amour avec un autre que moi et me mentir, corrigea-t-il avec un joli sourire qui eut don de la faire fondre.

— Et maintenant ? chuchota-t-elle, dangereusement consciente de sa proximité, contemplant les taches de peinture qui maculaient son torse.

Il était manifestement levé depuis déjà un bon moment et les éclaboussures qui marbraient sa peau en disaient long sur ce qui avait dû l'occuper. Du bout du doigt, elle suivit une marque couleur bronze qui partait du milieu du torse jusqu'au-dessus du nombril.

— Et maintenant, nous devons parler, ajouta-t-il en saisissant entre les siens le doigt aventureux.

Il l'entraîna derrière lui jusqu'à la cuisine où il lui prépara un capuccino comme elle l'aimait, qu'elle sucra avant de le porter à ses lèvres.

Leurs regards semblaient se fuir à force de se chercher. Le silence, meublé par la chevauchée de leurs deux cœurs, envahit tout l'appartement, encore empreint de ce qui s'était passé la veille. Debout contre le mur, Nicolas la contemplait en train de déguster son café, tranquillement assise en tailleur sur sa chaise, dans ce peignoir beaucoup trop grand pour elle.

Il la vit tendre le bras vers le journal du jour, sans doute pour lire son horoscope, comme à son habitude. Il le lui retira des mains et le jeta loin sur le sol.

— Pas de prédictions aujourd'hui, Marina. Ce qui nous arrive est beaucoup trop important pour nous en remettre à cela.

— L'astrologie est quelque chose de sérieux, Salom.

— Je n'en doute pas une seconde, se moqua-t-il gentiment. Mais nous, ça l'est davantage.

Elle reposa sa tasse, se croisa les bras avant de reprendre :

— Il y a donc un nous ? Tu ne comptes pas me dire que tu regrettes ce qui s'est passé, que je dois mettre ça sur le compte de l'alcool ou quelque chose de ce genre ?

Elle n'avait pas levé les yeux, très concentrée à regarder la mousse dorée qui s'accrochait aux rebords de sa tasse. Elle l'entendit changer de position, se rapprocher d'elle.

— Je ne regrette pas le moins du monde ce qui s'est passé hier soir. Au contraire. Depuis que j'ai ouvert les yeux, ce matin, je n'ai qu'une seule envie : recommencer. Mais différemment et pas avant d'avoir fait une petite mise au point.

Cette fois, elle reporta son attention sur lui, l'odeur de son eau de Cologne la rendant prête à accepter la moindre proposition. Il allait s'expliquer lorsque la sonnerie du téléphone de Marina retentit dans l'appartement. Il tenta de la retenir, mais elle l'esquiva et courut jusqu'à sa chambre. Tout en grognant, il la suivit, remarquant l'empressement qu'elle mettait à décrocher le combiné.

— Allô ? dit-elle sans le quitter du regard.

Il avait repris sa position favorite, la dominant de toute sa hauteur.

— Marina ? Mais où étais-tu donc ? Je me suis fait un sang d'encre !

— Luc ? Pourquoi cette question ? Je n'ai pas...

Elle n'eut pas besoin de lever les yeux pour deviner l'agacement de Nicolas.

— Je t'ai appelée hier soir, et encore ce matin, ça ne répondait pas.

— Oh ! Désolée, Luc. Hier soir j'étais sortie avec des amis et je suis rentrée très tard. Et il est vrai que j'ai entendu sonner le téléphone ce matin, mais j'étais si endormie que je n'ai pas répondu. Je me lève à peine ! Comment vas-tu ?

— Bien, je vais bien. Tu es seule ? poursuivit-il à nouveau.

— Seule ? Mais bien sûr que je suis seule, s'exclama-t-elle aussitôt, faisant mine de s'offusquer. Avec qui voudrais-tu que je sois ?

Nicolas souleva les sourcils, moqueur.

— Excuse mes questions indiscrètes, Marina, mais tu es si loin, on ne peut pas s'empêcher de s'inquiéter. En réalité, je cherchais à te joindre pour t'annoncer une nouvelle importante.

La jeune femme ne quittait pas son colocataire des yeux. Une étrange lueur venait de s'allumer dans son regard et cela l'inquiéta. N'y tenant plus, il fit un pas vers elle, un dangereux sourire sur les lèvres.

— Oh !

Le sourire de Nicolas s'élargit en la voyant se mordre les lèvres. La veille, alors qu'il lui embrassait le ventre, elle s'était mordu les lèvres exactement de cette manière. Cette seule pensée suffit à le faire réagir et, embarrassé par une érection pour le moins indiscrète, il ne résista pas au désir de se rapprocher un peu plus d'elle. Marina, assise sur son lit, le regarda venir, une douce chaleur au fond des reins l'irradiant soudain tout entière. Il s'agenouilla devant elle, amusé par ses efforts démesurés pour garder une certaine contenance et donner à sa voix un ton à peu près normal.

— Marina, tu m'écoutes ? Ce que j'ai à te dire est de la plus haute importance !

La jeune femme retint sa respiration, sentant Nicolas s'emparer de ses chevilles qu'il écarta doucement afin de la forcer à ouvrir les jambes. D'une main, il la repoussa doucement contre les oreillers de son lit et s'incrusta entre ses cuisses. Devinant ce qu'il s'apprêtait à faire, elle comprit qu'il valait mieux couper court à cette communication, qu'elle avait d'ailleurs bien du mal à suivre.

— Luc, il fait mauvais temps ici. Un orage. Je crois qu'il n'est pas prudent que nous poursuivions cette conversation, maintenant. Je te rappelle dans un petit moment. Dès que l'orage sera terminé...

— Je dirais plutôt un cataclysme, rigola Nicolas tout à sa tâche.

Elle porta une main à sa bouche et la mordit afin d'empêcher tout son de s'échapper de sa gorge. Nicolas ne faisait plus du tout attention à ce qu'elle disait, trop occupé à matérialiser l'un de ses fantasmes les plus puissants. De ses deux mains, il caressa chacune des chevilles de la jeune femme, remontant vers ses mollets, ses genoux, l'intérieur de ses cuisses. Puis il glissa ses mains le long de ses hanches et d'un geste brusque la rapprocha du bord du lit. Il dénoua le cordon de son peignoir et en écarta les pans, ne pouvant s'empêcher de contempler les deux seins de Marina qui semblaient quémander caresses et regards. D'un simple effleurement, il en fit dresser les pointes. De sa main libre, elle essaya de l'empêcher de poursuivre, mais il refusa net.

— Marina ? Tu m'écoutes ? C'est au sujet de...

— Je suis désolée, Luc, je vais devoir te rappeler. On frappe à la porte et je dois aller ouvrir. Je te rappelle dans un petit moment. Promis. Je t'embrasse.

Sans attendre la réponse de son interlocuteur, elle raccrocha.

— Salom ! gémit-elle en sentant qu'il embrassait maintenant l'intérieur de ses cuisses.

— Tu me rends fou, Marina, complètement fou. Maintenant que j'ai goûté à toi, comment veux-tu que je m'arrête ?

Elle agrippa les cheveux du jeune homme à pleines mains, alors que de sa langue il contournait son nombril, un mamelon, puis l'autre.

— Parler, Salom. Nous devions parler.

— Je sais. Je sais.

Elle ferma les yeux, comprenant qu'il était inutile d'essayer de se battre contre un désir qui la consumait tout entière. Elle sentit ses mains caresser ses formes pleines, puis sa bouche, et elle cessa de réfléchir. Il caressa chaque partie de son corps, l'embrassant, la dégustant comme il l'aurait fait d'un fruit mûr.

— Salom, chuchota-t-elle à nouveau alors que sa bouche gourmande remontait vers la sienne et qu'il glissait ses doigts dans la longue chevelure brune.

— Tu me rends fou, Marina, complètement fou, répéta-t-il d'une voix rauque.

— Je ne veux pas être une femme avec qui tu fais uniquement l'amour, murmura-t-elle doucement, le corps arc-bouté, les yeux clos, la bouche entrouverte.

Il allait lui répondre lorsque l'on frappa à la porte de l'appartement. Il jura, son front appuyé contre la poitrine de Marina. Il soupira de dépit plusieurs fois, essayant manifestement de reprendre le contrôle de lui-même. Il se leva et tout en vociférant, lui fit signe de ne pas bouger. Elle le vit quitter sa chambre et quelques secondes plus tard, l'entendit discuter avec une femme qu'elle ne connaissait pas.

— Combien de femmes encore se mettront-elles entre nous ? s'emporta-t-elle en abattant rageusement ses poings sur le matelas.

Elle s'empressa de s'habiller, toute envie de batifoler envolée. Il fallait qu'elle se retrouve seule, ailleurs, là où elle pourrait réfléchir. Tout allait trop vite. Elle coiffa rapidement ses cheveux, s'empara de son cartable et sans plus d'hésitation, quitta sa chambre.

Elle sortit donc de la pièce, le plus naturellement du monde et s'arrêta près du jeune homme et de la nouvelle arrivante qui en perdit ses mots en la voyant :

— Bonjour, souffla-t-elle en lui tendant la main. Je suis Marina. Enchantée de vous rencontrer.

Puis, se retournant vers Nicolas, elle ajouta simplement :

— Je vais à la bibliothèque terminer ma recherche pour ce que tu sais. Je ne rentrerai pas dîner. Bonne journée.

Sans attendre davantage, elle sourit à l'inconnue, ne tint pas compte du regard surpris de Nicolas et s'engouffra dans l'escalier de l'immeuble. Elle dévala les marches deux par deux, désireuse de se retrouver à l'air libre. Elle qui avait fui l'extérieur pendant des mois, semblait faire l'inverse aujourd'hui.

Depuis plus de deux heures déjà, la bibliothèque avait fermé ses portes. Après un après-midi infructueux passé à écrire, rayer, réécrire, rayer de nouveau un chapitre qui, chaque fois, n'avait pas vécu plus de dix minutes, Marina s'était baladée le long des quais de la Seine que le froid avait givrés en ce dimanche après-midi. Puis, lorsque le soleil avait amorcé sa descente, elle s'était rendue au café où elle allait toujours, pour manger un sandwich. Là, elle y avait rencontré Benjamin qui s'était aussitôt empressé de venir l'accueillir.

— Bonsoir, chérie, que fais-tu ici toute seule, si tard ?

— Rien, je me promenais.

Au début, elle avait appréhendé cette rencontre, sachant très bien qu'elle avait dû le blesser lorsque, la veille, elle avait repoussé ses avances, surtout après en avoir été l'instigatrice. Mais à son grand soulagement, il ne semblait pas lui en tenir rigueur.

— Tu as besoin de compagnie? lui demanda-t-il, une lueur d'espoir au fond des yeux.

— Non, pas ce soir, merci. Mais je ne dirais pas non à l'un de ces délicieux sandwichs que tu sais si bien préparer.

Il déposa un rapide baiser sur sa main avant de se sauver derrière son comptoir pour exécuter la commande. Marina ferma les yeux, une étrange sensation de malaise lui enserrant le ventre. Pourquoi n'arrivait-elle pas à penser à autre chose qu'à Nicolas? Elle en voulait tellement à cette femme d'être arrivée au moment où elle avait trouvé le courage de lui avouer qu'elle ne souhaitait pas être une simple aventure sans lendemain, qu'une simple histoire de sexe. Désespérée, elle enfouit son visage dans ses mains, cherchant le moyen de retourner à l'appartement sans avoir à l'affronter.

— Bonsoir, souffla soudain quelqu'un près de son oreille. Elle leva la tête, aussitôt prisonnière de ce regard bleu dans lequel elle savait si bien se perdre.

— Je m'inquiétais, murmura-t-il en prenant place devant elle. Tu comptais passer la nuit dehors?

— Non, j'allais manger un morceau et rentrer, mentit-elle.

Ce fut le moment que choisit Ben pour lui apporter son sandwich et une bouteille de Perrier. Nicolas le dévisagea hostilement.

— Oh! Le garde du corps est de retour, ironisa le serveur. Vous voulez commander quelque chose? lui demanda-t-il en caressant son menton marqué d'une large ecchymose.

— Oui, la même chose que la dame, répondit froidement Nicolas avant de reporter son attention sur Marina.

— Je suis là, chérie, s'il t'embête, tu n'as qu'à faire un signe et je le fous dehors.

Marina sourit, sachant très bien que si l'un des deux devait se faire jeter dehors, ce ne serait sûrement pas Nicolas.

— Merci, Ben, mais ça ira.

Benjamin battit en retraite derrière son comptoir, sans pour autant cesser de surveiller le couple du coin de l'œil.

Une fois qu'il se fut éloigné, Nicolas expliqua :

— France... France est ma sœur. Elle habite à Lyon...

***

Chapitre 23

25 août 2006

Marina interrompit son récit en voyant le visage de Nicolas blêmir. Il fixait un point derrière elle et ne semblait plus faire attention à ce qu'elle disait. Intriguée, se demandant laquelle de ses révélations avait pu occasionner une pareille réaction, elle hésita avant de demander :

— Nic, ça ne va pas ?

Comme s'il se souvenait soudainement de sa présence, il reporta son attention sur elle. Elle vit son corps assailli par les marques d'une tension extrême et la blancheur de la rage couvrir lentement son visage.

— Marina, tu viens de parler de France, tu viens de dire que tu as rencontré ma sœur ? Es-tu bien certaine qu'il s'agissait d'elle ?

Sans hésitation, Marina acquiesça :

— C'est en tout cas ce que tu m'as dit. Je me souviens d'une grande femme brune avec de magnifiques yeux bleus, un peu plus pâles que les tiens. Je m'en souviens très bien. Tu m'as expliqué qu'elle habitait à Lyon. Pourquoi ? Il y a un problème ?

Un problème ? Le terme était faible. Il venait de découvrir que sa sœur souffrait, elle aussi, de perte de mémoire, car il ne concevait pas qu'elle puisse lui avoir menti délibérément sur un sujet aussi délicat que celui de Marina. Combien de fois lui avait-elle répété qu'elle ne savait absolument rien de la mystérieuse femme du tableau ? Il se retint de se lever sur-le-champ et de courir vers le téléphone le plus proche pour tirer toute cette affaire au clair. Mais déjà Marina proposait :

— On s'arrête là, si tu veux. Je comprends que ce doit être éprouvant pour toi.

Il secoua la tête, essayant de retrouver un semblant de calme. Il lui sourit et l'encouragea à poursuivre. Ce qu'elle fit, le regard soudain voilé.

***

Chapitre 24

20 décembre 2003

— France est ma sœur, elle habite à Lyon.

— Oh...

— Elle a la mauvaise habitude de débarquer chez moi à l'improviste. Mais ça ne m'a jamais dérangé. Alors, elle...

Marina lui sourit, rassurante.

— Ça ne me pose aucun problème, Nic. Après tout, tu es davantage chez toi que moi.

— Marina...

Ben revint une seconde fois et lâcha, plus qu'il ne déposa, l'assiette devant le jeune homme. Il n'ajouta rien et retourna derrière son comptoir sans se soucier du regard mauvais que Nicolas posait sur lui. Marina ne put retenir un petit rire, signe que la situation l'amusait.

— Je crois qu'il ne t'apprécie pas beaucoup, conclut-elle, moqueuse.

— Sans doute que si je l'avais vu débouler dans mon appartement au moment où j'allais te faire l'amour, je réagirais de la même manière, se contenta-t-il d'ajouter.

— Surtout si l'on considère qu'au bout du compte il n'a rien eu, alors que toi, si.

Nicolas posa sur elle un regard si intense qu'elle se sentit rougir d'embarras.

— Que s'est-il passé, Marina ? Je veux dire pourquoi n'as-tu pas...

— Pourquoi est-ce que je n'ai rien fait ?

Elle souleva les épaules en signe d'ignorance. Elle contempla son sandwich auquel elle n'avait pas encore touché et dit simplement :

— Il n'était pas toi.

Dangereusement consciente du regard qu'il maintenait braqué sur elle, elle refusa de relever les yeux vers lui. Elle poursuivit néanmoins :

— En dépit de tout, je tiens davantage à mes principes que tu ne le crois. Même folle de rage contre toi, je ne suis pas une femme d'une seule nuit.

Elle avait appuyé fortement sur les derniers mots, autant pour justifier son comportement que pour faire passer son message. Mais avant qu'il n'ait pu répondre quoi que ce soit, Ben était à nouveau près de leur table.

— Ça va ? Tout est à votre goût ? Vous n'avez besoin de rien ?

Marina sursauta en entendant le bruit causé par le choc du poing que Nicolas venait d'abattre sur la table.

— Oh si ! Nous avons besoin de quelque chose, s'exclama-t-il. Nous avons besoin de tranquillité et d'intimité. Mais avec toi dans les parages, ça me paraît quelque chose d'impossible à obtenir. Il sortit son portefeuille, saisit un billet de vingt euros qu'il jeta sur la table, avant de s'emparer de la main de Marina. Il se leva et la força à le suivre.

— Viens, on va ailleurs.

Elle salua Ben d'un geste de la main et en silence s'efforça de suivre Nicolas qui lui imposait un pas de course accéléré. Il tourna au coin d'une rue, puis de la suivante, l'entraînant derrière lui jusqu'à un hôtel cinq étoiles.

— Salom, tu ne vas pas prendre une chambre dans cet hôtel, ça doit coûter une véritable fortune !

— Si c'est le prix à payer pour pouvoir être seul avec toi, ça ne me pose aucun problème.

Il se présenta à la réception et demanda une chambre pour la nuit. Marina retint une exclamation horrifiée en entendant le prix que lui donnait l'employée. Nicolas sortit sa carte bleue, signa le registre et il la conduisit jusqu'à l'escalier qui les mena au premier étage. Toujours en silence, il ouvrit la porte et s'effaça pour la laisser passer. Mais Marina ne bougea pas d'un centimètre. Elle avait les yeux rivés sur le numéro de la porte dont les chiffres dorés semblaient lui lancer un avertissement : 13.

— Je jure de ne pas essayer de te séduire, reprit-t-il légèrement exaspéré devant son hésitation. Je veux simplement que l'on puisse parler, sans être dérangés, sans que ton téléphone ne se mette à sonner, que Lucie et ma sœur ne débarquent à l'improviste ou encore qu'un imbécile de serveur...

— Ça va, Salom, j'ai compris.

Elle passa devant lui, s'appliquant à ne pas frôler son corps, et pénétra dans la pièce.

Elle chercha le bouton de l'interrupteur et alluma. Elle fut enchantée de constater que le luxe de la chambre était à la hauteur du prix exorbitant qu'on en demandait. Une immense baie vitrée ouvrait sur l'extérieur, et un lit aux dimensions royales trônait au centre de la pièce. Elle découvrit aussi une cheminée, un bain à remous et une moquette crème si épaisse que l'on aurait pu se croire en train de marcher sur des nuages.

Embarrassée, ne sachant ce qu'elle pouvait espérer de ce tête-à-tête, Marina alla s'asseoir sur un canapé de velours crème qui faisait face à la baie vitrée. Nicolas referma la porte et, sans porter aucune attention au décor, vint prendre place près d'elle. Il attendit quelques secondes, puis se releva, cherchant un mur auquel s'adosser. Marina le regarda et sourit, attendrie. Il finit par se planter debout, face à la baie, cherchant par quoi commencer. Ce fut elle qui parla la première.

— Où est donc Lucie ? Je m'étonne de son absence prolongée. Voilà bien trente-six heures que je ne l'ai pas vue. Tu l'as enfermée quelque part ?

Nicolas redressa un sourcil en la regardant par-dessus son épaule avant d'ajouter calmement :

— Tiens-tu vraiment à parler de Lucie, maintenant ?

Elle secoua la tête.

— Bien.

Le silence emplit les lieux jusqu'à ce qu'elle reprenne :

— Je crois avoir lu quelque part que le chiffre 13 était proscrit dans beaucoup de grands hôtels. Je veux dire...

— Marina ! l'interrompit-il, exaspéré.

Il parut réfléchir avant de reprendre d'un ton un peu plus posé :

— Je veux que tu saches, tout d'abord, que je me retrouve en terrain inconnu tout autant que toi. Je ne nierai pas que j'ai souhaité... que j'aie eu envie de faire l'amour avec toi dès notre première rencontre à l'aéroport. C'est un fait, je n'y peux rien. Et je ne m'en excuserai pas parce que je sais que c'est également ton cas. Je t'ai dans la peau depuis la première minute.

Il cessa de parler, cherchant les bons mots à employer avant de reprendre :

— Lorsque je t'ai vue, si désemparée, à l'aéroport, je t'ai proposé de venir habiter chez moi en sachant à quel point tu m'avais impressionné lors de ces quelques heures que nous avions passées ensemble dans l'avion. C'était un test auquel je voulais te soumettre, afin de déterminer si tu aurais sur moi le même effet à long terme que durant ces quelques heures de vol. Tu étais si mystérieuse, si fascinante... J'espérais que non. Ce fut le contraire. Je peux te jurer, sur ce que j'ai de plus précieux, que j'avais les meilleures intentions du monde. Tu me semblais si... vulnérable que je me suis dit que je devais prendre soin de toi. Ce que je me suis employé à faire les premières semaines. Puis je me suis surpris à attendre ton retour lorsque tu n'étais pas à la maison, à être attentif à tes moindres faits et gestes, à espérer nos conversations nocturnes. Tu me rejoins sur tellement de points... c'est si rare de partager autant d'affinités avec une seule personne... Plus le temps passait et plus je prenais conscience de cette attirance que je ressentais pour toi. Je me suis mis à craindre ce qui pourrait alors arriver. Sans vouloir te vexer, tu n'es pas la femme idéale avec qui entreprendre une relation de couple normale.

Même s'il lui tournait le dos, il devina qu'elle devait avoir froncé les sourcils. Aussi s'empressa-t-il d'expliquer :

— Tu es québécoise, un jour où l'autre tu voudras retourner chez toi et on ne peut pas dire que le Canada soit la porte à côté. Sans parler de ta foutue tendance à la conciliation qui me donne envie de te secouer comme un prunier. Et puis il y a cette autre partie de toi, meurtrie et effrayée que tu refuses de me dévoiler. Tu représentes plus de mystères à toi seule que toutes les religions réunies. C'est sans compter cette surveillance permanente à laquelle te soumettent Mike et Luc. À vous trois, vous formez un trio si... uni qu'il semble difficile pour une personne extérieure de réussir à l'intégrer. Sans parler de ton côté, disons ésotérique, qui fait de toi la personne la plus superstitieuse que je connaisse.

— En quoi est-ce un problème ?

— Je ne sais pas encore. Je crois que j'ai surtout peur qu'un jour toutes ces croyances se retournent contre moi.

Il se tut, ne sachant pas comment poursuivre. Ce fut elle qui prit la parole, manifestement blessée par son discours.

— Donc, hier soir, pour toi, c'était bel et bien une erreur ?

— Hier après-midi, reprit-il en se retournant pour la contempler, après notre dispute, lorsque je t'ai laissée avec ce type dans son appartement, j'ai compris que je ne pourrais plus jamais te voir de la même manière. Je ne pouvais pas laisser une femme prendre autant de pouvoir sur moi. Jamais encore je n'avais été aussi jaloux. J'ai passé la soirée à t'imaginer dans ses bras et à me traiter d'imbécile d'avoir abandonné ce que nous avions commencé dans l'atelier. Comment aurais-je pu me douter un instant... Et puis il y a Lucie.

Il se tut une seconde avant de reprendre très vite :

— Malgré ce que tu crois, je ne suis pas le genre d'homme à jouer sur deux tableaux en même temps. J'avais le choix : soit je me saoulais la gueule, soit je retournais dans ce foutu appartement pour te sortir de là. Comme ma première tentative avait lamentablement échoué, je me suis dit qu'il valait mieux pour moi ne plus m'en mêler. Seulement, tu es un poison encore plus puissant que l'alcool, Marina. À partir du moment où tu t'es infiltrée dans mes veines, j'ai été perdu. Tu avais raison, je n'avais aucun droit de te faire le moindre reproche. J'étais sincère lorsque je t'ai dit que je te haïssais : je te haïssais pour m'avoir fait connaître un sentiment que j'ignorais jusque-là. Je te voulais à moi, pourtant je n'ai jamais eu autant l'impression de t'avoir perdue.

Marina l'écoutait, le cœur battant. Il ne bougeait pas, toujours debout de l'autre côté de la pièce, les mains dans les poches, le regard rivé sur elle.

— Lorsque je suis revenu à l'appartement et que je t'ai trouvée là, je ne voyais plus que ma jalousie et ma colère. Je t'en voulais d'avoir offert à quelqu'un d'aussi idiot que Ben une chose que j'estimais me revenir de droit.

— Pourquoi à toi plutôt qu'à un autre ? Toi qui as déjà quelqu'un dans ta vie depuis près de deux ans ! Toi qui m'as repoussée deux fois !

Il souleva les épaules, ignorant manifestement les derniers mots.

— Peut-être parce que je te connais mieux que quiconque, malgré le peu de temps que nous avons passé ensemble. Parce que je suis certain d'avoir entrevu des facettes de ta personnalité que toi-même tu ne connais pas. Parce nous sommes identiques, que nous avons partagé des moments que tu ne retrouveras avec personne d'autre. Parce que j'étais celui à qui tu te confiais, parce que c'est vers moi que tu te tournais en cas de problème.

— Je ne vois pas ce que ça justifie.

— Je sais. J'avais depuis longtemps décidé de ne jamais tenter quelque chose avec toi. Tu es une femme beaucoup trop dangereuse, Marina. Il faut être complètement cinglé pour te remettre notre cœur entre les mains. Pourtant, malgré moi, c'est ce qui s'est passé. Quoi que je puisse en dire, c'est ce que je voulais et c'est ce que j'ai obtenu.

— En quoi suis-je plus dangereuse qu'une autre femme ? En quoi suis-je plus dangereuse que Lucie ?

— Parce que tu as une multitude de côtés sombres et cachés que tu ne veux pas me dévoiler. Mais avant toute chose, parce que tu es une femme en qui j'ai confiance. Ça te donne un pouvoir beaucoup trop important pour que je puisse dormir tranquille.

Il la vit se redresser, attendant la suite. Doucement, il s'approcha d'elle et du bout des doigts il caressa l'arrondi de son visage.

— Et il y a Luc. Je ne sais pas combien de fois je t'ai entendu prononcer son nom sans que tu ne daignes m'en dire plus à son sujet. Je ne sais même pas si je dois le considérer comme un rival ou comme un flirt d'adolescente. Si sa venue ici m'a conforté sur une chose, c'est qu'il représentera toujours une menace potentielle pour moi. Du moins en ce qui te concerne.

Il soupira longuement et reprit :

— Je ne peux pas te dire de quoi sera fait l'avenir, comme je ne peux pas te dire ce que je ressens exactement pour toi. C'est trop nouveau, trop inattendu ! La seule certitude que j'ai à ce jour, à cette heure, c'est que je ne veux pas te voir dans d'autres bras que les miens et que je ne souhaite pas non plus entretenir avec toi une relation purement sexuelle. J'aspire à autre chose. Et j'ai bien l'intention de prendre tout le temps nécessaire pour découvrir ce que cela implique, bien sûr, si tu acceptes de jouer le jeu.

— Et quelles en seront les règles ? demanda-t-elle, méfiante.

— Celles que nous aurons fixées ensemble.

— Quoi, par exemple ?

— Des trucs banals, dîners au restaurant, ballades sur les quais, ce genre de choses. Je n'ai qu'une seule exigence, Marina, et ce n'est pas la moindre.

Elle attendit, se doutant de ce qu'il allait dire.

— Je ne veux plus passer après ton frère et encore moins après Luc. Ni après qui que ce soit. Je ne veux pas devoir interrompre nos ébats sexuels parce que le téléphone sonne ou encore te voir quitter mon atelier en courant parce que ton frère souhaite te parler. Lorsque nous sommes ensemble, je te veux tout à moi. Complètement. C'est à prendre ou à laisser. Je veux devenir ta priorité, de jour comme de nuit.

Marina soupesa ses paroles. Elle savait qu'accepter signifiait avoir une explication avec les deux seuls hommes qu'elle avait jamais aimés. Quant à refuser...

— Moi aussi, j'ai des exigences, reprit-elle en se reculant légèrement. Je suis prête à accepter tes règles, mais en échange, et cela est la seule condition que je poserai, je refuse d'être l'autre femme, Salom. C'est moi ou elle. Tu ne m'auras pas si tu la gardes, elle. Tu souhaites devenir ma priorité, il en va de même pour moi. Bien sûr, nous ne savons ni l'un ni l'autre ce que ça vaut, nous deux. Je comprends que tu risques d'y perdre au change, ce qui n'est pas mon cas puisque je suis seule. Mais je refuse d'être celle avec qui tu passeras du bon temps lorsque Lucie ne sera pas disponible. Je te le répète, c'est moi ou elle. Ce point n'est pas négociable.

Il ne répondit pas immédiatement, la regardant intensément. Elle lui laissa toutes les secondes nécessaires pour venir à bout de la réflexion inévitable qu'il menait. Lorsqu'elle jugea le temps écoulé suffisant, alors qu'il n'avait toujours pas parlé, elle se leva et lui tendit sa main en signe d'acquiescement, geste qui devait sceller leur pacte.

Il saisit la main tendue qu'il serra doucement dans la sienne.

— Marché conclu, murmura-t-il en faisant glisser ses doigts le long de ses bras. Bien, dit-il. Voilà une chose de réglée, poursuivit-il en soupirant, manifestement soulagé. Maintenant, il nous reste à déterminer la place du sexe dans notre relation. Je te laisse libre de décider ce qui te convient. Tout a été très rapide et je comprendrai si tu souhaites ralentir la cadence, que les choses puissent se faire progressivement.

— Tu ne m'en voudrais pas si je te demandais de me laisser un peu de temps ? fit-elle, étonnée.

— Non.

— Vraiment ?

Le souvenir de la façon dont il l'avait assaillie plus tôt dans la matinée lui permettait de douter de ses paroles.

— Non, confirma-t-il sans broncher. Voyons le bon côté des choses, il ne me déplairait pas d'être obligé d'utiliser de vils moyens pour obtenir de toi quelques faveurs.

Stupéfaite, elle ouvrit la bouche pour la refermer aussitôt. Elle se sentit rougir jusqu'à la racine des cheveux, chose qui ne passa pas inaperçue. Il ne put s'empêcher de sourire, mais n'avait nullement l'intention de répondre à sa place.

— Alors? la pressa-t-il. Sache que quelle que soit ta réponse, je la respecterai.

Elle ferma les yeux, le cœur battant à tout rompre. Elle se recula alors de quelques pas, libéra sa main emprisonnée dans les siennes, descendit lentement la fermeture de sa robe dont elle se libéra d'un savant jeu de hanches. Nicolas n'eut pas besoin d'autre invitation.

Beaucoup plus tard, alors qu'ils étaient tous les deux étendus dans le grand lit, Marina, la tête nichée au creux de son épaule, chuchota :

— J'aimerais que tu ne dises rien à ta sœur, Salom. J'aimerais que nous gardions tout cela pour nous, du moins pour l'instant.

Le jeune homme, occupé à caresser son épaule et l'un de ses bras, suspendit son geste avant de le reprendre aussitôt.

— France est beaucoup plus lucide que nous deux réunis. Elle a sûrement tout deviné, du moins l'essentiel, dans la seconde où elle t'a vue.

— Elle va me prendre pour une parfaite idiote, n'est-ce pas?

— Pas du tout. Mais je suis certain qu'elle se meurt d'envie de faire ta connaissance et de me bombarder de questions.

— Afin de pouvoir porter un jugement?

— Non, afin de me donner sa bénédiction. Elle n'a jamais vraiment apprécié Lucie. Je ne comprends pas pourquoi, d'ailleurs.

Elle lui jeta un regard sévère au travers de ses cheveux qui lui couvraient à demi le visage. Il y surprit un avertissement qui le fit rigoler. Il s'empressa de faire rouler la jeune femme sous lui, l'encerclant de ses deux jambes, la maintenant clouée au lit de tout son poids.

— Elle va se demander où nous sommes passés, tu ne crois pas?

— Quelle importance?

Comme pour approuver sa dernière phrase, il se remit à l'embrasser de cette façon qui lui donnait l'impression qu'il aspirait tout l'air que pouvaient contenir ses poumons, afin d'infiltrer dans ses veines quelque poison qui lui faisait tourner la tête. Sa main longea la courbe d'un sein avant de se glisser entre ses jambes.

— Oui, tu as raison, chuchota-t-elle les yeux fermés, quelle importance !

**

Allongé sur le ventre dans le lit, le menton posé sur le dessus de ses mains jointes, Nicolas regardait Marina enfiler un à un ses vêtements. Il maudit le sort de ne pas avoir une toile et une palette d'acrylique à portée de la main.

— Dieu que tu es belle, probablement la plus belle femme de cette terre ! déclara-t-il d'une voix solennelle.

— Probablement ? taquina-t-elle, pas le moins du monde offusquée.

— Sûrement.

— C'est mieux.

Il eut un large sourire, fasciné par la façon dont elle se retournait pour agrafer son soutien-gorge sans lui montrer le moindre bout de peau. Attendri devant son excès de pudeur, il aurait pu fermer les yeux ou se retourner, mais au contraire il ne bougea pas, attendant le moment où elle lèverait les bras pour enfiler son pull et se rappela avec déception qu'elle n'en avait pas. Au contraire, il la vit enjamber sa robe qu'elle remonta le long de ses hanches avant d'en couvrir sa poitrine. C'est à cet instant que la sonnerie de son téléphone portable retentit. Il grogna, songeant qu'encore une fois il était privé de son plaisir à cause d'une tierce personne.

— Je crois que je pourrais tuer Graham Bell d'avoir inventé ce putain d'engin.

Il étira le bras jusqu'au sol, attrapa son jean et fouilla l'une de ses poches à la recherche de l'objet incriminé.

— Oui, répondit-il, fortement irrité.

— Nic, c'est France, il est arrivé quelque chose...

En quelques mots, sa sœur lui expliqua ce qui allait devenir son enfer et celui de Marina. Il vit la malédiction s'abattre sur eux, alors que son regard se portait sur la jeune femme qui brossait ses longs cheveux. Il mit fin à la communication sous le regard interloqué de Marina qui avait suspendu son geste, inquiète de son air sombre.

— Que se passe-t-il, murmura-t-elle en le voyant se lever et venir vers elle pour la prendre délicatement dans ses bras.

Il embrassa ses cheveux, la serrant un peu plus fort avant de dire :

— Luc vient d'appeler à la maison. France a répondu en croyant bien faire et... Marina, ton frère a eu un accident. Apparemment, ce serait assez grave.

— Oh ! Mon Dieu, non..., murmura-t-elle si faiblement qu'il crut qu'elle allait s'évanouir. Il l'attira jusqu'au canapé, sans relâcher son étreinte.

— Je dois parler à Luc, dit-elle d'un ton suppliant. Il faut que je lui parle.

— Bien sûr, nous allons rentrer. Je m'habille et nous partons.

Moins de trente secondes après, ils sortaient de la chambre, et alors que Nicolas refermait la porte, le regard de Marina se porta pour la seconde fois sur le numéro de la chambre : 13. Les chiffres dorés semblaient danser devant ses yeux alors qu'elle manquait s'étouffer, sa gorge devenant de plus en plus douloureuse. Ils rendirent les clefs de la chambre à la réception et s'empressèrent de regagner l'appartement.

À leur arrivée, France se leva et vint à leur rencontre, silencieuse, ne sachant pas quoi dire. Marina la salua brièvement avant de filer dans sa chambre où elle composa le numéro de Luc. Elle tomba sur le répondeur, mais le jeune homme avait pris soin d'enregistrer un message à son intention. « Marina, je suis au CHUM, si tu n'es pas chez toi, laisse-moi un numéro où je peux te joindre, je te rappellerai. » Ce qu'il fit quelques minutes plus tard.

— Marina, c'est toi ?

— Oui, Luc. Que s'est-il passé ?

Le bref silence qui suivit la question, puis la voix enrouée de son interlocuteur lui en dit long sur la gravité de la situation.

— Luc ! hurla-t-elle, que s'est-il passé ?

— C'est Mike. On lui a tiré dessus, Marina... je n'ai rien pu faire !

— Est-ce qu'il...

— Non ! la coupa-t-il.

Cette fois, la jeune femme crut déceler un sanglot. « Si Luc pleure... », pensa-t-elle, incapable d'aller au bout de sa pensée.

— J'arrive, Luc. Je viens. Dis-lui de m'attendre... qu'il... dis-lui de m'attendre, répéta-t-elle tout en éclatant en sanglots.

— Laisse le numéro de ton vol et ton heure d'arrivée sur le répondeur, je viendrai te chercher. Et ne sois pas surprise, il risque d'y avoir des journalistes.

— Oui, d'accord, merci.

Marina sentit son cœur se serrer jusqu'à manquer d'air. Elle raccrocha d'un geste lent, comme si la vie se déroulait au ralenti. Elle se leva et son regard tomba sur Nicolas qui n'avait pas bougé, devinant ce qu'elle allait lui dire. Elle ouvrit la bouche et se laissa choir sur son lit, secouée par de longs pleurs.

— Je pars, il faut que je retourne là-bas, hoqueta-t-elle sans oser le regarder. Mike... on a tiré sur lui... il...

Nicolas serra les poings, refusant de réfléchir à ce que cela impliquait. Il respira plusieurs fois et reprit la jeune femme dans ses bras, enfouissant son visage dans sa chevelure.

— Je suis désolée, Salom. Je suis vraiment désolée.

— Ne dis pas de bêtises, Marina. Tout va bien aller. Mike va s'en sortir, il a la même force que toi ! Les hommes de sa trempe ne meurent pas à trente ans. Ça, je peux te l'assurer.

Ils passèrent les heures suivantes à préparer les bagages de la jeune femme. Nul ne disait mot, refusant de penser à ce que serait la journée du lendemain. France s'était retirée dans le salon, se faisant toute petite pour ne pas briser leur intimité. Il était trois heures du matin lorsque Nicolas traîna Marina jusqu'à sa propre chambre.

— Je veux garder ton odeur dans mes draps, lui expliqua-t-il.

Il s'y endormit avec elle, tout contre elle. Le réveil sonna deux heures plus tard. Les yeux gonflés par les larmes et le manque de sommeil, Marina se prépara à partir. Elle jeta un dernier regard à cet environnement qui avait été le sien, l'espace de quelques mois, ne parvenant plus à contrôler le flot de larmes qui coulaient sur ses joues.

Une fois à l'aéroport, ils enregistrèrent ses bagages et Nicolas l'accompagna jusqu'à la porte d'accès aux douanes. Aucun d'eux n'osait regarder l'autre, leurs corps refusant de se toucher. Ils étaient dans la file, attendant que ce ne soit le tour de Marina, lorsque Nicolas réalisa qu'il ne pouvait pas la laisser partir ainsi, sans un mot, sans une explication. Sans la toucher, il commença d'une voix tendue :

— Marina, je ne sais pas dans quelle mesure une relation comme la nôtre peut se terminer, alors qu'elle venait à peine de débuter.

Elle leva vers lui un regard humide, essaya de sourire, y renonça.

— Appelle-moi, pour me dire que tu es bien arrivée, d'accord ?

Les gens avancèrent, l'attente se réduisit.

— J'ai laissé mon numéro de téléphone sur la table près de l'entrée, dit-elle soudain. Au cas où tu en aurais besoin, ajouta-t-elle pour se justifier.

D'un hochement de tête, il acquiesça. Plus que deux personnes devant eux, plus que trois minutes pour l'embrasser, la toucher, lui dire qu'il ne voulait pas se séparer d'elle.

— Marina, tenta-t-il...

— Non, Salom. Tout ce que tu pourrais dire ne servirait à rien. C'est inutile maintenant. De toute manière, ça se serait terminé de la même façon.

Cette réalité-là, il refusait de l'accepter. Il n'aurait pas l'estomac dans un état pareil si c'était vrai. Qui avait dit que tout devait se finir ainsi ? Ce fut le tour de Marina de présenter son passeport. Nicolas la saisit par le bras et la ramena à l'autre bout de la file.

— Salom, protesta-t-elle, les yeux pleins de larmes.

— Écoute-moi, l'enjoignit-il en la saisissant par les épaules, la forçant à le regarder. Je refuse que ça se termine comme cela, alors que tout venait à peine de commencer. Nous avons dit que nous faisions un essai. Eh bien ! Allons jusqu'au bout.

Le corps secoué de sanglots, la jeune femme lui caressa la joue, luttant contre tous les souvenirs qui s'accrochaient à chaque parcelle de son corps, qui la tiraient vers l'arrière alors qu'elle devait avancer.

Il saisit sa main et la porta à son cœur :

— Je refuse, tu m'entends, je refuse de mettre fin à notre relation maintenant. Point final. Il n'y a rien à dire, rien à contester. Je sais que tu dois partir et je ne te retiendrai pas. Mais ne me demande pas de te dire adieu dans un aéroport. Je le refuse. Et tu ne m'y forceras pas. J'ai ton numéro de téléphone, ton courriel, je sais même où tu habites. Alors autorise-moi à t'appeler et laisse-nous une chance de vivre ce que nous avons à vivre ensemble, malgré les six mille kilomètres qui vont nous séparer. Dans six mois, si tu le souhaites ou si je le souhaite, nous pourrons y mettre un terme définitif. Mais au moins, nous n'aurons pas l'impression d'avoir été privés de quelque chose.

De nouveau, l'espace qui les séparait des douanes se réduisit.

— Laisse-moi t'appeler, Marina, je ne te demande que cela. Un appel, une fois par semaine. Un appel et un dernier baiser avant que tu partes.

Elle lui sourit, tremblante. Son regard lui donna la réponse qu'il attendait. Il la prit par la main, et une fois de plus ils retournèrent à l'autre bout de la file. Alors, il la saisit contre lui et sa bouche recouvrit la sienne. Elle laissa tomber son bagage à main sur le sol et enfouit ses doigts dans la chevelure brune du jeune homme. Sa langue répondit à la fougue de la sienne, son corps se fondit dans chaque courbe du sien. Ses mains la pressaient, l'incrustaient contre lui. Ce qu'ils partageaient à cet instant n'avait rien à voir avec le plaisir ou la passion, c'était leur douleur qu'ils échangeaient. Les yeux fermés, ils n'entrevoyaient plus que la séparation imminente qui donnait une intensité peu commune à ce dernier baiser. Lorsqu'à nouveau ils se retrouvèrent en tête de file, et qu'il fut obligé de la laisser, il réitéra sa demande :

— Un appel par semaine, Marina, promets-le.

— Dès que je serai à Montréal, je t'appellerai, murmura-t-elle d'une voix qu'elle voulait confiante.

Elle tendit son passeport, et après lui avoir jeté un dernier regard, elle passa la porte des douanes, fermant celle de ces quatre derniers mois derrière elle.

***

Chapitre 25

25 août 2006

Marina termina son récit alors que Nicolas la dévisageait étrangement. Elle essaya d'y lire quelque chose, ne parvint qu'à augmenter le malaise qu'elle sentait croître dans son cœur. Il l'observait, immobile, sans cligner des yeux.

— Qu'est-il arrivé à ton frère, Marina, demanda-t-il comme elle se taisait.

— Il est mort, quelques heures après mon retour au Québec.

— Qu'est-ce qui s'est passé exactement?

Il la vit hésiter, et avant même qu'elle n'ouvre la bouche, il sut qu'elle allait lui mentir.

— Un homme lui a tiré dessus. C'était pendant une patrouille. Il y avait une embuscade et il s'est fait surprendre.

Nicolas lut au fond de ses yeux la douleur qui, elle, n'avait rien d'un mensonge. Ce genre de souffrance stigmatisait la chair, ne disparaissait jamais. Il se retint à grand-peine de poser sa main sur la sienne pour lui communiquer un peu de réconfort.

— Qu'est-il advenu de l'homme qui l'a assassiné?

— Oh... il... il a été arrêté, bredouilla-t-elle faiblement.

Elle fit mine de regarder sa montre et se leva, l'air effaré.

— Mon Dieu, je n'ai pas vu l'heure ! Nic, je dois y aller. Si tu veux, on poursuit demain. Même heure, même lieu ?

Il acquiesça, sujet à une étrange impression qu'il ne parvint pas à identifier. Il la regarda partir, se demandant ce que lui réservaient les jours à venir.

Marina quitta le restaurant, le cœur douloureux, les jambes aussi molles qu'un fruit trop mûr. Elle venait de commettre un péché, mentir pour se protéger, pour éviter les questions, pour éviter de souffrir. Elle ne s'était pas replongée dans les affres de son passé depuis plus de deux ans et ce retour en arrière lui faisait frôler le summum de l'angoisse. Mike... sa mort était toujours aussi difficile à accepter, même après tout ce temps.

Elle ne se souvenait que trop bien de ce jour horrible où elle avait atterri à Montréal après avoir laissé Nicolas seul, en France. Chaque minute s'était gravée dans sa mémoire, plus vive encore...

✶✶✶

« Montréal »

Chapitre 26

21 décembre 2003

Marina descendit de l'avion comme une somnambule, inconsciente de l'environnement ou des gens qui l'entouraient. Ses pas la menaient toujours plus loin, toujours plus près. Plus loin de Nic, plus près de son cauchemar qui se matérialisait sans qu'elle ne puisse rien faire pour se réveiller.

Elle passa le contrôle des douanes canadiennes, répondit machinalement aux questions qui lui furent posées, attendit une vingtaine de minutes que le tapis roulant lui ramène ses bagages et toujours comme un automate, elle se dirigea vers la sortie. La porte s'ouvrit et immédiatement une série de flashs l'aveuglèrent. Elle porta son bras devant son visage pour se protéger et presque aussitôt une poigne d'acier s'empara de son coude, la guidant au travers de la foule des photographes.

— Nous n'avons rien à déclarer pour l'instant, s'exclama Luc en réponse à la multitude de questions qui l'étourdissaient.

— Luc, chuchota-t-elle. Qu'est-ce que...

— Je t'expliquerai dans la voiture, coupa-t-il en se frayant un chemin jusqu'au parking.

Il lui ouvrit la portière du véhicule et dès qu'elle se fut glissée à l'intérieur, il en fit le tour et démarra sans prendre la peine de boucler sa ceinture de sécurité. Ils roulèrent environ un kilomètre avant qu'il ne s'arrête sur le bas-côté de la route. Il se tourna alors vers elle et son cœur se serra.

Luc paraissait dans un état encore plus pitoyable qu'elle ne l'était elle-même. Il avait les traits tirés, de larges cernes sous les yeux et cette douleur au fond des prunelles... Sans réfléchir, il la saisit dans ses bras, enfouissant son visage dans sa chevelure, la serrant à l'étouffer alors qu'il s'efforçait de maîtriser le tremblement qui secouait tout son corps. De se retrouver ainsi contre ce large torse que rien ne semblait pouvoir ébranler, lui redonna un peu d'énergie. Elle releva la tête, croisa son regard tourmenté.

— Luc, souffla-t-elle, d'une voix chevrotante, est-ce qu'il est ...

D'un geste de la tête, il lui répondit que non. Elle ferma les yeux, soudain très pâle.

— Ça va aller, ma belle, je t'emmène directement à l'hôpital, pour le voir.

Il hésita quelques secondes, fouillant le fond de son regard pour voir s'il y avait suffisamment d'espace pour contenir la douleur que lui causeraient ses paroles.

— Marina, tu risques d'avoir un choc en le voyant. Il... il a reçu une balle au niveau de la tête et...

D'un geste de la main, elle l'interrompit. Elle se sentait incapable d'entendre ce genre de détails.

— Excuse-moi, fit-il en remettant le contact. Je voulais simplement te prévenir.

Elle le remercia d'un signe de tête, les mains serrées sur les genoux, tendue, prête à recevoir tous les coups que le destin lui assénerait. La voiture reprit sa course. Elle se concentra sur Luc, qui s'était muré dans le silence. Elle le dévisagea, chaque trait de son beau visage reprenant sa place dans sa mémoire. Même cette odeur qui se dégageait de lui n'avait pas changé. Cette impression de réconfort, d'être en terrain connu, la rassura quelque peu.

— Luc, que s'est-il passé? demanda-t-elle au bout d'un moment. Qui lui a tiré dessus?

Les épaules de Luc s'affaissèrent sous le poids de sa question. Il hésita, ne sachant pas ce qu'il devait répondre.

— Marina, à quoi bon, ça ne changera pas les faits.

Elle sentit son sang se glacer dans ses veines.

— C'est lui, n'est-ce pas? Il a mis sa menace à exécution et s'en est pris à Mike? Dis-moi la vérité!

Elle avait crié sa dernière phrase. Elle se mit à sangloter, ne trouvant plus la force de retenir ses larmes. Luc saisit sa main dans la sienne et la serra pour essayer de lui communiquer un peu de réconfort, avant de reprendre:

— Nous étions allés faire un tour à ton appartement pour vérifier que tout allait bien. Le hasard a voulu que nous ne soyons pas les seuls sur place. Il était arrivé quelques minutes auparavant et avait forcé une fenêtre. En entendant du bruit à l'intérieur, nous avons tout de suite compris. J'ai appelé du renfort alors que Mike se ruait déjà à l'intérieur, sans attendre. Je ne sais pas ce qui lui a pris. Il était fou de rage... Il a reçu la balle avant que je ne puisse intervenir, Marina. Je n'ai rien pu faire!

Le son du remords emplit toute la voiture. Ce fut au tour de Marina d'intensifier l'étreinte de sa main.

— Et lui...

Elle vit Luc se refermer comme une huître. Sa main quitta la sienne, agrippant plus fort le volant alors que sa mâchoire se crispait à un tel point qu'il en ressentit une douleur vive le long du cou.

— Luc, qu'est-il advenu de lui? reprit-elle, le cœur détruit. Il s'est enfui, c'est cela?

— Mort, dit-il simplement.

Marina sursauta, ses ongles crissant sur le tableau de bord qu'elle venait de saisir à deux mains, pour échapper à l'évanouissement qui la menaçait.

— Ils... ils l'ont tué?

D'un signe de tête, il lui signifia que non.

— Ne... ne me dis pas qu'il...

— Il s'est suicidé. Tout de suite après avoir tiré sur Mike.

Marina retint son souffle, accusant le choc. Puis, n'y tenant plus, elle se mit à hurler, se frappant les cuisses de ses poings, alors que la douleur la submergeait tout entière. Incapable de la consoler, Luc garda le regard braqué sur la route, de lourdes larmes roulant sur ses joues.

— Pourquoi? Pourquoi a-t-il fait cela? Je n'ai jamais porté plainte!

Luc ravala la boule coincée dans sa gorge pour la sentir revenir aussitôt. Il dit:

— Quelqu'un d'autre l'a fait, Marina.

Comme elle le regardait sans comprendre, suspendue à ses paroles, il termina:

— Tu n'étais pas sa seule victime.

Les pleurs cessèrent brusquement alors qu'elle braquait un regard ahuri sur lui.

— Qu'est-ce que tu dis?

— Une autre femme venait de déposer plainte contre lui. C'est pour cela que je t'ai appelée hier matin.

— Oh! mon Dieu! Et il a cru que c'était moi! Oui, c'est cela, il a cru que c'était moi et il a...

Luc ne dit rien, les yeux toujours rivés sur la route qui défilait devant eux.

Ils arrivèrent à l'hôpital quelques minutes plus tard. Ils traversèrent le barrage des journalistes et pénétrèrent dans l'immense bâtiment au pas de charge, Marina suivant Luc qui la guidait au fil des étages et des couloirs. Avant de pousser la porte de la chambre de son frère, elle essuya ses yeux gonflés, se lissa les cheveux, respira un bon coup et pénétra dans la pièce. Une forte odeur de stérilisant la prit à la gorge et la fit tousser.

La chambre était plongée dans une quasi-obscurité. Seuls le cliquetis des machines et le bip bip incessant qui battait le rythme de la vie circulant encore dans le corps de Mike, troublaient le silence. Elle hésita un instant, la peur au ventre. Prévenant, Luc lui saisit le coude et doucement l'attira vers le côté du lit. Elle porta une main à sa bouche pour retenir un cri lorsque son regard se posa sur le visage du blessé. Elle se mit à se secouer la tête pour échapper à cette vision d'horreur. Elle aurait reculé si Luc, derrière elle, ne l'en avait pas empêchée.

Mike avait toute une partie du visage bandée et l'autre était terriblement enflée. Elle devinait qu'une partie de son crâne avait dû être arrachée sous l'impact de la balle. Elle se retourna vivement et enfouit sa tête contre la poitrine de Luc qui était demeuré à ses côtés, prêt à la soutenir. Il la serra contre lui, ses larmes mouillant les cheveux de la jeune femme.

— Regarde ce qu'il a fait de lui! cria-t-elle au milieu de ses pleurs. Regarde ce qu'il a fait de mon frère!

— Je sais, ma belle, je sais.

— Comment vais-je faire sans lui? Je n'y arriverai jamais!

Il la berça entre ses bras, ses mains cherchant à l'apaiser.

— Je ne peux pas, Luc, je ne peux pas le regarder comme cela!

— Courage, Marina. Tu n'es pas seule. Je suis là.

Ils veillèrent Mike jusqu'au petit matin, sursautant chaque fois que son cœur tressautait dans sa poitrine. Puis, vers six heures, alors que l'aube étirait sa robe au-dessus de l'hôpital, après un ultime sursaut, son cœur flancha. Mike venait de mourir.

**

Chapitre 27

22 décembre 2003

Luc refusa de ramener Marina chez elle, sachant pertinemment que les expertises judiciaires n'étaient pas encore terminées. Il la conduisit donc chez lui.

Ils éprouvèrent la même difficulté à passer le seuil de ce qui avait été également l'appartement de Mike. Ils ne réussirent pas à pénétrer dans sa chambre, ni même à jeter un coup d'œil aux photographies qui ornaient le mur : Luc et Mike diplômés, Luc et Mike une bière à la main lors d'une partie de pêche, Luc et Mike en uniformes de policier... Mike et Marina sur le bord d'une piscine... Mike et Marina dans les bras l'un de l'autre... tout ce qui représentait leur passé.

Ils se cloîtrèrent dans la cuisine, la seule pièce qui semblait représenter un terrain neutre. Luc leur prépara un café bien fort alors que Marina sautait sur le téléphone et composait le numéro de Nicolas.

À peine deux sonneries retentirent avant qu'elle n'entende la voix chaude et inquiète de son ancien colocataire.

— Marina, c'est toi ?

Seul le bruit de ses larmes lui répondit.

Le jeune homme se laissa choir sur le canapé, le téléphone collé à son oreille. Depuis son départ, il n'avait cessé de tourner en rond dans l'appartement, incapable de trouver le sommeil, incapable de la chasser de son esprit.

— Marina, reprit-il d'une voix douce, parle-moi !

Elle se mordit les lèvres et s'accrocha au combiné comme si sa vie en dépendait.

— Salom, Mike... Il est mort. Ce matin.

Nicolas serra les poings, imaginant la jeune femme seule et désemparée. Il se maudit intérieurement de ne pas l'avoir accompagnée. Elle avait besoin de lui, il le sentait dans les tremblements de sa voix, dans les soubresauts de ses pleurs.

— Je... je vais venir, Marina.

Elle sourit à travers ses larmes, devant sa détermination. Il avait deviné quelles paroles elle souhaitait entendre. Mais son regard se porta aussitôt sur Luc et son sourire s'effaça. Lui aussi avait besoin de réconfort. Un réconfort qu'elle seule pouvait lui apporter. Ils devaient traverser cette épreuve ensemble, tous les deux.

— Ça va aller, Salom. Ça va aller. J'ai juste besoin de te parler.

Elle essayait de maîtriser sa détresse pour ne pas l'inciter à débarquer chez elle.

— Tu me manques, tu sais ?

Ses paroles attirèrent l'attention de Luc qui essayait de se faire discret. Ainsi Mike avait vu juste. Elle et Nicolas. Il regarda sans le voir le café bien noir qui fumait encore dans sa tasse alors que la jeune femme reprenait d'une voix douce :

— Je n'ai pas fermé l'œil depuis au moins quarante-huit heures. Je suis exténuée. Je ne sais même plus quel jour nous sommes.

— Marina, laisse-moi venir. Je sais que tu as besoin de moi, reprit Nicolas, de plus en plus déterminé.

— Oui, souffla-t-elle, j'ai besoin de toi. Mais Luc a aussi besoin de moi, Nicolas, essaie de comprendre.

Luc lui jeta un regard par-dessus sa tasse alors qu'elle devinait Nicolas en train de se crisper à l'autre bout du fil.

— Essaie de dormir un peu, reprit ce dernier pour tenter de cacher son irritation.

— Oui. Je vais essayer. Je te rappelle ce soir, d'accord ?

— Est-ce que tu es seule ? s'enquit-il pour éviter qu'elle ne raccroche déjà.

Il ne voulait pas qu'elle soit seule. Il ne voulait pas l'imaginer seule et désemparée pour faire face à la mort de son frère.

— Non, je ne suis pas seule, Luc est avec moi. Je suis chez lui, précisa-t-elle lentement.

Nicolas serra les poings. Il aurait de loin préféré la savoir seule et désemparée plutôt qu'avec cet homme dont il connaissait les sentiments. Mais il prit sur lui et se contenta de dire, d'une voix toujours aussi douce :

— J'attendrai ton appel, ce soir.

Elle se détendit, le remerciant intérieurement pour sa compréhension. Elle aurait voulu dire tant d'autres choses, mais la présence de Luc l'en empêchait. Elle se contenta donc de les penser très fort, espérant qu'il pourrait percevoir ce que sa voix taisait et ce que son cœur hurlait. Elle reposa le combiné sur son socle.

Luc lui tendit sa tasse et elle goûta le liquide chaud du bout des lèvres. Il continuait de l'observer, chacun d'eux assis à l'une des extrémités du bar séparant la cuisine du salon.

— Ainsi Mike avait raison, commença-t-il au bout d'un moment, posant sur elle un regard protecteur.

— À quel sujet ?

— Toi et Nicolas. Il y a bien quelque chose entre vous deux.

Lentement, elle hocha la tête. Au nom de Mike, son cœur se déchira et des larmes roulèrent à nouveau sur ses joues. Il se rapprocha d'elle, une main sur la sienne. Il tremblait, elle aussi.

Elle jeta un coup d'œil au canapé du salon, gardé par trop de photographies, autour duquel semblait flotter l'âme du défunt.

— Luc ? Je ne suis pas certaine de pouvoir dormir seule aujourd'hui. Tu m'accepterais dans ton lit, juste pour cette fois ?

Il songea qu'il l'accepterait bien dans sa vie, tout simplement. Il acquiesça. Une heure plus tard, ils étaient tous les deux allongés sur le dos dans le lit du jeune homme, toujours éveillés. Marina écoutait les

bruits de la ville que filtraient les vitres gelées. Les voitures qui klaxon-
naient, le bruit d'une radio que quelqu'un écoutait un peu trop fort,
le vent qui se levait et fouettait les fenêtres. Comment était-ce possible
que pour tant de gens la vie poursuive sa course avec un tel naturel
alors que Mike venait de mourir ?

— Luc ?

— Hum ?

Elle souleva les épaules et s'appuya sur ses avant-bras. Elle posa
sur lui son regard émeraude, beaucoup trop brillant d'avoir pleuré
toutes les larmes de son corps.

— Est-ce que tu crois à toutes ces choses qu'on raconte aux enfants ?

— À quel sujet ?

— Au sujet du ciel, de l'âme et des esprits ?

Ne sachant quoi répondre, il se retourna sur le côté et la contempla.

— Où veux-tu en venir, Marina ?

— Moi, j'ai envie d'y croire. C'est stupide, n'est-ce pas ? Mais je ne
vois pas comment faire autrement. Je ne vois pas comment me lever
demain matin si je ne me cantonne pas à l'idée qu'il est là, quelque
part, près de moi. Tu trouves ça idiot ?

Il secoua lentement la tête.

— Non, pas idiot du tout. Quand on doit affronter une épreuve
comme celle-ci, on se raccroche à ce qu'on trouve.

Marina se laissa retomber sur le lit et se tourna sur le côté, face à
lui. Il avait les yeux braqués sur elle, terriblement conscient du trouble
qui s'emparait de lui à la savoir si proche et en même temps si inaccessible.

— Alors Marina, avec Nicolas, c'est du sérieux ?

Elle le regarda jouer avec une mèche de ses cheveux qu'il enroulait
et déroulait autour de son index.

— J'aimerais que ce le soit. Je crois que ça peut l'être.

Comme il fronçait les sourcils, elle lui raconta tout. Vingt minutes
plus tard, il saisissait mieux son incertitude.

— S'il est un tant soit peu intelligent, il comprendra sa chance.

— Ça, ce n'est pas certain. Toi, tu ne l'as jamais comprise.

Elle se mordit la lèvre, consciente de s'aventurer sur un terrain glissant. Curieux, il s'empara de son menton et releva son visage vers lui.

— Explique-toi.

Elle baissa les yeux, avant de commencer :

— Luc, ne me prends pas pour une idiote. Tu sais très bien que j'étais complètement dingue de toi, adolescente.

Un léger sourire sur ses lèvres charnues, il acquiesça d'un signe de tête, posant sur elle un regard contrit.

— Alors ?

— Alors quoi ?

— Pourquoi ne s'est-il jamais rien passé entre nous ?

— Simplement parce que j'étais jeune et stupide.

Marina retint un sourire à son tour. Elle hésita, puis posa la question qui l'avait tant de fois obsédée.

— Luc, est-ce que Mike était homosexuel ?

— Pardon ?

Il avait presque bondi du lit en entendant sa question.

— Qu'est-ce qui peut bien te faire croire une chose pareille ?

Elle se souleva un peu avant d'expliquer :

— Tous les deux vous étiez si complices, et puis je ne l'ai jamais vu avec une femme, toi non plus d'ailleurs. J'en ai donc conclu que peut-être...

Elle fut interrompue par le rire sonore de Luc qui résonna dans la pièce. Il s'assit sur le lit, se frottant les yeux pour en chasser le sommeil qui s'y accrochait.

— Marina, je ne pensais jamais pouvoir rire, un jour comme aujourd'hui, tu es un vrai prodige. Je suis vraiment estomaqué de voir quelles sortes de choses peut inventer une jolie tête comme la tienne.

Marina sentit ses joues devenir brûlantes de honte. Elle se retourna, n'osant plus lui faire face. Il reprit sa position initiale et du bout du doigt suivit le contour de son épaule. Il retint un soupir de dépit en songeant que c'était la mort de Mike qui l'avait attirée dans son lit et que ce seul fait lui interdisait toute tentative pour la séduire. Il se contenta de répondre :

— Je peux t'assurer que ni Mike ni moi ne sommes homosexuels. Ton frère et moi avons collectionné les aventures avec les plus jolies femmes. S'il ne t'en a jamais présenté aucune, c'est qu'il attendait la bonne. Il t'avait en haute estime, tu sais. Et je pense que s'il n'a jamais rencontré personne avec qui il ait envie d'avoir une relation stable, c'est que toute son attention était tournée vers toi. Il t'aimait tellement... Quant à moi, j'ai privilégié une amitié qui, je le croyais, durerait toute ma vie, aux dépens de l'attirance que j'avais pour toi.

Marina sentit sa gorge se serrer à lui faire mal comme si on venait de lui glisser un nœud coulant autour du cou.

— J'aurais tellement voulu lui dire une dernière fois que je l'aimais, gémit-elle en enfouissant son visage contre l'épaule de Luc.

Délicatement, il la prit dans ses bras et déposa un baiser sur son épaule. Il la sentit trembler et dut faire appel à toute sa volonté pour ne pas lui laisser entrevoir que son corps l'appelait tout entier.

Ils finirent par s'endormir, puis se réveillèrent au bout de six heures de sommeil agité. Luc leur prépara un semblant de repas alors que Marina s'empressait d'appeler Nicolas.

Le soir tombait et avec lui apparurent les premières ombres. Elle frissonna en voyant les lumières de Noël s'allumer dans les rues. Noël était à sa porte, et jamais elle n'avait autant voulu lui en interdire l'accès.

★★★

Chapitre 28

22 décembre 2003 (suite)

Nicolas marchait de long en large dans son appartement, jetant un coup d'œil désespéré à l'horloge du séjour qui marquait une heure de plus sans qu'il ait eu le moindre appel de Marina. Il essayait de conserver son calme, d'oublier qu'elle se trouvait actuellement à l'autre bout du monde, plus affligée qu'elle ne l'avait sans doute jamais été et, qui plus est, entre les mains d'un homme qu'elle affectionnait semblait-il énormément. En d'autres mots, elle se trouvait complètement hors de son atteinte, d'autant plus qu'il n'avait aucun moyen de la joindre. Il était donc condamné à rugir comme un lion en cage dans la pièce avec pour seule distraction le tic-tac moqueur de cette maudite horloge.

Épuisé, Nicolas venait de décider de monter à son atelier lorsque la sonnerie du téléphone se fit entendre. Il se rua dessus comme un possédé, devinant qu'il devait s'agir d'elle.

— Tu dormais ? demanda aussitôt Marina.

— À onze heures du soir ? En vacances, c'est mal me connaître !

— Oh, oui, c'est vrai. Avec ce décalage horaire, je ne sais plus où j'en suis. Je ne sais même plus si j'ai quitté la France hier ou avant-hier. Tu as passé une bonne journée ?

Nicolas n'osait plus bouger, suspendu à sa voix. Il ferma les yeux, essayant de s'imaginer la jeune femme, son visage, son corps.

— Ça va. J'ai eu une discussion plutôt houleuse avec Lucie.

— Oh... ! fit-elle, mal à l'aise.

— Je ne crois pas la revoir de sitôt. Elle a plutôt mal pris mon petit discours.

— Je présume qu'elle jouera aux fléchettes sur ma photographie ! ironisa-t-elle d'une voix triste.

Nicolas n'eut pas le cœur de rire de sa plaisanterie.

— Marina, explique-moi ce qui s'est passé.

Elle s'exécuta d'une voix faible, son récit fréquemment entrecoupé de sanglots qui lui déchirèrent le cœur, mais omit de préciser qui était l'agresseur et où avait eu lieu l'agression.

— Je me sens si seule, si perdue ! C'est... c'est pour cette raison que je serai chez Luc encore quelques jours. Le temps d'organiser les funérailles et... d'envisager un monde sans Mike.

— Marina ?

— Oui, Salom ?

— Laisse-moi venir. Si tu veux, j'attendrai quelques jours, mais laisse-moi venir te rejoindre. Je ne me mettrai pas entre toi et Luc, je veux simplement être près de toi.

Elle lui répondit aussitôt d'une voix où il sentait poindre un sourire.

— Tu es déjà entre nous, Salom.

Il sourit à son tour.

— Marina, je n'aime pas te savoir chez lui, pourtant je n'ai pas d'autre choix que de te faire confiance. Promets-moi simplement d'attendre mon arrivée pour te faire consoler.

Elle dut comprendre l'allusion, car elle répondit aussitôt :

— Salom, il n'y a que toi qui pourrais réussir un pareil exploit.

Lorsqu'ils raccrochèrent une heure plus tard, Nicolas se rendit compte du poids de sa solitude et, désespéré, constata que pour la première fois de sa vie, il n'avait pas envie de peindre.

***

Chapitre 29
24 décembre 2003

Mike De Grand Maison fut enterré deux jours plus tard sous un ciel lourd de neige. Marina ne croyait pas qu'il était possible d'enterrer quelqu'un une veille de Noël. Elle se trompait. Droite, vêtue d'un long manteau noir, elle ne lâchait pas la main de Luc, vêtu de son uniforme, stoïque près d'elle, aussi solide qu'un roc. Une centaine de policiers assistaient à la cérémonie, soutenant Luc et Marina par leur seule présence. Parfaitement accordés dans leur douleur, ils tremblèrent et pleurèrent aux mêmes moments, à la seule différence qu'elle s'effondra en voyant descendre le cercueil au fond de la crypte qui servirait de tombe jusqu'au printemps, et que Luc eut à resserrer son étreinte pour la maintenir debout.

Plus tard, beaucoup plus tard, ils étaient tous les deux assis sur le canapé de Luc, les yeux secs d'avoir trop pleuré, le cœur noyé mais qui battait encore. Le soleil fuyard avait peine à marquer sa présence au travers des cumulus qui s'amoncelaient au-dessus de leur tête et pour la première fois de sa vie, Marina voyait poindre le réveillon de Noël comme une épreuve.

Seuls quelques jours s'étaient écoulés depuis son retour au Québec, mais il lui semblait pourtant qu'il s'agissait d'une éternité fragmentée par les heures les plus noires de son existence.

— Tu vas bien ? lui demanda Luc au bout d'un moment.

Il ne supportait pas le silence dans lequel elle s'enfermait depuis son retour de France. Il ne supportait pas de sentir ses pensées s'enfuir loin de lui, et surtout il détestait la couleur sombre de ses yeux, dans laquelle il était le seul à discerner le remords.

— Marina, à quoi penses-tu ? Parle-moi.

Elle se leva, s'approcha du mur où des dizaines de portraits de Mike lui souriaient. Elle en caressa un du bout des doigts, de nouvelles larmes perlant au coin de ses yeux. Elle s'étonna d'en avoir encore.

— Luc, est-ce que tu crois que j'ai fait ce qu'il fallait ? Est-ce que tu crois que toutes les décisions que j'ai prises étaient les bonnes ?

Comprenant qu'elle faisait référence à l'affaire Carl Dupré, il se leva et vint se placer derrière elle. Elle laissa sa tête se reposer contre son torse, le regard toujours rivé sur le sourire de son frère. Elle l'entendit murmurer :

— Tu as fait ce que tu croyais devoir faire, ce qui te semblait juste et le meilleur pour nous tous.

— Seulement je me suis trompée. Et c'est à cause de cette erreur que Mike est mort maintenant...

Elle ne put terminer sa phrase. Luc l'avait brusquement retournée vers lui et plongeait son regard furieux au fond du sien.

— Marina, tu vas ouvrir grand tes oreilles et bien écouter ce que je vais te dire. Je sais que tu te crois responsable de la mort de Mike, mais c'est faux. Le seul responsable dans cette affaire c'est le connard qui a appuyé sur la détente, personne d'autre !

— C'est faux et tu le sais ! Rien de tout cela ne serait arrivé si j'avais agi différemment ! Depuis le début, Mike n'a cessé de me supplier pour que je porte plainte ! Toi aussi, tu le disais ! Et moi, je ne vous ai pas écoutés ! Je ne vous ai pas écoutés parce que j'étais morte de trouille ! Résultat des courses, il a eu sa peau ! Comme il l'avait dit !

— Mike est mort à cause de Carl Dupré ! En aucun cas, à cause de toi !

— Non ! Je suis responsable ! Tout est ma faute !

Luc enfonça ses doigts dans la chair de ses épaules, à lui faire mal.

— Tu ne veux pas t'en prendre à lui? Il te faut absolument un autre coupable? Très bien, alors reproche-moi la mort de ton frère, car je suis aussi responsable que toi!

— Non, c'est faux, cria-t-elle.

— C'est vrai! reprit-il à bout de nerfs. Tu veux des coupables? Très bien. Je vais t'en trouver. Oui, tu aurais peut-être dû porter plainte comme nous te l'avions suggéré. Peut-être que ce malade aurait été arrêté et qui sait ce qui se serait produit alors. Oui, tu aurais dû écouter Mike lorsqu'il t'a mise en garde contre ce type, lorsqu'il te disait qu'il n'était pas bien pour toi, que c'était un type louche! Oui, tu es responsable de sa mort, et je le suis moi aussi! Rien de tout cela ne serait arrivé si j'avais été assez intelligent pour prendre ce que tu m'offrais, tu ne serais alors pas allée te vautrer dans cette histoire! C'est ma faute puisque je lui ai rabâché des centaines de fois que tu étais assez vieille pour prendre seule tes décisions et vivre ta vie! C'est moi qui, des milliers de fois, l'ai traité de paranoïaque alors qu'il essayait de me convaincre que tu courais un risque avec ce type! Mais surtout, c'est moi qui ai insisté pour qu'on fasse un tour à ton appartement ce soir-là, Marina. Moi! C'est moi qui ne l'ai pas couvert comme j'aurais dû le faire parce que j'étais en train de parler à la radio avec ces crétins d'agents qui n'ont pas été foutus d'arriver en moins de cinq minutes! C'est moi qui ai failli! Failli à mes fonctions de policier, mais surtout à ma mission auprès de lui!

Il n'avait pas cessé de la secouer, alors que les larmes faisaient les mêmes ravages sur son visage que l'acide sur le métal.

— Pourquoi est-ce qu'il est entré comme cela, sans me laisser le temps de le couvrir? Pourquoi est-ce qu'il n'a pas attendu? Sais-tu à quel point j'ai pu me sentir coupable alors que je le voyais perdre tout son sang dans mes bras, sans pouvoir le venger, parce que je n'avais pas été suffisamment rapide pour désarmer ce malade avant qu'il ne fasse sauter sa sale gueule? Le sais-tu?

Marina chercha à lui échapper. Elle sanglotait, manquait d'air, étouffait. Elle prenait soudainement conscience du calvaire qu'avait dû vivre Luc pendant ces cinq minutes. Cinq interminables minutes à retenir son souffle comme pour retenir la vie qui s'échappait du corps de son meilleur ami, inerte entre ses bras.

— Marina, pourras-tu jamais me pardonner ?

Elle ravala ses larmes, caressa du bout des doigts le visage tourmenté qui lui faisait face. Elle lui fit un sourire tremblant et se serra un peu plus fort contre lui. Déjà, il reprenait :

— Mais surtout, Marina, je suis coupable de t'avoir fait une promesse que je n'ai pas respectée. Je t'avais juré de prendre soin de lui ! Je te l'avais promis !

De nouvelles larmes roulèrent sur sa joue mangée par une barbe naissante.

— Nous faisons tous des promesses qu'on ne tient pas, répondit-elle faiblement. Oh ! Luc, tu as raison, je comprends. Tu n'as rien à te faire pardonner. Absolument rien.

Ils se laissèrent glisser sur le sol, vidés.

— Je ne sais pas si je réussirai à reprendre ma vie là où elle s'est interrompue. J'ai peur de toujours rester prisonnière de tout cela.

Il s'empara d'une boucle qui lui barrait le front. S'étonna de sa fraîcheur.

— Il le faudra pourtant, ma belle. Sinon, ça voudrait dire que Mike est mort pour rien. Marina, ton cauchemar s'est terminé avec le sien, à toi maintenant de profiter de la vie et de rattraper tous ces mois perdus.

Elle leva les yeux vers lui et les paroles qu'elle avait au bord des lèvres moururent sans avoir vécu alors qu'il posait sur elle un regard d'une telle intensité qu'elle en cessa de respirer. Il allait l'embrasser, elle le savait aussi sûrement qu'elle savait qu'elle le laisserait faire parce qu'elle l'avait jadis tellement aimé et parce qu'elle avait la certitude qu'à cet instant précis il avait besoin d'elle. Il avait besoin que ses lèvres lui disent qu'elle lui pardonnait, qu'elle ne lui en voulait pas. Il posa sa bouche sur la sienne, alors que ses mains s'emparaient de son corps qu'il pressait contre le sien à lui faire mal. Il l'embrassa tout en douceur et tout en retenue, étrange contraste avec la façon dont ses mains semblaient vouloir lui broyer les os. Il savourait cet ultime moment, sachant très bien que ce serait le dernier.

Il la libéra, à bout de souffle, baissant les yeux pour ne plus voir ce qu'il avait perdu.

— Tu avais raison, dit-il d'une voix rauque. Je savais que tu étais complètement dingue de moi. Et maintenant ?

— Maintenant, tu es ce que j'ai de plus précieux au monde, seulement mon cœur est ailleurs.

Il hocha la tête, compréhensif.

— Je n'ai que ce que je mérite. Si, au lieu de faire le con, j'avais su prendre ce que tu m'offrais, je n'en serais pas là. Alors, tu l'aimes vraiment, ce peintre ?

— L'aimer ? Je ne sais pas si je l'aime, mais je sais qu'il m'obsède et qu'auprès de lui je me sens vivante et accomplie.

Il lui caressa la joue, puis son regard se fixa à nouveau sur ses lèvres.

— Marina, promets-moi une chose.

Elle leva son visage vers le sien.

— Encore des promesses ?

— Ne le laisse jamais te blesser. Tu m'entends ? Parce qu'alors, je serai sans pitié.

**

Chapitre 30

26 août 2006

Le lendemain, Marina se retrouva dans le petit restaurant, assise devant Nicolas qui la bombardait de questions sur ce qu'ils avaient vécu ensemble. Il l'écoutait lui narrer les épisodes de sa vie comme un conteur l'aurait fait. Elle donnait tant de détails qu'il avait l'impression de sentir les morsures de l'hiver sur sa peau presque autant qu'il la sentait lutter contre la douleur qui l'avait assaillie à la mort de son frère. Elle avait très vaguement évoqué ce souvenir et s'était tue afin de laisser retomber les émotions qui remontaient à la surface, après avoir été ravalées pendant près de deux ans. Le regard qu'elle posa sur lui était humide et brouillé et il s'en voulut de lui infliger cela. Il l'avait écoutée attentivement, vivant avec elle certaines choses, ou étant simple spectateur pour d'autres. Il savait très bien qu'elle ne lui disait pas tout, notamment en ce qui concernait la mort de son frère. Elle était passée tellement rapidement sur cet épisode qu'il se doutait bien qu'un secret s'y cachait.

— Tu veux qu'on arrête pour aujourd'hui? proposa-t-elle en voyant qu'il se frottait les tempes. Tu as mal à la tête?

Il la regarda, curieux.

— Non, non, un peu de fatigue, c'est tout. Tu veux continuer?

— À ta convenance. Comme tu le souhaites.

Il lui fit signe que oui. Il voulait en savoir le plus possible, le plus rapidement possible. Si elle était disposée à tout lui dire aujourd'hui, eh bien, tant mieux.

Ils commandèrent chacun un autre café, et il reprit :

— Parle-moi de la toile, Marina. Comment est-elle arrivée chez toi ?

À sa question, ses joues se colorèrent. Il devina qu'il abordait un sujet où il était encore une fois question du couple qu'ils formaient à l'époque. Aussi, ce fut avec une attention soutenue qu'il l'écouta reprendre son récit.

**

Chapitre 31

31 décembre 2003

Une semaine s'était écoulée depuis l'enterrement de Mike lorsque Marina put enfin réintégrer son appartement. Luc s'y était fortement opposé, arguant qu'il était encore trop tôt pour qu'elle se retrouve seule. Sensible à ces propos, Marina l'avait écouté, mais elle lui avait ensuite expliqué que, à son avis, le retour à une vie normale passait par le retour à son domicile, avec ce que cela comportait de douleur et de fantômes. Luc s'était rapidement rendu compte qu'elle avait la tête aussi dure que celle de son frère et qu'il ne parviendrait pas à la convaincre du contraire. Aussi l'avait-il accompagnée, pour son retour dans ce lieu qui représentait une nouvelle étape à franchir sur le chemin de leur deuil. Malgré les difficultés rencontrées, elle était fière d'y être parvenue.

Dès son arrivée, elle avait appelé Nicolas pour lui annoncer son retour chez elle.

— J'espère que tu sais que tu es à présent à ma merci ! Je suis libre de t'appeler à n'importe quelle heure du jour ou de la nuit.

— C'est une menace ? avait-elle demandé en riant.

— Non, c'est une promesse !

Elle n'avait pas caché son plaisir en entendant ses paroles.

Ce matin-là, le vent soufflait en force. Le thermomètre flirtait avec les moins trente-deux degrés Celsius et la chaleur que diffusaient les radiateurs avait de la difficulté à chasser le froid qui avait envahi les trois pièces de l'appartement. Mais bien emmitouflée dans sa couverture en polaire, les pieds au chaud dans des mocassins de cuir, une tasse de thé brûlant entre les mains, Marina n'en avait cure. Elle souffla sur l'eau frémissante qui laissait s'évaporer la douce odeur sucrée de son thé au caramel, la vapeur d'eau formant une auréole de givre sur le bas de la fenêtre.

Elle but une nouvelle gorgée de thé du bout des lèvres, le liquide mordoré se répandant dans sa bouche comme aurait pu le faire la langue de Nic. Nic. Comment pouvait-il être aussi présent alors qu'il se trouvait à des milliers de kilomètres d'elle? Ils avaient convenu de s'appeler une fois par semaine, se rappela-t-elle en souriant. Il n'avait jamais respecté sa parole. Dès qu'il avait eu le numéro de téléphone de Luc, il avait appelé chaque soir vers la même heure. Puis une fois de retour chez elle, il s'évertuait à tenir sa promesse de la harceler littéralement. Le vide de ses journées et de ses nuits était meublé par ses incessants coups de téléphone, ils battaient le rythme de sa vie que son cœur, lui, avait du mal à reprendre.

Elle remonta la couverture sur ses épaules, ne laissant que ses mains sortir de cette peau douce et tiède. Demain marquerait le début de la nouvelle année. Il avait été convenu qu'elle passerait le réveillon du Jour de l'An avec Luc, dans sa famille, mais l'idée de leur gâcher cette fête avec son air maussade et ses crises de larmes lui était insoutenable. Elle avait donc décidé qu'elle serait mieux ici, dans son appartement, avec ses souvenirs et Nic au bout du fil.

Marina reposa sa tasse, souffla sur la vitre givrée afin de créer un petit halo de visibilité à la hauteur de ses yeux. Elle vit danser un premier flocon, puis un deuxième, et rapidement ce qui s'annonçait comme un simple matin d'hiver tourna en tempête. Le ciel avait changé d'apparat, maintenant lourd de neige, le ventre gonflé et sombre.

La jeune femme se leva et décida qu'il valait mieux augmenter le chauffage. Manifestement, le temps n'allait pas s'arranger. C'est à ce moment-là que l'on frappa à la porte. Surprise, elle fronça les sourcils. Elle n'attendait personne. Elle se dirigea d'un pas lent vers la porte, toujours emmitouflée dans sa couverture. Elle regarda par le judas et quelle ne fut pas sa surprise de voir un homme d'une quarantaine d'années, qui attendait une réponse. Sans retirer la chaîne de protection, elle déverrouilla et entrouvrit la porte.

— Oui? demanda-t-elle, sur ses gardes.

— Une livraison, pour mademoiselle Marina De Grand Maison.

— Pour moi? Mais je n'ai rien commandé! Une minute, je vous ouvre.

Elle referma la porte, laissa glisser la couverture de ses épaules et la déposa sur un siège dans l'entrée. Elle retira la chaîne et ouvrit. L'homme lui tendit un papier à signer et lui demanda:

— Où est-ce que je le dépose?

— Le déposer?

— Oui, c'est plutôt encombrant.

Il se recula et d'un geste indiqua un paquet aux dimensions impressionnantes posé contre le mur. Marina ouvrit la bouche, stupéfaite, devinant ce que c'était.

— Posez-le dans la cuisine, s'il vous plaît. Merci.

L'homme s'exécuta, salissant le sol impeccable de traînées grisâtres, puis, après un bref salut, sortit de l'appartement. La jeune femme referma la porte, remit en place la chaîne de sécurité, se couvrit à nouveau de sa couverture et entreprit de chercher une paire de ciseaux afin de couper les nombreuses ficelles qui entouraient ce qu'elle devinait être une toile. Une énorme toile. Dans l'un des tiroirs près de l'évier, elle trouva ce qu'elle cherchait. Fébrilement, elle déchira le papier kraft qui recouvrait le tableau. Lorsqu'elle l'eut déballé, elle ne put retenir un «Oh! Mon Dieu!». La couverture qu'elle retenait sur ses épaules glissa sur le sol alors qu'elle restait là, immobile, les yeux rivés sur son portrait. C'était la fameuse toile qu'elle n'avait jamais vue, celle où elle était nue, endormie, un drap dissimulant mal son intimité. Une foule de souvenirs se bousculèrent derrière ses yeux, et des larmes, telles des perles translucides, roulèrent sur ses joues. Presque aussitôt, on frappa à nouveau à la porte. Elle mit quelques secondes à réagir, tant elle était sous l'emprise du tableau. Elle essuya ses joues humides, jeta un nouveau coup d'œil au judas où elle aperçut le même homme qui tenait dans les bras un autre paquet, de petites dimensions cette fois-ci. Elle ouvrit la porte, avant de murmurer d'une voix étranglée :

— Oui ?

— Un autre paquet pour vous, mademoiselle.

Elle signa le deuxième bon de livraison, referma la porte, remit la chaîne de sécurité et ouvrit le paquet. Quelle ne fut pas sa surprise de trouver à l'intérieur rien de plus rien de moins qu'un marteau et un clou accompagnés d'un petit mot : « J'aurais parié que tu n'en avais pas. Amoureusement, Nic. » Elle serra l'objet contre son cœur comme s'il s'agissait de quelque pierre précieuse, avant d'éclater de rire. Soudainement, elle ne sentait plus le froid, n'entendait plus le vent qui fouettait les vitres ni le cliquetis du calorifère qui luttait pour conserver la température ambiante à vingt degrés. Les yeux de nouveau rivés sur la toile, elle ne fut pas surprise d'entendre frapper une troisième fois. Sans regarder par le judas, elle ouvrit la porte pour se retrouver nez à nez avec le même livreur, un immense poinsettia entre les bras.

Elle se mit à rire en saisissant la plante qui dissimulait presque entièrement la tête de l'homme.

— Dites, mademoiselle, vous n'auriez pas un admirateur, par hasard ? Faut l'épouser, ce gars-là.

En riant, elle referma la porte derrière elle, juste à temps pour entendre sonner le téléphone. Elle se rua dessus et, sans attendre, dit aussitôt :

— Tu es complètement cinglé !

— Elle te plaît ? s'enquit aussitôt Nicolas, toute l'émotion qu'il ressentait vibrant au fond de sa voix.

— Mon Dieu, elle est... elle est... je ne trouve pas les mots. C'est somptueux, c'est... j'en suis folle ! finit-elle par dire tout simplement.

Comme c'était le cas quelquefois, elle l'entendit sourire.

— Nic, ce n'est pas un talent que tu as, c'est un véritable don. Comment as-tu pu te séparer d'un tableau pareil?

— J'avoue avoir eu de la difficulté. Depuis ton départ, j'y ai travaillé sans relâche. C'est le seul moyen que j'ai trouvé pour supporter ton absence. C'était ma façon à moi de te retrouver.

On frappa à nouveau à la porte.

— Quoi, encore?

— Va répondre, jolie Marina, lui ordonna Nicolas.

Sans raccrocher, elle se rendit dans l'entrée pour trouver toujours le même homme derrière sa porte.

— Dites-moi, lui demanda-t-elle, il vous a embauché pour la journée?

L'homme soupira, plus amusé qu'exaspéré. Il entra, les bras chargés d'une toile de même dimension que la première, puis il ressortit et entra de nouveau avec toute une série de cartons plus ou moins lourds.

Le téléphone toujours collé à son oreille, Marina le regarda effectuer ce semi-déménagement, puis elle demanda à Nicolas dont elle percevait les rires.

— Tu peux m'expliquer tout cela? fit-elle amusée.

— Oui, ma jolie, tout de suite.

Puis elle l'entendit raccrocher. Étonnée, elle regarda le téléphone avant de tendre la main vers le stylo que tenait l'homme pour signer le bon de livraison.

— Désolé, ma petite dame, celui-là, ce n'est pas vous qui devez le signer.

Stupéfaite, désorientée, elle vit l'homme sortir de l'appartement et tendre le papier à une autre personne dans le corridor. Le papier lui fut rendu et aussitôt elle crut défaillir en le voyant dans le cadre de la porte. C'était lui, c'était Nicolas.

***

Chapitre 32

26 août 2006

Marina interrompit son récit, soudainement mal à l'aise.

— Que s'est-il passé ensuite? interrogea Nicolas dont la voix ne trahissait pas son état d'esprit.

Elle le regarda de plus en plus embarrassée.

— Ça va, j'ai compris, fit-il brusquement.

Ils se turent pendant quelques secondes, le temps de boire une gorgée de café. Nicolas joignit ses mains et y laissa reposer son menton, songeur.

— Quelque chose ne va pas? lui demanda Marina qui le voyait perdu dans ses pensées.

La réponse inattendue qu'il lui fit la perturba.

— Marina, es-tu heureuse? Je veux dire, tu sembles avoir réussi dans la vie, tu as trouvé un homme qui prend soin de toi, un homme qui a réussi là où j'ai manifestement échoué...

— Tu n'as jamais échoué nulle part, Salom, répliqua-t-elle vivement.

— Alors pourquoi? Pourquoi est-ce que ça n'a pas marché entre nous? Nous semblions pourtant tout avoir... Nous semblions nous aimer...

— Nic...

— Réponds-moi, Marina.

— Écoute...

— Dis-le-moi, tu n'as pas le droit de me le cacher. C'est moi qui ai fait quelque chose de mal? Je t'ai trompée? Tu m'as trompé?

— Non! Non, ce n'est pas cela.

Nicolas ferma les yeux, le front plissé. À part l'infidélité, il ne voyait pas pourquoi il aurait pu abandonner une femme qui semblait autant le combler. Alors si la raison ne venait pas de lui, elle venait forcément d'elle.

— C'est à cause de Luc, c'est cela?

— Oui, mentit-elle en détournant les yeux. Écoute, Nic, je dois y aller maintenant, j'ai un cours.

— Un cours?

— Oui, j'ai repris des études en économie et en gestion d'entreprise afin de pouvoir créer ma propre maison d'édition. Si tu veux, on peut se revoir demain pour le petit déjeuner. Je te préparerai des œufs.

Sans attendre de réponse, elle saisit son sac et se leva. Il n'essaya pas de la retenir, la connaissant suffisamment pour savoir que ça ne servirait à rien. Il la regarda donc partir et resta seul avec sa frustration. Il s'empara alors du livre et trouva le passage qui traitait de son retour au Québec. Il ne savait pas pourquoi, mais s'il voulait y voir plus clair, quelque chose lui intimait de prendre une longueur d'avance sur ce qu'elle voudrait bien lui raconter. Mais il ne trouva pas le fameux passage de son arrivée et referma le livre violemment et le lança sur le sol. «Putain de bouquin!» gronda-t-il, déçu.

Il se devait, cependant, de faire une chose dans l'immédiat. Une chose qu'il avait reportée, tant la colère qu'il ressentait envers sa sœur était intense. France lui avait menti. Elle connaissait l'existence de Marina et pourtant elle ne lui en avait rien dit, même lorsqu'il l'avait suppliée. Il jugea mériter certaines explications. Sa colère s'était un peu affaiblie, ce qui limitait le risque de paroles exagérées et regrettables.

Une fois à son hôtel, il appela la réception, demanda qu'on lui monte à dîner et qu'on le mette en communication avec le numéro de sa sœur. Malheureusement, les sonneries se succédèrent sans réponse. Il raccrocha violemment, maudit le destin qui semblait s'acharner contre lui. Il composa ensuite le numéro de son appartement, espérant pouvoir discuter un peu avec Judith. Mais encore une fois il resta bredouille. Elle devait être de garde à l'hôpital.

Il dut se contenter d'un repas en solitaire devant le poste de télévision qu'il ne regardait que d'un œil, complètement absorbé par ses réflexions. Il en fut tiré brutalement lorsque son regard croisa celui de Marina, projeté sur l'écran. Stupéfait, il chercha la télécommande et monta le volume, le corps soudainement en alerte.

Le bulletin de nouvelles diffusait une photographie de Marina aux côtés de celle d'une autre jeune femme. « Du nouveau dans l'affaire Carl Dupré. Le corps d'Annie Simard, âgée de vingt-quatre ans, a été découvert ce matin dans son appartement, par la concierge de l'immeuble. Une lettre laissée par la victime à l'attention de ses parents, semble indiquer qu'il s'agirait d'un suicide. La jeune femme a justifié son geste par son incapacité à oublier les sévices sexuels auxquels Carl Dupré l'avait soumise pendant de longues années. Rappelons qu'Annie Simard avait porté plainte contre son agresseur en 2003, quelques jours avant que ce dernier ne mette fin à ses jours après avoir abattu le policier Mike De Grand Maison dans l'appartement de sa sœur Marina De Grand Maison, autre victime présumée... »

Nicolas cligna des yeux. Il chercha à se rappeler la moindre évocation de ce nom par Marina et n'en trouva aucune. En lui parlant du décès de son frère, elle avait décrit une patrouille qui avait mal tourné et avait toujours prétendu ne pas connaître l'assassin. Une colère froide s'empara de lui, il sauta du lit, saisit son blouson au vol et sortit en trombe de sa chambre d'hôtel.

***

Chapitre 33

26 août 2006 (suite)

Marina sursauta violemment en entendant des coups secs s'abattre sur la porte de son appartement. Elle aurait sûrement demandé à Luc d'aller ouvrir si la voix de Nicolas ne s'était pas aussitôt fait entendre.

— Marina, c'est moi, ouvre !

Elle s'essuya les mains sur son tablier et presque en courant se rendit dans le couloir d'entrée afin de lui ouvrir. Avant qu'elle n'ait eu le temps de prononcer le moindre mot, il lui demandait d'une voix dure :

— Quel est le lien qui existe entre toi et Carl Dupré ?

Sous le choc, elle chancela, hésita une seconde avant de bredouiller :

— Qu... qui ?

— Carl Dupré. Qu'a-t-il à voir avec toi ? Ne me sors pas l'explication qu'il a tué ton frère, ça, je le sais déjà. Ce que je veux savoir, c'est ce qu'il t'a fait à toi !

— Pardon ?

Comme elle pâlissait à vue d'œil et qu'elle ne paraissait pas décidée à lui répondre, il lui saisit les deux bras et planta un regard furieux au fond du sien :

— Tu ne m'en avais jamais parlé. Pourquoi ?

— Pourquoi? Tout simplement parce que ça ne te regardait pas. Ce ne sont pas tes affaires, essaya-t-elle de se justifier.

Elle l'entendit rugir alors qu'il la secouait, de plus en plus hors de lui.

— Pas mes affaires? Pas mes affaires! On vivait ensemble, on couchait ensemble, j'ai fait des milliers de kilomètres pour venir te rejoindre et ce n'était pas mes affaires! hurla-t-il, complètement sous l'emprise de sa colère. Que fallait-il que je fasse pour que ce qui te touche devienne mes affaires? brailla-t-il, toujours déchaîné.

— Eh! Nic, calme-toi. Si elle n'a pas jugé bon de t'en parler, c'est qu'elle avait ses raisons.

Nicolas ne jeta même pas un regard à Luc qui venait de faire irruption derrière Marina.

— J'apprends par les informations à la télévision que Marina De Grand Maison n'est pas seulement une écrivaine célèbre, mais qu'elle est également connue à la grandeur du pays pour avoir été l'une des victimes présumées de Carl Dupré! Qu'est-ce que ça veut dire?

— Comment sais-tu cela? interrogea-t-elle en tremblant.

— Réponds-moi, qu'est-ce que ça veut dire?

— Comment l'as-tu su? hurla-t-elle à son tour.

— Annie Simard est morte. Elle s'est suicidée hier soir, expliqua Luc d'une voix neutre.

Marina le regarda sans le voir, foudroyée par cette information. Elle sentit son cœur s'alourdir, ses membres s'engourdir. Nullement attendri par son air désemparé, Nicolas repartit à la charge.

— Qui est Carl Dupré, Marina?

— Rien, si ce n'est qu'une affaire close et terminée, l'interrompit Luc. Je ne te le redirai pas, Nic, lâche-la immédiatement.

Ce qu'il fit, comme si tout à coup son contact le dégoûtait profondément. Marina massa ses poignets endoloris, incapable de prononcer la moindre parole. Déjà, il poursuivait:

— Tu avais donc si peu de considération pour moi pour me refuser ta confiance? Que m'ont valu tes grands discours et tes beaux principes?

— Nic...

— Tais-toi! cria-t-il.

Pas plus qu'elle, il ne savait exactement pourquoi il éprouvait une telle rage. En réalité, il s'en doutait mais ne souhaitait pas se l'avouer. Il avait peur... peur de ce que cet homme avait pu lui faire, peur de ce qu'il ne savait pas, peur de ce qu'elle ne souhaitait pas lui dire. Peur de ce sentiment si douloureux qui cherchait à resurgir et contre lequel, inconsciemment, il luttait.

Sans un mot de plus, il sortit de l'appartement, laissant le soin à Luc de refermer la porte derrière lui. Profondément bouleversée par cette scène, Marina n'arrivait plus à réfléchir et restait là, prostrée, incapable de sortir de son mutisme.

— Pourquoi ne m'as-tu rien dit pour Annie?

Luc la prit dans ses bras et frotta son nez contre ses cheveux.

— J'attendais le bon moment. Il ne s'était pas encore présenté.

Une minute s'écoula sans qu'elle ne bouge.

— Eh! ma belle, ça va?

Elle regarda Luc comme si elle s'apercevait à peine de sa présence. Elle ne répondit pas. Elle devait mettre de l'ordre dans ses idées. Nic avait raison, elle pouvait comprendre sa réaction et n'avait pas d'excuse pour se disculper.

— Je... je vais faire un tour, je ne serai pas longue.

Il n'essaya pas de l'empêcher de sortir, même s'il savait pertinemment qu'elle partait le retrouver. Il se contenta de lui tendre son manteau et de glisser à l'intérieur une petite bombe lacrymogène.

— Au cas où tu en aurais besoin, expliqua-t-il dans un haussement d'épaules.

Elle le remercia d'un geste de la tête et sortit. Elle dévala l'escalier à toute vitesse et se mit à courir en direction de l'hôtel de Nicolas. Lorsqu'elle arriva devant la porte de sa chambre, elle frappa, mais personne ne répondit. Elle fut cruellement déçue de s'apercevoir qu'il n'y était pas ou pire, qu'il ne souhaitait pas lui ouvrir. Elle se laissa tomber sur le sol, le dos contre la porte, la tête rentrée entre les épaules, le souffle court de sa course. Elle laissa ses bras reposer sur ses genoux et ferma les yeux. Elle entendit le bruit de l'ascenseur qui s'arrêtait à l'étage où elle se trouvait. Elle ouvrit un œil, l'aperçut qui s'immobilisait devant elle. Le regard qu'il posa sur elle semblait plus calme, ce qui la rassura.

— Comment as-tu pu arriver ici avant moi? s'étonna-t-il, sans faire un geste vers elle.

— J'ai pris un raccourci, murmura-t-elle en se relevant. Elle se tenait toujours devant la porte, l'empêchant de pénétrer dans la chambre et de lui claquer la porte au nez.

— Tu souhaites qu'on discute ici ou tu entres? reprit-t-il aussitôt, comme s'il lisait en elle.

Pour toute réponse, elle s'écarta et le laissa passer devant elle. Une fois à l'intérieur, il chercha l'interrupteur, alluma les lumières qui révelèrent un décor sobre mais luisant de propreté. Elle prit place dans un fauteuil alors qu'il restait debout, les bras croisés. Rien en lui n'avait changé, ne put-elle s'empêcher de penser, un pincement au cœur.

— Je t'écoute, dit-il rudement, sans prélude.

— Par quoi commencer...

— Je vais t'aider, commence par Carl Dupré.

Sa voix était sèche et appelait une réponse immédiate.

— En dehors du fait qu'il est l'assassin de Mike, qu'est-il d'autre?

— Un homme qui m'a agressée, répondit-elle du tac au tac. Elle le vit frémir, reculer d'un pas, puis se ressaisir.

— Ça s'est passé avant ou après notre rencontre?

— Avant. Je l'ai rencontré deux ans avant de partir pour Paris. J'ai quitté le Canada pour le fuir.

Nicolas secoua la tête comme si cette réponse confirmait ses pires craintes.

— Est-ce que...

Il s'interrompit, incapable de poser la question qui lui broyait le cœur.

— Que t'a-t-il fait?

Marina ouvrit la bouche pour dire quelque chose, puis se ravisa. Elle ne comprenait pas pourquoi il semblait si affecté. Après tout, elle ne faisait plus partie de sa vie, du moins depuis ces dernières années.

Elle n'avait pas envie de revenir sur cet épisode douloureux et humiliant. Pourtant, elle savait ne pas avoir le choix. Elle se leva à son tour, lui tourna le dos et marcha jusqu'à la fenêtre qui donnait sur la petite terrasse intérieure de l'hôtel. Elle l'entendit se déplacer dans son dos alors qu'elle reprenait d'une voix calme et posée, comme si elle s'apprêtait à raconter une histoire à un enfant.

— J'étais étudiante à l'université et lui était l'un de mes professeurs. Il m'enseignait la littérature étrangère. Dès les premiers cours, j'ai bien vu que je lui plaisais. Je trouvais amusants les regards éloquents qu'il me jetait de temps à autre, les sourires qu'il me faisait derrière ses lunettes et les compliments dont il barbouillait mes copies d'examen. De mon côté, je ne l'ai jamais encouragé, mais je ne lui ai jamais non plus fait comprendre qu'il ne m'intéressait pas. J'aimais l'attention dont j'étais l'objet. C'était pendant la période où Luc m'ignorait et j'en souffrais énormément, me remettant en cause en tant que femme. C'était une sorte de petite vengeance. Mais ça n'allait jamais au-delà. Je t'assure que je ne l'ai jamais encouragé. Je lui vouais le respect qui lui était dû, rien de plus, rien de moins. Ses attentions me rassuraient. Cependant, lorsqu'il s'est mis à utiliser toutes sortes de prétextes pour me garder après les cours, j'ai commencé à douter de la banalité de ses intentions. J'en ai parlé à Mike. Il a tout de suite saisi le personnage et m'a conseillé d'abandonner le cours, mais j'ai refusé. Cela aurait reporté l'obtention de mon certificat. Or, j'en avais marre des études et j'aspirais à autre chose. Pour moi, il était hors de question que je diffère la fin de mes études à cause d'une banale affaire de drague. Seulement, ça ne s'est pas arrêté là. Il a découvert où j'habitais, mon numéro de téléphone personnel, le bus que je prenais, l'adresse de mon frère, tout. Il possédait le moindre renseignement et s'en servait de manière peu loyale. Il me harcelait. Au début, ça a commencé par un coup de fil pour parler d'un sujet dont il avait traité en classe, puis pour me demander un rendez-vous, etc. Mes refus perpétuels l'ont exaspéré et il a franchi un nouveau cap. Un soir, alors que je rentrais de l'université, il m'attendait devant la porte de mon appartement, situé dans le Vieux-Montréal. Il m'a une fois de plus demandé un rendez-vous, et j'ai refusé comme je le faisais toujours. Ça l'a mis dans une colère folle et il m'a giflée. C'était la première fois qu'il levait la main sur moi. J'ai compris que j'avais laissé les choses aller beaucoup trop loin et qu'elles étaient malheureusement devenues hors de mon contrôle. Excédé, Mike a décidé de lui rendre visite à l'université. Il l'a mis en garde de ce qui lui arriverait s'il osait encore m'approcher ou m'appeler. Carl lui a ri au visage et lui a craché dessus.

Elle s'interrompit un moment, traçant du bout du doigt un trait sur la buée qui couvrait la fenêtre, et reprit :

— Le jour où j'avais enfin décidé de porter plainte pour harcèlement, il est venu me voir et m'a promis qu'il tuerait mon frère si je le dénonçais ou si je ne lui obéissais pas. J'ai vu dans ses yeux qu'il ne plaisantait pas. Mike et Luc m'ont implorée de ne pas tenir compte de cette menace et de faire une déposition à la police. J'ai refusé. Deux jours plus tard, je déménageais. Malheureusement, il m'a retrouvée. Chaque jour, il me rappelait cette menace par un appel, une lettre ou pire, il m'envoyait des roses pour y faire allusion, toujours assorties des mêmes menaces.

Pendant près d'un mois et demi, Mike et Luc se sont relayés pour ne jamais me laisser seule. Jusqu'au jour où ils furent appelés pour un cambriolage. Je l'ai alors vu débarquer en pleine nuit dans mon immeuble. Il a menacé de mettre le feu à tous les appartements si je ne lui ouvrais pas. Je savais qu'il en était capable. C'est pour cette raison que je l'ai laissé entrer. Mais je ne croyais pas qu'il puisse... il... il m'a attrapée par les cheveux et m'a traînée de force dans ma chambre. J'essayais de crier, mais il avait mis sa main sur ma bouche et...

Nicolas la vit passer ses doigts sur ses lèvres alors qu'elle s'interrompait dans son récit, comme si le contact de cet homme était marqué sur sa peau. Il sentit tous les muscles de son dos se tendre à l'extrême et une haine peu commune l'envahir. Il aurait voulu pouvoir la prendre dans ses bras, effacer d'un baiser le contact de cette main, la garder à jamais dans la protection de son étreinte, mais il ne le pouvait pas. Il ne pouvait que rester là, crispé, la violence de sa révolte dans chacun de ses poings fermés, à l'écouter relater les sévices de son bourreau. Sa voix n'était plus qu'un murmure tremblotant lorsqu'elle reprit:

— Il a déchiré mon déshabillé et m'a jetée sur le lit... Luc est arrivé à cet instant. En l'entendant, il s'est enfui par la fenêtre sans que Luc ne puisse mettre la main dessus. Le lendemain, il m'envoyait une nouvelle menace de mort qui visait Mike, et jurait qu'il la mettrait à exécution si je tentais quelque chose contre lui.

Un sanglot s'étrangla dans sa gorge et il vit ses tremblements s'accentuer. Elle se retourna alors vers lui, une supplication au fond des yeux. Il affronta ses prunelles, sa douleur passant de ses yeux aux siens, se dédoublant, s'intensifiant.

— Est-ce qu'il t'a violée? finit-il par demander, comprenant qu'elle ne pourrait pas lui en dire davantage. La réponse le surprit, mais ne lui apporta pas le soulagement dont il avait besoin.

— Non, l'arrivée de Luc a évité le pire.

— Ça ne l'a pas empêché de te meurtrir au plus profond de ton âme, n'est-ce pas Marina?

Sa voix était douce et se voulait encourageante et réconfortante à la fois. Il aurait suffi d'un geste pour qu'elle se jette dans ses bras. Mais sa réponse brève ne lui suffisait pas et il voulait en savoir plus.

— Que s'est-il passé ensuite?

Elle hésita un long moment, puis ferma les yeux. Son dos se courba sous le poids du souvenir et elle retourna s'asseoir dans le fauteuil avant de reprendre:

— J'ai déménagé une nouvelle fois. Luc et Mike avaient carrément élu domicile chez moi. Chaque soir, j'avais droit à leurs supplications pour que je revienne sur ma décision et que je porte plainte. Chaque soir, je leur résistais, guidée par ma peur qu'il ne leur arrive quelque chose à l'un ou à l'autre. Puis un jour, il a retrouvé ma trace et le même manège a repris. Ensuite, il y a eu ce fameux soir où je rentrais d'un dîner avec Véronique, une amie. Il s'était caché au coin d'une ruelle et m'attendait. Il m'a attrapée par le bras et m'a frappée au visage, plusieurs fois.

Marina sursauta en entendant les rugissements de Nicolas qui s'était mis à marcher devant elle comme un possédé.

— Je ne sais pas par quel miracle j'ai pu lui échapper. Je suis parvenue à retourner chez moi. C'est ce soir-là que Mike m'a fait comprendre que je devais partir. Loin. Quelques jours plus tard, je quittais le Canada. Quelques jours plus tard, je te rencontrais. Ces quelques mois passés en France ont mis un baume sur mes plaies et m'ont permis de recommencer à vivre. Lorsque j'étais avec toi, je me sentais en sécurité. J'ai intégré ton monde, ton univers, comme si c'était le mien et je m'y suis refaite.

Elle se tut et Nicolas comprit qu'elle ne dirait plus rien. Il ne cessait de l'observer, elle si fragile et si forte en même temps, elle qui gardait obstinément les yeux baissés sur ses mains jointes. Il s'approcha doucement, s'agenouilla et, pour la première fois, la toucha. Il prit son menton entre ses doigts et leva vers le sien son visage affligé.

— Regarde-moi, Marina.

La douceur de sa voix la fit frémir alors qu'elle ne parvenait pas à lui obéir, une larme roulant sur la peau bronzée du jeune homme.

— Regarde-moi, demanda-t-il à nouveau.

Cette fois, elle leva les yeux, se perdant dans l'immensité bleue qu'il fixait sur elle. Ce qu'elle y lut accéléra les battements de son cœur. Du bout du doigt il recueillit une larme alors qu'il poursuivait son chemin sur la courbe de sa joue.

— Pourquoi ne pas m'avoir fait confiance ? Je t'aurais protégée !

— Tu l'as fait. Tu ne savais rien et tu l'as quand même fait. Tu m'as accueillie chez toi, tu as pris soin de moi.

— Pourquoi ne m'as-tu rien dit, je ne comprends pas. Il est vrai que je ne me souviens de rien concernant notre passé commun, mais je me connais suffisamment pour savoir que tu pouvais avoir confiance en moi. N'ai-je pas essayé de savoir ? Je sais que tu es une bien piètre comédienne, comment as-tu pu me cacher cela ? Pourquoi ne m'avoir rien dit ?

— Parce que si je l'avais fait, Salom, ce regard que tu poses en ce moment sur moi et qui me fait me sentir si misérable et vulnérable, ce regard ne t'aurait plus jamais quitté.

Il reçut son aveu comme une gifle. Sa main retomba mollement sur ses genoux et ce fut à son tour de baisser la tête.

— Cette lueur au fond de tes yeux, Salom, et qui me faisait trembler de désir, je ne voulais pas la perdre. Un jour, Mike et Luc m'ont eux aussi regardée différemment. Et je crois que cette douleur est aussi difficile à supporter que le reste. Voilà pourquoi je ne t'ai rien dit. Pour toi, je voulais rester la femme du tableau, celle que tu caressais du regard aussi bien que de tes mains. Je voulais continuer d'être pour toi l'icône que tu avais faite de moi. Tout simplement.

Un silence lourd s'infiltra dans la pièce, balayant d'un coup l'écho de toutes les paroles prononcées qui traînaient encore entre eux. Elle se leva et sans un mot de plus se dirigea vers la porte. Elle allait l'ouvrir lorsque Nicolas se redressa brusquement et, le visage fermé, saisit sa veste et ses clefs.

— Je te raccompagne.

— Pourquoi?

— Parce qu'il est tard et que tu ne rentreras pas seule. Point final. Et ne va pas t'imaginer que je fais cela à cause de ce que tu viens de me raconter. Je le fais comme je l'aurais fait, lorsqu'il fait nuit, pour n'importe quelle femme.

Il passa devant elle et lui tint la porte ouverte. Le trajet jusqu'à son appartement se fit dans le plus grand silence. Un silence lourd de reproches et de regrets qui rôdaient autour de Marina alors que Nicolas se débattait avec des images qui le harcelaient. Puis, subitement, il annonça:

— Je vais repartir plus tôt que prévu.

Marina ne dit rien. Elle garda pour elle le non qu'elle sentait monter dans sa gorge et se contenta d'attendre la suite.

— Lorsque je suis venu ici, je voulais comprendre, retrouver des choses.

— Ce n'est pas ce qui s'est passé?

— Si, malheureusement. J'ai retrouvé plus de choses que je n'aurais voulu. Cependant, il reste encore quelques points que je souhaiterais aborder avec toi, dont la cause de notre rupture. Nous n'en avons pas encore parlé et d'après ton livre, nous avons vécu heureux jusqu'à la fin des temps.

Elle sourit tristement.

— Les gens n'aiment pas les romans qui se terminent mal.

Il hocha la tête, compréhensif.

— Quand puis-je revenir te voir?

Marina jeta un coup d'œil à la fenêtre de son appartement et y aperçut de la lumière. Luc devait l'attendre.

— Demain soir, Luc est de patrouille toute la soirée et toute la nuit. Si tu veux, viens dîner à la maison.

Il accepta d'un hochement de tête et les mains dans les poches, il fit demi-tour et la laissa au pied de son immeuble, seule, triste, désemparée. Elle grimpa les marches de l'escalier avec une lenteur délibérée, comme si chacune d'elles la rapprochait davantage de l'échafaud qui devait mettre fin à ses jours. Elle glissa la clef dans la serrure, mais la porte s'ouvrit d'elle-même, laissant apparaître Luc, manifestement inquiet, qui la dévisagea d'un regard scrutateur.

— Ça va? lui demanda-t-il simplement.

— Ça va.

— Tu es seule?

— Oui.

— Et c'est une bonne chose?

— Oui.

Il la prit dans ses bras et se mit à la bercer comme il bercerait une petite fille. Elle ferma les yeux et s'accrocha au lainage de son pull, cachant son visage dans la chaleur de son épaule. Pour la première fois depuis qu'ils étaient ensemble, elle venait de lui mentir. Deux fois.

Nicolas revint complètement anéanti à sa chambre d'hôtel. Il jeta ses clefs sur la table de bois, ouvrit les rideaux afin de faire entrer la lumière tamisée de l'hôtel et, dans la pénombre, resta un long moment debout à méditer. Puis il saisit le combiné du téléphone et composa un numéro. Plusieurs sonneries retentirent avant qu'une voix ensommeillée et plutôt bougonne ne lui réponde :

— En voilà des heures pour appeler, qui est-ce ?

— C'est moi.

Il avait décidé d'appeler Judith parce qu'il en avait besoin, sans réfléchir au décalage horaire. Elle sembla se radoucir et revenir à de meilleurs sentiments, car elle reprit aussitôt :

— Nicolas ? Excuse-moi, j'oubliais que là-bas il est encore tôt. Pourquoi m'appelles-tu à cette heure ? grogna-t-elle en étouffant un bâillement du revers de la main.

« Parce que j'ai besoin que tu me donnes une raison de revenir vers toi », pensa-t-il si fort qu'il crut avoir parlé à voix haute.

— Tu me manquais, répondit-il simplement.

— Ah ! Enfin. Ta petite ballade au Canada ne se passe pas aussi bien que tu l'espérais ?

Il fronça les sourcils, essayant de déchiffrer les non-dits que cachaient ces quelques mots.

— Mon voyage ici se passe très bien. J'ai résolu certaines énigmes, il ne m'en reste plus qu'une et je pourrai rentrer. Je pense le faire d'ici quelques jours. Deux, peut-être trois.

Silence.

— Judith ?

— Je suis là.

— Je m'attendais à ce que mon retour te fasse davantage plaisir.

— C'est le cas, Nicolas, seulement...

— Oui ?

— J'ai un peu peur de notre avenir, à présent.

Le jeune homme s'était assis à même le sol, le dos contre le matelas du lit. Il se passa une main dans ses cheveux et frictionna ses yeux qui le brûlaient.

— Tu sais très bien qu'il n'y a aucune raison à cela, lâcha-t-il enfin.

— Excuse-moi, mais je ne suis pas de ton avis. Tu pars au bout du monde retrouver une femme que tu as aimée autrefois et je ne devrais pas m'en faire ? Tu avais le choix, Nicolas, je t'ai demandé de faire ce choix. Tu pouvais laisser tomber cette histoire ancienne, apprécier ce que nous vivions ensemble, mais ça ne te suffisait pas. Et pour moi, c'est une raison pour semer le doute dans mon esprit.

— Quel doute, Judith? Je ne suis pas venu ici pour la reconquérir, tu le sais bien!

— Bien sûr que non, puisque d'après ce que tu m'as expliqué, elle est maintenant avec un autre. Mais si elle avait été seule, que se serait-il passé?

Foudroyé par le doute qu'elle soulevait au fond de son esprit, il tarda à lui donner l'explication qui aurait pu la rassurer.

— Ton silence te trahit, Nicolas.

— Judith, tu fabules. Mon silence n'est causé par rien d'autre que la fatigue d'une journée épuisante.

— Vraiment? J'en doute. Pourquoi m'appelles-tu, Nic? Pour entendre le son de ma voix? Pour me dire que tu m'aimes ou pour te déculpabiliser?

— Je constate qu'encore une fois tu n'as rien compris! s'exclama-t-il d'une voix navrée.

Un petit rire crissa au fond de son oreille.

— Au contraire, je crois que je suis sûrement la plus lucide de nous deux. Écoute bien ce que je vais te dire, Nicolas. Je t'aime et je suis prête à t'offrir ma vie, mais de ton côté tu te dois de faire le point. Je peux concevoir que ce que vous avez vécu autrefois ait été suffisamment fort pour te hanter encore des années plus tard, mais si tu n'arrives pas à en faire le deuil, inutile de revenir vers moi. Je ne serai pas celle que l'on trompe, Nicolas. Je le refuse. Réfléchis bien à tout cela, fais le point et si tu décides de revenir, je te reprendrai. Sinon, inutile de me rappeler.

Et sans un mot de plus, elle raccrocha, le laissant seul avec la tonalité obsédante de l'ultimatum qui résonnait douloureusement à ses oreilles.

***

Chapitre 34

27 août 2006

Assis devant son petit déjeuner, Luc observait Marina depuis plus de dix minutes. Non seulement elle n'avait pas touché à ses œufs ni pris une seule gorgée de son café, mais en plus elle s'obstinait à suivre du doigt une ligne imaginaire sur le bois de la table dont elle retraçait inlassablement la courbe. Il la connaissait assez maintenant pour savoir que lorsqu'elle se trouvait dans cet état, c'était qu'elle était préoccupée et qu'il devait soit attendre qu'elle ose lui parler, soit la brusquer pour qu'elle le fasse. Ce matin, pressé par le temps, il dut choisir la seconde option.

— Souhaites-tu que je fasse réchauffer ton café ? proposa-t-il en guise de préambule.

Marina sursauta au son de sa voix. Elle leva les yeux vers lui et sourit, mal à l'aise. Elle s'était laissé prendre par ses pensées et s'en trouvait brusquement tirée alors qu'elle n'avait trouvé aucune solution au problème qui la minait.

— Marina ? demanda-t-il à nouveau.

— Non, merci, ça va. Je n'ai pas très faim ce matin.

— Tu n'avais pas sommeil cette nuit, tu n'as pas très faim ce matin, tu es certaine que tu n'as rien à me dire ?

Le mouvement de son doigt sur la table reprit, ce qui ne présageait rien de bon. Deux minutes s'écoulèrent au cours desquelles il avala une gorgée de café et ne cessa de l'observer, avant qu'elle ne dise finalement :

— Nic repartira en France dans les prochains jours.

— Oh !

Luc reposa sa tasse, se cala plus confortablement sur sa chaise et croisa ses mains sur son torse sans cesser de la dévisager. Comme il attendait une suite qui ne vint pas, il reprit :

— Donc, il repart en France et... ?

— Et rien. Il repart, c'est tout.

— C'est une mauvaise chose ?

— Non. Au contraire. Il est temps que chacun d'entre nous reprenne sa vie comme avant et tire définitivement un trait sur le passé.

— Parce que tu ne l'avais pas encore fait ?

— Si, bien sûr que si. La preuve en est que tu habites ici, n'est-ce pas ?

— Oui. En effet.

Marina détesta le regard qu'il porta sur elle comme s'il doutait de ses paroles. Elle but une gorgée de café et grimaça lorsque le liquide refroidi coula au fond de sa gorge. Immédiatement, Luc s'empara de sa tasse qu'il fit réchauffer au four à micro-ondes. Il la déposa devant elle une minute plus tard, mais ne retourna pas s'asseoir. Il prit place derrière elle et lui massa les épaules. Il sentit rapidement les muscles de la jeune femme se détendre alors qu'elle laissait sa tête ballotter vers l'arrière.

— Marina, pourquoi ne me dis-tu pas franchement ce qui te tracasse ?

Il sentit aussitôt sous ses doigts la tension revenir. Il déposa un baiser sur son front et choisit de battre en retraite, sachant qu'il n'obtiendrait rien d'elle de cette façon. Il allait sortir de la cuisine lorsqu'elle lui demanda brusquement :

— Ça t'embêterait si je l'invitais à venir dîner ici ce soir ? Il aimerait que je l'éclaire encore sur un ou deux points et j'ai pensé que...

Luc lui jeta un regard par-dessus son épaule avant de répondre calmement :

— Tu es une adulte, tu fais ce que tu veux, Marina.

— Ça ne te dérange pas?

— Ne pas me déranger n'est pas vraiment le terme qui conviendrait. Je suis peut-être idiot, mais quand même pas à ce point.

— Tu n'as pas confiance en moi?

— En toi, si. C'est de lui dont je doute.

Il lui fit face et revint vers elle. Il s'accroupit de manière à être à sa hauteur et prit dans les siennes ses mains que la tasse de café avait réchauffées.

— Marina, ce que je vais te dire n'est sans doute pas ce que tu veux entendre, mais pourtant c'est la vérité. Tu es une femme intègre et loyale et c'est justement pour cette raison que j'ai la certitude que tu ne trahiras jamais ton cœur. Si tu me dis que tu m'aimes, je te crois, car je te sais honnête. Mais ce que je sais également, c'est que tu es cruellement belle, fascinante, irrésistible et plus encore pour un homme éperdument amoureux de toi.

— Tu parles de toi, j'espère.

Luc se releva et debout devant elle, la dominant de toute sa taille, reprit:

— Marina chérie, ne joue pas avec moi. Tu sais très bien que Nicolas n'a pas fait tout ce voyage pour les raisons qu'il donne. Et même s'il est sincère lorsqu'il dit qu'il ne se souvient pas de toi, il ne lui a pas fallu plus d'une heure pour se retrouver à nouveau prisonnier de ton charme.

Marina se leva à son tour, profondément blessée.

— Il a perdu la mémoire, Luc! Il a perdu tous ses souvenirs et avec eux tous les sentiments qu'il a pu avoir pour moi. Et, de toutes manières, je ne vois pas en quoi c'est important puisque tout était terminé entre nous avant que tout cela n'arrive.

— Marina, il n'a pas besoin de se souvenir de ses sentiments pour toi! Qui a dit qu'un homme ne pouvait pas tomber deux fois amoureux de la même femme?

— Très bien, cria-t-elle. Dis tout de suite que je cherche à le séduire!

— Mais je n'ai pas dit cela ! J'explique simplement que je ne suis pas idiot et que je suis conscient que je risque gros. Tu m'as demandé si je voyais un inconvénient à te laisser dîner ici toute seule avec lui. Eh bien oui ! J'en vois un. Seulement, je peux comprendre que pour toi, c'est peut-être quelque chose d'important et j'ose espérer que c'est ce qui te permettra de mettre fin à toute cette histoire, car j'en ai plus qu'assez de partager mon lit avec une troisième personne !

Marina retint son souffle, stupéfaite. Depuis le retour de Nicolas, elle se demandait quels sentiments pouvaient bien habiter Luc. Elle l'avait soupçonné à plusieurs reprises d'être jaloux ou de se cacher derrière une feinte indifférence, mais sans avoir de preuve, et voilà que le masque venait de tomber et qu'il perdait toute maîtrise de lui.

— Très bien, est-ce que tu pourrais m'expliquer ce que tu sous-entends par là ?

Il la regarda longuement, mesurant ce qu'il lui en coûterait de se livrer de cette façon.

— Non.

Sa réponse tomba comme une sentence sans appel. Il venait de la condamner à se torturer jusqu'au lendemain, jusqu'au moment qu'il jugerait opportun pour s'expliquer.

— Tant qu'il sera ici, ça ne servirait à rien, ajouta-t-il d'un air navré.

Il secoua légèrement la tête puis déposa un baiser sur le front de la jeune femme.

— Je t'aime, ajouta-t-il en plongeant son regard dans le sien. Demain, nous reparlerons de tout cela. Là, je dois y aller.

Sans lui laisser la moindre chance de s'expliquer ou d'insister, il avait déjà quitté la pièce. Jamais Marina ne s'était sentie aussi seule chez elle.

Dix-huit heures sonnaient lorsqu'elle se décida enfin à se mettre à ses fourneaux. Ce fut également l'heure que choisit le ciel pour déverser son fiel sur la ville. Un splendide orage éclata, la foudre tomba à quelques mètres de l'appartement sur un transformateur électrique, faisant jaillir une pluie d'étincelles devant la fenêtre de la jeune femme qui ne put retenir un cri de terreur en entendant le vacarme qui précéda la perte de courant. Elle se retrouva aussitôt plongée dans l'obscurité, essayant de réfléchir à l'endroit exact où elle avait pu cacher les allumettes. Elle venait à peine de mettre la main dessus lorsque l'on frappa à la porte, ce qui la fit sursauter de plus belle.

— Marina? Marina, est-ce que ça va?

La voix affolée de Nicolas se fit entendre alors qu'elle portait une main à son cœur emballé. Elle alluma une bougie et se fraya un chemin jusqu'à l'entrée et elle s'empressa de lui ouvrir la porte.

— Hum, un dîner aux chandelles! Charmante perspective!

Elle lui sourit, rassurée par sa présence, tout en s'écartant pour le laisser entrer. Elle verrouilla aussitôt derrière lui avant de le précéder dans la cuisine où la bougie en rejoignit une autre au centre de la table.

— Je crois que je n'ai jamais été aussi sincère qu'en ce moment si je te dis que je suis vraiment heureuse que tu sois là.

Comme s'il avait compris sa peur, il laissa échapper un petit rire avant de se retourner vers elle.

— Qu'y a-t-il au menu? demanda-t-il davantage pour meubler le silence que par appétit.

— Salade en entrée et si l'électricité revient, tournedos accompagné d'une sauce aux morilles et d'une fricassée de pommes de terre.

— Tu m'avais caché tes talents de cuisinière!

— J'ai fait la cuisine pour toi pendant un certain nombre de mois, je te rappellerai! le taquina-t-elle en riant.

Nicolas se détendit légèrement. Il attendit qu'elle prenne place devant lui et lutta pour ne pas laisser son regard s'attarder trop longuement sur son visage que l'éclat des bougies rendait obsédant.

Ils dégustèrent leur salade en parlant de banalités, puis une fois que les assiettes furent vides, Marina constata piteusement:

— L'orage ne semble pas sur le point de s'arrêter et par conséquent...

— Pas de tournedos, termina Nicolas, d'un air faussement peiné.

— Si tu veux manger froid...

— Je ne suis pas venu ici pour cela, l'interrompit-il d'un ton plus grave.

Marina hocha la tête, compréhensive, alors qu'elle croisait sagement ses mains sur la table, l'air repentant, comme si elle s'apprêtait à se confesser.

— C'est si terrible que cela ? reprit-il au bout d'un instant.

Elle lui répondit par une autre question :

— Qu'est-ce qui serait le pire pour toi ?

Il souleva les épaules, soudainement inquiet.

— Ne pas savoir, c'est déjà quelque chose de plutôt angoissant. Je suis prêt à tout, tu peux y aller.

— Très bien. Comme c'est la dernière soirée que nous passons ensemble, tu peux me poser toutes les questions que tu veux. Nous avons toute la nuit devant nous. Je t'écoute.

— Très bien.

Il se frotta le menton, cherchant par où commencer, puis demanda finalement :

— Tu m'as déjà raconté comment le tableau, celui qui est accroché dans ta chambre, était arrivé ici. J'étais donc venu te retrouver, et alors, que s'est-il passé ?

Il vit passer dans ses yeux ce qui aurait pu être de la nostalgie, du regret, de la tendresse, de l'embarras ou peut-être tout simplement de l'amour. Il retint son souffle.

Leurs regards se rencontrèrent, lourds de sous-entendus. Elle n'était pas certaine d'avoir envie de jouer à ce jeu-là, sachant très bien que le terrain était glissant et qu'elle était particulièrement mal chaussée. Elle commença néanmoins.

***

Chapitre 35

31 décembre 2003

Le livreur s'effaça pour laisser entrer l'expéditeur des différentes livraisons.

— Nic! souffla Marina alors qu'elle aurait voulu crier, faute de trouver l'air nécessaire au fond de ses poumons.

Il entra dans l'appartement d'un pas nerveux et sans un mot l'attira contre lui avant d'enfouir son visage au creux de son cou. Il la sentit frissonner entre ses bras, s'agripper à lui comme s'il allait s'envoler ou disparaître. Il releva la tête et aussitôt ses lèvres trouvèrent le goût des siennes. Tout dans sa manière de la tenir, de la serrer contre lui hurlait : « Dieu que tu m'as manqué ! » Et elle, retrouvant la sécurité de ses bras, renouant avec ce délicieux vertige qu'il soulevait en elle, ne pouvait que se rendre à l'évidence : « Enfin, je recommence à vivre ! » Il la plaqua contre le mur de l'entrée, ses doigts se perdant au cœur de sa chevelure qu'il enroula autour de ses doigts pour la maintenir prisonnière. De tout son poids, il l'écrasait, la coulant contre lui, comme si elle pouvait se fondre et devenir une partie de lui-même. Elle reconnut cette douce brutalité qui lui avait tant manqué et qui faisait de lui un amant unique. Elle parvint à se libérer de ses baisers, à peine le temps de laisser s'échapper un gémissement alors que ses mains partaient à l'assaut de son blouson de cuir.

D'un coup de pied, il referma la porte et la souleva dans ses bras. Alors qu'il prenait le chemin de sa chambre, sans quitter ses lèvres, elle murmura :

— La porte n'est pas verrouillée...

— Je tuerai la première personne qui osera y toucher.

Il la déposa sur le lit, retira son manteau et se laissa tomber sur elle. Du pouce, il caressa ses lèvres alors qu'elle ouvrait les yeux et se perdait dans ce regard qui l'hypnotisait. Plus que la goûter, il voulait la sentir, sentir son corps frémir sous ses mains, sentir les pulsations de son cœur à la base de son cou. Il voulait s'assurer qu'il ne s'agissait pas encore une fois d'une apparition vaporeuse au milieu d'un rêve, ou d'une hallucination. Alors, il entrouvrit la veste en flanelle de son pyjama et laissa courir sa langue de la base de son cou à son épaule, jusqu'au creux qui les reliait au-dessus du renflement d'un sein ; ce creux si sensible qui la fit gémir. Un frisson glissa sur sa peau que le désir et le manque rendaient attentive au moindre effleurement. Chaque pore semblait respirer à leur place, chaque renflement semblait s'emboîter parfaitement dans l'autre. Il reprit instinctivement le chemin de ses seins, il les goûta, les caressa, jouant délibérément avec les pointes roses si tentantes.

— Dieu ! Que tu m'as manqué, murmura-t-elle entre deux soupirs, la tête arquée vers l'arrière, offrant son cou à ses caresses comme elle l'aurait offert au soleil.

Il souleva légèrement la tête, attendit que son regard capte le sien et dit doucement :

— Ne t'avise plus jamais de me laisser seul, Marina. Plus jamais.

Le sourire qu'elle lui adressa alors, lui fit perdre la tête. Lui qui s'était promis un prélude long et tout en douceur prit conscience qu'il perdait pied et qu'il se noyait dans son propre désir. Il sentait la passion ramper le long des montants du lit pour venir s'échouer contre leurs corps et faire gonfler l'envie qu'ils avaient l'un de l'autre. Lentement, alors qu'elle s'acharnait à vouloir lui retirer ses vêtements, il glissa l'une de ses mains glacées à l'intérieur du pantalon de son pyjama. Il retint son souffle en rencontrant la douceur de sa hanche et de sa cuisse. Elle était encore plus douce que dans son souvenir. Le pantalon fit un vol plané jusqu'au sol où s'amassèrent de multiples vêtements, rejetés comme les privations de ces dernières semaines. Il se coula en elle dans un long râlement alors que seuls les bruits passionnés de leurs deux corps rivalisaient avec le vent qui fouettait les carreaux. Et alors qu'elle le suppliait de ne jamais plus la quitter, il murmura :

— Tu n'as jamais été l'autre femme, Marina. Jamais.

Ils s'aimèrent comme ils ne l'avaient encore jamais fait, et ce n'est que beaucoup plus tard qu'ils entendirent à nouveau la tempête qui faisait rage dehors.

***

Emmitouflée dans la chemise de Nicolas que le décalage horaire avait fait s'endormir presque immédiatement après l'amour, Marina ouvrit les derniers paquets que le livreur avait apportés dans sa cuisine. Une toile vierge, un arsenal complet de pinceaux et de tubes d'acrylique ainsi qu'un chevalet confirmèrent ses soupçons.

— Alors, on fouille dans mes affaires ? entendit-elle derrière son dos.

Elle se retourna et avec un sourire contempla cet homme qui lui avait tant manqué, maintenant adossé nonchalamment contre le battant de la porte, les bras croisés, les yeux encore lourds de sommeil, uniquement vêtu de son jeans.

— Tu as l'intention d'ouvrir un atelier dans le coin ? demanda-t-elle sans bouger, un joli sourire sur les lèvres.

Il souleva les épaules avant de s'avancer pour caresser du bout des doigts, la toile peinte.

Il contempla son œuvre, se retenant de lui dire à quel point il lui avait été pénible de s'en séparer. Ce tableau lui rappelait tellement de moments auxquels il n'aurait plus accès une fois le tableau hors de son atelier, qu'il avait hésité. Puis un soir, alors qu'il avait fini par prendre la décision de le lui offrir, il s'était approché de la toile pour la signer. Quelle n'avait pas été alors sa surprise de constater que ce n'était pas son nom qui était apparu sur le bas de la toile, mais un aveu d'un tout autre ordre. À la lecture de l'inscription dont le rouge vif s'apparentait à un cri du cœur, il n'avait eu d'autre choix que de se laisser choir sur le sol, complètement ébranlé par les sentiments qui lui giclaient au visage. Puis il avait effacé l'aveu et l'avait remplacé par son nom.

— Tu restes combien de temps, osa-t-elle demander alors en se dirigeant vers la cafetière pour lui verser une tasse de café.

Il la regarda intensément avant de prendre place à la petite table de bois.

— Je ne te répondrai que si tu me promets une réponse toi aussi.

— À quelle question?

— Promets d'abord.

Marina déposa la tasse devant lui avant de s'asseoir à son tour. Elle savait par expérience que ce petit jeu risquait de devenir dangereux. Comme il l'observait toujours, elle lui sourit avant de promettre.

— Alors? réitéra-t-elle avant de porter sa tasse à ses lèvres.

— Trois semaines. Si tu acceptes de m'héberger aussi longtemps, bien sûr.

— Et comment comptes-tu occuper ton temps?

— Tu veux dire à part peindre et te faire l'amour?

Il fit mine de réfléchir profondément, puis lâcha le plus naturellement du monde:

— Je compte découvrir de quelle manière je pourrais te ramener en France.

Marina s'étrangla avec la gorgée de café qu'elle était en train d'avaler. Elle leva les yeux vers lui, mal à l'aise. Il prit conscience de son trouble en la voyant subitement contempler la tempête qui se déchaînait dehors.

— C'est une chance que tu sois arrivé ce matin, remarqua-t-elle. Une heure de plus et tu te serais retrouvé bloqué à l'aéroport.

— Marina, tu as promis.

— J'ai promis de répondre à ta question, pas de décider de changer de patrie en dix secondes.

Blessé par ce qu'il prenait pour un refus, Nicolas croisa les bras, l'air renfrogné.

— Je ne comprends pas, Marina. Qu'est-ce qui t'empêche de revenir en France avec moi pour que nous puissions reprendre là où nous nous sommes arrêtés ?

— Je... je ne suis pas prête, lâcha-t-elle brusquement.

Le jeune homme laissa s'échapper un ricanement méprisant avant de reprendre :

— Nous y revoilà ! Nom de Dieu, Marina, quelle est la différence entre ta situation présente et celle d'il y a quelques semaines ?

— Mon frère est mort, Salom, ça fait une grosse différence à mes yeux.

Nicolas se maudit de sa maladresse. Il soupira, profondément désolé, avant de prendre, dans les siennes, ses mains glacées.

— Je sais, je suis maladroit, ce n'est pas ce que je voulais dire. Dis-moi simplement si tu envisages de revenir habiter là-bas, un jour.

— Pour l'instant, j'ai autre chose en tête.

— Quoi, par exemple ?

— Une affaire à régler qui ne te regarde pas.

— Bon sang, Marina, quand comprendras-tu que tout ce qui te touche me regarde !

La jeune femme ne répondit pas, gardant obstinément les yeux baissés sur ses mains qu'elle venait de lui retirer.

— Marina ? l'interrogea-t-il.

Silence.

Lorsqu'il se leva brusquement et qu'il laissa éclater sa colère en tapant sur la table, elle lâcha un cri et fit un geste pour se protéger. Il resta béat devant son attitude, toute colère soudainement retombée. D'un pas lent, comme s'il essayait d'apprivoiser une biche effarouchée, il s'approcha d'elle et se baissa à sa hauteur :

— Marina, tu ne peux pas continuer à me cacher ce qui t'a meurtrie de cette manière. Je n'ai jamais frappé une femme de toute ma vie et ce n'est pas aujourd'hui que je vais commencer. Pourtant tu sembles persuadée que je pourrais le faire !

— Non, non, ne crois pas cela, c'est... c'est un réflexe, rien de plus, je suis nerveuse en ce moment.

Il plissa les yeux, essayant de distinguer la frontière entre la vérité et le mensonge.

— Il faut que je sois bien peu de chose à tes yeux pour que tu puisses me mentir de la sorte. D'autant plus que je t'ai déjà dit que tu étais une piètre menteuse. Je lis en toi comme dans un livre ouvert. Je sais immédiatement lorsque tu n'es pas sincère.

— Je ne mens pas ! se défendit-elle aussitôt.

Elle le vit se lever et sortir de la pièce. Et alors qu'elle sentait son cœur se serrer d'angoisse, Nicolas s'avouait qu'il était complètement amoureux d'une femme qu'il avait l'impression de moins en moins connaître. Et cela l'effrayait.

***

Chapitre 36

27 août 2006

Nicolas ne la quittait pas du regard pendant qu'elle parlait. Il avait essayé de se contenir afin de ne pas l'interrompre, mais ses soupirs exaspérés ne lui avait pas échappé.

— Cette affaire qui t'empêchait de me suivre, ce n'était pas l'affaire Carl Dupré par hasard?

— Si, confirma-t-elle calmement.

— Que s'est-il passé ensuite?

— Je ne t'ai pas suivi en France.

— Ça, je m'en doutais. Notre histoire s'est terminée comme cela? Aussi banalement que ça?

Il semblait complètement abasourdi et c'est presque avec soulagement qu'il la vit secouer la tête.

— C'est beaucoup plus compliqué que cela. Du moins pour moi. Dans ton cas, tout revient à dire que tu es retourné en France, que tu m'as oubliée et que tu as refait ta vie. Tu as rencontré Judith, et la suite, tu la connais mieux que moi.

Elle appréhendait manifestement sa réaction et il ne comprenait pas pourquoi. Il le voyait à ses doigts qui n'avaient pas cessé un instant de pianoter sur la table. Il fronça les sourcils, laissant un long silence s'installer entre eux. Puis, au bout d'un moment, il se laissa aller contre le dossier de sa chaise, se croisa les bras derrière la tête comme s'il se préparait à passer une bonne soirée devant la télévision et dit simplement :

— Menteuse !

Elle pencha la tête de côté et se mit à l'observer d'une façon qui le mit mal à l'aise. Il voyait au fond de ses yeux les sentiments qu'il cherchait lui-même à dissimuler au fond des siens.

— Ça a une telle importance la manière dont tout s'est terminé entre nous ?

— Réponds à deux questions et je te laisserai tranquille pour le reste.

Elle accepta le marché, tentant de flairer le piège.

— Tu ne me fais pas confiance ?

Elle hocha la tête négativement, ce qui lui arracha un franc éclat de rire. Il reprit son sérieux et demanda :

— Lorsque nous avons rompu, est-ce que tu m'aimais toujours ?

Il vit sa poitrine se soulever brusquement, signe qu'elle avait cessé de respirer. Il ne détourna pas les yeux, refusant de lui laisser le loisir d'une nouvelle échappatoire. Il voulait voir ses prunelles au moment où elle répondrait, voir passer l'ombre du doute ou encore le voile du mensonge.

— Oui, assura-t-elle alors sans broncher.

— Et moi, est-ce que je t'aimais encore ?

Sa réponse tomba comme un boulet, sans l'ombre d'une hésitation.

— Oui.

— Quand ai-je cessé de t'aimer alors ? poursuivit-il d'une voix rauque.

— Deux questions, tu avais dit deux questions, lui rappela-t-elle de plus en plus troublée.

— Tu fuis les obstacles, Marina ?

— Non, Salom, c'est toi qui en mets là où il ne devrait pas y en avoir.

Il hocha à son tour la tête comme s'il comprenait. Mais au fond, il se foutait bien de sa réaction. La réponse, il la connaissait. Jamais ! Jamais il n'avait cessé de l'aimer, comme jamais elle n'était parvenue à l'oublier. Et tout ce qui avait pu le pousser à construire sa vie avec une autre femme, ce n'était pas le fait d'avoir réussi à se libérer d'elle, mais plutôt le fait d'avoir perdu la mémoire. Et la seule raison pour laquelle il s'apprêtait à épouser Judith, c'est qu'il n'avait pas le moindre souvenir de la force des sentiments qu'ils avaient pu partager, même s'il en supposait de plus en plus l'intensité.

— Marina ?

— Oui, Salom ?

Au lieu de poursuivre, il se leva et se planta devant la fenêtre, faisant frémir au fond d'elle ce petit quelque chose qu'elle avait dissimulé sous différentes explications. Combien de fois avait-il agi ainsi par le passé, combien de fois lui avait-il tourné le dos pour éviter qu'elle voie ce qui se dessinait sur ses traits ?

— Cette fois, c'est toi qui fuis, Salom, reprit-elle doucement, la brûlure de son regard posé sur son dos.

Il ne broncha pas, lui jeta simplement un coup d'œil par-dessus son épaule avant de reprendre :

— Je me disais qu'au bout du compte je n'ai pas obtenu ce que je voulais. Je me suis menti tout au long de mon séjour ici. Dans le fond, j'avais le secret espoir que tu serais l'élément déclencheur qui aurait permis à mon subconscient de se souvenir.

— Mais ça n'a pas été le cas.

— Non. Au lieu de cela, je me retrouve aux prises avec de nouvelles interrogations, de nouvelles incertitudes.

— Je suis désolée. J'aurais voulu t'aider davantage, vraiment.

Elle vit ses mains, qu'il avait croisées dans son dos, se serrer et elle eut mal, mal de cette souffrance qui semblait le torturer, jouer avec ses entrailles comme l'aurait fait un boucher. Sans réfléchir, elle se leva et se rapprocha de lui. Elle était si proche de lui, ses épaules semblaient l'appeler. Poser la main sur lui une seule fois, une dernière fois pour retrouver cette sensation si grisante qui lui manquait tant. Elle leva lentement la main et la dirigea vers les muscles bandés de son dos.

En la sachant si proche de lui, il se retourna au moment où ses doigts le frôlaient, ces derniers se retrouvant de ce fait à l'endroit où battait son cœur. Comme si le ciel participait aux sentiments qui semblaient s'écraser contre eux, un coup de tonnerre fulgurant retentit et les fit sursauter. Les yeux de l'un plongés dans ceux de l'autre, leur respiration accordée au même rythme, ils semblaient se battre pour se partager le peu d'air qui passait encore entre eux. Aucun ne voulait bouger, aucun ne semblait capable de parler, chacun comme hypnotisé par une multitude d'envies hélas assorties d'autant d'interdictions. Puis Nicolas réussit à articuler d'une voix douce :

— L'orage ne semble pas vouloir se calmer.

Sans détourner le regard ni même cligner des yeux, Marina se recula d'un pas, laissant sa main brûlante retomber le long de son corps. Il devait partir, il fallait qu'il parte. Elle sentait le danger rôder autour d'eux. Elle sentait sa faiblesse peser de plus en plus lourd alors que sa volonté, devenue trop légère, semblait même avoir disparu. Le visage de Luc s'imposa à son esprit, aussitôt balayé par la beauté du visage qui la contemplait toujours.

— Ne m'as-tu pas raconté que j'étais venu te retrouver entouré d'un arsenal de peinture ?

— Tout est dans ma chambre, murmura-t-elle, son cœur hoquetant dans sa poitrine. Tu... tu veux peindre quelque chose ?

— Je pourrais ?

— Quoi ?

— Dis plutôt « qui » ! Une dernière fois.

Pour toute réponse, elle le précéda dans sa chambre et ouvrit la porte d'un grand placard qui lui laissa voir un chevalet, une panoplie de toiles vierges, et un coffret rempli de tubes de couleurs et de pinceaux en tout genre. Nicolas passa devant elle, s'empara du chevalet et ne put s'empêcher de jeter un coup d'œil à la toile qui surplombait le lit. Son regard s'attarda longuement sur le chemin sinueux de la hanche, celui plus doux d'un sein et il sentit son sang s'échauffer violemment. Il détourna les yeux, incertain maintenant de mener à bien le projet qu'il avait en tête sans qu'ils ne se retrouvent dans une situation qu'ils ne pourraient que regretter.

Une fois tout son matériel installé dans le salon, près de la fenêtre qui jetait une myriade de teintes violacées sur la peau laiteuse de la toile encore nue, il retira sa chemise comme il le faisait toujours et s'installa derrière son chevalet. Du coin de l'œil, il guettait le retour de Marina qui avait disparu dans la salle de bain depuis dix bonnes minutes. Elle en ressortit vêtue d'un peignoir en satin crème, sa chevelure brillante d'avoir été brossée. Elle avança timidement vers lui et prit place dans un fauteuil qui faisait face à l'artiste. Elle sentait le sang lui monter à la tête, comme si elle venait de remonter le temps et qu'elle se retrouvait quelques années plus tôt, dans une autre pièce, dans un autre pays.

Estomaqué, Nicolas la vit hésiter, puis lentement dénouer le peignoir qu'elle laissa glisser le long de ses épaules. Il sentit sa mâchoire se contracter, elle retenait le vêtement à hauteur de ses seins, et elle retira la pince qui maintenait prisonnière sa chevelure. Elle ferma ensuite les yeux, les joues en feu, et laissa sa tête aller contre le dossier du fauteuil, les deux jambes croisées sur un accoudoir.

Nicolas pouvait désormais la contempler tout à loisir, son visage, sa gorge, ses épaules, la rondeur tentante de sa poitrine, et tout ce que le vêtement ne lui laissait qu'entrevoir. Il saisit son pinceau, en trempa le bout dans l'acrylique et se mit à l'œuvre. Marina venait à peine de se détendre qu'elle entendit le bruit sourd de la palette qui tombait sur le sol. Elle ouvrit les yeux, rencontra le regard paniqué du jeune homme et en eut le souffle coupé.

Figé, immobile, la bouche entrouverte, il la dévisageait. Elle se redressa en réajustant son peignoir. Il savait. Il se rappelait tout, du moindre détail. Au fond de ses iris hébétés apparaissaient leur vie commune, leurs conversations, les moments où ils avaient fait l'amour, leur rupture, mais surtout, il se rappelait cette passion obsédante qu'il avait éprouvée pour elle. En proie à une violente panique, il remit sa chemise, regardant autour de lui chacune des pièces, chacun des objets qui reprenaient leur place au fond de sa mémoire.

— Salom ?

Marina ne savait plus quoi faire. Elle le voyait de plus en plus désemparé, de plus en plus loin d'elle. Il allait partir, la quitter sans que... sans que quoi ? Il venait de retrouver ce pour quoi il avait fait ce voyage insensé. Quelle raison avait-il de rester ? Elle essaya de dire quelque chose, n'importe quoi, pourtant tout ce qui lui vint fut :

— Je suis désolée.

Il la regarda, ne comprenant que trop bien, une nouvelle lueur au fond de ses yeux bleus. La lueur qu'elle avait allumée lorsqu'elle avait rompu avec lui, cette lueur que la douleur avait tatouée dans sa chair. Il partit.

✷✷✷

Chapitre 37

27 août 2006 (suite)

Nicolas franchit la porte d'entrée de son hôtel dans un tel état d'effarement que les gens qui attendaient à la réception le dévisagèrent, stupéfaits. Il appela l'ascenseur qu'il attendit dans une immobilité parfaite, mais courut presque jusqu'à sa chambre. Ses poings étaient serrés, sa mâchoire contractée et le sang battait furieusement contre ses tempes. Il eut du mal à insérer la clef dans la serrure tant la colère l'aveuglait et il ne résista pas au besoin de claquer violemment la porte, causant la chute d'un cadre accroché au mur et dont la vitre se cassa en mille morceaux. « Exactement ce qui vient d'arriver à ma vie », jura-t-il de plus en plus furieux.

Il se laissa tomber sur le bord du lit, la tête dans les mains, incapable d'échapper aux images qui l'attaquaient comme un essaim d'abeilles. Marina, France, Judith, elles lui avaient toutes menti ! Jamais encore dans sa vie il n'avait éprouvé un pareil sentiment de révolte contre la terre entière. Il avait ce besoin de hurler qui lui tordait les entrailles. Une heure s'écoula, puis une autre. Il se mit à marcher de long en large dans la pièce exiguë, essayant de filtrer et de canaliser cette énergie destructrice qui menaçait de s'abattre contre la première personne qui se retrouverait à sa portée. À bout de nerfs, il saisit le premier objet qui lui vint sous la main et le propulsa contre le mur. Le cendrier en verre taillé s'écrasa lourdement sur le tapis, laissant un trou imposant dans le contreplaqué du mur recouvert de tapisserie.

L'air sifflait entre ses dents, il haletait de fureur et finit par se planter devant une fenêtre, les paumes de mains posées contre la vitre, le corps courbé sous le poids des souvenirs qui affluaient maintenant. Il aurait voulu pouvoir appuyer sur la touche « pause » afin de reprendre ses esprits, mais les images continuaient de se succéder à une vitesse fulgurante, douloureuses comme autant de couteaux plantés dans sa chair. Il revit tout : Marina lui souriant, Marina dans sa robe noire dansant la salsa, Marina le défiant les poings sur les hanches, Marina nue dans ses bras, et surtout cette terrible matinée où tout avait basculé...

Il eut soudain très froid en se rappelant les paroles de Judith avant son départ... elle savait... elle aussi savait... et elle aussi lui avait menti ! Elle savait tout ce après quoi il courait depuis toutes ces années. Mais plus grave encore, elle l'avait trompé. Elle s'était vilement jouée de lui, l'avait manipulé d'une manière si grossière que c'en était presque inimaginable. Il revit leur rencontre dans ce bar où il noyait sa peine après son retour du Québec, il revit cette soirée au cours de laquelle elle avait cherché à le séduire en vain, tant il était obsédé par Marina. Elle l'avait trompé d'une façon si ignoble ! Il se rua sur le combiné téléphonique puis le fixa... se demandant soudainement s'il avait complètement perdu la tête. Non, attendre... il devait attendre. S'il lui parlait maintenant, il risquait de prononcer des paroles qu'il regretterait. Et pour l'avoir si souvent répété, il savait que dire des choses inconsidérées, revenait à poser des actes inconsidérés.

Le téléphone tomba lourdement sur le sol, alors qu'il se laissait choir par terre, près du lit. Les images de cette matinée où tout s'était terminé lui revinrent en mémoire. Cette matinée inéluctable dont il n'aurait jamais pu prévoir le déroulement.

***

Chapitre 38

1er janvier 2004

Ils étaient attablés devant un copieux petit déjeuner, les odeurs sucrées de leur repas traînant autour d'eux. Nicolas ne quittait pas Marina des yeux, souriant à demi alors qu'elle récupérait du bout de la langue une goutte de sirop qui venait de glisser le long de sa main, comme une enfant, les cheveux coulant sur son peignoir usé.

— Je t'aime, déclara-t-il simplement. Bonne année, ajouta-t-il très vite.

— Moi aussi, je t'aime. Bonne année à toi.

Elle cessa de se lécher les doigts, le regard lourd de désir. Elle se leva, défit la ceinture qui retenait le vêtement, et allait le laisser glisser sur le sol lorsque l'on frappa à la porte. Nicolas grogna alors qu'elle jouait des épaules pour retrouver une tenue correcte.

Elle ouvrit la porte et se retrouva nez à nez avec Madeleine qui tenait entre ses mains une énorme violette africaine qu'elle lui tendit, un large sourire faisant creuser davantage ses rides.

— Bonne et heureuse année, ma petite.

Marina, les yeux agrandis par la surprise, ne cacha pas son plaisir.

— Madeleine, ne me dites pas que c'est la même ! Elle a triplé de volume ! Peut-être devriez-vous la garder, elle semble vraiment se plaire chez vous !

La vieille femme refusa et prit le chemin de la cuisine, décidée à remettre la plante près de la fenêtre, à sa place initiale. En apercevant Nicolas, elle se figea net, le visage aussi blanc qu'un linge. La seconde d'après, elle saisissait la main qu'il lui tendait sans que son attitude n'ait pu échapper à Marina qui l'interrogeait du regard. Madeleine bredouilla :

— Je suis heureuse de vous rencontrer.

Marina la vit clairement jeter un coup d'œil à la paume du jeune homme avant de battre en retraite dans son appartement.

— Étrange ta copine, commenta Nicolas qui s'était remis à manger, manifestement peu affecté par l'attitude de cette femme qu'il voyait pour la première fois.

Marina, elle, avait senti son sang se glacer dans ses veines. Quelque chose ne tournait pas rond, quelque chose qui n'augurait rien de bon, elle le sentait. « Mon Dieu, ne m'affligez pas davantage, je vous en prie », murmura-t-elle pour elle-même.

Elle jeta un nouveau regard vers la porte qui venait de se refermer alors que le jeune homme se levait pour venir la prendre dans ses bras. Il déposa un baiser au creux de son cou alors que ses mains dénouaient la ceinture.

— Si nous reprenions là où on nous a interrompus ? Réchauffe-moi, j'ai froid !

Plusieurs heures s'écoulèrent avant que Marina ne puisse discrètement rendre une visite à sa voisine. Nicolas était sous la douche et elle en avait profité pour s'éclipser.

Assise à la petite table de sa cuisine, deux tasses pleines d'infusion fumant devant elle, Madeleine semblait l'attendre. Elle lui sourit et lui indiqua la chaise devant elle.

— Entre, je savais que tu viendrais.

Marina avala péniblement sa salive et prit place. Madeleine posa sur elle un étrange regard qui lui fit franchir une plus haute marche sur l'échelle de la frayeur.

— Madeleine, je suis venue parce que...

— Je sais pourquoi tu es là. Mais je sais aussi que je ne te dirai pas ce que tu souhaites entendre.

Silencieuse, la jeune femme hocha la tête, confirmant son accord.

— Cet homme qui est chez toi, je sens un terrible danger planer autour de lui. Il ne devrait pas se trouver ici aujourd'hui avec toi. Dès que je l'ai vu, j'ai ressenti...

— Quoi? Qu'avez-vous ressenti, Madeleine?

La voyante hésita, avant de prononcer la sentence.

— J'ai ressenti les vibrations de la mort, petite. Un terrible danger le menace.

Marina sentit son sang se figer dans ses veines. Sûrement parce que son cœur venait de cesser de battre.

— Comment? Pourquoi?

— Marina, cet homme, avec toi, il est en danger de mort.

L'estomac de la jeune femme se noua.

— Je ne comprends pas...

D'un geste de la main, Madeleine l'empêcha de poursuivre.

— Il suit un chemin qui n'est pas le sien et qui met sa vie en péril. Cette voie n'est pas la sienne.

Marina crispa ses doigts autour de la tasse qui fumait toujours et à laquelle elle n'avait pas encore touché.

— Comment est-ce possible?

La vieille femme retira ses lunettes et se massa les yeux, comme si elle était soudainement prise d'étourdissements.

— Pourtant, ce n'est pas son heure. Les lignes de sa main sont claires, sa vie ne doit pas s'arrêter maintenant.

— Je ne comprends pas...

Madeleine prit dans les siennes les mains glacées de son invitée avant de reprendre:

— Rappelle-toi, il y a cinq mois, c'était avant ton départ. Je t'ai dit de faire attention à suivre le chemin que les planètes avaient tracé pour toi. Je t'ai mise en garde, petite. Je t'ai prévenue que modifier ton destin risquait d'avoir de terribles répercussions sur celui des autres.

Aujourd'hui, c'est de sa vie qu'il s'agit. Crois-moi, Marina, il est en danger.

Elle voulut protester, mais Madeleine la coupa de nouveau.

— Il te faut trouver un moyen de réparer ton erreur. Toi seule a le pouvoir de changer les choses.

— Mais qu'ai-je fait ?

— Réfléchis et tu trouveras. À un moment, il a fallu que tu fasses un choix, entre ce qui était ta destinée et un chemin qui te menait à celle d'un autre. J'ai bien peur que tu ne te sois trompée, petite. Oui, j'en ai bien peur.

Marina s'était mise à trembler, complètement apeurée. Les paroles de la voyante lui grugeaient le cœur comme l'acide gruge le métal, ne lui laissant plus le moindre espoir. Elle ravala ses larmes et demanda :

— Est-ce qu'il y a quelque chose à faire pour rétablir tout cela ?

— Tu dois déterminer à quel moment ton destin a basculé et tout mettre en œuvre pour réparer ce qui a été rompu.

Proche de l'hystérie, suffoquant sous le poids de sa détresse, Marina supplia :

— Je vous en prie, Madeleine, vous ne pouvez pas me laisser comme cela, dites-moi quelque chose, n'importe quoi ! Donnez-moi une piste ! Donnez-moi un peu d'espoir ! Je l'aime !

Madeleine remit ses lunettes et rapporta les tasses encore pleines dans l'évier.

— Et il t'aime également, ça aussi je l'ai senti. Mais votre amour n'est écrit ni dans les lignes de ta main ni dans les siennes. Tu n'aurais pas dû faire partie de son présent. Il en va de sa vie.

Marina entendit ces dernières paroles comme si elles lui provenaient de très loin. Elle les garda au fond d'elle-même et le poison se répandit peu à peu dans ses veines. Elle dut puiser en elle tout ce qui lui restait d'énergie pour se lever et marcher vers la porte. Comme elle maudissait le sort de lui avoir offert quelque chose auquel elle n'avait pas droit ! Que pouvait-elle faire maintenant ? Rien, sinon s'exécuter. S'exécuter et souffrir à en crever.

Elle revint chez elle comme un chien que l'on aurait battu. Il lui fallait réfléchir et trouver l'instant où tout avait basculé.

— Où étais-tu ? interrogea Nicolas en se frottant vigoureusement le torse avec la serviette bien chaude qu'elle avait un peu plus tôt pris soin de mettre dans la sécheuse.

Marina, les bras croisés, regardait obstinément dehors, luttant contre les larmes qui lui rongeaient les yeux.

Comme elle ne répondait pas, le jeune homme s'avança vers elle et, posant ses mains sur ses épaules, la fit pivoter vers lui. Il essaya de capter son regard, mais elle persistait à le fuir. Il lui saisit alors le menton et la força à lever les yeux. Ce fut plus qu'il n'en fallait pour anéantir ses résistances. Deux rivières se mirent à dévaler les pentes de ses joues.

Nicolas fronça les sourcils.

— Marina, qu'est-ce qui se passe ? C'est Mike ? Il te manque ? Tu sais que tu peux tout me dire.

Il la vit se mordre les lèvres et, d'expérience, sut que c'était mauvais signe.

— Marina...

— Oui, je peux tout te dire, commença-t-elle d'une voix morte. Tout sauf cela.

Elle libéra son visage et se recula de quelques pas. Dans ses bras, si près de lui, elle n'arriverait à rien. Elle n'avait ni la volonté ni la force de lui résister plus longtemps.

Comprenant que les minutes à venir ne pouvaient rien lui apporter de bon, Nicolas s'était excusé avant d'aller se vêtir d'un jeans et d'une chemise. Deux minutes plus tard, il était à nouveau debout devant elle, les bras croisés, le visage impassible.

— Alors ? Que se passe-t-il ?

Marina respira à fond avant de prononcer très lentement :

— Imagine que je sois en danger et que le seul moyen pour toi de me sauver soit de renoncer à moi. Le ferais-tu ?

— Pardon ?

Son sourire s'effaça brusquement alors qu'il se rapprochait d'elle, soudain fou d'angoisse :

— Tu es malade ?

Elle secoua la tête, attendrie par sa réaction.

— Salom, je crois qu'il serait préférable que tu fasses tes bagages et que tu repartes en France, aujourd'hui même.

Il se figea quelques secondes, cherchant quel sens il pouvait bien donner à ses paroles qui n'en faisaient aucun qui lui convenait pour le moment.

— Est-ce ta manière de m'annoncer que tu acceptes ma proposition et que tu viens t'installer en France avec moi ?

Elle nia d'un signe de tête avant d'ajouter sans le regarder :

— C'est fini, Nicolas. Toi et moi, ça n'est pas possible.

Il chancela tant ses paroles étaient à des milliers de kilomètres de ce à quoi il s'attendait. Il eut un petit rire avant de s'exclamer :

— Pourrais-tu élaborer, s'il te plaît, je suis certain d'avoir mal interprété ce que tu viens de me dire et, pour être franc, je commence sérieusement à avoir la trouille.

Elle persistait à fuir son regard et ce seul geste le blessa davantage qu'un morceau de verre avec lequel on se serait amusé à lui entailler le cœur.

— Marina, insista-t-il d'une voix glaciale, qu'est-ce que c'est que cette histoire ? Tu m'annonces que tu m'aimes et l'instant d'après tu me demandes de partir ?

Elle ferma les yeux, serrant les poings à s'enfoncer les ongles dans la peau.

— Nic, je veux que tu t'en ailles. Aujourd'hui, répéta-t-elle d'un ton posé

Il ne sut jamais ce qui l'empêcha de se ruer sur elle et de la gifler, la croyant en plein délire. Au lieu de cela, il se passa une main dans les cheveux, soudainement conscient de l'étroitesse de la pièce.

— Marina, reprit-il aussitôt.

— Quoi, je ne parle pas français ! se mit-elle à crier. Je t'ai dit de foutre le camp !

Stupéfait, il resta immobile quelques secondes. Puis cessant de réfléchir, il fonça droit sur elle, les dents serrées.

— Très bien, je crois que tu me dois quelques explications. Qu'est-ce qui se passe, bordel! On t'a droguée? On t'a menacée?

— Non!

Elle retira ses poignets qu'il venait de saisir entre ses mains, se reculant contre le mur.

— Alors quoi? hurla-t-il à son tour en l'empoignant par les épaules.

Il croisa son regard et toute sa hargne, toute sa colère tomba, tant était grande la douleur qu'il y lisait.

— Mon Dieu, Marina, qu'est-ce qui se passe?

Et elle le lui dit. Elle lui dit tout. La prédiction de Madeleine avant son départ pour ce qui aurait dû être la Grèce, puis sa discussion du matin même. Elle lui expliqua comment elle en était venue à prendre un avion plutôt qu'un autre, ce qui lui avait permis de le rencontrer alors qu'il n'aurait jamais dû entendre parler d'elle. Comment elle avait ainsi investi sa vie, bouleversant son avenir, travestissant son destin. Elle ne s'attendait pas à ce qu'il comprenne et il ne comprit pas.

— Marina, que tu jettes du sel par-dessus ton épaule chaque fois qu'une dispute menace, que tu refuses de te couper les ongles le samedi ou que tu t'obstines à trimbaler un kilo de cailloux dans ton sac à main, je peux comprendre, ça m'amuse, mais tu ne vas pas me faire croire que tu portes crédit à de pareilles sottises! Enfin, tu es plus intelligente que cela!

Il cherchait une confirmation qu'elle ne lui donna pas.

— Bon Dieu, je rêve! Tu ne vas pas me dire que tu vas mettre fin à notre histoire parce qu'une folle hystérique a débarqué dans ta cuisine pour t'annoncer une chose pareille!

Il était furieux, si furieux qu'il craignit de sombrer dans la folie et de perdre tout contrôle de ses gestes.

— C'est du délire tout ça! Rien de plus que du délire!

Mais quoi qu'il dise, elle s'obstinait à refuser ses arguments. Elle l'écoutait et pleurait. Elle rejetait toutes ses tentatives et pleurait. Elle le repoussait, le chassait de sa vie, et toujours elle pleurait.

— Pourquoi, Marina? Aie au moins le courage de m'avouer que tu ne m'aimes pas plutôt que d'inventer des mensonges aussi grotesques.

Elle plongea ses yeux au fond des siens, le liant à elle par la seule force de son regard.

— C'est justement parce que je t'aime que je crois ces mensonges grotesques, comme tu dis. Pour une fois, je ferai ce qu'il faut.

Elle le vit s'écrouler sur le canapé, totalement perdu. Il joignit les mains comme pour faire une prière, comprenant que quoi qu'il dise, quoi qu'il fasse, elle ne changerait pas d'avis. Il venait de la perdre. Il venait de la perdre au profit d'une prédiction contre laquelle il ne pouvait pas se battre.

Elle ravala ses larmes, manqua s'étouffer avec leur goût salé qui lui piqua la gorge. Il leva à nouveau les yeux vers elle.

— Es-tu seulement consciente de ce que tu es en train de faire ?

— Oui, Salom, je suis en train de te sauver la vie.

Il l'observa un long moment comme s'il la découvrait pour la première fois. Ils restèrent là, à s'affronter, se toisant, se jaugeant. Puis, sans un mot, il finit par se lever et se dirigea vers la chambre. Il jeta ses affaires pêle-mêle dans sa valise, caressa d'un dernier regard le tableau accroché au-dessus du lit. Il l'admira longtemps, chaque trait s'incrustant dans sa mémoire. Il passa ensuite devant elle, impassible, sortit de son appartement, sortit de sa vie.

∗∗∗

Chapitre 39
27 août 2006

Marina courut jusqu'à l'hôtel de Nicolas, persuadée qu'il s'y trouvait encore. Elle avait tort.

Elle ne perdit pas de temps à tergiverser et s'empressa d'appeler un taxi qui la conduisit à l'aéroport de Montréal-Trudeau. Le cœur lourd, l'esprit embrumé, elle regardait les immeubles qui défilaient avec une lenteur désespérante. Elle avait hésité trop longtemps. S'il avait retrouvé la mémoire, il devait se souvenir également de tout le reste. Et tout le reste méritait qu'ils se disent adieu d'une manière différente.

Elle arriva finalement à l'aéroport. Sans réfléchir, elle se dirigea vers le comptoir d'Air France et demanda à faire appeler monsieur Nicolas Mariono pour affaire urgente. Elle n'eut pas à attendre plus de trois minutes et déjà il arrivait. Il se présenta, dit quelques mots à l'hôtesse qui lui répondit en pointant Marina du doigt. Il se figea, ses traits se durcirent, et après une brève hésitation, fonça droit sur elle, lui saisit brutalement le bras et l'entraîna dans un coin, à l'écart des regards indiscrets.

— Je ne pouvais pas te laisser partir comme cela, commença-t-elle pour se justifier.

— Partir comment?

— Furieux contre moi.

Il avança d'un pas, le regard lourd de reproches et la voix sèche :

— Ne te fatigue pas, rien de ce que tu pourras dire ne changera quoi que ce soit à ce détail.

— Écoute au moins ce que j'ai à dire ! le supplia-t-elle. Je t'en prie, ne pars pas comme cela ! Ne me fais pas cela !

Elle vit ses mâchoires se contracter un peu plus et l'entendit grincer des dents.

— Et ce que tu m'as fait, à moi, il y a trois ans, ça ne compte pas ?

— J'en ai souffert moi aussi, se défendit-elle en plongeant son regard meurtri au fond du sien. Toi, tu as eu la chance de m'oublier, mais moi, j'ai souffert pour nous deux pendant toutes ces années ! Trois ans, Salom, c'est l'avance que j'ai sur toi !

— D'accord, et à présent ? À présent que j'ai retrouvé la mémoire ? Maintenant que je me souviens, de tout... Je me souviens de toi, je me souviens de nous, je me souviens de la raison pour laquelle nous avons rompu... je me souviens de tout ce qu'a été notre histoire et de la façon lamentable dont tu y as mis fin !

Marina ne disait rien, le regardant se rapprocher, menaçant. Il s'arrêta à quelques centimètres d'elle et d'un ton toujours aussi cinglant, poursuivit :

— Ainsi, c'est pour cela que j'ai entrepris ce voyage, pour me souvenir que la femme que j'aimais à en perdre la tête, m'a laissé pour une stupide question de superstition !

Il avait hurlé les derniers mots, y mettant toute sa hargne, tout son mépris. Elle voyait ses poings serrés, enregistrait ses lèvres que la fureur avait pâlies, l'air qui sifflait entre ses dents, et toujours cette douleur au fond de ses yeux.

— Salom, je comprenais à l'époque ta colère, mais aujourd'hui, tu dois admettre que j'avais raison !

Elle avait parlé d'une voix douce pour essayer de le calmer, mais son ton n'eut aucun effet.

— Pardon ? Bon Dieu, Marina ! J'étais complètement dingue de toi ! Je suis complètement fou de toi et tu veux me faire dire que...

— Écoute-moi, le supplia-t-elle à nouveau. Tu sais très bien, même si tu ne veux pas l'avouer, que j'ai raison ! Tu es toujours en vie ! Juste pour cela, tu devrais faire l'effort de comprendre ! Oui, j'ai dû faire un choix qui ne te convenait pas, pas plus qu'à moi d'ailleurs ! J'ai dû choisir entre ta vie et mon amour pour toi. Je ne te souhaite pas d'avoir un jour à prendre une telle décision. Seulement, je t'aimais trop pour ne serait-ce que courir le risque de te laisser mourir. Pendant des années, Salom, pendant des mois, j'ai entendu Mike et Luc me conseiller de porter plainte pour ce que me faisait subir Carl Dupré. Et à chaque fois je me suis obstinément bouché les oreilles. Je voulais protéger Mike ! Je l'ai si bien protégé qu'il en est mort ! Et je n'aurai pas assez de cette vie ni des autres pour me pardonner cela ! Il était hors de question que je refasse la même erreur avec toi. Pas si je pouvais te sauver. Je me suis sacrifiée pour toi, Salom, parce que je t'aimais !

Elle leva les mains qu'elle posa sur ses joues.

— Tu nous as sacrifiés tous les deux, Marina, parce que tu ne m'aimais pas assez !

Ses bras retombèrent le long de son corps, alors qu'il poursuivait :

— J'ai l'impression de me trouver devant un mauvais film dont j'aurais suspendu l'écoute par peur de connaître la fin et de me retrouver des années plus tard devant ce même film, horrifié que la fin n'ait pas changé. Trois ans se sont écoulés, mais pour moi, c'est exactement comme si c'était hier ! Je te regarde et j'ai toujours cette souffrance qui me prend au corps ! Comment oses-tu seulement m'affronter, Marina ?

Touchée par ses paroles, elle baissa les yeux. Elle ne pouvait rien faire d'autre.

— D'accord, Salom. Je comprends et je n'insisterai pas. Je m'en tiendrai simplement à deux questions. Qui t'a incité à consulter un médecin pour tes maux de tête ?

Judith. Le nom vint de lui-même, mais il ne le prononça pas. Elle dut cependant le lire dans ses yeux, car elle poursuivit :

— L'aurais-tu jamais rencontrée si nous n'avions pas rompu ?

Encore une fois, elle lut la réponse au fond de ses yeux. Non. Non, il ne l'aurait pas rencontrée dans ce bar où il noyait sa peine alors qu'elle fêtait ses 27 ans. Non, il n'aurait pas noué avec elle de liens d'amitié et elle ne l'aurait jamais harcelé pour qu'il aille consulter un spécialiste au sujet de ses maux de tête qui, parce qu'elle était médecin, l'avaient immédiatement inquiétée. Il aurait fini par avoir une attaque cérébrale en attendant son train ou même au travail et ne serait sûrement pas là pour en discuter.

Toute cette réflexion qu'il menait, elle la lisait sur son visage comme un bulletin d'actualités. Et alors que son regard s'assombrissait, elle comprit qu'elle avait gagné. Gagné de le perdre encore une fois, gagné de lui dire adieu pour la dernière fois.

— Tu peux m'accuser de tout, Salom, sauf de ne pas t'avoir aimé.

Un pauvre sourire étira ses lèvres alors qu'elle faisait demi-tour et rebroussait chemin. Il s'empara de son bras, l'empêchant de faire un pas de plus et demanda à son tour :

— Pourquoi es-tu venue à l'exposition ? Si tu ne dois pas faire partie de ma vie, pourquoi es-tu revenue à Paris ? Tu m'aimes autant que je t'aime, Marina, les années n'ont rien changé à cela et tu le sais.

Elle secoua la tête, une mèche de cheveux s'accrochant à sa bouche.

— Je refuse d'avoir ce genre de discussion avec toi.

— Que faisais-tu à Paris, Marina ? Depuis combien de temps me surveilles-tu ? gronda-t-il, le regard mauvais.

Elle blêmit sous l'accusation alors qu'une forte colère s'emparait d'elle. Elle retira vivement son bras qu'il retenait et, tout en le massant, répondit entre ses dents :

— Je n'étais pas à Paris pour toi ! C'était la première fois que j'y remettais les pieds depuis notre rupture ! Et si j'y étais, c'était dans le cadre de la promotion de mon second roman ! Je me rendais chez l'éditeur lorsque j'ai croisé l'affiche qui présentait ton exposition avec... avec la photographie de cette toile que tu avais peinte de moi.

Sa voix n'était plus qu'un murmure, comme si elle ne trouvait plus la force nécessaire pour faire vibrer ses cordes vocales.

— Je n'ai pas réfléchi, tout ce que je voulais, c'était voir mon portrait. Je ne l'avais jamais vu terminé et je ne pensais pas que je t'y croiserais. Salom, je ne voulais pas provoquer cette rencontre, je te le jure.

Il l'écoutait parler, incapable de détacher son regard de ses lèvres qui tremblaient et qui semblaient l'appeler. Sans réfléchir, il abattit brutalement sa bouche sur la sienne et succomba. Depuis la seconde où il l'avait revue, il avait lutté contre cette envie qu'il croyait purement physique. À cet instant où il rendit les armes, il sut que c'était son âme tout entière qu'il soulageait. Elle ne résista pas. Au contraire, sa réponse brûlante et violente lui fit perdre la tête. Ses mains prirent d'assaut ses hanches et sa taille alors qu'il fermait les yeux et partait à la conquête de ces sensations qui l'avaient hanté pendant trois ans, sans qu'il ne puisse leur donner de nom. Puis ses doigts glissèrent dans ses cheveux, s'y emmêlant. Ce fut elle qui le repoussa, les deux mains sur son torse.

— Non, pas cela. Tu n'as pas le droit de détruire ce que j'ai réussi à construire de cette manière !

Il haletait, à bout de souffle, le regard fiévreux. De son bras, il s'essuya les lèvres, il y traînait encore le goût de Marina.

— Tu veux que je te dise une chose, poursuivit-il, les narines frémissantes comme un cheval après la course, tu n'as rien de la femme que je croyais. Si les simples paroles d'une voyante de pacotille suffisent à te faire peur, tu ne mérites même pas mon mépris ! Tu n'as pas idée à quel point je peux te haïr à l'instant présent, Marina !

Il avait raison. Elle pouvait le lire au fond de ses yeux. Elle sentait son cœur battre douloureusement dans sa cage thoracique et propulser son sang qui lui brûlait les veines. Elle ferma les yeux pour échapper à son regard chargé de haine, ce regard dont elle ne supportait plus le poids.

— Quelle idiote, siffla-t-il en passant devant elle et se dirigeant vers les portes d'embarquement.

— Nic, cria-t-elle en prenant conscience qu'il allait la quitter et que le dernier souvenir qu'il aurait d'elle était celui qu'elle voyait briller au fond de ses yeux. Elle tenta de le retenir par le bras, mais il la repoussa. Déstabilisée par la violence du geste, elle bascula contre le mur.

Il se retourna, la contemplant une dernière fois, si fragile, si désemparée, si belle... si butée et stupide...

— J'aurais dû les écouter, murmura-t-il finalement. Toutes m'ont dit de ne pas chercher à savoir, que je n'avais rien à y gagner. Et je me suis obstiné.

S'il avait pu cracher sur elle à ce moment-là, il l'aurait fait. À la place, il déversait son venin. En s'appuyant contre le mur, elle parvint à se tenir debout et d'une voix calme, en le regardant droit dans les yeux, elle dit :

— Un jour, tu comprendras. Tu aurais déjà dû comprendre ! Ton destin, ce n'était pas moi mais elle !

— Suffit ! Cesse de te cacher derrière tes putains d'histoires de superstition ! C'est de nous dont il s'agit !

— Justement ! Il ne t'est jamais venu à l'idée le sacrifice que j'ai dû faire ! J'ai mis une croix sur nous pour te sauver la vie ! Grands dieux ! Comment peux-tu être aussi borné !

Elle abattit ses deux poings sur le mur, toute sa rage gonflant chacune de ses veines.

— J'ai souffert moi aussi ! J'ai pleuré jusqu'à m'en user la peau des joues ! La seule consolation que j'ai trouvée, c'est toi qui me l'as donnée lorsque nous nous sommes revus. Toi, en vie, toi, heureux ! Tu sais très bien que j'ai raison ! C'était ta vie ou nous ! Et ce « nous » n'aurait pas survécu à ta mort !

— Il ne t'est jamais venu à l'idée que ma vie ne valait rien sans toi ?

Il avait à peine murmuré cette phrase, comme s'il s'agissait d'une révélation qu'il se faisait soudainement à lui-même.

Il se rapprocha une dernière fois d'elle et en la regardant bien en face, en la détaillant d'un air sévère, il murmura :

— Maintenant tu vas me faire une promesse, Marina. Je vais prendre cet avion, partir et tu ne me reverras jamais plus, mais jure-moi sur ce que tu as de plus précieux, que tu ne te trouveras plus jamais sur mon chemin.

— Je ne peux pas promettre une chose pareille, répondit-elle faiblement.

— Jure-le ! hurla-t-il.

Elle sursauta et d'autres passagers qui se pressaient un peu plus loin se retournèrent.

— Salom...

— Jure-le, et ne prononce plus jamais ce nom! N'oublie pas que Salom n'aurait jamais dû exister, ni tout le reste d'ailleurs. C'est toi qui as voulu cela. Alors jure! Je ne veux plus jamais avoir affaire à toi, dans cette vie ou dans une autre. Je me suis bien fait comprendre?

Comme elle hésitait, il cria de nouveau:

— Réponds!

Elle hocha lentement la tête et sans un mot de plus le regarda se détourner d'elle, marcher loin d'elle et partir... la quitter... sans se retourner, sans voir qu'elle était en train de mourir.

***

Chapitre 40

27 août 2006 (suite)

Il fallut plus d'une heure à la jeune femme pour réaliser ce qui venait de se passer. Elle regarda autour d'elle d'un air égaré, l'aéroport était bondé de monde. «C'est ici que tout a commencé, pensa-t-elle, et c'est ici que tout se terminait.» N'avait-il pas juré, un jour, qu'il ne lui dirait jamais adieu dans un aéroport? Elle se sentait soudainement si fatiguée... si pitoyable.

Incapable de rentrer chez elle, dans un état second, elle trouva un siège et s'y affala. Les yeux rivés sur l'espace vide qui l'entourait, elle resta là, prostrée, des heures durant. Les haut-parleurs de l'aéroport grésillèrent, une voix annonça un vol, puis un autre, et elle finit par s'endormir. Lorsqu'elle ouvrit les yeux, le soleil s'était levé sur un autre jour.

Elle trouva la force de marcher jusqu'à la sortie, héla un taxi et s'engouffra à l'intérieur, muette aux questions que s'obstinait à lui poser le chauffeur.

À demi comateuse, elle passa tout le trajet à prendre conscience que son cœur saignait et que l'on venait d'ouvrir une brèche dans sa tranquillité. Puis le visage de Luc lui apparut et elle prit peur. Le retour fut particulièrement lent. «J'aurais été plus vite si j'avais poussé la voiture», pensa-t-elle, frustrée.

Elle arriva à destination une heure plus tard et c'est en courant qu'elle grimpa l'escalier qui menait à son appartement. À mesure qu'elle montait, des fantômes tourbillonnaient autour d'elle. Des fantômes qui ne revenaient pas tous d'entre les morts, mais tous lui glaçaient le sang.

Comme elle s'y attendait, Luc était rentré depuis un bon moment. Assis à la cuisine, les mains jointes sur la table, il semblait l'attendre. En le voyant, elle lui sourit, soulagée, puis se figea en contemplant les valises qui jonchaient le sol près de lui.

— Tu pars en vacances? l'interrogea-t-elle, immobile sur le seuil de la petite pièce, d'un ton qu'elle voulut léger.

— Viens t'asseoir, Marina. Nous devons parler.

Son ton était calme et doux, comme toujours, mais une nuance subtile qu'elle perçut parce qu'elle le connaissait mieux que lui-même, l'avertit que le moment était grave. « Non, pas ça », supplia-t-elle intérieurement en prenant place devant lui.

— J'ai réfléchi.

— À quoi donc? demanda-t-elle innocemment.

— Tu le sais.

Il la toisa un long moment, ses doigts se croisaient et se décroisaient, puis il détourna les yeux.

— Je vais partir. Cet après-midi.

— Où... où vas-tu? poursuivit-elle, refusant de comprendre ses mots.

— Je vais me trouver un petit appartement, ne t'inquiète pas, je ne serai pas loin. Tu pourras m'appeler en cas de besoin et je viendrai immédiatement. En attendant, j'irai chez mon frère, au centre-ville.

Stupéfaite, ahurie, effondrée, Marina porta une main à sa bouche et détourna le regard pour s'empêcher de pleurer.

— Alors tu jettes l'éponge. Aussi facilement que cela. Dès que la barque prend l'eau, tu abandonnes l'épave, lâcha-t-elle, sarcastique.

Elle n'écouta pas la petite voix qui lui chuchotait qu'elle avait bien mérité ce qui lui arrivait.

— Non. Et tu le sais très bien, reprit-il. Marina, notre barque prend l'eau depuis pas mal de temps déjà et j'ai tout fait pour la maintenir à flot. Mais il faut être réaliste, je ne peux pas lutter contre cela !

Son ton s'était fait plus dur et il pointait à présent le chevalet qui n'avait pas quitté l'endroit où Nicolas l'avait posé la veille. Elle vit soudain se dresser entre eux toutes les suppositions qu'il avait dû envisager en trouvant l'appartement vide à son arrivée le matin même et tout cet arsenal installé au milieu du salon.

— Luc, si tu me laisses t'expliquer, tu comprendras que tu te trompes. Il n'y a rien...

Il l'empêcha de poursuivre d'un mouvement de la main.

— Marina, cesse de te voiler la face. Tu te fais du mal et tu m'en fais à moi aussi. Je ne t'accuse de rien. Je sais quelle femme tu es et je sais aussi que ta loyauté envers moi est totale. Et c'est en partie à cause de cela que je ne peux plus rester ici.

Il vit ses lèvres s'entrouvrirent, la brume envahir ses lacs émeraude. Il ne résista pas à l'envie de poser sa main sur la sienne, alors qu'elle le suppliait :

— Ne fais pas cela, Luc. Ne me laisse pas. Je t'aime, tu le sais !

— Oui, je le sais. Mais tu l'aimes lui aussi, ça aussi je le sais. Et c'est justement parce que je te respecte et que je me respecte, que je ne peux pas rester ici plus longtemps. Je ne veux pas t'imposer ma présence, en sachant que tu es à ce point bouleversée par le départ d'un autre, et je ne veux pas m'imposer la douleur de te voir pleurer la perte d'un autre homme. Essaie de comprendre, Marina.

« Essaie de comprendre ». N'était-ce pas cette même petite phrase dont elle avait bombardé Nicolas ? Jusqu'à en hacher sa détermination en menus morceaux ?

— Je ne veux pas te punir, ma belle, je veux simplement nous donner une chance de repartir sur de bonnes bases. Comme tu dis, je ne veux pas laisser couler la barque, mais je veux me donner un moyen de colmater la brèche. N'aie pas peur, je ne serai pas loin, je te le promets. Et je comprends plus de choses que tu ne le crois.

Marina sentit son cœur se gonfler à en exploser. Elle regarda Luc qui put lire dans ses yeux tout ce qu'il lui inspirait. À son petit sourire, elle vit qu'elle avait réussi à le rassurer. Elle l'aimait. Elle l'aimait et, plus important encore, elle l'admirait. Même dans un moment aussi critique, il s'inquiétait d'elle, cherchait à la rassurer.

Il se leva, marquant par ce geste l'imminence de son départ. Il prit ses valises et se rendit dans l'entrée. Elle l'accompagna, une larme roula sur sa joue droite, larme qu'il écrasa de son pouce en caressant une dernière fois ses lèvres et son visage.

— Ne pleure pas, ma belle, c'est sûrement là le plus grand défi que j'aurai à relever de toute ma vie. Te conquérir. Pour de bon, cette fois-ci.

Il déposa sur sa bouche un baiser chaste et s'en alla.

Marina retourna dans la cuisine, confrontée au vide de son appartement et au poids de la solitude qui lui faisait courber les épaules. Elle se rendit au salon, s'effondra sur le canapé, ses yeux rencontrant ceux de Mike, braqués sur elle. Il s'agissait d'une photographie de lui, prise lors de sa remise de diplôme. Elle tendit le bras, s'en empara et du bout des doigts, traça le contour de son visage.

— Que suis-je sensée faire maintenant ? Oh ! Mike, vous m'avez tous abandonnée, toi le premier.

Elle s'interrompit brusquement, baissa les yeux et corrigea :

— Non, c'est moi qui vous ai tous abandonnés. Tous. Toi, Nic, Luc. Que vaut ma vie à présent ? Était-ce cela mon destin ? Détruire tous ceux que j'aime ?

La photographie pressée contre son cœur, elle se laissa glisser sur le sol. Elle se sentait exactement comme la première fois, cette première fois où elle avait quitté Nic. Non, à l'époque la situation était différente puisqu'elle avait Luc. Luc qui était venu la retrouver dès son appel, Luc qui l'avait soutenue, Luc qui l'avait consolée... Luc qui l'avait aimée et lui avait fait l'amour... Luc qui l'avait rendue heureuse. Luc qu'elle venait de perdre.

***

Chapitre 41

18 mars 2004

Marina finissait de laver la vaisselle sale qui patientait dans l'évier depuis deux jours, lorsque Luc fit irruption dans sa cuisine.

— Tu n'avais pas verrouillé la porte! la sermonna-t-il sévèrement, en s'approchant d'elle.

Elle lui sourit, nullement impressionnée par son ton réprobateur. Elle rangea une dernière assiette dans l'armoire alors qu'il retirait la veste de son uniforme bleu roi et ses gants de cuir.

— Tu veux du thé? demanda-t-elle en guise de bonjour.

Il refusa d'un geste de la tête.

— Café? proposa-t-elle ensuite.

— Je n'ai pas soif.

Comme il ne semblait pas d'humeur joviale, chose rare chez lui, elle interrompit ce qu'elle était en train de faire et le précéda dans le salon.

Depuis qu'elle avait rompu avec Nicolas, il venait régulièrement la voir. Il surgissait à n'importe quel moment, le moindre prétexte servant à chacune de ses visites. Elle était bien consciente qu'il se faisait du souci pour elle et cet air paternaliste qu'elle retrouvait sur son visage, dans son regard, dans chacun de ses gestes, commençait à l'agacer sérieusement.

Luc prit place sur le canapé et la suivit des yeux alors qu'elle allumait une bougie près d'une photographie de Mike. Elle avait commencé ce petit rituel quelques jours après sa mort et s'y adonnait chaque soir depuis. Il attendit qu'elle revienne s'asseoir près de lui, avant de dire platement :

— Tu as mauvaise mine, ma belle.

Elle soupira, résignée.

— Je sais, je n'ai pas beaucoup dormi cette nuit.

— Ni la nuit d'hier ni celle d'avant-hier, critiqua-t-il.

Marina vit l'inquiétude lui marquer le front. Elle sourit derechef, attendrie.

— Ne t'angoisse pas comme cela, Luc. Ça va, je t'assure. Je suis simplement fatiguée. Ça va passer, comme tout le reste.

Il posa les yeux sur elle, se demanda si elle l'incluait dans tout ce reste. Elle rencontra son regard, le fuit aussitôt. Son estomac se contracta alors qu'il ne pouvait s'empêcher de remarquer à quel point elle avait encore maigri au cours du dernier mois. Si la mort de Mike l'avait profondément ébranlée, sa rupture avec Nicolas, aussi brutale qu'inattendue, avait achevé de l'anéantir. Il avait bien essayé d'évoquer le sujet, mais à chaque fois elle avait éludé ses questions.

— Je ne peux pas m'empêcher de me faire du souci pour toi, ma belle. C'est plus fort que moi. Et puis j'ai promis...

— Je sais ! Je sais ! le coupa-t-elle, exaspérée.

Elle se leva rageusement et marcha jusqu'au manteau de la cheminée sur lequel elle s'occupa à replacer machinalement les objets qui le décoraient.

Luc devina la tension qui irriguait ses nerfs et la rendait semblable à une bombe sur le point d'exploser. Il se leva et s'approcha d'elle.

— Marina, pourquoi ne me dis-tu pas ce qui te tracasse ?

La question paraissait si absurde qu'elle ne put s'empêcher de rire. Elle secoua la tête et courba un peu plus le dos.

— Rien, Luc. C'est seulement que c'est si dur de devoir reconstruire seule sa vie...

Elle sentit qu'il la saisissait par les épaules et la retournait doucement vers lui.

— Et moi ? Je ne compte pas ?

Elle pencha la tête sur le côté, sembla évaluer quelle place il méritait.

— Luc, que feras-tu de moi le jour où tu auras une femme dans ta
vie ? Peut-être même est-ce déjà le cas ? Que lui diras-tu pour justifier
tes allées et venues perpétuelles ou plutôt que me diras-tu à moi ? Quel
prétexte inventeras-tu pour m'expliquer que tu ne viendras plus me
voir ?

Tout d'abord surpris par son discours, il commençait à entrevoir
ce qui la minait à ce point. Du dos de la main, il caressa sa joue et son
regard s'assombrit.

— Ne te tracasse pas avec des détails de cet ordre. Pour l'instant, tu es
mon unique priorité.

Il avait parlé d'une voix douce, destinée à la réconforter. Elle ferma
les yeux, recherchant encore le contact de cette main contre son visage.
Lorsqu'elle souleva les paupières, elle croisa le regard doux de Luc qui
la scrutait. En une fraction de seconde, elle se revit adolescente, guet-
tant son arrivée, cherchant tous les prétextes imaginables pour pouvoir
s'infiltrer dans la chambre de son frère, ne serait-ce que pour l'entrevoir quelques secondes.

Ses pensées durent emprunter le même chemin que les siennes,
car son regard s'obscurcit un peu plus. Il se recula d'un pas, retira sa
main. Elle baissa la tête, lui tournant à nouveau le dos. Elle s'avança
vers la fenêtre gelée par le froid de ce mois de mars.

— Pourquoi es-tu venu, Luc ?

— Pour voir comment tu allais, répondit-il bêtement.

— Tu aurais pu téléphoner, pourquoi t'être déplacé ?

Il fronça les sourcils, cherchant à savoir où elle voulait en venir. Il
eut beau se creuser la cervelle, il ne voyait pas.

— Pourquoi es-tu venu, Luc ? réitéra-t-elle. Si tu te sens coupable de
quoi que ce soit...

Ça y est. En deux pas, il fut près d'elle et la saisit dans ses bras. Il pinça son menton entre ses doigts, releva son visage vers le sien.

— Eh! Si je suis venu, c'est que je voulais te voir. Rien de plus, rien de moins. Tu me manquais. Tu me manques toujours, ajouta-t-il d'une voix rauque.

Sans réfléchir, elle lui demanda:

— Reste avec moi ce soir, Luc. S'il te plaît.

«Bon Dieu!» songea-t-il, secoué. Il ne demandait que cela. Depuis des semaines, il cherchait un moyen de reprendre sa place dans son cœur, sans réellement y parvenir et voilà qu'elle le suppliait...

— Non, Marina. Je ne peux pas. Ce ne serait bien ni pour toi ni pour moi.

Blessée par son refus, elle se libéra de son étreinte et retourna près de la bougie qui brûlait toujours. Il s'attendait à tout, sauf à ce qu'elle lui dit alors:

— Pourquoi est-ce que je ne peux pas retenir un homme? Pourquoi est-ce que tous les hommes me fuient ou encore me voient comme une petite fille qu'il faut protéger et pas comme une femme avec des désirs et des envies?

Elle se retourna brusquement vers lui, fronça les sourcils, marchant lentement dans sa direction, l'attaquant ouvertement.

— Pourquoi est-ce que je ne suis jamais parvenue à te faire perdre la tête, Luc? Pourquoi? Ne suis-je pas jolie? Ne suis-je pas désirable?

Foudroyé par ses paroles, il commençait à prendre conscience que les choses étaient beaucoup plus graves qu'il ne le pensait.

— Marina, si tu pouvais ne serait-ce qu'entrevoir à quel point tu as failli me faire perdre la tête, tu ne dirais pas cela.

— Alors prouve-le-moi!

Elle n'était plus qu'à quelques centimètres de lui.

— Pourquoi est-ce que je ne suis jamais parvenue à te séduire?

Il soupira en se passant une main dans les cheveux.

— Marina, ce n'est pas moi que tu veux. Et je ne veux pas être une solution de rechange. Il est hors de question que je me serve de ta détresse pour te mettre dans mon lit.

Un petit sourire se dessina sur ses lèvres, puis disparut aussitôt. Elle s'immobilisa devant lui et murmura :

— Lorsque Mike est mort, tu avais besoin de réconfort et je t'ai laissé m'embrasser. Aujourd'hui, c'est moi qui ai besoin qu'on me rassure. Un baiser, Luc, un seul baiser.

Il parut réfléchir, pesant le pour et le contre de sa demande.

— Et j'imagine que je peux compter sur toi pour me freiner, si je ne peux pas m'en tenir à cela ? demanda-t-il, amusé.

— C'est une promesse que je ne peux pas te faire, je regrette. Je te désire depuis mes quinze ans, ça ne s'oublie pas comme cela !

Il finit par retirer son arme et la prit doucement dans ses bras. Il posa son menton sur sa tête et murmura à son tour :

— Ton petit jeu est inégal, ma belle. Je ne suis pas fou, je sais que je ne peux que perdre. Cependant, je n'ai pas changé d'avis. Je ne veux pas d'une nuit avec toi, je veux plus. Lorsque je te prendrai, c'est que je saurai t'avoir tout entière.

Elle passa ses bras autour de son cou, le cœur battant à cent à l'heure. Il y avait si longtemps qu'elle rêvait de se retrouver dans ses bras ! L'odeur de son eau de Cologne lui tournait la tête et elle était pleinement consciente de ses mains sur sa taille.

— Oh ! Luc, je t'ai aimé pendant des années alors que tu ne daignais même pas me jeter un regard. Est-ce que ça ne compte pas ?

Que pouvait-il répondre contre pareil argument ?

— Un baiser, Marina. Seulement un baiser. Et ne crois pas que c'est parce que tu me le demandes, je ne suis pas de ceux qui se font manipuler par une femme. Si je le fais, c'est que j'en ai autant envie que toi.

Le sourire qu'il vit naître sur ses lèvres lui fit comprendre à quel point elle serait déloyale. Il aurait dû comprendre et déguerpir, mais au lieu de cela, il se pencha vers elle. Lentement, elle approcha ses lèvres jusqu'à toucher les siennes. Elle croyait être maîtresse des événements, il lui démontra rapidement qu'elle se trompait. À peine sa bouche fut-elle sur la sienne qu'il prit le contrôle de la situation. Il l'embrassa comme il le souhaitait, à son rythme, à sa façon, sa main droite s'emparant de la totalité de ses cheveux qu'il enroula autour de son poing, la maintenant prisonnière, lui enlevant toute possibilité de retraite.

Rapidement, trop rapidement, le rythme s'accéléra et ils s'enflammèrent comme un feu de brindilles. Elle se colla à lui, savourant les sensations si semblables à ce qu'elle avait imaginé.

— Fais-moi l'amour, Luc. Maintenant.

Il plongea son regard brumeux dans le sien, haletant, la bouche entrouverte. Il la saisit dans ses bras et prit la direction de sa chambre. La lune blafarde de cette soirée d'hiver éclaboussait les murs de la pièce d'une lumière bleutée qui contrastait étrangement avec la chaleur qui y régnait.

— Marina, je te ferai l'amour à une condition expresse.

— Laquelle?

Elle se tendit sous la caresse de ses lèvres, alors qu'il se redressait au-dessus d'elle et, soudant son regard au sien, terminait:

— Je veux que tu me promettes de ne pas fermer les yeux. Chaque seconde, je veux pouvoir lire au fond de ton regard que c'est avec moi que tu fais l'amour, et pas avec lui. Je sais que tu l'aimes et que tu ne l'as pas oublié.

Touchée par ses paroles, elle saisit son visage entre ses mains et murmura:

— Ce soir, c'est avec toi que je veux être, Luc. Je te jure que je ne me sers pas de toi.

Il fouilla les profondeurs de ses yeux, cherchant à mesurer sa sincérité. Il ne vit pas de mensonges, ni de doutes.

— Je te crois, alors promets.

Elle ressentit douloureusement sa requête au fond de sa poitrine mais n'en dit rien. Elle accepta, le cœur reprenant sa course folle. Elle le vit se soulever et déboutonner sa chemise qu'il jeta à même le sol. Ses mains glissèrent le long de son torse, sur ses épaules, savourant la douceur de sa peau, la dureté de ses muscles. Lorsqu'il en fit autant avec sa blouse, elle voulut fermer les yeux, les joues brûlantes.

— Ouvre les yeux, Marina, tu m'as promis.

La blouse vola, suivie presque aussitôt de son soutien-gorge. Elle sentait la vie regagner peu à peu chacun de ses membres, même son cœur endolori semblait plus léger. Il regarda ses seins, ne pouvant croire qu'après toutes ces années, il allait enfin la posséder.

— Luc, souffla-t-elle alors qu'il la faisait sienne.

— Dis mon nom, ma belle, dis-le encore.

— Luc... Luc... Luc...

Les minutes se succédèrent au rythme de leur respiration. Elle était comme une enfant qui reçoit le baptême, ce sacrement qui marque le début d'une nouvelle vie.

Beaucoup plus tard, alors qu'il soufflait doucement sur sa poitrine humide, elle lui sourit avant de se mettre à sangloter bruyamment. Il la tint serrée contre lui, attendant patiemment qu'elle se calme. Puis, alors qu'elle relevait les yeux vers les siens, il murmura :

— Je t'aime, Marina, depuis si longtemps...

Elle se remit à pleurer alors qu'elle lui offrait à nouveau son corps, qu'elle lui offrait son âme et qu'elle volait la sienne.

C'était de cette manière que tout avait commencé entre elle et lui. Il l'avait reconquise petit à petit, sans jamais la brusquer, ni rien exiger d'elle. Et elle, elle n'avait su que le décevoir, le tromper et le perdre. Encore une fois.

***

Chapitre 42

28 août 2006

Nicolas glissa la clef dans la serrure de son appartement et, déçu, remarqua que la porte n'était pas verrouillée; ce qui signifiait que la confrontation était inévitable. Il était épuisé, éreinté et dans un état lamentable. Il ne se sentait pas du tout capable de mener une conversation sensée. Pourtant, il le faudrait bien. Comble de malheur, il s'aperçut que la situation était encore pire puisque non seulement il devrait affronter Judith, mais également sa sœur.

En le voyant pénétrer dans le séjour, elles se levèrent toutes les deux et, devant son air maussade, ravalèrent les sourires et mots de bienvenue qu'elles avaient sur les lèvres. Elles pensèrent immédiatement la même chose: «Il sait». Oui, il savait.

Silencieuses, elles le regardèrent s'affaler sur le canapé, se frotter les yeux et se masser les tempes.

— Pourquoi ne pas nous avoir averties que tu arrivais aujourd'hui? commença maladroitement sa sœur. Nous serions venues t'accueillir à l'aéroport!

Elle fit un pas pour s'approcher de lui, mais le regard qu'il braqua sur elle la fit se figer sur place. Il les fixa l'une et l'autre, l'une après l'autre, essayant de savoir à laquelle des deux il pourrait encore faire confiance, à laquelle des deux il poserait toutes les questions qui s'étaient emmagasinées dans sa tête, sur laquelle des deux il épancherait son fiel.

— Je vous écoute, dit-il simplement.

France et Judith se regardèrent, interdites, son calme les foudroyant de plein fouet, encore plus inquiétant que toutes les colères qu'il aurait pu déverser sur elles. Judith parla la première.

— Pourquoi es-tu revenu, Nicolas, si tu te souviens de tout?

— Je ne veux pas de questions, mais des réponses. Et aujourd'hui, c'est moi qui dirige l'interrogatoire.

Voyant Judith peu encline à lui répondre, il braqua son regard sur France et lui dit à nouveau :

— Je t'écoute, France. Essaie de m'expliquer ce que je ne comprends pas. J'aimerais savoir pourquoi, pendant toutes ces années où tu me savais malheureux de ne pas me souvenir, tu t'es permis de me cacher ce que tu savais sur Marina. Sois brève, mais n'oublie aucun détail, ma patience a déjà été énormément mise à mal depuis deux jours.

Le ton était calme, mais la menace clairement présente, elle le savait. Elle jeta un coup d'œil à Judith qui put y lire « excuse-moi », puis elle commença :

— Oui, Nic, tu as raison, je savais. Du moins en partie. Si je n'ai rien dit, c'est que je croyais que c'est ce que tu voulais.

En d'autres circonstances, il aurait sûrement explosé de rage, mais la fatigue et le dégoût le maintinrent assis, toujours enfermé dans ce calme qui le rongeait.

— Et aurais-tu l'immense bonté de m'expliquer comment tu as pu aboutir à une telle conclusion?

Elle s'approcha, s'agenouilla face à lui, comme si elle s'apprêtait à parler à un enfant.

— J'ai rencontré Marina une fois. C'était la veille de son départ pour le Québec. À l'époque, elle habitait encore avec toi.

— Je sais déjà tout cela. Car, au cas où vous l'ignoreriez toutes les deux, je me souviens de tout. Alors abrège et passons aux choses essentielles.

Les deux jeunes femmes sursautèrent en entendant son ton mordant.

— Très bien. Nicolas, je t'ai vu revenir complètement effondré du Canada. Je ne t'avais jamais vu dans un état pareil, j'ai même eu peur que tu ne commettes des actes... dangereux. Tu ne te souviens pas?

Si, il se souvenait. Au fur et à mesure qu'elle évoquait ce moment, les images se superposaient à ses paroles.

— Te rappelles-tu ce que tu m'as dit ce soir-là, Nic? Te souviens-tu de tes paroles alors que tu souffrais de ce qu'elle venait de te faire subir?

Il plissa le front, cherchant à résumer le contenu de leur discussion de ce jour-là. Il venait de rentrer du Canada et, désespéré, n'avait rien trouvé d'autre à faire que d'appeler sa sœur.

— Je t'ai dit tellement de choses..., murmura-t-il.

— Oui, mais l'une d'elles en particulier m'a marquée. Une chose que je n'oublierai jamais. Tu m'as dit : « France, si on m'offrait aujourd'hui la possibilité de l'oublier, de ne plus jamais me souvenir d'elle, je sauterais sur l'occasion. Je n'hésiterais pas une seconde. Non, pas une seule. »

Nicolas ne broncha pas. Il se souvenait.

— Donc, lorsque tu t'es réveillé après ton opération et que nous avons découvert que tu souffrais d'amnésie, j'ai décidé que c'était la chance que t'offrait la vie pour que tu puisses refaire la tienne sans que Marina n'y ait de place. C'est pour cette raison que je ne t'ai rien dit. Et tu en penseras ce que tu voudras, je sais que j'ai eu raison. Tu t'es reconstruit et tu étais heureux. Du moins, jusqu'à son retour. Étant donné que tu as été licencié après ton opération, il n'y avait aucun risque pour que son nom soit évoqué par tes collègues de travail. Maman n'avait même jamais entendu parler d'elle, donc le problème ne se posait pas. Quant à Judith...

Cette dernière s'interposa, refusant que l'on parle à sa place. D'un signe de tête, elle fit comprendre à sa belle-sœur qu'elle souhaitait s'entretenir en privé avec Nicolas qui l'observait, le visage impassible. Elle fit quelques pas et hésita :

— Tu m'en veux beaucoup, n'est-ce pas?

Nicolas continua de la scruter, se demandant comment il devait aborder le sujet avec elle.

— Disons que j'ai l'impression d'avoir été berné par la seule personne en qui je devrais avoir une confiance aveugle sur cette terre. Que penser de tout cela ?

— Ai-je au moins le droit de m'expliquer ?

Il vit qu'elle tremblait. Il acquiesça, peu convaincu de l'honnêteté de ses propos.

— Nicolas, ce que j'ai fait, je l'ai fait parce que je t'aimais. Vraiment.

Un petit rire lui fit comprendre à quel point il était peu touché de découvrir que l'amour était à l'origine de tous les mensonges qu'on lui avait racontés. Elle poursuivit néanmoins, en se tordant les mains :

— Nicolas, te souviens-tu de la première fois où nous nous sommes rencontrés ?

Instantanément, il vit le bar enfumé où il noyait la douleur que lui causait la perte de Marina. Quelle ne fut pas sa surprise de l'entendre dire :

— Moi, je m'en souviens. C'était lors de cette fameuse soirée chez Bresson & Co. Tu t'y étais rendu accompagné d'une grande rousse dont je ne connais pas le nom. Moi, j'accompagnais un ami, Cédric Luce, qui était à l'époque le responsable de la communication. Je l'accompagnais pour lui faire plaisir, pour lui rendre service. Lorsque tu es entré ce soir-là dans le hall de l'hôtel, je t'ai immédiatement remarqué. Je savais pertinemment que tu n'étais pas libre, cette femme pendue à ton bras en était la preuve flagrante. Il aurait fallu être aveugle pour ne pas comprendre qu'elle arracherait les yeux à quiconque essaierait de t'approcher. Mais cela n'a pas empêché que tu m'aies vraiment impressionnée. J'étais complètement captivée par toi. Seulement, je n'ai pas tardé à me rendre compte que toi, tu étais complètement absorbé par elle.

— Par Lucie ?

— Non, par Marina. Tu ne la quittais pas des yeux. Et je ne suis pas la seule à m'en être aperçue. Tu la couvais littéralement du regard. Je m'étonne d'ailleurs que cette grande rousse...

— Lucie.

— Je m'étonne d'ailleurs que Lucie ne se soit aperçue de rien, du moins avant que ça s'envenime entre vous.

Comme il la détaillait de plus en plus surpris, elle sourit avant d'expliquer :

— J'étais sur la terrasse de l'hôtel lorsque vous vous êtes disputés, Lucie et toi. J'ai tout vu et tout entendu. Puis Lucie est partie et toi, tu es resté seul jusqu'à ce que...

— C'était toi ?

Il semblait complètement abasourdi.

— Oui, c'était moi. Je me suis approchée de toi et nous avons discuté pendant près de deux heures. Deux heures à échanger des banalités, mais ça a suffi pour me transporter. J'ai compris que je perdais mon temps lorsque tu es reparti dans la salle de réception sans même me demander mon nom. À l'intérieur, alors que je te surveillais du coin de l'œil, je t'ai vu braquer ton regard sur elle et ne plus l'en détacher. J'ai compris que c'était peine perdue pour moi.

Nicolas se retint d'acquiescer. Il se demanda comment il avait fait pour ne pas se souvenir d'elle. Était-il à ce point obsédé par Marina ? Sans doute, sinon il n'aurait pas été goujat au point de discuter avec une femme pendant plus de deux heures sans lui demander son nom. Déjà, elle reprenait :

— Si tu savais ma déception lorsque France nous a présentés, quelques mois plus tard et que je me suis aperçue que tu ne te souvenais pas de moi...

— D'où connais-tu France ?

— Son fiancé de l'époque était l'ami de mon frère. Nous nous sommes immédiatement bien entendues toutes les deux. Lorsque j'ai su qu'elle était ta sœur, j'ai insisté pour qu'elle nous présente, en dépit de ce que je savais. Elle a refusé, m'expliquant que tu venais de vivre une rupture difficile. J'ai insisté. Un soir où elle te savait dans ce bar en train de te saouler, comme tu le faisais de plus en plus régulièrement, nous nous y sommes rendues toutes les deux pour fêter mon anniversaire. Tu connais la suite.

Nicolas se rappelait fort bien la suite. Il avait repoussé ses avances sous tous les prétextes imaginables, refusant de s'avouer qu'il était totalement dépendant d'une femme qui ne voulait plus de lui. Lorsqu'il lui avait annoncé qu'il ne voyait en elle qu'une bonne amie, elle avait affirmé que ça lui suffisait. Et qu'elle s'en contenterait. N'ayant personne dans sa vie, il avait donc accepté de la revoir en toute amitié. C'était d'ailleurs ce qu'elle était devenue. Une amie précieuse, qui parvenait à le faire rire, avec qui il discutait de la vie, de son travail, de tout ce qu'on raconte à une amie, et avec qui il passait de bons moments. C'était d'ailleurs à cette période qu'elle avait insisté, en prenant conscience de ses maux de tête, pour qu'il consulte un médecin. Elle lui avait obtenu un rendez-vous avec l'un des plus grands spécialistes. S'en étaient suivis le verdict, l'opération et tout le reste.

— Judith, pourquoi m'avoir menti à mon réveil à l'hôpital ? Pourquoi avoir prétendu que nous avions une liaison alors que ce n'était pas le cas ?

— Parce que c'était l'occasion pour moi de te prouver que j'étais faite pour toi et que je pouvais te rendre heureux. Je m'étais promis que si tu ne tombais pas réellement amoureux de moi, je n'insisterais pas et je te laisserais. Mais pour mon plus grand bonheur, je t'ai vu m'apprécier de plus en plus et je sais aujourd'hui que tu m'aimes. Que tu m'aimais avant d'entreprendre ce voyage stupide. Si Marina n'était jamais entrée dans ta vie, je t'aurais séduit ce soir-là, Nic, et ça, tu ne peux pas le nier. Je corresponds exactement à ce que tu recherches chez une femme et je te défie de me prouver le contraire.

Il ne répondit pas, s'évertuant à réfléchir à ce qu'elle venait de dire. Puis au bout de quelques secondes, il réagit :

— Avais-tu si peu confiance en toi pour entreprendre une pareille machination, Judith ? Avais-tu si peu confiance en mon jugement pour jouer avec moi de cette façon ?

— Je n'ai pas joué avec toi, Nicolas.

— Tu t'es présentée comme étant ma fiancée, la femme avec qui je vivais depuis plusieurs années alors que j'étais complètement dépendant des dires des uns et des autres, parce qu'incapable de me souvenir. Judith, tu devais bien te douter qu'un jour ou l'autre je finirais par découvrir la supercherie !

Elle s'obstinait à regarder le sol, incapable de soutenir son regard.

— Je comptais tout te dire, dès que j'aurais été certaine d'avoir gagné ton amour, mais plus le temps passait et plus j'avais peur.

— Et tu savais que plus le temps passait, moins il y avait de chances que je retrouve la mémoire. En réalité, je ne me serais jamais rappelé de rien si je n'avais pas vu Marina ce jour-là à la galerie. Je ne me serais rappelé de rien puisque mon amnésie était manifestement une protection de mon cerveau contre des émotions que je n'arrivais plus à gérer et qui étaient en lien direct avec elle.

Il réfléchissait à haute voix, de plus en plus écœuré de s'être fait ainsi piéger. Car c'était exactement l'impression qu'il avait : s'être fait piéger.

— Comment pourrais-je retrouver la confiance que j'avais en toi en sachant que tu m'as trompé d'une façon aussi grossière ? Qu'y a-t-il d'autre que tu me caches ?

— Rien ! Absolument rien. Oui, je me suis fait passer pour quelqu'un que je n'étais pas encore pour toi à l'époque, mais les sentiments que tu disais avoir à mon égard avant que tu n'entreprennes ce voyage, eux, étaient bien réels. Autant que ceux que je ressens pour toi.

Il était consterné, effrayé même, elle le savait. Elle s'agenouilla devant lui et dit simplement :

— Je t'aime, Nicolas, et je te rendrai heureux. Et c'est cela l'essentiel. Rien de plus.

Il soupira, incapable de mettre ses idées en place, de prendre une décision cohérente. Il aurait aimé pouvoir diriger sa rancune contre sa sœur et contre Judith, mais tout son venin, il l'avait déversé contre Marina. Marina qui allait reprendre le cours de sa vie, Marina qui allait l'oublier pour toujours.

— J'ai besoin de réfléchir, Judith. Je suis désolé, pour l'instant c'est tout ce que je peux te dire. Je t'appellerai, mais il faut que je fasse le point sur tout cela. Seul.

Il vit ses yeux se remplirent de larmes alors qu'elle se levait et quittait la pièce.

Il regarda autour de lui, si épuisé qu'il n'arrivait plus à assembler la moindre idée de manière cohérente. Sa vie venait de chavirer pour la deuxième fois à cause de la même femme. Une femme qu'il avait rencontrée, aimée et perdue, deux fois! Une femme sans qui il aurait pu tomber réellement amoureux de Judith, une femme sans qui il aurait pu être heureux.

Il se dirigea vers sa chambre, se déshabilla, prit une douche et aussitôt couché, s'endormit. Pendant quatre jours, il ne quitta pas son appartement. Quatre jours à se morfondre, à analyser, à tourner en tous les sens le puzzle de sa vie, à chercher des solutions qui ne vinrent pas. À la fin du quatrième jour, il appela Judith et alors qu'elle se mettait à sangloter au téléphone, il lui demanda de revenir.

＊

« Grèce »

Quatre ans plus tard

On rencontre sa destinée
Souvent par les chemins qu'on prend pour l'éviter.

Jean de la Fontaine

Chapitre 43

13 juin 2010

Marina était en retard et elle maudit le mauvais service de l'hôtel où elle était descendue. Non seulement on avait omis de la réveiller, mais elle avait attendu en vain son petit déjeuner, pourtant commandé la veille. Résultat : elle avait déjà manqué la moitié de la première matinée du séminaire sur la Grèce antique qu'elle attendait avec impatience depuis des mois. La journée promettait d'être longue.

Elle soupira, ne pouvant s'empêcher de constater, qu'encore une fois le chiffre 13 faisait honneur à la réputation qu'on lui attribuait. « Le 13 juin, quelle date stupide pour le début d'un séminaire ! » Elle songea que c'était sûrement là la cause de tous ses malheurs et c'est d'humeur grognonne qu'elle poussa la porte du bâtiment qui accueillait le congrès. Elle parvint à trouver la bonne salle et essaya de s'installer dans un coin sans trop se faire remarquer. Une femme lui sourit aussitôt et lui indiqua de venir la rejoindre.

— Quel est votre nom, s'il vous plaît, lui demanda-t-elle dans un français impeccable.

— Marina De Grand Maison.

La femme balaya rapidement la liste des inscrits, avant de hocher la tête et de surligner son nom.

— Bienvenue, madame. La place 1313 B vous a été assignée.

Du doigt elle la lui indiqua. Marina afficha une mine boudeuse en songeant qu'il n'était plus question pour elle d'entrer discrètement. En effet, pour rejoindre la place qui était la sienne, elle devrait passer devant une bonne vingtaine de personnes. « Maudit chiffre 13 », marmonna-t-elle.

— Pardon? interrogea l'hôtesse d'accueil, surprise.

— Oh, rien.

Elle lui sourit, laissa échapper un soupir qui dut s'entendre jusqu'à la première rangée de sièges, attrapa le badge que la femme lui tendait et rentrant la tête dans les épaules, essaya de se faire la plus petite possible. Elle se fraya un chemin entre les allées de chaises, ne parvenant pas à faire abstraction des exclamations réprobatrices que son passage soulevait. Elle parvint finalement à sa place et s'assit sans demander son reste. Elle sortit de son sac, le plus discrètement possible, un cahier et un stylo pour prendre quelques notes, puis tenta de se concentrer sur l'intervenant qui balayait le mur d'une série de diapositives.

Il ne s'était pas écoulé dix minutes qu'elle laissait tomber son crayon, lequel roula sous le siège du participant situé à la perpendiculaire, juste devant elle. Mal à l'aise, elle tenta de le récupérer, en se contorsionnant. En vain. Sans doute conscient de ce qui se passait, l'homme finit par se pencher, récupéra l'objet en question qui avait roulé près de son pied et se retourna pour le lui tendre.

Les mots de remerciement qu'elle allait prononcer ne franchirent jamais la barrière de ses lèvres alors que son visage blêmissait. Là, devant elle, si près d'elle qu'elle aurait pu le toucher, un fantôme de son passé resurgissait.

Aussi surpris qu'elle, Nicolas la fixa quelques secondes, un air d'indifférence totale succédant au sourire qu'affichait sa bouche sensuelle. Il lui tendit son stylo et, après un petit geste de la tête, se retourna pour se replonger dans la contemplation des photos qui étaient projetées.

Complètement sidérée, Marina sentit le sol se dérober sous elle. Elle allait s'évanouir ou tout simplement mourir. Nicolas, Nic, Salom, il était là, à quelques centimètres d'elle. Après quatre ans, elle se retrouvait là, tout près de lui. Elle ferma les yeux, essaya d'avaler un peu de salive afin d'hydrater sa gorge soudainement asséchée. Elle reprit son stylo et fit un effort surhumain pour se concentrer sur les paroles du conférencier. Peine perdue. Elle n'arrivait pas à détacher ses yeux des larges épaules qui lui masquaient le devant de la scène. Elle se retrouvait, d'un coup, plongée dans un passé qu'elle croyait révolu à jamais et qui lui rejaillissait au visage comme l'eau d'un geyser. Fuir, vite, le plus loin possible, voilà ce que semblait lui dire l'homme qui commentait à merveille les plus grands chefs-d'œuvre de la Grèce antique. « Reprends-toi, Marina, reprends-toi. »

Elle respira donc à fond et, constatant que Nicolas ne semblait pas le moins du monde affecté par le fait de la revoir, elle décida de ne pas l'être non plus.

Devant elle, Nicolas n'arrivait plus à suivre le fil des commentaires de l'homme qui discourait depuis plus d'une heure devant un auditoire d'une centaine de personnes. Il sentait la sueur perler à son front alors que tout son dos brûlait sous le regard vert qu'il sentait fixé sur lui. La moindre parcelle de son corps semblait attentive à la présence de la femme assise derrière lui. Marina. « Bon Dieu, que peut-elle bien faire ici ? Pourquoi faut-il que je la revoie après toutes ces années ? »

Furieux, il tenta de faire abstraction de sa présence, sans y parvenir. La salle tout entière semblait emplie de son parfum. Il obliqua légèrement la tête et, du coin de l'œil, essaya de l'apercevoir. Penchée sur un bloc-notes, elle ne semblait pas du tout perturbée par sa présence. Il ne résista pas à l'envie de la contempler quelques secondes, juste ce qu'il fallait pour s'apercevoir que les années ne lui avaient pas été néfastes. Au contraire, elles l'avaient faite davantage femme, l'avaient rendue encore plus séduisante. Il jugea que ce n'était pas du tout bon pour lui et, les nerfs à vifs, chercha des yeux une échappatoire. Il n'y en avait pas. Que lui fallait-il faire à présent ? La réponse s'imposa d'elle-même. L'éviter, le plus longtemps possible.

Il passa donc les deux heures suivantes, les sourcils froncés, incapable de suivre les explications pourtant intéressantes du conférencier.

Lorsque la pause fut annoncée, Marina ne demanda pas son reste et courut presque jusqu'à la terrasse et y trouva un coin plus à l'abri des regards. Elle ne doutait pas un seul instant qu'elle devait paraître fort ridicule, mais c'était là le moindre de ses soucis. Elle devait choisir le comportement à adopter et s'y tenir strictement. Soit elle jouait la carte de l'indifférence, soit elle tentait une approche de fausse camaraderie. Mais en aucun cas elle ne devait laisser transparaître son trouble.

— Marina De Grand Maison, tu es bien la dernière personne que je m'attendais à voir ici aujourd'hui.

Elle sursauta, les doigts crispés sur la balustrade alors que son cœur s'emballait au son de sa voix. Il s'écoula une ou deux secondes avant qu'elle ne se retourne, le temps de se composer un visage radieux qui affichait une grande sérénité.

— Bonjour Nicolas, ça, pour une surprise, si je m'attendais...

Elle se tut, intimidée par le regard qu'il posait sur elle. Il était à trois bons mètres d'elle, et pourtant elle ressentait la chaleur qui émanait de son corps comme si on venait de la propulser contre lui. Il avait vieilli, un peu. Il était aussi séduisant, sinon davantage, que la dernière fois qu'elle l'avait vu. Elle le contempla distraitement, refusant de capter son regard bleu qui, elle le savait, la maintiendrait prisonnière. Il avait repris cette pause qui lui était propre, adossé nonchalamment contre un mur, les bras croisés, il la regardait, la détaillait, sans gêne apparente, exactement comme il l'avait fait à maintes reprises autrefois.

— Que fais-tu ici, Marina?

Le ton était sec, impersonnel. Elle comprit qu'il était furieux, furieux de la voir, furieux de croiser à nouveau sa route.

— La même chose que toi, apparemment, répondit-elle brusquement. Elle lui tourna le dos, l'un de ses doigts se déplaçant machinalement sur les contours des décorations sculptées de la rambarde.

Elle crut nécessaire d'expliquer :

— Je n'ai pas rompu ma promesse, Nicolas. Je ne savais pas que tu serais là. Depuis des mois, j'ai réservé ma place à ce séminaire. Depuis très longtemps déjà, j'ai envie d'écrire un roman sur la Grèce et...

— Pourquoi te justifier ainsi, Marina, je ne t'accuse de rien.

Elle cessa de respirer en constatant qu'il s'était rapproché d'elle. Sa voix se faisait de moins en moins sèche. Elle inspira profondément, cherchant un moyen de mettre fin à cette conversation qui prenait une tournure qu'elle était loin d'apprécier. Elle préférait encore sa colère à ce ton condescendant qu'elle n'avait jamais supporté. Et surtout, elle refusait de le laisser l'approcher d'aussi près. Il lui serait trop facile de la dominer et c'était la dernière chose qu'elle voulait.

Nicolas perçut son trouble au mouvement de son doigt qui se suspendit. Elle lui jeta un regard en coin et demanda à son tour d'un ton qu'elle voulait léger.

— Et toi? Que fais-tu ici? Je veux dire, je ne te savais pas passionné par la Grèce antique?

Elle le vit soulever les épaules avant d'enfouir ses mains dans ses poches, toujours aussi près d'elle. Il contempla un instant la base de son cou où s'était nichée une mèche de cheveux qui avait échappé à sa tresse. Il en évalua la longueur, remarqua qu'elle ne les avait jamais eus aussi longs. Il fit un pas en arrière, puis répondit:

— On me l'a offert, le voyage, je veux dire. Un coup de chance.

— Offert?

Sceptique, elle se retourna à demi, portant sa main en visière pour distinguer les traits de son visage que le contre-jour lui dissimulait.

— J'ai réalisé la couverture de quelques ouvrages pour un ami et en guise de remerciement il m'a offert ce voyage.

— Oh...

Ils se turent, puis comme si Nicolas semblait abandonner un combat quelconque, il lâcha un long soupir.

— Je suis heureux de te revoir, Marina. Sincèrement. Seulement c'est si... inattendu!

Surprise par la chaleur de sa voix, elle le regarda qui s'éloignait d'elle. Il pénétra dans la salle où les participants reprenaient peu à peu leur place. Luttant contre une panique grandissante, elle demeura un long moment le regard vague, avant de se décider à retourner s'asseoir. Nicolas semblait absorbé dans une passionnante conversation avec son voisin de droite, ce qui lui permit de reprendre sa place sans avoir à croiser son regard ou à lui sourire. Elle se replongea dans ses notes, blindée contre les regards qu'il ne pouvait s'empêcher de jeter dans sa direction.

***

La deuxième journée du séminaire touchait à sa fin sans que Marina et Nicolas n'aient échangé autre chose que de vagues sourires et des hochements de tête en guise de bonjour. Ils se tenaient loin l'un de l'autre et s'évitaient si soigneusement qu'ils se surprenaient même à réussir un pareil exploit dans un espace aussi restreint. À la fin de la troisième journée, l'animateur annonça que les participants étaient conviés, le soir même, à une soirée donnée en leur honneur et pour laquelle ils avaient tous payé, comme il le précisa dans un grand rire. Il leur promit une surprise digne de ce nom et les incita fortement à s'y rendre.

Marina hésita longtemps avant de se décider d'aller y faire un saut, sachant pertinemment qu'elle y rencontrerait certainement Nicolas, peut-être accompagné de son épouse ou même de Judith, et qu'il était hors de question pour elle de passer toute une soirée à l'éviter en se morfondant. Les journées étaient déjà suffisamment éprouvantes, sans qu'elle y ajoute une partie de cache-cache de nuit. Ce qui la motiva, ce fut la peur que son absence ne soit perçue comme le signe du trouble qui l'avait gagnée depuis qu'elle l'avait revu. Et lui offrir cette satisfaction était la dernière chose qu'elle souhaitait. « Par contre, réfléchit-elle, pas question de s'y rendre sans arme. »

Elle choisit ainsi sa robe la plus sexy, attacha ses cheveux en une coiffure élégante et se maquilla avec raffinement. Elle contempla son reflet dans le miroir et ne put retenir un sourire satisfait. Elle lui démontrerait qu'elle poursuivait sa vie, sûre d'elle et pas le moins du monde troublée par un homme qui l'avait tant meurtrie. Et puis les invités seraient nombreux ! Pour peu, elle se fondrait dans la masse et passerait une excellente soirée sans même le croiser ou penser à lui.

Elle rit. Après tout, elle avait autant que lui le droit d'être là. Forte de cette constatation, elle finit de se préparer, enfila ses escarpins et sortit de sa chambre.

Comme elle s'y attendait, le nombre des invités frôlait les trois cents personnes. Plusieurs personnalités locales avaient aussi accepté de venir exposer différentes œuvres d'art, des tableaux, des sculptures, des livres... tous les arts étaient représentés.

La foule s'était scindée en plusieurs petits groupes qui se pressaient autour des kiosques qui encerclaient une immense piscine, une table au buffet somptueux et un bar où les invités pouvaient se rafraîchir. La lune miroitait comme un bon présage, aucun nuage ne venait alourdir le ciel obscurci.

Marina était absorbée dans la consultation d'un ouvrage sur la mythologie grecque lorsqu'elle entendit Laura, une participante avec qui elle avait sympathisé, souffler à son oreille :

— Il faut absolument que je te présente quelqu'un.

— Qui est-ce ?

— Un grand éditeur, il s'appelle Alain Deville. Il a entendu parler de toi et a semblé très intéressé à te rencontrer. Viens !

Marina reposa donc l'ouvrage qu'elle feuilletait et suivit la jeune femme qui fendait la foule, la guidant en direction d'un petit groupe d'hommes qui discutaient à quelques mètres de là. Laura pointa du doigt l'un d'entre eux, âgé d'une soixantaine d'années et qui leur faisait face, puis lui souffla :

— C'est lui.

Marina releva la tête, prête comme toujours à donner le meilleur d'elle-même lorsqu'il s'agissait de faire bonne impression. En les voyant s'approcher, l'homme coupa court à la conversation qu'il entretenait, s'excusa auprès de ses interlocuteurs et se dirigea vers elle. Il saisit sa main qu'il porta à ses lèvres.

— Marina De Grand Maison, je présume ?

Elle acquiesçait avec un joli sourire qui disparut aussitôt lorsqu'elle vit par-dessus l'épaule de l'homme qui lui faisait face, Nicolas qui s'était retourné en entendant prononcer son nom.

— Je suis vraiment enchanté de faire votre connaissance. J'ai beaucoup entendu parler de vous. Je savais que vous étiez une écrivaine de talent, pas une femme aussi belle.

Elle reporta son attention sur lui, touchée par son compliment.

— Je sais que votre dernier roman a été un véritable succès et je me féliciterais de pouvoir obtenir de vous un entretien privé lorsque vous aurez quelques minutes à m'accorder.

Marina tenta un sourire qui ne vint pas. Ses lèvres restèrent figées, tout comme ses yeux qui revinrent sur Nicolas. Ce dernier continua à boire son verre de vin, tranquillement, sans faire aucun effort pour détourner le regard ou s'éloigner d'elle.

Alain Deville lui offrit son bras et la ramena vers le petit groupe : sept paires d'yeux qui ne se privaient pas de la détailler, de pied en cap. Marina parvint à se soustraire au regard de Nicolas qui reporta son attention sur son verre.

— Marina, j'aimerais vous présenter un de mes grands amis, même s'il se plaît à nier cette évidence. Il est l'auteur de bon nombre de couvertures de livres qui ont été publiés chez nous et je le considère comme l'un des plus grands artistes de ce siècle. Nicolas Mariono.

Ce dernier releva les yeux, un petit sourire en coin, alors qu'il portait la main de la jeune femme à ses lèvres, à l'instar de ce qu'il avait vu faire quelques minutes plus tôt.

— Enchanté, ma... madame.

Son regard venait de se poser sur l'alliance de Marina, dont les diamants scintillaient comme une ceinture d'étoiles qui soulignait la finesse de l'annulaire.

Elle ne parvint pas à prononcer la moindre parole ni même à lui sourire. Il relâcha immédiatement sa main, qui retourna se perdre dans les plis de sa longue jupe en crêpe de soie. Inconscient de la tension qui s'était installée entre eux, Alain Deville reprit :

— Quelle fortune en perspective si je réussis à publier un roman de Marina De Grand Maison, illustré par Nicolas Mariono. La richesse s'offre à nous, mes amis, je vous le dis !

Sa réplique arracha les rires des uns, causa un fort embarras aux autres.

Nicolas concentra son attention sur le reste de la foule, essayant d'oublier ce qu'il avait ressenti en la voyant surgir deux heures plus tôt. Elle était encore plus belle que l'image qu'il avait gardé d'elle durant toutes ces années. Elle était vêtue d'une longue robe en soie couleur chair et donnait ainsi l'impression d'être nue. Son cœur n'avait fait qu'un bond en l'apercevant et son corps avait immédiatement réagi. Il ne voulait pas être sensible à son charme. Pourtant, il se retrouvait prisonnier de son magnétisme, exactement comme la première fois. Pauvre insecte pris dans une toile d'araignée, obligé d'attendre qu'on le dévore !

La discussion se poursuivit, monopolisée par Alain Deville. Marina comprit que sous ses airs un peu bourgeois, se cachait un homme d'une grande bonté, affectueux et plein d'humour.

Cependant, malgré l'humeur joyeuse de son interlocuteur, Marina n'arrivait pas à se concentrer sur la conversation, pétrifiée par la présence de Nicolas à ses côtés. Aussi, dès qu'elle le put, elle se retira sans demander son reste. Elle marchait d'un pas rapide vers la sortie lorsqu'elle sentit qu'on la retenait par le bras. Elle retint un cri avant de se retourner et de croiser les prunelles bleues de Nicolas qu'elle avait fuies depuis le matin de leur rencontre. Interdite, elle le regarda qui lui souriait timidement, avant qu'il ne lui demande brusquement :

— Laisse-moi te raccompagner. Tu sais que les jeunes filles ne sont pas en sécurité dans le noir.

Sidérée par son audace, elle dégagea brusquement son bras de l'étreinte de ses doigts, résista à l'envie de lui jeter au visage que c'est en sa compagnie qu'elle se sentait menacée, pour seulement refuser poliment :

— Non, merci. Ça va aller. J'ai pris des cours d'autodéfense. En cas de besoin, je saurai me défendre.

— Très bien, alors accepte de dîner avec moi demain soir.

Estomaquée par ses paroles, elle fronça les sourcils.

— Désolée, j'ai autre chose de prévu.

— Annule, répliqua-t-il sans se démonter.

— Non, réitéra-t-elle en faisant un pas vers l'arrière.

Elle le vit serrer les mâchoires alors qu'elle le contournait et reprenait sa marche en direction de la petite rue qui menait à son hôtel. Il ne lui fallut pas deux secondes pour la rattraper et la saisir à nouveau par le bras.

— Marina, dîne avec moi demain soir. S'il te plaît, ajouta-t-il cette fois, plaquant sur elle ce regard qui l'empêchait de bouger.

Contrariée par la façon dont il faisait fi de son refus, elle chercha un moyen de le blesser. Celui-ci se présenta à elle sans qu'elle n'ait à faire d'effort :

— Un jour, il n'y a pas si longtemps, tu m'as fait jurer de ne plus jamais croiser ta route. J'ai promis et j'ai respecté ma promesse. Lorsque je promets quelque chose, je ne reviens pas sur ma parole, que ce soit une semaine ou quatre ans plus tard.

— Je te le demande pourtant, Marina. Oublie cette stupide promesse et accepte de dîner avec moi. Ou mieux, laisse-moi te raccompagner.

— Pourquoi ? Pourquoi, Nicolas ?

— Parce que j'en ai envie, tout simplement, répondit-il comme s'il avançait un argument irréfutable.

— Ce n'est pas mon cas. Je regrette.

Elle retira son bras de son étreinte et se remit à marcher. Il la regarda partir, contenant à grand-peine la colère qu'il sentait croître en lui. Il serra les poings et reprit sa course derrière elle. Il ne pouvait pas la laisser partir. Il avait voulu se montrer froid, distant, comme si le fait de la revoir ne signifiait rien. Résultat : il n'avait rien retenu de ce foutu séminaire, trop occupé à enregistrer le moindre de ses mouvements, à contrôler les images toujours plus puissantes qui revenaient sans cesse à la charge. Il l'avait dans la peau. Les quatre années écoulées n'y avaient rien changé. À son grand dépit.

Marina arriva enfin à son hôtel, complètement essoufflée. Elle salua l'homme de la réception et monta à sa chambre. Elle était en train de déverrouiller la porte lorsque l'ascenseur s'ouvrit derrière elle. Par réflexe, elle jeta un coup d'œil par-dessus son épaule et ses mains lâchèrent la clef qu'elles tenaient, lorsqu'elle vit Nicolas en sortir et foncer droit sur elle. Elle se pencha pour les récupérer et se retrouva face à face avec lui qui affichait un petit sourire penaud. Les reproches qu'elle allait lui jeter au visage moururent dans sa gorge lorsqu'il commença :

— Marina, laisse-moi te demander pardon convenablement. Je regrette. Je regrette ce que j'ai fait à l'aéroport et ce que je t'ai dit ce jour-là. Laisse-moi entrer pour que je puisse m'expliquer.

Comme la réponse qu'il attendait ne venait pas, il ajouta :

— Aurais-tu peur ?

Sans qu'il en soit surpris, elle réagit, choquée.

— Grand Dieu, de quoi ?

— Marina, accepte de prendre un verre avec moi pour que nous puissions parler, juste un verre. Je veux savoir ce que tu es devenue, ce que tu as fait pendant tout ce temps. Rien de plus. Accepte, j'ai vraiment envie de pouvoir discuter avec toi.

— Et qui te dit que moi, j'en ai envie ? ne put-elle s'empêcher de s'exclamer, d'une voix malgré tout hésitante.

Il plongea ses prunelles bleues au fond de ses yeux verts et hypnotisa tout son corps jusqu'à contrôler sa respiration. Il reprit d'une voix grave qui la fit frémir :

— Tu as toujours voulu ce que je voulais, Marina. Tout.

— Non, pas tout. Tu veux discuter, très bien. Mais après je veux que tu me fasses la promesse de partir et de m'éviter tout le reste du séminaire et de ne jamais recroiser ma route. Suis-je claire ?

Elle vit son regard s'assombrir alors qu'elle prononçait les paroles qui l'avaient tant blessée quatre ans plus tôt. Elle attendit qu'il accepte d'un geste de la tête et ouvrit la porte, s'effaçant pour le laisser entrer. Elle alluma les lumières, ouvrit les rideaux pour faire entrer le clair de lune et prit place devant lui sur la terrasse autour d'une petite table en osier. La brise marine gonflait doucement les voiles de mousseline, parfumant le tissu de son odeur iodée. Ils restèrent là un bon moment à s'observer, puis à se fuir du regard, pour s'observer ensuite. Finalement, ce fut Nicolas qui parla le premier en détaillant l'alliance qui ornait l'annulaire de la jeune femme.

— Ainsi tu l'as épousé. Luc, je présume?

Elle garda le silence, refusant de lui dire quoi que ce soit sur le sujet. Il n'insista pas.

— Marina, je suis désolé. Sincèrement désolé. Je ne me pardonnerai jamais ce que je t'ai fait, et si ça peut t'aider à moins me détester, sache que j'ai sûrement souffert beaucoup plus que toi de toute cette situation.

Elle s'obstina à garder le silence, se contentant de l'écouter. Tout en lui semblait avoir changé. Non, pas changé, tout en lui portait les traces des années passées, sauf une chose. Son regard était toujours le même, aussi dangereux par son intensité et la facilité avec laquelle il parvenait à l'envoûter et à la faire trembler.

— Je t'en prie, Marina, dis-moi quelque chose.

Elle se leva et rentra, prenant place sur le canapé, refusant de rester à moins de trois mètres de lui.

— Qu'as-tu fait après m'avoir laissée à l'aéroport, Nicolas?

Il fronça les sourcils en entendant son nom. Il détestait qu'elle l'appelle ainsi. Pour elle, il avait toujours été Nic ou Salom. Jamais Nicolas. Pourtant, elle semblait prendre un malin plaisir à utiliser son prénom, pour l'écorcher à sa manière. Il vint s'asseoir près d'elle.

— Je suis retourné à Paris.

— Et Judith? Elle va bien?

Il hésita avant de répondre.

— Oui, elle va bien.

Confuse, elle baissa les yeux, avant de lâcher la question qui lui brûlait les lèvres.

— Est-ce que vous vous êtes mariés comme prévu?

Il attendit quelques secondes avant de dire d'une voix où ne transparaissait aucun sentiment :

— Non.

Son regard croisa le sien. Elle entrouvrit la bouche, stupéfaite, mourant d'envie d'en savoir plus. Mais elle se contint, se rappelant que ça ne la regardait pas. Ce fut lui qui expliqua :

— Nous avons repris notre vie commune, puis quelques mois plus tard, elle a rencontré un médecin et nous avons rompu. Elle le disait plus en conformité avec ses désirs et ses aspirations. En réalité, je crois qu'elle avait compris que mon amour pour elle ne serait jamais aussi fort et violent que ce qu'elle souhaitait.

Marina essaya, sans succès, de mettre un frein aux battements de son cœur qui s'accéléraient.

— Je suis désolée, Nicolas, répondit-elle en baissant la tête, le regard soudainement concentré sur ses doigts.

Il grinça des dents en entendant à nouveau son prénom mais se contenta de dire :

— Moi pas. Mon destin, ce n'était pas elle.

Elle releva brusquement la tête, cherchant à savoir s'il voulait la narguer. Pourtant non, aucune moquerie n'apparaissait dans le bleu de ses yeux, ni mesquinerie, ni fourberie. Il n'y avait qu'une sincérité désarmante et cette autre petite chose qu'elle ne parvenait pas très bien à définir. Mal à l'aise, elle se leva, retourna sur la terrasse, frictionnant de ses mains ses épaules nues que l'air frais de la soirée faisait frissonner. Nicolas la suivit des yeux, cherchant un moyen de l'entraîner vers les réponses qu'il souhaitait obtenir.

— J'ai su que tu avais fait publier quatre autres romans dont un qui sera bientôt adapté au cinéma...

Il émit un sifflement admiratif, puis reprit :

— Félicitations. J'ai toujours su que tu avais beaucoup de talent.

Elle lui jeta une œillade, surprise qu'il soit au courant.

— Comment sais-tu cela ?

— Deville, il connaît pas mal de monde et se vante de tout connaître sur tout. Il suit ta carrière de près.

Du coup, sur ses gardes, elle s'absorba dans la contemplation du paysage et des étoiles montantes. Le silence ne dura pas, à nouveau rompu par Nicolas qui se leva et vint se poster près d'elle.

— Comment se porte Luc ?

Son sourire s'effaça en la voyant frémir. Il fronça les sourcils alors qu'il rencontrait son regard et au fond de celui-ci cette douleur qu'il ne lui avait vue qu'une fois. Sa gorge se serra alors qu'elle commençait d'une voix douce :

— Il est mort, il y a un peu plus d'un an et demi. Un stupide accident de voiture. Stupide, comme tout le reste d'ailleurs.

Elle avait à peine murmuré ces quelques mots, mais il avait perçu le tremblement et le chagrin qui suintaient de sa voix. Nicolas se recula, choqué. Il aurait voulu lui dire qu'il était sincèrement désolé, qu'il compatissait, mais même s'il se savait sincère, il était persuadé que pour elle, ses paroles sonneraient faux. Il se contenta donc d'attendre, le corps aussi crispé que la corde bandée d'un arc. Il la vit s'éloigner et sans réfléchir se mit à marcher à ses côtés alors qu'elle reprenait :

— Luc était sûrement le plus lucide et le plus sensé de nous tous. C'était un homme bon et juste. Après ton départ, il m'a laissé tout le temps nécessaire pour que je retrouve mes marques. Il a attendu que je revienne de moi-même vers lui et là, il m'a fait jurer de ne jamais plus lui faire vivre une pareille situation. Lorsque je le lui ai promis, il m'a demandé en mariage et j'ai accepté. Nous nous sommes mariés sept mois après ton départ pour la France.

Elle cessa de marcher et planta son regard au fond de celui de Nicolas avant de dire :

— Il m'a rendue heureuse, Nicolas. Plus que je ne l'aurais imaginé. Je n'ai jamais fait semblant de l'aimer, c'était tout naturel, un amour calme et paisible, partagé, qui constituait la suite logique des choses.

Elle le vit ciller alors que chacune de ses paroles s'enfonçait dans sa chair et le blessait au cœur. Sans doute prise de remords, elle se détourna, et poursuivit :

— Il n'a jamais exigé que je cesse de t'aimer, il m'a seulement fait jurer que je ne l'aimerais jamais moins que je ne t'aimais, toi. Il me connaissait suffisamment pour savoir que j'étais sincère et que si je décidais de me donner à lui, ce serait totalement. C'est ce que j'ai fait. Et je ne le regrette pas.

Elle eut un pâle sourire, fit lentement tourner l'alliance autour de son doigt et reprit:

— Puis un jour, pendant une patrouille, un poids lourd qui avait grillé un feu rouge a percuté sa voiture de plein fouet. Il est mort sur le coup. La veille, nous avions décidé d'avoir un enfant. Encore une chose que nous avions remise et remise encore parce que nous étions assez bêtes pour croire que nous avions la vie devant nous. La vérité, c'est qu'on ne devrait jamais rien remettre au lendemain.

Elle s'arrêta de marcher et posa les deux mains bien à plat sur la table, comme si elle cherchait à reprendre des forces.

— J'ai mis beaucoup de temps à me rétablir, Nicolas. Beaucoup. Mais je m'en suis remise, comme je me suis remise de tout le reste. On se remet toujours de tout, tu sais? Si la vie m'a appris une chose, c'est celle-là.

Non, il ne savait pas. Lui ne s'était jamais vraiment remis de l'avoir perdue.

— Pourquoi ne pas m'avoir informé de sa mort, Marina? Tu me connais suffisamment pour savoir que je m'en serais soucié!

Elle fit volte-face et, le regard brouillé par la colère, gronda entre ses dents serrées:

— Parce que lorsqu'on me fait promettre une chose, je respecte ma parole, quoi qu'il puisse m'en coûter!

Il vit luire au fond de ses iris toute la rancœur qu'elle éprouvait encore. Lui qui n'avait pas su comprendre qu'elle l'avait banni de sa vie parce qu'elle voulait le sauver, lui qui ne l'aimait pas assez pour chercher à comprendre, lui qui l'aimait trop pour accepter de la perdre. Il ferma les yeux, éprouvant beaucoup de mal à respirer.

— Finalement, tu avais peut-être raison, Marina, comme toujours d'ailleurs. Cette soirée, ce n'était pas une bonne idée.

Il s'approcha d'elle, hésita, puis déposa sa main sur l'une des siennes.

— Je sais que c'est un peu tard, mais j'ai fini par comprendre. Je ne suis pas parvenu à accepter, mais à comprendre, oui.

— On ne peut pas oublier le passé, Nicolas.

— Cesse de m'appeler Nicolas. Je ne l'ai jamais été pour toi, s'écria-t-il exaspéré.

— Ce que tu as été pour moi, n'aurait pas dû exister. C'est ce dont nous avions convenu, tu ne te souviens pas ?

— Tu me demandes de me rappeler ce qui a été la pire journée de ma vie, Marina.

— Les choses se sont passées comme elles devaient se passer. Et ni toi ni moi n'avions le pouvoir de changer cela.

Il comprit qu'il ne servirait à rien d'insister. Sans un mot de plus, il déposa un léger baiser sur son front et sortit de la chambre. Il hésita à revenir sur ses pas, attendit que les portes de l'ascenseur se referment et laissa son front s'y reposer. Il avait mal à en crever, il l'aimait toujours à en mourir. Quatre ans après, son amour était demeuré intact. Ses lèvres le brûlaient après ce contact, même bref, avec sa peau toujours aussi douce. Tout son être se retrouvait en manque d'elle.

Dans sa chambre, Marina resta prostrée, une terrible brûlure tatouant la marque des lèvres de Nic sur son front. Un froid terrible venait d'envahir toute la chambre, lui sembla-t-il, et elle se mit à grelotter. En une seconde, elle fut confrontée à tous les regrets de sa vie, à tout ce qu'elle aurait voulu changer. Si seulement elle avait porté plainte contre Carl Dupré, si seulement elle avait pris ce maudit avion pour la Grèce, si seulement Luc n'avait pas été de patrouille le jour de sa mort, si seulement elle avait pu faire la connaissance de Nicolas ici, aujourd'hui ! Atterrée, déprimée, elle songea qu'elle se retrouvait sans cesse au même point, seule, amère, révoltée. Pourtant, sa détermination était toujours là, cette détermination à croire que les choses pouvaient changer et que la vie ne serait pas éternellement contre elle.

Lorsque les portes de l'hôtel se fermèrent derrière lui, Nicolas ne retint pas un regard vers le ciel. Et lui qui n'avait jamais prié se prit à demander de l'aide, un signe, n'importe quoi. N'importe quoi qui lui prouverait que sa vie pouvait encore avoir un sens. Il frappa son poing contre les portes qui s'ouvrirent sous l'impact. «Maudite sois-tu, Marina, gronda-t-il. Si seulement tu avais été foutue de rester sur ton propre chemin comme tu le dis si bien, j'aurais pu faire ta connaissance ici, en Grèce, te séduire ici et t'aimer pour l'éternité!»

Pétrifié par ce qu'il venait de penser si fort, son cœur se mit à battre plus vite. Il retourna à son hôtel, avec la hâte de voir un jour nouveau se lever.

***

Chapitre 44

16 juin 2010

Lorsque Marina arriva le lendemain au séminaire, elle fut surprise de constater l'absence de Nicolas. Ce fait l'étonna, car les jours précédents, à le voir calé sur son siège, il semblait être arrivé bien avant elle. Où se trouvait-il ? L'idée qu'il puisse être reparti lui traversa l'esprit. Elle serra les dents et lutta de toutes ses forces pour éviter de penser à un homme qui ne devait plus rien représenter pour elle. Elle s'installa et se trouvait complètement absorbée dans les notes qu'elle avait prises au cours des journées précédentes lorsqu'il fit enfin irruption. Il passa devant elle et prit place.

Il n'était pas arrivé depuis deux minutes qu'il se retournait dans sa direction, un charmant sourire aux lèvres, le regard pétillant, plus séduisant que jamais. Il lui fit un petit signe de tête en guise de salutation et lui tourna le dos. Surprise par son attitude pour le moins étrange, elle ne dit rien, sur le qui-vive. Puis il se releva et se rassit à plusieurs reprises. Elle fronça les sourcils, se demandant ce qui pouvait bien causer chez lui une pareille agitation. Il venait de se lever pour la cinquième fois lorsque sa chaise bascula vivement sur la jambe de Marina qui la reçut au milieu du tibia. La douleur lui coupa le souffle alors qu'elle lui jetait un regard noir, tout en massant son os endolori.

— Oh! Je suis désolé, murmura-t-il l'air contrit en remettant la chaise sur ses quatre pieds.

Comme elle le regardait de plus en plus furibonde, elle eut la surprise de le voir lui tendre la main et se présenter :

— Je m'appelle Nicolas Mariono. Toutes mes excuses, j'attends un coup de fil important et à force de me lever de la sorte... Ce n'est pas trop douloureux?

Elle lui jeta un autre regard noir, agacée par son discours incohérent, mais il ne lui laissa pas le temps de répondre.

— C'est la première fois que vous venez en Grèce? interrogea-t-il aussitôt en libérant sa main et en se rasseyant sur sa chaise. Moi oui, et je suis vraiment fasciné par l'architecture des monuments dont nous sommes entourés. J'ai été vraiment heureux de vous rencontrer hier soir. J'espérais avoir l'occasion de discuter à nouveau avec vous. Alors, vous écrivez si j'ai bien compris?

Éberluée, Marina n'arrivait pas à prononcer la moindre parole. Elle vacillait entre exaspération et colère, ne sachant quel sentiment l'emporterait. À quel jeu jouait-il? Comme elle restait muette, Nicolas fronça les sourcils, l'air soudain inquiet. Il lui demanda aussitôt :

— Vous vous sentez bien? Est-ce que je vous ai blessée tout à l'heure avec cette maudite chaise?

Il jeta un coup d'œil à son tibia meurtri où apparaissait déjà une ecchymose de bonne taille. Il se releva alors et sortit de son sac un mouchoir qu'il aspergea d'un peu d'eau et le lui tendit :

— Mettez cela sur votre jambe, ça limitera les dégâts en attendant que je puisse vous faire soigner.

Il parcourut rapidement la salle des yeux et se leva, l'invitant à en faire autant. Trop abasourdie pour résister, Marina le suivit en boitillant, se laissant guider comme une enfant, un fort élancement lui déchirant la jambe à chaque pas. Il avait saisi son coude et lui frayait un chemin à travers la foule des participants qui se pressaient pour regagner leur place.

— Tu peux me dire à quoi tu joues? finit-elle par demander, les dents serrées.

Comme s'il n'avait pas entendu, Nicolas la fit asseoir sur un siège près du couloir de service de l'hôtel et reprit :

— Ne bougez pas, je vais chercher un peu de glace. Ensuite, je vous conduirai chez un médecin.

Avant qu'elle n'ait pu dire quoi que ce soit, il avait déjà disparu. Marina n'avait même pas la force de réfléchir à l'étrangeté du comportement de Nicolas, tant elle était abattue par cette façon qu'il avait de faire abstraction de tout ce qu'elle disait. Elle le vit revenir, s'agenouiller devant elle et déposer sur sa jambe endolorie un gros morceau de glace enveloppé dans une serviette. Machinalement, alors qu'il venait d'emprisonner son regard dans le sien, il saisit son poignet.

— Vous me semblez un peu pâle. Vous êtes certaine que ça va aller ?

Marina dégagea vivement son bras, les yeux brillants de colère.

— Ça suffit maintenant ! Tu peux me dire à quoi ça rime ? Tu sais que les plaisanteries les plus courtes sont les meilleures !

Nicolas soupira avant de reprendre :

— Très bien, réponds seulement à une question et si c'est ce que tu souhaites, je cesserai de t'importuner. Si je ne me trompe pas, nous avons rompu il y a près de sept ans parce que nous n'aurions pas dû nous rencontrer et que cette rencontre me mettait en danger. C'est l'argument que tu as avancé à l'époque. Je t'accorde que tu avais peut-être raison.

— Eh bien, il t'en a fallu du temps !

— Donc, reprit-il sans faire attention à sa remarque, en arrivant ici, à ce séminaire, je n'aurais pas dû te connaître et toi non plus. Par conséquent, lorsque tu as perdu ton stylo et que je te l'ai rendu, j'aurais trouvé ton joli visage si attirant que j'aurais cherché à te revoir. Ce qui se serait produit lors de la soirée d'hier, à la différence près que tu n'aurais pas été furieuse contre moi, ni moi contre toi. Ce qui sous-entend que...

— Ça va, j'ai compris, grommela-t-elle, troublée.

— Marina, et si c'était ici en Grèce, maintenant, que notre rencontre devait avoir lieu ? Et si c'était cela, ton destin et le mien ?

Elle ne savait pas quoi dire, ni quoi penser. Ce qui la troublait encore plus, c'était qu'elle s'était fait la même réflexion après qu'il eut quitté sa chambre, la veille, et qu'elle n'avait aucun argument valable lui permettant de réfuter cette thèse.

— Tu as dit que tu avais une question à me poser, soupira-t-elle, soudainement épuisée.

— Oui, j'en ai une. Et je voudrais que tu réfléchisses bien avant de me répondre.

Elle acquiesça.

— Je t'écoute.

Elle s'était mise à se mordre la lèvre et cela le bouleversa. Il savait que de sa réponse dépendait tout le reste de sa vie.

— En dépit de tout ce qui s'est passé entre nous, en dépit de tout ce qui n'aurait pas dû se passer entre nous... si seulement on te donnait la possibilité de perdre la mémoire et de tout oublier pour te retrouver ici, aujourd'hui, avec moi dans les parages, vierge de tout ressentiment, de tout souvenir nous concernant, le ferais-tu ?

Elle réfléchit une minute, une minute pour faire le bilan de tout ce que sous-entendait sa question.

— Oui, souffla-t-elle, finalement.

Elle vit son regard bleu et tourmenté se voiler. Nicolas leva sa main et la posa un instant sur les yeux de la jeune femme, en espérant créer le vide et lui permettre de tout reprendre à zéro.

— Laisse-nous une chance, Marina, une seule chance. Une chance de faire comme si nous ne nous étions jamais rencontrés avant.

Puis, lentement, il retira sa main et se pencha, sortit de son sac une bouteille d'eau qu'il lui tendit.

— Tenez, buvez, ça vous fera du bien.

Complètement désarçonnée, Marina prit la bouteille sans un mot, en but une gorgée et la lui rendit.

— Gardez-la, j'en ai d'autres.

Il s'empara de sa main qu'il conserva quelques instants dans la sienne.

— J'essaie de prendre votre pouls, expliqua-t-il. Vous êtes bien pâle. Seriez-vous enceinte?

Leurs yeux s'agrandirent alors qu'ensemble ils suffoquaient sous le poids des souvenirs qui affluaient par vagues successives pour s'abattre avec violence contre leur poitrine. Cette scène, ils l'avaient déjà vécue, sept ans plus tôt, dans un aéroport... Leurs cœurs se mirent à battre si vite que l'un comme l'autre eurent l'impression d'étouffer.

— Je suis vraiment désolé, Marina, je ne voulais pas vous blesser. Cette maudite chaise... C'est vrai que je comptais sur un coup du destin pour me permettre de vous aborder, mais jamais je n'aurais osé choisir un tel moyen, j'espère que vous me croyez?

Elle hocha la tête comprenant que rien de tout cela n'était prémédité.

— Laisse-nous une chance, Marina, seulement une chance, murmura-t-il de nouveau.

Pour toute réponse, elle lui sourit et hocha la tête. Retenant à grand-peine l'envie qu'il avait de la prendre dans ses bras, il se releva et lui tendit la main.

— Je pense que ça devrait aller. Laissez-moi vous raccompagner à votre place.

Elle accepta. Une fois Marina assise, il reprit sa place et semblait l'avoir oubliée lorsque, à la pause, il se tourna vers elle et demanda:

— Je me sens particulièrement coupable de ce qui vous arrive, est-ce que...

Le téléphone portable de Nicolas vibra à cet instant, l'interrompant dans ses propos. Il s'excusa et s'empressa de s'isoler dans un coin de la salle. Stupéfaite, elle constata qu'il n'avait pas menti et qu'il semblait véritablement attendre un appel important. Il revint quelques minutes plus tard, un large sourire aux lèvres.

— Excusez-moi, c'était le fameux coup de fil. Écoutez, j'ai un événement unique à fêter: ma sœur vient d'avoir son premier enfant et j'aimerais vous inviter à dîner pour ne pas être contraint de fêter seul. Je pourrai ainsi me faire pardonner cet incident regrettable qui vous causera sûrement un hématome de la taille d'une tomate.

Elle ne put retenir un petit rire et accepta aussitôt. Elle vit les yeux de Nicolas s'attarder avec envie sur sa bouche. Sa gorge était sèche et ses mains devinrent moites.

— Si je n'encours rien de pire qu'un hématome, ce sera avec plaisir.

Elle vit son sourire s'agrandir et ses yeux se mettre à briller. Elle en fut si émue qu'elle sentit des larmes embrouiller son regard. Elle détourna le visage, refusant qu'il ne la voie ainsi. Il saisit doucement son menton entre ses doigts et retourna son visage vers lui.

— Ce soir à vingt heures. Nous irons devant le port. Je viendrai vous chercher.

Elle acquiesça et le regarda se détourner d'elle pour se concentrer sur le conférencier qui venait de reprendre son exposé.

Les minutes s'égrenèrent avec une lenteur désespérante. Marina n'arrivait plus à faire abstraction de l'homme qui aurait pu lui sembler parfaitement maître de la situation si ce n'était de ce petit éclat au fond des yeux qui démentait son assurance. Ils s'avançaient l'un vers l'autre en tâtonnant tels des aveugles.

Le séminaire tirant à sa fin, les participants furent remerciés de leur attention. Marina s'apprêtait à rentrer à son hôtel lorsque Nicolas se retrouva à ses côtés.

— Je passerai te prendre à vingt heures précises, souffla-t-il à son oreille. N'oublie pas.

Il avait cessé de la vouvoyer, n'ayant plus rien à prouver. Et ce simple tutoiement la troubla davantage que n'importe quel prélude.

— Je serai prête.

Il l'espérait. Elle lui sourit, lui tendit la main en guise d'au revoir. Il s'en empara aussitôt et la porta à ses lèvres, toute l'intensité de son désir l'enveloppant comme un manteau trop chaud.

Il la suivit longtemps des yeux, refaisant connaissance avec ce trouble si délicieux qui l'avait gagné pour la première fois il y avait déjà plusieurs années. La vie les avait séparés, pourtant elle semblait sur le point de les réunir à nouveau. Une seule ombre subsistait, l'alliance qu'elle portait toujours à son doigt. Cette bague qui l'enchaînait encore à Luc, Luc qui l'avait eue, Luc qu'elle avait aimé... S'il avait maintes fois remarqué quelques ressemblances entre lui et son rival, une différence persistait néanmoins. Il n'accepterait jamais de partager l'amour de Marina avec lui. Elle l'aimerait totalement et exclusivement ou il n'accepterait pas de relation avec elle. Il avait déjà suffisamment partagé ce qui lui revenait de droit. Avant de prendre le chemin de l'hôtel, il s'arrêta donc dans une bijouterie.

Comme convenu, à huit heures pile, il se pointait à son hôtel. Comme promis, elle était fin prête. Il dut lutter, usant de toute sa volonté, pour ne pas la prendre dans ses bras sur-le-champ et la ramener dans sa chambre. Au lieu de cela, il contempla longuement la merveilleuse silhouette drapée d'une robe moulante blanche dont le décolleté carré mettait en valeur son bronzage. Nicolas retint un sifflement et se contenta de lui adresser un regard appréciateur dont elle saisit parfaitement le sens.

Une heure plus tard, ils étaient confortablement installés devant une excellente bouteille de vin, sur une terrasse près du bord de mer. La flamme des bougies ondulait langoureusement entre eux, faisant jouer des ombres étranges sur leurs visages. Nicolas l'interrogea comme s'il ne connaissait rien d'elle, et il fut heureux de constater qu'elle jouait le jeu. Il se surprit même à découvrir une multitude de détails sur sa vie, sur son adolescence, sur la perte de ses parents et sur Mike qu'il ne connaissait pas. Et s'il trouva particulièrement pénible le passage concernant sa vie commune avec Luc, il n'en laissa rien paraître. Il s'éclaircit la voix et osa finalement demander :

— Tu l'aimes toujours n'est-ce pas ? C'est pour cela que tu portes encore son alliance ?

Elle regarda la bague, comme si la présence du bijou lui semblait tout à coup incongrue.

— Je l'ai aimé, corrigea-t-elle. Sans mensonge, sans trahison, sans retenue. Il connaissait tout de moi. Il me connaissait mieux que je me connaissais moi-même. Je n'ai pas retiré mon alliance parce que jusqu'à aujourd'hui, je n'avais aucune raison de le faire. Je ne te mentirai pas, je ne te dirai pas que j'ai connu d'autres hommes depuis sa disparition, c'est faux. Il était en moi comme toi tu es en moi. Quoi que tu dises, moi non plus je ne me suis jamais remise de t'avoir perdu, Nicolas.

— Ne disais-tu pas que l'on se remet toujours de tout ?

— Si on le veut, oui. Mais je ne souhaitais pas me remettre de toi. C'était en quelque sorte ma façon de me venger.

Son regard glissa sur les lèvres charnues de Nicolas et revint instantanément sur l'alliance qui brillait toujours à son doigt. Nicolas reprit :

— Laisse-moi te raccompagner à ton hôtel, Marina.

Elle accepta d'un hochement de tête qui fit danser le long de sa joue les boucles d'oreille qui scintillaient comme deux étoiles suspendues à une balançoire.

Ils se levèrent et se mirent à marcher sans se toucher, le moindre frôlement de leurs mains les électrisant. N'y tenant plus, Nicolas finit par l'acculer contre un mur qui longeait l'une des rues, son visage trop près du sien.

— Nicolas, souffla-t-elle, dangereusement consciente de sa proximité.

Deux bras puissants vinrent se poser sur le mur de chaque côté de sa tête, la caressant de son souffle chaud aux doux effluves de cannelle et de fruits rouges, derniers vestiges du vin qu'il avait bu.

— Ne m'appelle pas comme cela, je n'ai jamais été Nicolas pour toi.

— Alors, comment faut-il t'appeler ? Nico ? Nic ? suggéra-t-elle, charmeuse.

— Un jour quelqu'un m'a appelé Salom. J'aimais.

— Va pour Salom, murmura-t-elle alors que sa bouche ne se retrouvait qu'à quelques centimètres de la sienne.

— Marina, j'ai vraiment envie de t'embrasser, là, maintenant.

— Ah bon ? Moi pas.

— Menteuse ! Oh que si, tu en as envie ! Je le lis dans tes yeux, sur tes lèvres, dans cette manie que tu as de les humidifier comme si tu t'apprêtais à déguster un gâteau. Et surtout, je le sais parce que je t'ai fait autant d'effets que tu m'en as fait la première fois...

— Vraiment ?

Il ne poursuivit pas ses explications, du moins pas en paroles. Sa bouche s'écrasa brusquement sur la sienne et elle ne résista pas. Il la serra encore davantage contre le mur, la pressant de tout son corps, écorchant la peau nue de son dos alors que ses lèvres prenaient possession de sa bouche, la goûtaient, soulevaient en elle des sensations qu'elle ne connaissait que trop bien. « Sept ans pour en arriver là », songea-t-elle alors que ses mains retraçaient la forme de ses courbes, que ses doigts s'enfonçaient dans la chair de ses hanches, glissaient le long de son dos pour revenir se poser sur le mur de chaque côté de sa tête. Le front appuyé contre le sien, les yeux clos, il n'osait croire qu'il touchait enfin du bout des doigts l'interdit qui l'avait tant torturé.

— Marina, murmura-t-il, j'ai l'impression que je vais devenir dingue. Si ce n'est pas un signe du destin tout cela, alors plus rien ne l'est. Je suis prêt à user des pires moyens s'il le faut, pour te convaincre que nous sommes là où nous devions être, ensemble.

— Par exemple ?

— Trafiquer ton horoscope, t'hypnotiser, utiliser un filtre d'amour, ce genre de trucs...

Elle sentait ses lèvres s'aventurer sur ses paupières, sur son front, sur ses joues, pour revenir à ses lèvres jusqu'à leur arracher un gémissement.

— Salom...

Il savoura l'écho de ce que représentait ce surnom qu'elle seule savait prononcer.

— Marina, cesse de lutter, ne laisse plus rien se mettre entre nous et accepte la réalité. Nous sommes le destin l'un de l'autre. Autrefois, j'ai accepté de te donner raison, mais aujourd'hui, rien ne pourra me convaincre du contraire. Je te kidnapperai s'il le faut. Une nuit avec toi contre une vie sans toi, voilà où j'en suis.

— Salom...

— Je t'en prie, tu sais que tu es mon autre moitié, dis-le.

Elle tenta d'échapper à ses baisers alors qu'il poursuivait sa plaidoirie.

— Je n'accepterai rien d'autre de toi que ton approbation entière et sans condition, Marina, je ne veux pas faire de concession. Aucune! J'ai suffisamment perdu de temps.

Elle se mit à rire et parvint à murmurer :

— D'accord, à une condition.

— Aucun compromis, Marina, pas de conditions, souviens-toi. Tu sais comment j'étais à l'époque. Je ne suis pas calme et posé comme Luc. Je n'ai pas changé. Je suis possessif et spontané.

Puis son regard croisa l'éclat brillant de l'alliance. Il quêta son accord et respectueusement la lui retira. Il la laissa glisser dans l'une de ses poches avant que ses mains ne s'attaquent aux épingles qui retenaient la chevelure de la jeune femme au sommet de sa tête. Les mèches s'écroulèrent les unes après les autres sur ses épaules, le long de son dos. Leurs mains se cherchèrent, leurs doigts s'entrecroisèrent et Nicolas les porta à ses lèvres pour y déposer un baiser. Il regarda, songeur, la trace blanche laissée par la bague et s'empara du petit écrin resté caché dans la poche de sa veste. Il l'ouvrit et le lui tendit. Elle retint un sursaut en se mordant les lèvres. Sur un lit de velours sombre brillait une bague sertie d'une améthyste. Il la lui passa au doigt.

— C'est un peu tôt, tu ne crois pas, pour m'offrir une bague? dit-elle d'une voix heureuse.

— Tu parles! Sept ans, j'ai largement eu le temps de réfléchir!

— Une améthyste, souffla-t-elle en souriant de plus belle.

Méfiant, il demanda :

— Oui, une améthyste. Elle ne te plaît pas?

— Si, beaucoup. Tu sais, l'améthyste est une pierre qui symbolise la tempérance. Elle aurait le pouvoir de préserver des passions violentes.

Nicolas la regarda quelques secondes, inexpressif, avant de lui retirer la bague. D'un geste sec, avant qu'elle ne puisse réagir, il s'était retourné et avait jeté le bijou dans les profondeurs sombres de la nuit. Il reporta tranquillement son attention sur elle, la reprit dans ses bras. À la question muette qu'il lut au fond de ses yeux, il répondit simplement :

— Je ne veux rien de modéré avec toi, Marina. Rien, absolument rien.

Elle posa sur lui un regard mutin avant de murmurer :

— L'émeraude symbolise l'espérance et le renouveau.

Il éclata de rire et s'exclama :

— Va pour une émeraude.

La lune monta plus haut dans le ciel et l'air se rafraîchit, ce qui fit frissonner Marina. Le regard lourd de désir, Nicolas renouvela sa proposition de la ramener à son hôtel et c'est au pas de course qu'ils quittèrent leur cachette improvisée. Ils parcoururent en quelques minutes les rues bordées de maisons blanches, brillant dans la pénombre, comme un chemin tout tracé pour eux. Le corps déjà en émoi, ils n'avaient plus que quelques mètres à franchir lorsqu'une femme d'une quarantaine d'années les interpella, un fichu rouge dissimulant une partie de ses cheveux, une large jupe assortie frôlant le sol au rythme du balancement de ses hanches. Elle leur barra la route, les mains tendues, envahissantes. Nicolas n'eut aucun mal à reconnaître l'une des nombreuses bohémiennes qui sillonnaient les villes et, d'un pas vif, il tenta de la contourner.

— La bonne aventure pour quelques pièces, dit-elle en anglais.

Il n'eut pas le temps de refuser que déjà Marina tendait sa main, paume levée vers les astres, le cœur battant.

— Nous aimerions avoir la confirmation que nous étions destinés à nous rencontrer ici, aujourd'hui, prononça-t-elle en anglais, sans regarder Nicolas dont elle entendait la réprobation muette.

Le sourire de la femme s'élargit et elle tendit une main à Nicolas pour qu'il y dépose la sienne.

— Pourquoi fais-tu cela ? lui demanda-t-il d'une voix plaintive. Que te faut-il pour être convaincue que nous n'enfreignons aucune loi céleste, que nous devions nous retrouver ici ? termina-t-il en insistant fortement sur les derniers mots.

Sans se départir de son sourire, elle répondit simplement :

— Ça. Elle, elle le saura.

Comprenant qu'elle ne céderait pas, il capitula. De mauvaise grâce, il tendit sa main droite, jurant que c'était la dernière fois et qu'on ne l'y reprendrait pas.

La main droite de Marina dans sa main gauche et celle de Nicolas dans sa droite, la bohémienne se mit à examiner leurs lignes respectives, marmonnant quelques paroles indéchiffrables. Il dut s'écouler deux bonnes minutes avant qu'elle ne relève brusquement la tête et ne pose sur eux un regard étrange. Les yeux de Nicolas rivés à ceux de Marina, leurs deux cœurs transis par l'incertitude et le doute, ils fouillaient, sondaient le regard de l'autre, cherchant un sens à donner à tout cela. Puis d'un même mouvement, ils éclatèrent de rire, rejetant d'un geste de la tête toute prédiction négative, avant de saisir chacun la main de l'autre et de se remettre à courir en direction de l'hôtel.

∗∗

Ne manquez pas la nouvelle saga
de Sarah Bouchard

Attraction

À paraître chez Parfum d'encre
à l'automne 2010

Prologue

« Tristan »

Rares sont les personnes pleinement conscientes de la puissance attractive de leur regard. Moi, je l'étais. Je l'étais pour avoir abusé de ce pouvoir avec elle, encore et encore. Les yeux de Marylou et les miens étaient si intimement liés que je pouvais les comparer aux mèches entrelacées de sa tresse. Qu'on en retire une seule et la natte disparaîtrait. Qu'un seul de nous deux ferme les yeux et le lien serait coupé. Du moins, c'est ce que je croyais... À tort.

Jamais je n'aurais imaginé que cela puisse se produire. Or, allongé sur le sol, le corps secoué de soubresauts, ma résistance hachée par les vagues déferlantes d'une douleur indescriptible, je luttais pour accrocher mon regard à ses yeux d'un violet délavé par les larmes, et arrimer plus solidement ce qui me retenait à elle.

Le sang qui m'étranglait faisait crépiter chacune de mes respirations et l'éclat incandescent des phares, dont l'apparition avait précédé le choc de la voiture contre mon corps, m'aveuglait encore. Je la savais pourtant là, près de moi, car ma tête reposait contre son sein. Et bien que je ne parvienne pas à distinguer ses traits, mes yeux restaient braqués sur ce qui devait être son visage, pendant que mon cerveau en ébullition tentait de faire concorder tous les événements.

Si ma douleur, trop intense, ne m'avait pas empêché de réfléchir de manière cohérente, je me serais sans doute reproché ma stupidité. Comment avais-je pu ne pas comprendre ce qu'il manigançait? Un nouvel éclair de douleur me fit tousser et mes yeux se révulsèrent dans leur orbite. Au prix d'un effort surhumain, je m'acharnai pourtant à lutter contre la lourdeur de mes paupières. Toute mon attention se concentrait sur le contact frais et si doux des doigts de Marylou contre ma peau, juste à la base du cou, là où les pulsations de plus en plus sporadiques de mon cœur marquaient la vie qui s'écoulait lentement de mes veines.

— Ça va aller, chuchota la voix aimée, tout contre mon oreille.

Je la perçus difficilement, le chuintement de mon sang, qui s'agitait fébrilement à l'intérieur de mon corps, m'assourdissant.

Je n'étais pas dupe au point de croire que je m'en sortirais. Et pourtant, concevoir de la quitter ainsi était inacceptable. Je rassemblai donc mes dernières forces et avant de perdre conscience, je lançai dans l'air qui nous séparait, une phrase dont elle ne dut entendre que quelques syllabes chevrotantes :

— Lou... aie... confiance... en moi...

J'étais certain d'être demeuré muet malgré mon insistance, mais elle répondit à ma supplique :

— Oui, Tristan. J'ai confiance en toi...

Je pus ainsi laisser les ténèbres m'engloutir.

Qui eût cru que notre histoire ne faisait alors que commencer...